Jay,

encore merci pour cette magnifique couverture !

Je l'adore et je sais que je ne suis pas la seule !

Vivement les prochaines !

Gros Bisou

Rose

Du même auteur :

Le Calvaire de Daniella

Mélinda, un rêve devenu réalité

Leila et Roderick

Le Fruit Défendu

L'accord parfait

La renaissance de Stacy
Le Petit Plaisir – 1

L'Archange déchu (romance M-M)
La Triade – 1

Mon talent, ma victoire (romance M-M)
DeathBringer – 0.5

Elijah

(La Meute des SixLunes – Tome 1)

S.C. Rose

Relu et corrigé par Clotilde Marzek Boullée, Véronique Galluffo Magara, Jennifer Bienvenu et Bénédicte Girault.

S.C. Rose © 2016, **tous droits réservés.**

Illustration de couverture © Jay Aheer

Illustrations © Keiden

Ce livre est une œuvre de fiction. Les noms, personnages, lieux et incidents sont le produit de l'imagination de l'auteur ou sont utilisés fictivement. Toute ressemblance avec des événements réels ou personnes, vivantes ou mortes, est une coïncidence. L'auteur reconnaît que les marques déposées mentionnées dans la présente œuvre de fiction appartiennent à leurs propriétaires respectifs.

Avertissement : Ce livre est une romance MM (homme/homme), certaines scènes pouvant heurter les âmes sensibles (scènes de tortures), pour public Averti.

ISNB-13 : 978-1530785865
ISNB-10 : 1530785863

LES TRANSFORMÉS

Les Transformés sont un véritable fléau, autant pour l'humanité que pour le peuple Lycaë, détruisant tout sur leur passage.

Ce sont des abominations.

Des monstruosités.

Les Transformés sont des erreurs de la nature qui n'auraient jamais dû voir le jour.

Le premier Transformé fit son apparition en 1014. Et il se propagea, tel un virus se répandant dans les airs, contaminant des milliers d'êtres humains. Avides de sang, ils tuèrent sans relâche tous ceux qui eurent le malheur de croiser leur route. Mais un sort funeste et bien pire attendait les survivants : ils devenaient à leur tour des Transformés.

Les Lycaës, après le premier instant de surprise passé, se mirent en chasse et traquèrent sans répit tous ces Transformés ; en moins de deux mois, ils avaient tous promptement été exécutés. Toutefois, une question demeurait sans réponse. Comment était né le premier Transformé ?

Un siècle passa, et aucun nouveau Transformé ne fit son apparition. Les Lycaës crurent à une maladie quelconque et pensèrent l'avoir éradiquée.

Ils avaient tort.

Les massacres en masse recommencèrent, aussi soudainement que la première fois ; sans aucun signe avant-coureur. Et chaque fois que les Lycaës croyaient en être venus à bout, d'autres Transformés apparaissaient de l'autre côté du globe.

Encore et encore.

Les Transformés se répandaient comme la peste noire et les Lycaës ne savaient pas comment endiguer un tel fléau. Car, en vérité, comment combattre ce dont on ne connaît pas l'origine ?

Ce fut la meute des SixLunes qui, bien des années plus tard et par le plus grand des hasards, trouva la réponse à cette terrible question. L'un des leurs, après avoir assisté à la mort tragique de son premier-né, fut pris de Folie Meurtrière. Il attaqua sans raison un humain, mais heureusement, son Alpha intervint avant qu'il ne puisse le tuer. Quelle ne fut pas leur surprise en voyant ce dernier devenir, quelques heures plus tard, l'un de ces maudits Transformés ! Ils comprirent, avec effarement, qu'ils étaient seuls responsables de la création de ces monstres.

La Folie Meurtrière fragilisait l'essence intrinsèque des Lycaës, permettant ainsi à cette dernière de se transmettre partiellement aux humains, annihilant de ce fait leur personnalité, les transformant en êtres avides de sang. Au point d'en oublier tout le reste.

Les Transformés ne vivent que pour une seule chose : le goût enivrant du sang.

En 2000, les Transformés sont, pour ainsi dire, inexistants. Ayant compris d'où provenait ce mal, les Lycaës avaient agi en conséquence, limitant ainsi les dégâts au minimum.

Les Transformés étaient, sont et seront toujours le pire fléau que la terre ait jamais connu. Car il en suffit d'un seul pour répandre une nouvelle épidémie.

PROLOGUE

Québec – Outaouais – Venosta
Novembre 2000

— C'est une abomination !

Edmund Hunter regardait son frère aîné déambuler en vociférant, sans rien tenter pour le calmer. Il savait d'expérience que lorsqu'Elijah était dans cet état de fureur, le mieux était d'attendre que la tempête passe d'elle-même – bien qu'il doutait sérieusement que cela soit aussi simple cette fois-ci.

— Une abomination, te dis-je !

Elijah Hunter cessa ses allées et venues lorsqu'il se trouva face à son frère cadet. Ses yeux gris ardoise lançaient des éclairs. Si un regard pouvait tuer, nul doute qu'Edmund ne serait plus de ce monde. Il empoigna brusquement son frère par le col de sa chemise et colla son nez contre le sien.

— Mais que t'est-il donc passé par la tête ?! Amener cette... cette chose ici ! Chez MOI !!! hurla Elijah, sans aucune retenue. As-tu la moindre idée de ce que tu viens de faire, mon frère ? En as-tu la *moindre* idée ???

Le visage d'Edmund se ferma et il repoussa violemment son aîné, le forçant ainsi à le lâcher. Il se redressa et affronta le regard assassin de son frère sans se laisser troubler par la rage qui émanait, par vagues, du corps tremblant de celui-ci.

— Premièrement, c'est chez moi que je l'ai installé. Deuxièmement, cette chose, comme tu dis, c'est un petit garçon d'une dizaine d'années. Qu'est-ce...

Un grognement furieux l'interrompit brutalement et, avant qu'il ne puisse faire un geste, il se retrouva plaqué contre la porte de sa maison. Il agrippa instinctivement le poignet de son assaillant pour lui faire lâcher prise. Mais Elijah grogna de manière menaçante et resserra sa poigne autour de son cou, le dissuadant de se débattre. Edmund leva les yeux et se figea lorsqu'il croisa le regard bleu glacier de son aîné.

Le regard de son loup.

Le regard de l'Alpha de la meute des SixLunes.

De *son* Alpha.

Edmund inclina aussitôt la tête, dévoilant ainsi sa gorge en signe de soumission. Il savait qu'il n'était pas de taille à lutter contre lui, pas quand son loup était aussi proche de la surface. Nul ne pouvait défier ouvertement l'Alpha et espérer s'en sortir vivant. Pas même lui, son frère.

Devant cet acte de soumission, Elijah recula lentement et libéra son cadet ; sans pour autant cesser de grogner, ni de montrer les crocs. Une ligne venait d'être franchie et l'Alpha ne tolérerait aucun autre écart de conduite. Une fureur noire l'habitait et elle n'était pas prête de s'en aller. Ce que son frère avait fait était tout simplement inacceptable. Intolérable, même. Qu'Elijah soit pendu s'il laissait passer une telle chose !

— Ta maison se trouve sur *mon* territoire. Or aucun étranger ne peut y pénétrer sans *mon* autorisation. Maintenant, donne-le-moi ! ordonna-t-il sèchement en croisant les bras sur son torse nu, large et puissant.

Calme, Elijah Hunter était déjà un homme très impressionnant ; en colère, il était tout simplement intimidant ; mais lorsqu'il entrait en fureur – comme c'était le cas en cet instant –, il était carrément flippant. On disait de lui qu'il avait la carrure d'un ours, la férocité d'un lion, la ténacité d'un pitbull et la fidélité d'un loup. Un mâle Alpha à nul autre pareil. Il était de ceux qu'il valait mieux ne pas chercher, à moins d'avoir envie de passer l'arme à gauche.

Edmund, sensible à la rage de son Alpha, blêmit et tomba à genoux devant lui. Non pas par peur, mais par respect. Ce qui suivrait allait fortement mécontenter son frère et il aurait fallu être fou, ou inconscient, de poursuivre cette conversation debout, d'égal à égal. Car malgré les liens du sang qui les unissaient, et qui étaient sacrés pour les Lycaës, ils n'étaient pas égaux. Elijah était l'Alpha de la meute alors qu'Edmund en était le guérisseur. L'un était dans son bon droit ; l'autre en faute. L'un exigeait un châtiment ; l'autre implorait la miséricorde. Ils n'étaient pas égaux, et ne le seraient jamais.

Telle était la dure loi des Lycaës.

— Elijah... Ce n'est qu'un petit garçon... Il est innocent... Ne fais pas ça, le supplia Edmund, levant une main dans sa direction.

— Ce n'est plus un petit garçon et tu le sais bien ! C'est un Transformé, cracha Elijah, la bouche tordue de dégoût. Une abomination ! *Une monstruosité...*

Edmund serra les dents, mais refusa de s'avouer vaincu. Il ne céderait pas sur ce point. Cet enfant, ce petit garçon était innocent et il ne laisserait pas son aîné le toucher.

Son odeur était différente. Il n'avait pas senti sur lui le relent de putréfaction qui émanait des autres Transformés. C'était la première fois qu'un tel prodige arrivait. Voilà pourquoi il avait décidé de le protéger, peu importe le prix qu'il aurait à payer pour cela.

Cet enfant était spécial.

Unique.

Il méritait qu'on se batte pour lui.

Alors même si son frère et lui n'étaient pas sur un pied d'égalité, Edmund était décidé à ne pas se laisser faire. Pour une fois, ils se dresseraient l'un contre l'autre et Edmund ne se soumettrait pas, il tiendrait bon. Il le fallait.

Heureusement, il avait plus d'un tour dans son sac et connaissait parfaitement leurs lois, ainsi que leurs règles de vie. Il ne permettrait pas que le moindre mal soit fait à cet enfant. Il s'en était fait la promesse lorsqu'il l'avait trouvé, et il ferait tout son possible pour la tenir. Quoiqu'il lui en coûte.

— Un Transformé s'en est pris à lui ainsi qu'à son père, et le monstre, c'était lui ! Et je l'ai détruit !

— Encore heureux ! Veux-tu une médaille ? C'est notre travail de tuer ces monstres et de les empêcher de s'en prendre aux humains ! C'est même plus qu'un travail, c'est un devoir !

— Non, je te disais simplement que j'avais tué l'abomination en question et que…

— Eh bien, tu aurais également dû détruire celle-ci ! grogna Elijah, pointant la maison du doigt et faisant un pas en avant.

Edmund oublia toute retenue, toute prudence à ces cruelles paroles. Il bondit sur ses pieds, se dressant entre son frère et l'objet de sa haine.

— Non !

Elijah se redressa de toute sa taille, surplombant ainsi son cadet. Il planta ses yeux de loup dans ceux, humains, de son frère et lui montra les crocs.

— Me défierais-tu, mon frère ?

— Non. Tu sais bien que je ne ferais jamais une telle chose, déclara Edmund, retombant à genoux et présentant une nouvelle fois sa gorge à son frère, incapable de s'en empêcher.

Edmund adorait son frère et il savait que ce dernier était le meilleur Alpha qui soit. Il ne désirait en aucune façon prendre sa place — et encore moins le défier pour ça —, mais il ne pouvait pas le laisser s'en prendre à ce petit garçon qu'il avait ramené avec lui ce soir. Il se devait de le protéger.

Il le fallait !

— Alors, donne-le-moi ! Qu'on en finisse…

Edmund, comprenant qu'il ne lui restait plus d'autre option, prit une profonde inspiration avant de se lancer. Son Alpha n'allait pas aimer ce qui allait suivre, mais alors pas du tout.

— Nos lois nous interdisent de nous en prendre à des enfants. Qu'ils soient louveteaux ou humains…

— Cela ne concerne que les meutes ! le coupa Elijah, d'une voix grondante.

— Et ceux qui se trouvent sur leurs terres…

Les poings d'Elijah se fermèrent et une veine battit frénétiquement au niveau de sa tempe. Il plissa les yeux, avant de hurler de rage. Son frère l'avait piégé. Il n'y avait pas d'autre mot pour décrire ce qu'il venait de faire. Il l'avait amené exactement là où il le voulait. Et lui, imbu de sa personne et enrobé de toute sa fière arrogance, n'avait rien vu venir. Absolument rien.

Il était fait comme un rat…

Edmund poussa un soupir de soulagement en comprenant qu'il avait gagné. Pourtant, il ne se réjouissait pas d'avoir dû en arriver là. Il aurait préféré que son frère se montre tolérant et compréhensif envers ce pauvre petit être sans défense.

Mais, avant qu'il ne puisse vraiment se réjouir, son aîné reprit la parole, le prenant à son tour par surprise.

— Soit. Mais tu en seras personnellement responsable, au même titre que les autres pères de la meute. À partir de maintenant et jusqu'à sa majorité, il sera considéré comme ton fils.

Edmund se releva et lui sourit.

— Je ne pensais pas qu'il en serait autrement.

Elijah fronça les sourcils.

— Comprends-tu bien ce que ça veut dire ? Tu seras responsable de *tous* ses actes, et tu recevras les châtiments à sa place…

— J'ai bien compris, Elijah. Et comme je viens de te le dire, je ne pensais pas qu'il en serait autrement.

— Et tu acceptes ? Comme ça ? Sans protester ?

— Pourquoi protesterais-je, mon frère ? Il me semble normal qu'il soit traité comme les autres louveteaux de la meute. Des privilèges ne lui seraient pas profitables.

L'air mauvais d'Elijah indiquait clairement qu'une telle pensée ne lui avait jamais traversé l'esprit.

Faire de ce monstre un privilégié ? Dieu l'en préserve !

Edmund se tut brièvement, avant de poser une main sur l'épaule de son aîné.

— Merci, mon frère. Tu verras, tu ne le regretteras pas.

Elijah plongea ses prunelles – à nouveau grises – dans celles de son cadet, avec une moue de dégoût.

— Non, *moi*, je ne le regretterai sûrement pas… mais toi, oui…

Edmund fronça les sourcils et regarda son Alpha avec suspicion, soudain inquiet. Que pouvait-il bien mijoter ?

— Pourquoi le regretterais-je ?

— Parce que tu vas en venir à l'aimer… comme s'il était ton propre fils…

De plus en plus perdu, Edmund ne comprenait pas en quoi cela pourrait être un problème, et encore moins pourquoi il en viendrait à le regretter. Il était même préférable qu'il l'aime comme son propre fils, sinon comment pourrait-il être un bon père pour cet enfant ?

— N'est-ce pas mieux ainsi ? Un père doit aimer son fils…

Elijah, qui s'était détourné et qui avait commencé à s'éloigner, s'arrêta net. Il se retourna à moitié et haussa un sourcil blanc comme neige.

— C'est juste. Sauf si ce fils est un Transformé…

Comprenant que son cadet ne voyait pas où il voulait en venir, il poussa un long soupir et fit demi-tour vers ce dernier pour lui mettre les points sur les « I ». Croisant les bras sur son torse nu, recouvert d'une légère toison blanche, il prit le ton qu'il employait généralement pour donner des explications aux louveteaux – un ton calme et patient, limite paternaliste.

Inutile de dire qu'Edmund avait horreur qu'il s'adresse à lui de cette manière.

— Il ne restera pas un enfant toute sa vie, Edmund…

Edmund eut un mouvement de recul en comprenant soudain ce que son aîné voulait dire. Une expression de pure horreur s'afficha sur son visage. Il n'arrivait pas à croire que son frère puisse sous-entendre... Non... Il ne ferait jamais une chose pareille. Pas lui !

— Non... tu n'oserais pas..., balbutia-t-il, profondément choqué par ce qu'il venait d'apprendre.

Elijah eut un sourire froid et une lueur meurtrière brilla dans ses yeux gris ardoise.

— Veux-tu parier ?

CHAPITRE PREMIER

Dix ans plus tard

La lune était sur le point de se lever. Belle, ronde, lumineuse. Un spectacle magnifique et envoûtant. Une perle à nulle autre pareille, suspendue là-haut dans le ciel, où tous pouvaient admirer sa flamboyante beauté. Aucun nuage à l'horizon susceptible de ternir ce moment tant attendu. L'éveil de la nuit, l'appel du loup…

Pourtant, cette soirée n'était pas vraiment comme les autres. Et ce lever de lune était… spécial. Du moins pour les membres de la meute des SixLunes. Un moment qu'ils attendaient avec une impatience grandissante, depuis près de dix ans.

Alors, ils étaient là, tous ou presque, à fixer le ciel avec avidité, impatients de voir la lueur argentée de l'astre lunaire montrer le bout de son nez. Et envoyer le signal qui ouvrirait les festivités.

Oh, ça oui, ils étaient impatients.

Tous ?

Non, pas exactement…

Matthias, qui avait été mordu par un Transformé un soir de pleine lune, il y a de cela dix ans, n'espérait pas du tout ce moment. Oh, non, il ne l'attendait pas, bien au contraire. Il l'avait redouté durant toute sa vie. Durant toute sa *nouvelle* vie – qui avait commencé dans la peur et la douleur.

Dans la peur de mourir, face à un monde dont il ignorait tout et qui suivait des pratiques… barbares – du moins pour le môme qu'il fut. Les Lycaës ne cachaient pas leur aversion à son encontre et leur désir de le voir mourir avant la prochaine pleine lune – une monstruosité comme lui n'ayant pas sa place dans leur univers –, car après, il serait trop tard. (Ce qui fut bel et bien le cas.)

Dans la douleur, car sa première transformation n'avait pas été une partie de plaisir. Transformé contre son gré, à un âge aussi jeune, rien ne garantissait qu'il survive – ni qu'il puisse prendre une forme animale complète. Il avait fallu du temps à son loup pour sortir, et cela s'était fait dans la douleur – autant physique que psychique. Au point que Matthias avait craint la pleine lune suivante, et celles d'après. En vain, cela dit, car il n'avait plus jamais ressenti une telle souffrance.

Jusqu'à aujourd'hui… Sa dernière transformation en tant que louveteau, son passage officiel à l'âge adulte et au statut de jeune mâle – la plus douloureuse de toutes.

Qui allait changer sa vie à jamais…

Edmund, son père adoptif, ne lui avait pas caché le sort qui serait le sien en cette soirée fatidique. Celle de la première pleine lune qui suivait son dix-huitième anniversaire. La perte officielle de son statut de louveteau *et* de la protection qui en découlait.

Une odeur de mort flottait dans l'air.

Évidemment, Edmund l'avait enjoint à partir ; à fuir loin, très loin d'ici. Et plus d'une fois. Mais en vain. Matthias connaissait le prix que son père aurait à payer pour ça. Si tel n'avait pas été le cas… il aurait certainement cédé à ses suppliques et prit la clé des champs.

Or il savait…

Elijah, le frère aîné d'Edmund et l'Alpha de la meute des SixLunes, s'était fait un plaisir de l'en avertir. C'était d'ailleurs la seule fois où il lui avait adressé la parole. Quoi qu'il en soit, l'Alpha avait été très clair : si lui, Matthias, n'était pas physiquement présent lors de la pleine lune qui suivrait son dix-huitième anniversaire, ce serait son protecteur, soit Edmund, qui en répondrait. Elijah avait planté son regard gris glacial, rempli de haine et de mépris, dans le sien et avait déclaré que la sentence serait la mort. Il s'était ensuite approché pour lui souffler au creux de l'oreille que, si une telle chose venait à se produire, il le prendrait personnellement en chasse et n'aurait de cesse de le retrouver et de le tuer.

Matthias, qui aimait son père adoptif autant qu'il avait aimé son vrai père, avait donc refusé de s'enfuir, au grand désespoir de ce dernier. Il ne voulait en aucun cas être responsable de la mort du seul être cher qui lui restait. Son père biologique était mort dix ans plus tôt, tué par un Transformé, et il n'avait jamais connu sa mère – elle les avait abandonnés, son géniteur et lui, à sa naissance. Edmund était donc la seule famille qui lui restait. Aussi, Matthias refusait l'idée de le voir mourir pour que lui-même puisse vivre.

Et puis, vivre pour faire quoi ? Pour fuir ? Pour fuir l'Alpha le plus dangereux qui ait jamais existé ? Matthias n'avait pas la moindre chance de lui échapper. *Pas la moindre.* En fin de compte, il y aurait deux morts à la place d'un seul. Et, honnêtement, même s'il avait une chance de pouvoir survivre, quel fils pourrait sacrifier son père pour sauver sa propre peau ? Pas lui, en tout cas. Il n'était pas fait de ce bois-là.

Il avait donc profité de chaque instant comme si c'était le dernier, car contrairement aux autres, lui savait exactement quand sa vie prendrait fin. Il avait une date butoir. Il avait donc choisi de croquer sa courte vie à pleines dents, à la place de se morfondre sur le peu d'années qu'il lui restait à vivre.

Mieux valait ne pas avoir de regrets.

Le temps avait été son ennemi, le rapprochant chaque jour davantage de l'heure de sa mort. Le temps qui s'était écoulé était perdu pour lui, il ne pourrait jamais le récupérer. Contrairement aux autres, lui n'avait jamais eu de seconde chance. Il n'avait jamais pu se dire : *je ferai ça plus tard, j'ai toute la vie devant moi !*

Or le temps imparti était bientôt entièrement écoulé ; les grains du sablier venaient à manquer…

Il y était.

La pleine lune se lèverait dans quelques minutes et Matthias, une fois sous sa forme lupine, serait exécuté.

Très peu de Transformés avaient été capables d'un tel prodige : devenir de « vrais » loups. Généralement, ils se retrouvaient figés entre les deux formes. Moitié humain, moitié loup. C'était d'ailleurs de là qu'était partie la légende du loup-garou, ce monstre arborant les deux apparences. Fort heureusement pour les Lycaës, c'en était resté au stade de la légende. C'eût été une véritable catastrophe dans le cas contraire. Leur existence ne devait pas être connue des hommes. Jamais.

Matthias faisait donc partie des rares Transformés qui pouvaient devenir un loup à part entière, et revêtir complètement sa forme animale. Mais n'étant pas le seul à avoir réalisé un tel exploit, aux yeux des Lycäes, il demeurait comme les autres : nocif et mauvais. Et ce, malgré les multiples protestations d'Edmund. Rien n'y avait changé quoi que ce soit. Rien. Il était une abomination, une monstruosité, une erreur de la nature, point.

Or un bon Transformé était un Transformé mort.

Ce moment tant attendu était venu, la mise à mort était proche... très proche.

Tous les membres de la meute des SixLunes étaient réunis au centre du village, sur la place de jugement. Tous avaient fixé Matthias à son arrivée, avec une lueur haineuse au fond des yeux. Mais ils avaient rapidement détourné leurs regards, une autre scène attirant leur attention. Maintenant, ils suivaient avec intérêt le débat qui faisait rage entre Elijah et Edmund. Les deux aînés Hunter se disputaient et le ton montait progressivement, annonciateur de problèmes imminents.

Cela rappela, à certains d'entre eux, une scène similaire qui s'était déroulée il y a près de deux cents ans. À la différence qu'Elijah et Edmund n'étaient alors pas ligués l'un contre l'autre, mais l'un *auprès* de l'autre, contre le benjamin de la fratrie, Eliott. Le résultat avait été catastrophique. Le plus jeune des Hunter avait plié bagage le soir même. Personne ne l'avait revu depuis. Elijah et Edmund ne s'étaient jamais pardonné ce qui s'était passé à cette époque. Ils s'en étaient terriblement voulu d'avoir été aussi intransigeants avec leur petit frère. Cela leur avait pourtant servi de leçon et depuis, ils avaient fait de gros efforts pour dominer leurs caractères emportés.

Du moins jusqu'à ce soir…

Edmund tentait vainement de plaider en faveur de son fils, mais Matthias savait que c'était inutile. L'Alpha attendait cet instant depuis dix ans et il ne changerait pas d'avis. Pas même pour son frère cadet. *Surtout pas* pour son frère cadet. Car pour lui, il était une aberration qui n'aurait jamais dû voir le jour. Un monstre ! Il pensait libérer son frère en le tuant, et rien, ni personne, ne pourrait le convaincre du contraire.

Les jeux étaient faits, son destin scellé.

— Elijah, bonté divine, ne soit pas si obtus ! Je l'ai élevé, je lui ai appris à se maîtriser, à dominer son loup… Il n'est un danger pour personne ! Enfin, ouvre les yeux ! s'écria Edmund, qui refusait de voir celui qui était pleinement devenu son fils se faire tuer, uniquement à cause de ce qu'il était.

— Les Transformés sont un danger pour tout le monde, Edmund, rétorqua froidement l'Alpha. Pour les humains *et* pour les Lycaës. Ils doivent être détruits.

— Je suis entièrement d'accord avec toi, mais Matthias n'en est pas un, il n'est pas comme les autres ! Premièrement, il était tout jeune lors des faits, et depuis, il a appris à se contrôler – ainsi que la bête en lui – aussi bien que n'importe quel Lycaë ! Deuxièmement, il n'a jamais dégagé cette odeur nauséabonde que traînent tous les Transformés ! Il n'est pas comme eux ! Il est différent, combien de fois devrais-je te le répéter ?

Edmund était excédé par l'attitude bornée de son frère. Il ne comprenait pas qu'un Alpha aussi intelligent et puissant puisse rester sourd et aveugle à ce point. Matthias n'avait jamais commis la moindre erreur, ni montré le plus petit signe d'agressivité ; il avait été un louveteau comme les autres. Pourquoi son frère refusait-il donc de le voir et de l'admettre ?

Matthias n'était pas un Transformé, c'était un Lycaë.

— C'est uniquement parce qu'il était un enfant à ce moment-là qu'il est encore en vie ! Mais, je ne t'apprends rien, je crois ? Quant à son odeur, le fait qu'il ne soit pas encore un jeune mâle doit en être la principale raison, répliqua Elijah d'un ton sec. Tout le monde sait que les louveteaux ont une odeur différente, plus douce, plus innocente ; un parfum provoquant un sentiment de protection... et non d'agressivité ! Tu n'es pas sans le savoir...

— Si Matthias est encore une vie, c'est parce qu'il n'est un danger pour personne ! Comme je te l'avais dit cette nuit-là, il n'a causé aucun problème. AUCUN ! Alors, arrête d'être aussi borné et regarde la vérité en face. Matthias n'est pas plus dangereux qu'un autre Lycaë. Ne le juge pas pour ce qu'il est, Elijah, je t'en conjure. Base-toi sur les faits. Son statut de louveteau n'a rien à voir là-dedans, absolument rien ! Arrête de chercher des excuses plus rocambolesques les unes que les autres et ouvre les yeux une bonne fois pour toutes !

— Mais c'est exactement ce que je fais, Edmund. Je me base sur des faits. Matthias est un *Transformé*, c'est irréfutable. Or le sort qui leur est réservé, c'est la mort. Quant à mes yeux, ils sont grands ouverts, je te rassure. Mais peut-être que toi, tu devrais ouvrir les tiens et arrêter de te voiler la face ! cracha rageusement l'Alpha.

— Bordel, ce n'est pas de n'importe qui dont on parle, c'est de mon fils. *De mon fils*, Elijah !

— Je t'avais prévenu, Edmund, j'avais prédit ce qu'il adviendrait ! Mais tu n'as pas voulu me croire... Tu ne peux t'en prendre qu'à toi-même ! Assez ! hurla-t-il lorsqu'Edmund voulut reprendre la parole.

Tous les membres de la meute se figèrent, comprenant que la limite était atteinte. Elijah ne tolérerait pas une parole de plus. Même Edmund l'avait compris et était devenu silencieux. On ne défiait pas l'Alpha lorsque celui-ci donnait un ordre, surtout quand il était dans cet état de fureur.

Edmund serra les dents et se laissa lentement tomber à genoux, avant d'incliner la tête, dévoilant sa gorge. Il avait poussé son aîné au-delà de ses limites, continuer dans cette voie serait suicidaire. Non pas pour lui, car s'il devait être celui qui payerait le prix, il continuerait, mais il ne le ferait pas à cause de son fils. Il savait que c'était sur Matthias qu'Elijah se vengerait s'il s'obstinait à plaider sa cause. Et cela, Edmund ne pourrait jamais le supporter.

Une petite voix s'éleva alors, à peine plus forte qu'un murmure.

— Ne me tuez pas devant mon père, s'il vous plaît... Ne lui faites pas endurer cela... Pour lui... Ayez pitié... Pas ça...

Chacun retint son souffle, s'attendant à ce que l'Alpha égorge ce jeune impudent qui, non seulement avait pris la parole sans y être invité, mais en plus était le condamné en question.

Pourtant, il n'en fut rien.

Elijah fixa Matthias durant de longues secondes, sans prononcer le moindre mot, ni esquisser un seul geste. Il adressa finalement un signe de tête à ses lieutenants et deux d'entre eux, Gaidon et Alexis, se dirigèrent vers Edmund.

— Non, Elijah, non ! s'écria-t-il, bondissant sur ses pieds et reculant d'un pas, la mine effarée.

Mais l'Alpha demeura imperturbable et laissa ses lieutenants l'éloigner de là. Il les laissa le ramener chez lui. C'était mieux ainsi. Elijah n'était pas cruel de nature et ce n'était pas de gaieté de cœur qu'il infligeait une telle souffrance à son frère.

Il faisait simplement ce qui devait être fait.

— Tu as supplié pour mon frère et non pour toi..., approuva Elijah, hochant lentement la tête. Je t'accorderai donc une mort rapide et quasiment indolore.

C'était une grande faveur que lui faisait l'Alpha. Généralement, on appliquait une mort fort douloureuse aux Transformés. Plus ils souffraient, plus la satisfaction des Lycaës était grande. Cela pouvait paraître cruel, et peut-être l'était-ce, mais ces monstres sanguinaires n'avaient aucun contrôle sur leur part animale et commettaient les pires atrocités. La seule manière de les arrêter était de les abattre. Les Lycaës appliquaient donc la loi du Talion : œil pour œil, dent pour dent.

De plus, Elijah était intimement convaincu que Matthias deviendrait un tueur sans pitié, comme tous les autres. Dès qu'il deviendrait un jeune mâle, le changement s'opérerait. Il serait alors un Transformé semblable aux autres, avide de sang et meurtrier. Ce n'était qu'une question de temps. C'était d'ailleurs un miracle qu'il ne le soit pas déjà... Un miracle qu'Elijah ne comprenait pas et qu'il n'avait pas le temps de chercher à résoudre. Le prix à payer serait malheureusement trop élevé. Il ne pouvait pas risquer la vie de sa meute.

Matthias, lui, était simplement heureux que son père n'assiste pas à sa mise à mort. Cela aurait été terrible pour ce dernier, et il ne s'en serait sûrement jamais remis. Au moins, lui avait-il évité cela...

Soudain, la lune se leva.

Matthias se mit à trembler, avant de tomber à genoux et de commencer à se tordre de douleur. Il avait l'impression que des griffes acérées labouraient l'intérieur de son crâne. La partie de son esprit qui contenait sa bête trembla sous les coups. Sa cage mentale était en train de changer, de se modifier, de s'adapter pour sa nouvelle forme. C'était terriblement douloureux, bien pire que lors de sa première transformation – ainsi que celles qui avaient suivi.

Un hurlement jaillit de sa gorge et rompit le silence de plomb qui régnait depuis sa chute.

Jusqu'à ce que l'âge adulte soit atteint, soit dix-huit ans, les Lycaës ne pouvaient libérer leur loup que les soirs de pleine lune. En fait, ils n'avaient pas vraiment le choix, dès que la lune se levait, la transformation commençait. Les toutes premières métamorphoses étaient lentes et douloureuses, l'esprit devant laisser sortir la bête qu'il contenait habituellement. Ensuite, cela se faisait par paliers. Tantôt indolores, tantôt à la limite du supportable. Mais la pire de toutes était celle du passage à l'âge adulte, car le loup connaissait alors une montée en puissance phénoménale. L'esprit devait donc s'adapter pour ne pas être submergé et permettre ainsi aux deux entités de cohabiter. Une fois cette ultime transformation achevée, Matthias – du moins s'il n'avait pas été condamné à mort – n'aurait plus été soumis à l'influence de la lune. Il aurait pu laisser sa part animale sortir à volonté. Il devait donc être capable de discerner ses propres envies de celles de sa bête. Sous peine de sombrer dans la folie. Ou de *commettre* des folies.

Mais la grande évolution résidait dans l'odeur. Elle allait passer de celle d'un louveteau – ce qui jusque-là assurait sa protection – à celle d'un jeune mâle. Et c'était précisément ce changement qu'attendait l'Alpha. Tant que Matthias portait le doux parfum d'un louveteau, il ne pouvait pas lui faire de mal – c'était bien pour cela qu'il avait voulu le tuer dès son arrivée, dix ans plus tôt. Il voulait le faire avant sa première transformation, avant que cette odeur si particulière ne se développe et l'empêche d'agir. Il avait d'ailleurs prié pour que cela n'arrive pas, pour que Matthias ne puisse jamais prendre une forme lupine complète, et là, le problème ne se serait pas posé. (Une prière dans le vide, évidemment.) Malheureusement, son frère l'en avait empêché.

Et voilà le triste résultat !

Non seulement ce monstre avait survécu, mais en plus, il avait réussi une transformation complète – développant de ce fait le parfum tant redouté...

Comme si cela ne suffisait pas, son damné petit frère aimait maintenant cette abomination, comme si elle était son propre fils !

Quel gâchis...

Elijah grommela dans sa barbe, furieux contre la terre entière. Il regardait, impassible, Matthias se contorsionner dans tous les sens, se tenant la tête entre les mains, sans faire le moindre geste pour s'approcher ni pour soulager quelque peu sa douleur. Si cela avait été un Lycaë, il aurait déjà été à ses côtés, l'aidant comme il le pouvait, le caressant doucement, lui parlant d'une voix douce et apaisante. Mais il ne ferait pas le moindre geste pour cette... chose.

Au bout d'une vingtaine de longues et interminables minutes, dans un chatoiement noir et jaune, un petit loup noir prit la place de Matthias. L'animal était allongé sur le dos, ses pattes avant repliées contre son poitrail, semblant chercher sa respiration.

Elijah se détourna et porta son regard sur les louveteaux, qui eux étaient en phase indolore. Il sourit en les voyant jouer entre eux. D'un mouvement de tête, il fit signe à deux autres de ses lieutenants, Damian et Lyon, de les emmener loin d'ici. Ils ne devaient pas assister à ce qui allait suivre, ils étaient bien trop jeunes pour cela. Le temps de la violence arriverait bien assez vite.

Ces derniers partis, un sourire froid et cruel naquit sur toutes les lèvres de la meute.

C'était l'heure.

L'abomination allait enfin être mise à mort.

Certains s'en pourléchèrent même les lèvres.

Elijah prit une profonde inspiration...

... et se pétrifia.

Cette odeur...

Il se tourna à moitié, faisant face à sa meute, et inhala profondément une nouvelle fois. Ses yeux se fermèrent et il poussa un grognement de plaisir. Ce parfum était... délicieux... envoûtant... enivrant... irrésistible...

La meute se figea progressivement en entendant le grognement de leur Alpha, inquiète, sur le qui-vive. Puis, elle recula vivement de plusieurs pas en voyant un énorme loup blanc prendre la place d'Elijah. La transformation fut rapide, quasi-instantanée, comme elle l'était toujours pour l'Alpha.

Il n'y eut plus le moindre doute pour l'assemblée : Elijah venait enfin de trouver son Zéhéniché. Le loup l'avait senti et reconnu. Il avait pris les commandes pour le faire sien.

Le grand loup blanc tourna la tête vers le petit loup noir... et bondit.

Celui-ci, toujours allongé sur le dos, ne vit rien de tout cela. Il poussa un gémissement de terreur en voyant l'énorme loup qui le surplombait. Reconnaissant d'instinct son Alpha, tremblant, il dévoila sa gorge.

L'épouvante qu'il ressentait se révéla dans son odeur.

L'Alpha, sentant la peur qui enveloppait son Zéhéniché, bougea rapidement. Il s'allongea sur le sol et poussa un petit cri plaintif, avant de poser sa tête sur ses pattes. Il montrait ainsi au jeune mâle que ses intentions n'étaient pas mauvaises. Il alla jusqu'à rabattre ses oreilles, signe qu'il était inoffensif.

Le loup noir, qui avait redressé sa tête en entendant la plainte de l'Alpha, observa la scène dans un état second. La peur qu'il ressentait encore faussait son jugement, sans quoi, il aurait instinctivement su ce que le loup blanc attendait de lui.

Il finit par se redresser et se mit sur ses pattes. Il avança lentement, avec hésitation, alors que l'autre loup suivait sa progression en remuant la queue.

Quand il se trouva à un pas de lui, il baissa son museau vers le sien. Lorsque leurs truffes se touchèrent, le loup blanc se jeta sur lui et le cloua au sol. Le jeune mâle ne put rien faire pour se défendre. Les canines de l'Alpha étaient déjà plantées dans le creux de sa gorge. Elles ressortirent aussi vite qu'elles étaient entrées. L'immense loup blanc léchait maintenant la plaie qu'il avait faite à son Zéhéniché, après l'avoir marqué comme sien. Puis, il recula légèrement et inclina la tête sur le côté, présentant à son tour sa gorge. Il invita son jeune compagnon à l'imiter et à y planter ses crocs, ce que, d'instinct, il fit. Il lécha ensuite la plaie, comme l'Alpha l'avait fait pour lui.

L'immense bête blanche se redressa, bascula la tête en arrière et leva son museau en direction de la lune. Son long hurlement retentit dans la froideur de la nuit.

À ce signal, le reste de la meute – qui jusque-là était restée silencieuse et à l'écart – se déshabilla promptement et se transforma dans un tourbillon de couleurs. Les loups hurlèrent à leur tour, célébrant ainsi l'union de leur Alpha.

Le départ de la chasse nocturne fut alors donné.

Ils bondirent en avant et s'élancèrent en direction de la forêt qui entourait leur village. Bientôt, il ne resta sur la place du jugement que le petit loup noir, toujours à terre, l'Alpha et son Bêta.

Le plus jeune des trois regarda la meute partir avec envie. À cause de ce qu'il était, il n'avait jamais pu chasser avec le reste de la meute – il le faisait avec son père. Son côté humain ne s'en était jamais plaint et était toujours ravi de passer du temps avec celui-ci, mais sa part animale, elle, avait toujours envié ces chasses nocturnes, tout en sachant que cela lui était interdit. Parce qu'il était différent.

En quoi ? Il ne l'avait jamais vraiment compris... mais il l'était. Toute la meute le pensait et c'était précisément pour cela qu'il n'avait jamais pu aller avec eux. Ils ne l'auraient pas accepté et l'auraient méchamment renvoyé, s'il avait eu le malheur de tenter de les rejoindre.

Son instinct de conservation avait été plus fort que son désir de chasser en meute.

Aussi, allongé sur le sol aux pieds de son Alpha, son envie de rejoindre la meute était encore plus grande et plus forte que d'habitude. Pourtant, il ne fit pas un geste.

Un coup de museau contre son flanc le ramena au présent. Il regarda le loup blanc, sans comprendre ce qu'il voulait. Visiblement à bout de patience, l'Alpha referma sa puissante mâchoire sur la nuque de son Zéhéniché et le força à se relever. D'un autre coup de museau, il lui fit comprendre qu'il devait suivre le reste de la meute.

Le Bêta partit le premier, sans vérifier si le couple dominant le suivait.

Ce fut comme un électrochoc pour le jeune mâle qui fit quelques pas en avant. Il s'arrêta, hésitant à le poursuivre, n'osant pas croire à sa chance. Il voulait tellement chasser avec la meute qu'il avait peur que ce soit une mauvaise blague et qu'au dernier moment, ce plaisir lui soit refusé.

Un claquement de mâchoires retentit dans son dos, le faisant sursauter et bondir en avant. L'Alpha avait l'air sérieux. Il serait dangereux de tester une patience qu'il n'avait visiblement pas.

Pour la première fois de sa vie, le petit loup noir partit en chasse avec le reste de la meute. Il avait toujours de la peine à y croire et se demanda, un bref instant, si tout cela était bien réel ou si ce n'était qu'un rêve.

Vision féerique ou onirique ? Il ne tenait pas vraiment à le savoir, dans le fond.

Il suivit donc le Bêta, aussi vite qu'il le pouvait, profitant pleinement de cette course en forêt.

Soudain, son attention fut attirée par un lièvre. Sans réfléchir, il partit à sa poursuite. Il le traqua sur plusieurs mètres, avant de le rattraper et de le tuer. Il eut un bref instant de panique en réalisant qu'il était seul. Ni l'Alpha ni le Bêta ne l'avaient suivi. Qu'était-il censé faire maintenant ? Il ne connaissait pas du tout cette partie de la forêt et comme c'était sa première chasse en meute, il ne savait pas ce qu'il convenait de faire.

Heureusement, un hurlement retentit, répondant ainsi à ses questions. L'Alpha venait d'ordonner le rassemblement. Le jeune mâle s'empara de sa proie et partit les rejoindre.

La meute s'était regroupée dans une petite clairière, au cœur de la forêt. Ils avaient tous déposé leurs prises devant l'Alpha et formaient un demi-cercle face à lui.

Quand il voulut faire de même, il en fut empêché par un loup dont le pelage contenait différentes nuances de gris. Il reconnut immédiatement le Bêta. Ce dernier était très impressionnant et il sentit sa peur revenir.

Mais avant qu'il ait pu faire le moindre mouvement, un jappement attira son attention.

L'Alpha l'appelait.

Le loup gris le poussa dans sa direction.

Une fois qu'il l'eut rejoint, sa proie toujours dans la gueule, il vit un jeune chevreuil aux pieds de l'immense bête blanche – qui le saisit et le déposa devant lui. Puis, elle s'assit et le regarda fixement.

Le plus jeune fixa le chevreuil durant quelques instants, avant de lever ses pupilles jaune pâle vers l'Alpha. Il comprit que ce dernier l'avait attrapé rien que pour lui.

En guise de présent. D'offrande.

Comment le savait-il ? Mystère… mais il était persuadé d'avoir raison.

Son propre cadeau devait lui paraître ridicule, car il était bien inférieur à celui qu'il venait de recevoir, pourtant, ce ne fut pas le cas. L'Alpha se devait d'être le meilleur, dans tous les domaines, et si son présent avait été supérieur au sien, ce dernier en aurait profondément été insulté.

Le jeune mâle s'avança et déposa son lièvre aux pieds du grand loup qui se tenait devant lui. Il voulut reculer, mais ne fut pas assez rapide. L'Alpha frotta doucement son museau contre le sien. Le petit loup ferma les yeux, profitant pleinement de cette caresse inattendue. Lui qui en avait été privé si longtemps brûlait d'en recevoir davantage.

Le plus âgé finit par faire un pas en arrière pour prendre le lièvre entre ses puissantes mâchoires. Il commença à dévorer son repas de bon cœur. Ce fut le signal tant espéré. Tous les loups se jetèrent sur leurs propres proies.

Pris de court, le jeune mâle mit quelques secondes avant de les imiter et d'entamer son chevreuil, savourant chaque bouchée, prenant le temps qu'il fallait pour lui faire honneur. Mais il se rendit rapidement compte qu'il ne pourrait pas en venir à bout tout seul. Il lança un bref regard au loup blanc, qui le fixait tranquillement, ayant, quant à lui, déjà terminé son repas. Lorsqu'il fut repu, il recula de quelques pas et s'allongea en bâillant.

À ce moment-là, l'Alpha – qui s'était également couché – se releva et termina rapidement le chevreuil.

Une fois la meute rassasiée, l'ordre de rentrer au village fut donné.

Le jeune mâle, qui commençait à s'assoupir, ne se leva pas pour partir avec les autres. Le grand loup blanc donna un nouveau coup de museau contre son flanc, mais sans résultat. Le plus petit grogna, avant de reposer sa tête entre ses pattes. L'Alpha utilisa donc la même technique que la première fois : il referma sa mâchoire sur la nuque de son Zéhéniché et le força à se relever.

Ils rejoignirent l'orée de la forêt, bons derniers.

Une fois celle-ci atteinte, le plus jeune se laissa tomber sur le sol, complètement épuisé. Entre la chasse et sa dernière transformation, il avait épuisé toute son énergie. Il était vanné.

Le loup blanc, comprenant qu'il ne pouvait faire un pas de plus, s'allongea contre lui. Après tout, il aimait dormir ainsi, en plein air, sous sa forme animale, les soirs de pleine lune. Alors le faire en compagnie de son Zéhéniché… c'était le paradis sur terre !

Ses lieutenants et son Bêta se joignirent à eux.

Trouvant qu'ils étaient bien trop proches de son compagnon, l'Alpha leur montra les crocs en grondant ; un pas de plus et ils étaient morts. Ils reculèrent donc prudemment et s'allongèrent à distance du couple. Les Lycaës étant particulièrement possessifs avec leur Zéhéniché, il fallait – du moins durant les premiers mois – faire très attention à ne pas violer leur espace personnel. Sous peine d'y laisser sa peau.

Après avoir longuement frotté son museau contre les poils noirs de son jeune compagnon, profitant de l'aubaine pour inhaler à satiété sa délicieuse odeur, l'Alpha posa son menton sur sa nuque et s'endormit à son tour, heureux comme il ne l'avait jamais été.

CHAPITRE 2

L'aube pointait à l'horizon lorsque Matthias se réveilla. Il eut de la peine à émerger, car il se sentait bien. Une douce chaleur semblait l'envelopper, et il lui fallut un petit moment pour comprendre qu'elle provenait de son dos.

Il cligna frénétiquement des paupières, tentant d'identifier la source de cette délicieuse chaleur. L'esprit encore embrumé de sommeil, il mit plusieurs minutes avant de comprendre qu'un corps était collé au sien.

Il baissa les yeux sur le bras qui l'enlaçait et sursauta.

Un bras d'homme.

Il était collé à un homme.

Matthias écarquilla les yeux et se concentra pour rassembler ses souvenirs. Qu'avait-il donc fait la veille ?

Il pâlit brusquement, se rappelant que, hier soir, c'était la pleine lune... Il déglutit péniblement alors que des souvenirs de la soirée surgissaient. Il revoyait le visage torturé de son père, et celui, diaboliquement indifférent, d'Elijah. Il entendait encore ce dernier lui annoncer, d'une voix pleine de fausse miséricorde, qu'il lui accorderait une mort douce pour le remercier d'avoir intercédé en faveur de son frère.

Pourquoi était-il encore en vie ? Matthias n'avait aucun souvenir de ce qui avait suivi sa transformation. Il ne comprenait pas comment un tel miracle avait pu se produire. Pourquoi n'était-il pas mort ? Et pourquoi était-il dans les bras d'un homme ?

Toutes ces questions sans réponses commencèrent à lui donner mal à la tête.

Matthias se dégagea doucement du bras qui le serrait et roula sur le dos. Il tourna la tête pour voir qui l'enlaçait de cette manière clairement possessive. Il vit d'abord un corps fort et musclé, sans une once de graisse, avec des pectoraux joliment dessinés et des tablettes de chocolat qui le firent saliver d'envie.

Une grande première pour lui !

Étant jusqu'à ce jour un louveteau, il n'avait encore jamais éprouvé d'attirance pour qui que ce soit. Cela le troubla profondément. Au point qu'il ne vit pas immédiatement les longs cheveux blancs qui recouvraient partiellement ce corps magnifique – et des plus appétissants.

Il hoqueta et eut un brusque mouvement de recul en les reconnaissant. Il n'eut même pas besoin de lever les yeux vers le visage de leur propriétaire. Il ne connaissait qu'une seule personne au monde qui possédait des cheveux aussi blancs et aussi longs.

Elijah Hunter.

L'Alpha de la meute des SixLunes.

L'homme qu'il détestait le plus au monde.

L'homme qui l'avait condamné à mort.

Matthias ne réfléchit pas plus longtemps. Oubliant instantanément l'envie incongrue qu'il avait eu de lécher ce sublime spécimen mâle, il voulut s'en éloigner. Et le plus rapidement possible. Il tenterait de se souvenir de ce qui s'était déroulé la nuit précédente une fois qu'il serait loin de ce détestable personnage – et des envies bizarres qu'il provoquait en lui. Il réfléchirait à tout cela quand il serait à l'abri et en sécurité. Chez son père. Quoique la notion de sécurité soit très relative.

Matthias se leva le plus silencieusement possible et pivota pour s'éloigner de l'orée de la forêt au plus vite. Il marqua un temps d'arrêt en voyant les lieutenants et le Bêta dormir quelques mètres plus loin.

Il se pinça l'arête du nez et pria de pouvoir quitter ce lieu maudit sans réveiller quiconque. Si pour une fois il pouvait avoir de la chance, ce serait plus que bienvenu !

Il partit sur la pointe des pieds et ne vit pas l'homme qui ouvrit brusquement les yeux.

Celui-ci ne bougea pas d'un cil, laissant le jeune mâle s'éloigner, sans faire le plus petit geste pour l'arrêter. Lorsque Matthias fut à une distance raisonnable et qu'il se mit à courir, l'homme se leva promptement et le prit en chasse. Un sourire amusé flottait sur ses lèvres.

Le gamin croyait-il vraiment pouvoir s'éclipser sans être repéré ?

Tsss, tsss.... La jeunesse n'était plus ce qu'elle était ! Le jour où un jeune Lycaë pourrait échapper à la surveillance du Bêta, le soleil se lèverait à l'ouest !

Matthias, qui n'avait pas remarqué qu'on l'avait pris en chasse – car le Bêta de la meute, contrairement au jeune mâle, était la discrétion incarnée – se dirigea droit vers la maison familiale. Il n'aimait pas spécialement l'idée de se balader nu, et était mal à l'aise de devoir traverser le village dans le plus simple appareil.

Heureusement, il ne croisa personne.

Matthias se félicita d'avoir laissé la fenêtre de sa chambre entrouverte. Cela lui permettrait de s'habiller avant d'aller voir son père. Même si ce dernier l'avait vu nu plus d'une fois, Matthias n'avait jamais vraiment été à l'aise avec ça. Il n'était pas pudique... enfin, pas complètement... mais pour lui, le mot « intimité » n'était pas vide de sens, bien au contraire. Et sa nudité, en l'occurrence, était pleinement concernée. S'il devait se retrouver dévêtu devant quelqu'un, il préférait que ce soit par choix, et non pas par obligation comme c'était le cas durant la pleine lune. Or ce n'était encore jamais arrivé. Rien de bien surprenant pour un louveteau, cela dit, puisque le désir physique leur était inconnu.

Évidemment, Matthias savait que nul ne le dévorerait des yeux – cela était formellement interdit –, mais il préférait quand même éviter ce genre de situation. Il n'y avait d'ailleurs jamais été confronté.

Du moins jusqu'à ce matin.

Son père avait toutefois tenu à lui apprendre cette règle fondamentale, juste au cas où. On n'était jamais trop prudent.

« *Si tu croises un jour l'un des nôtres dans le plus simple appareil, Matthias, tu ne dois surtout pas laisser tes yeux errer sur son corps. Tu ne dois regarder que son visage, ou tourner la tête, tout simplement. Seuls les amants et les Zéhénichés ont le droit de se regarder* » lui avait-il expliqué, avant de hausser les épaules. « *Que veux-tu, nous sommes une race passionnée et possessive…* »

Matthias déglutit péniblement, se rappelant le regard qu'il avait laissé courir sur le corps dénudé de l'Alpha. Seigneur, que lui serait-il arrivé si ce dernier s'était réveillé et l'avait surpris en train de le dévorer des yeux ? Et pire encore, comment aurait-il réagi en voyant la glorieuse érection qu'il arborait à ce moment-là ?

Matthias blêmit en sentant son membre réagir violemment à ce simple souvenir. Comment pouvait-il désirer cet homme qu'il détestait tant et qui avait fait de sa vie un misérable compte à rebours ? Pourquoi brûlait-il de le rejoindre et d'assouvir immédiatement la faim qui le dévorait ?

Non, non, non !

Matthias serra les dents jusqu'à les briser, et entra rapidement dans sa chambre. Il dominerait son désir, quoi qu'il lui en coûte ! Hors de question qu'il se laisse diriger par une libido soudain devenue irrépressible. Il ouvrit rageusement son armoire et saisit les premiers vêtements qui lui tombèrent sous la main.

Dès qu'il eut enfilé un caleçon, un jean et un pull, Matthias s'assit sur son lit et tâcha de se rappeler les événements de la veille. Mais il avait beau se concentrer de toutes ses forces, aucun souvenir ne remonta à la surface. Le noir complet. C'était la première fois que ça lui arrivait. D'habitude, il se rappelait toujours ce qu'il faisait sous sa forme animale. Étrange…

Matthias poussa un soupir de dépit et se décida à sortir de sa chambre. Il aurait préféré savoir ce qui s'était passé la veille avant de voir son père, car il savait qu'il lui poserait tout un tas de questions, auxquelles, malheureusement, il ne pourrait pas répondre.

Matthias pénétra dans la cuisine, et se raidit en voyant les deux hommes qui se tenaient aux côtés d'Edmund. Il avait complètement oublié les deux lieutenants qui le surveillaient ! Un frisson de peur le parcourut tout à coup, et il eut un mouvement de recul instinctif. Mais il était trop tard, les trois hommes l'avaient aperçu.

Ils fixèrent Matthias, les yeux écarquillés et la bouche grande ouverte.

— Matthias... Oh mon Dieu, Matthias ! s'écria son père, se précipitant pour le prendre dans ses bras.

Oubliant sa peur, il le rejoignit à mi-chemin et se lova dans ses bras. Des larmes de joies coulèrent de part et d'autre. Le père et le fils, qui pensaient ne jamais se revoir, étaient en proie à une émotion intense.

Edmund recula légèrement et prit le visage de son fils entre ses mains. Ses prunelles vertes brillaient de mille feux et un plaisir infini s'y reflétait.

Tout à sa joie de le revoir, il ne réalisa pas que l'odeur de Matthias en était recouverte par une autre, et que c'était ce parfum qu'il avait senti dès que son fils était entré dans la pièce. Et même avant – ce qui expliquait pourquoi il n'avait pas réagi immédiatement.

Mais Edmund se trouvait à mille lieues de là. Il n'était pas en état de réfléchir de manière logique. Pour l'instant, son fils était là, et c'était tout ce qui lui importait.

— Mon fils...

Matthias sourit à son père, avant d'enfouir son visage contre son cou, trop ému pour pouvoir parler.

Un grognement, bas et menaçant, résonna soudain dans la cuisine, les séparant instantanément.

Edmund fit prestement volte-face, ayant reconnu l'odeur de son frère aîné. Il se plaça devant Matthias, le protégeant ainsi de son corps. Il se raidit en croisant les pupilles bleu glacier de l'Alpha.

Elijah se tenait sur le pas de porte, simplement vêtu d'un jean. Une aura de rage meurtrière flottait autour de lui. Froide. Menaçante. Létale.

Edmund se pétrifia en voyant la marque qui ornait l'épaule gauche de son aîné. Sous le choc, il la fixa sans pouvoir en détacher ses yeux. C'était tellement incroyable qu'il eut de la peine à réaliser ce qu'elle signifiait et à faire le lien avec l'étrange odeur qui embaumait son fils.

— Tu…. tu as… tu as trouvé… ton… Zéhéniché ? bégaya-t-il, incapable de croire ce que ses yeux lui montraient et ce que ses sens lui soufflaient.

L'Alpha avança lentement vers son cadet, tel un prédateur en chasse, et lui montra les crocs.

Edmund vacilla, comprenant enfin la raison de sa fureur. Il leva les mains pour apaiser son frère, mais fut vivement tiré sur le côté par Gaidon.

Qui, de ce fait, lui sauva la vie.

— Imbécile ! On ne se met pas entre un Lycaë et son Zéhéniché… À moins de vouloir mourir prématurément, grommela le lieutenant, le forçant à reculer, autant que la cuisine le leur permettait.

Il donna un violent coup de coude dans les côtes d'Alexis pour le faire réagir, avant de s'agenouiller et de présenter sa gorge à son Alpha.

Gaidon fut immédiatement imité par les deux autres.

Quand un Lycaë trouvait son Zéhéniché, il devenait terriblement possessif et jaloux. Toutes personnes se trouvant proches de ce dernier devenaient une menace potentielle – du moins durant les premiers mois.

Elijah fixa les trois Lycaës d'un air suspicieux. Il continua à grogner dans leur direction tout en s'approchant doucement de son compagnon.

Mon fils, tu dois le calmer…

Matthias sursauta en entendant son père. Généralement, ils n'utilisaient leur lien télépathique – qui unissait un parent et son enfant – que lorsqu'ils étaient sous forme lupine.

Quoi ?

Matthias n'était pas sûr d'avoir bien compris ce que lui demandait son père. Le calmer ? Lui ? Comment pourrait-il faire cela ? Le simple fait de poser les yeux sur lui éveillait généralement la colère de l'Alpha ! Dans la liste des mauvaises idées, celle-ci gagnait la première place.

Matthias… Tu es son Zéhéniché… Tu sais ce que ça veut dire, n'est-ce pas ?

Oh. Mon. Dieu !

Dans la série des mauvaises nouvelles, celle-ci remportait sans aucun doute le gros lot ! Matthias gémit de dépit et se prit la tête entre les mains.

Non, non, non !!! Pas ça ! Tout, mais pas ça !

Brusquement, les souvenirs de la veille affluèrent, comme si le voile qui les avait retenus jusque-là s'était soudain déchiré, comprenant qu'il était maintenant prêt à y faire face. Il revécut le moment où il s'était uni à Elijah avec précision. Il revit également la manière dont l'Alpha avait agi avec lui par la suite.

Avec *douceur*.

Matthias sentit la bile remonter violemment dans sa gorge.

Elijah.

Son Zéhéniché.

Son loup, mettant pour la première fois un nom sur ce qui s'était produit la veille, bondit de joie dans son esprit. Il avait alors réagi à l'instinct, sans vraiment comprendre ce qui se passait. Il avait juste su qu'il *devait* le faire. Savoir qu'il avait trouvé son Zéhéniché, immédiatement après être devenu un jeune mâle, le submergea d'un sentiment intense et profond. Le mot « joie » était bien trop faible pour décrire ce qu'il ressentait. Il l'avait trouvé, et rien d'autre, en cet instant, n'avait d'importance.

Le Zéhéniché était le compagnon parfait. Celui qui avait spécialement été fait pour vous. Les humains, eux, utilisaient le terme d'« âme sœur ». Mais le Zéhéniché était bien plus que cela. Il n'était pas seulement la moitié de l'âme, il était également la moitié du cœur et du corps. Il était la moitié... parfaite.

Et une fois réunis, ils formaient un tout.

Un Lycaë reconnaissait son Zéhéniché grâce à son odeur ; dès que le loup la sentait, il prenait les commandes afin de se lier, à vie, à son compagnon. Il en avait toujours été ainsi. C'était la seule fois où les Lycaës n'avaient aucun contrôle sur leur animal. C'était comme si ces derniers savaient combien les humains pouvaient compliquer les choses.

Matthias, calme-le ! Tu es le seul qui puisse le faire !

Matthias releva la tête et mit ses sombres pensées de côté. Il vit alors que l'Alpha s'était rapproché de son père et qu'il avait entièrement dénudé ses canines.

Sans plus réfléchir, il bondit et se faufila habilement entre eux. Il veilla toutefois à être plus proche d'Elijah que de son père, ne tenant pas à envenimer la situation. Il posa ses deux mains sur sa poitrine et tenta de le repousser. Sans grand succès.

— Non ! Arrêtez ! C'est mon père, bordel de merde ! cria-t-il, le poussant plus fort.

Elijah enlaça aussitôt Matthias et l'attira tout contre lui. Il posa une main possessive sur sa nuque, défiant son cadet du regard. Mais celui-ci, ayant toujours la tête baissée, ne vit rien de son geste.

L'Alpha grogna de plus belle en sentant l'odeur d'Edmund sur son Zéhéniché. Il repoussa délicatement le jeune mâle, ne voulant pas le blesser, et fit un pas en avant avec l'intention de trucider celui qui avait osé toucher ce qui lui appartenait.

Mais Matthias ne le laissa pas faire.

Il noua ses mains dans son dos et s'accrocha à lui comme il put.

Il plongea ses yeux, semblable à de l'or en fusion, dans les prunelles bleu glacier de l'Alpha, cherchant à l'atteindre ainsi puisque le contact physique ne suffisait visiblement pas.

— Arrêtez ! C'est mon père ! Si vous lui faites du mal, je ne vous le pardonnerai jamais !

Ses paroles résonnèrent dans la cuisine et un silence mortel s'ensuivit. Chacun retenait sa respiration et ils auraient pu entendre une mouche voler – façon de parler, car ils l'auraient entendue de toute manière.

Elijah recula enfin.

Il fit trois pas en arrière, et saisit vivement Matthias lorsque celui-ci fit mine de le relâcher.

— Non, grogna-t-il doucement. Reste près de moi.

Il se tourna rapidement et le plaqua contre le réfrigérateur. Elijah enfouit son nez dans le cou de son Zéhéniché. Il prit de lentes et profondes inspirations, laissant l'odeur de son compagnon l'envahir et l'apaiser progressivement.

— Ne laisse plus personne te toucher… Jamais… La seule odeur que je dois sentir sur toi, c'est la mienne.

Matthias serra les dents et se retint de lui dire sa façon de penser. Cet homme, qui l'avait traité comme… comme de la merde – il fallait bien le reconnaître et appeler un chat, un chat – voulait maintenant qu'il le laisse le toucher et qu'il passe, tout naturellement, sa vie à ses côtés !

Eh bien, il pouvait toujours aller se brosser !

Hors de question qu'il reste proche de ce… de ce connard arrogant ! Même si son corps réagissait vivement à cette proximité forcée, Matthias était déterminé à ne pas se laisser gouverner par sa queue.

Seulement voilà, Elijah n'était pas n'importe qui, et il ne pouvait pas l'envoyer bouler comme il le souhaitait tant. Qu'il soit l'Alpha de la meute importait peu à Matthias, car il n'en avait jamais vraiment fait partie. Non, le problème était bien plus grave. Et bien plus complexe. Elijah était son Zéhéniché. Aussi incroyable et improbable que cela puisse paraître, ils étaient liés l'un à l'autre. *Pour l'éternité.* Même la mort ne saurait les séparer, maintenant. Leurs loups avaient déjà mis le lien en place. Ils ne supporteraient pas très longtemps d'être éloignés l'un de l'autre, ni de rester à distance et encore moins de ne pas pouvoir se toucher. Cela leur serait tout bonnement impossible.

Pour son plus grand malheur.

Matthias laissa sa tête retomber en arrière et percuter la porte du réfrigérateur. Il endura cette petite douleur avec plaisir et ferma les yeux pour en profiter pleinement.

Il serra les dents en sentant la main d'Elijah remonter le long de sa nuque, pour s'enfouir dans ses cheveux noirs aux reflets bleutés.

— Regarde-moi, Thias…

Matthias ouvrit brusquement les yeux et regarda son vis-à-vis comme si une deuxième tête venait soudain de lui pousser.

— Que venez-vous de dire… ?

Elijah lui sourit tendrement, ce qui le laissa perplexe un court instant.

— Je t'ai demandé de me regarder…, répondit ce dernier d'un ton malicieux.

Matthias cligna des paupières et tenta de faire abstraction des adorables fossettes qui creusaient les joues de l'Alpha, ainsi que du ton taquin qu'il venait d'employer.

— Non, pas ça… Ce que vous avez dit après… Comment m'avez-vous appelé…. ?

Le sourire d'Elijah s'agrandit, ainsi que lesdites fossettes – pour le plus grand malheur de Matthias.

— Thias…

— Oh, bordel ! Et c'est quoi ça, « Thias » ? s'écria-t-il, mécontent.

— Un diminutif… Tu sais, on prend le prénom d'une personne et on le raccourcit…, expliqua calmement Elijah, comme s'il s'adressait à un petit garçon récalcitrant.

Matthias ouvrit et ferma la bouche à plusieurs reprises, ne sachant que répondre à cela. L'autre se moquait de lui, il en était persuadé.

— Ouais, ben, je n'aime pas trop ça… Je m'appelle « Matthias » et c'est très bien ainsi, marmonna-t-il finalement, le regard noir.

Il voulut ajouter quelque chose, mais un vertige le fit vaciller. Des points noirs apparurent dans son champ de vision et avant qu'il n'ait le temps de comprendre ce qui lui arrivait, il bascula en avant.

Elijah cessa net de sourire en voyant son compagnon pâlir et tomber. Il le rattrapa facilement et le souleva dans ses bras. Il alla s'asseoir sur une chaise, tenant son précieux fardeau contre son torse.

Il posa une main qui tremblait légèrement sur le cou de son Zéhéniché. L'Alpha poussa un soupir de soulagement en sentant son pouls battre de manière régulière contre ses doigts.

Son loup, qui s'était brusquement hérissé en voyant son compagnon s'effondrer, se calma en comprenant qu'il était juste évanoui. Mais cela ne l'empêcha pas de s'inquiéter et de tourner en rond, comme un lion en cage, dans son esprit.

Elijah se tourna vers son frère et sursauta en voyant que les trois hommes étaient toujours à genoux, têtes baissées. Il se sentit brusquement honteux de sa réaction.

Son cadet avait été plus que ravi de voir que celui qu'il considérait comme son fils était toujours en vie, et évidemment il l'avait serré dans ses bras. C'était ce qu'aurait fait n'importe quel père. Mais tout ce qu'il avait vu, lui, c'était qu'un *autre* homme touchait son Zéhéniché. Cela lui avait été intolérable.

Elijah poussa un soupir, se disant que c'était la première fois qu'il réagissait de la sorte, mais malheureusement, ce n'était justement *que* la première fois. Il y en aurait bien d'autres, il n'en doutait pas une seule seconde.

Il ne saurait en être autrement, d'ailleurs.

— Levez-vous… Pardon, Edmund. Je suis désolé d'avoir réagi de la sorte. Je…

Son frère ne le laissa pas finir et balaya ses excuses d'un geste de la main.

— C'est normal, Elijah. C'est ton Zéhéniché. J'aurais réagi exactement de la même manière. Je ferai plus attention à l'avenir. Mais… (Edmund marqua une courte pause.) Je ne te cache pas que ce ne sera pas évident pour moi de me tenir à distance de mon fils…

— Je sais… Je vais… je vais essayer d'y travailler, d'accord ? proposa Elijah d'une voix hésitante, tout en sachant qu'il lui serait impossible de tolérer une autre odeur que la sienne sur son compagnon.

Edmund hocha la tête, bien conscient du problème qui était le sien. Il ne fit cependant pas d'autres commentaires et mit en route sa machine à café. Il eut un petit sourire en coin, voyant l'air inquiet de son aîné, lorsque ce dernier reporta toute son attention sur Matthias.

— Ne t'inquiète pas pour lui, Elijah. Il était tellement stressé, hier, qu'il n'a rien mangé de la journée. Ce n'est pas la première fois qu'il tombe dans les pommes parce qu'il saute un repas ou deux…, soupira Edmund, avant de lever les yeux au ciel. Seigneur, ces jeunes. Le jour où ils écouteront leurs parents…

— … les poules auront des dents ! compléta joyeusement Nathaniel, le Bêta de la meute, qui était nonchalamment appuyé au chambranle de la porte-fenêtre de la cuisine.

Edmund eut un petit rire et l'invita d'un geste à se joindre à eux.

— Nathaniel ! Je me demandais où tu étais passé…

— Je suivais un gamin qui croyait pouvoir échapper à ma surveillance… Afin de pouvoir informer mon Alpha de sa destination, pendant que celui-ci se rendait présentable…, déclara ce dernier, le regard rivé sur Matthias.

Les lèvres d'Edmund frémirent, mais il ne répondit rien. Il offrit du café aux quatre hommes présents avant de se servir une tasse et de prendre place, à son tour, autour de la table.

Matthias se redressa d'un bloc en sentant l'odeur du café. Il attrapa la première tasse qu'il trouva, sagement posée devant lui, et en but une grande gorgée... Avant d'écarquiller les yeux sous l'effet de la surprise.

— Oh, merde ! Mais c'est quoi ce tord-boyaux ??? s'écria-t-il, reposant vivement la tasse, la bouche déformée par une grimace de dégoût.

Edmund adressa un sourire amusé à son fils, tout en sirotant tranquillement son café.

— C'est le café d'Elijah..., répondit-il en haussant les épaules, comme si cela expliquait tout.

Matthias réalisa alors qu'il n'était pas assis sur une chaise. Il déglutit péniblement et leva lentement les yeux... pour croiser les prunelles gris ardoise de l'Alpha. Ce dernier resserra aussitôt son étreinte, l'empêchant ainsi de quitter ses genoux.

Elijah tendit une main vers la tasse qu'il avait dédaignée et prit une grande gorgée de café, sans le quitter des yeux.

— Il est excellent ce café... Je ne vois pas ce que tu lui trouves de... bizarre..., murmura-t-il, se penchant pour lui mordiller l'oreille.

Matthias se raidit devant ce contact intime, mais ne put contenir le frisson de plaisir qui le parcourut. Il serra les dents et détourna la tête, afin de ne plus voir le visage souriant de son Zéhéniché.

Son regard tomba, par hasard, sur l'horloge murale. Il la fixa sans la voir durant quelques secondes, avant de brusquement sursauter.

— Eh merde ! Je vais être en retard ! s'exclama-t-il, tentant de se lever. Lâchez-moi, je vais être en retard ! Je dois y aller...

Elijah resserra son emprise et afficha un air déterminé.

— Non. Tu restes avec moi...

Matthias écarquilla les yeux, sidéré par ce qu'il venait d'entendre. Mais avant qu'il ne prononce des paroles qu'il pourrait regretter par la suite, son père interféra en sa faveur.

— Elijah... Sois un peu raisonnable, pour une fois. Laisse-le aller à ses cours. C'est important pour lui..., expliqua-t-il, fixant son aîné droit dans les yeux, une petite lueur d'avertissement scintillant dans ses prunelles vertes.

Elijah pinça les lèvres et ne répondit rien. Il avait parfaitement compris le message silencieux de son frère. Il avait fait beaucoup d'erreurs avec Matthias, et il serait difficile pour lui de rentrer dans ses bonnes grâces. Il en avait conscience. Le chemin serait semé d'embûches. Il était donc inutile d'en ajouter de nouvelles.

Il poussa un soupir de frustration et relâcha, à contrecœur, son étreinte.

— D'accord... Vas-y... murmura-t-il d'une voix morne.

Matthias ne se le fit pas dire deux fois. Il quitta rapidement les genoux d'Elijah et se précipita dans sa chambre.

Il saisit son sac et se dirigea vers la porte d'entrée au pas de charge. Alors qu'il allait franchir le seuil de la maison, une voix autoritaire, et terriblement familière, résonna dans son dos.

— Thias !

Le jeune homme serra les poings, mais s'arrêta. Défier ouvertement Elijah n'était pas une décision à prendre à la légère. Surtout que son loup ne serait pas du tout d'accord avec lui et ne le laisserait certainement pas faire.

Ce dernier grognait déjà à l'idée de s'éloigner de son Zéhéniché.

— Ouais ?

— Ne laisse personne te toucher... Personne ! Souviens-t'en.

Matthias hocha la tête avant de quitter la maison, sans un regard en arrière.

CHAPITRE 3

Une fois Matthias parti, Elijah regagna la cuisine d'un air pensif. Il s'assit sans prononcer le moindre mot, et voulut terminer son café.

— Merde ! Il est froid !

Il se releva aussitôt et vida le reste de sa tasse dans l'évier. Il se resservit avant de reprendre place à la table de son frère.

Il demeura silencieux et soucieux un long moment, se frottant le menton d'un air absent.

Un Transformé...

Son Zéhéniché était un Transformé.

Incroyable !

Maintenant qu'il était plus calme, il repensait à ce qui s'était passé la veille. Lui, l'un des plus anciens d'entre eux — qui désespérait de trouver un jour son compagnon — le cueillait au berceau, pour ainsi dire !

Un bébé Transformé...

Seigneur ! S'il s'était attendu à ça. Le Destin jouait bien des tours, parfois...

Elijah poussa un soupir et se frotta le visage d'une main lasse.

— Tu ne dois pas être ravi de découvrir que ton Zéhéniché est une personne que tu méprises depuis toujours..., dit soudain Nathaniel, d'un ton neutre.

Elijah leva lentement ses prunelles gris ardoise vers son Bêta. Une lueur dangereuse y scintillait.

— Fais très attention à la manière dont tu parles de lui ! l'avertit-il d'une voix glaciale.

Nathaniel haussa un sourcil, surpris par la véhémence de son

Alpha – et accessoirement meilleur ami.

— C'était juste une question, Elijah... Tu sais bien que je ne me permettrais jamais un geste ou une parole déplacée à l'encontre de ton Zéhéniché...

Elijah laissa sa tête retomber en avant et passa nerveusement sa main dans ses longs cheveux blancs. Il réalisa alors qu'il ne les avait pas attachés. Cette négligence ne lui ressemblait pourtant pas.

Machinalement, sans vraiment y penser, il les rassembla au niveau de sa nuque pour les nouer, réfléchissant aux paroles de Nathaniel.

— Je croyais ne jamais le trouver... Depuis toutes ces années, pour ne pas dire ces siècles, je pensais... je pensais que je passerais ma vie seul... Alors... oui, oui c'est un choc de le trouver maintenant. Mais... mais c'en est un bon, termina-t-il, un léger sourire aux lèvres.

Son Zéhéniché était un Transformé ? Oui, c'était une énorme surprise. Car jusque-là, il avait cru la chose totalement impossible, impensable.

C'était la première fois que l'un d'eux s'unissait à un Lycaë. En fait, c'était même la première fois qu'un Transformé se liait tout court. Généralement, ces derniers n'aimaient pas vivre en meute et la seule chose qui les attirait, c'était le sang. Après tout, c'était leur seule raison de vivre.

Cela changeait-il quelque chose pour lui ? Non, absolument pas. Car même si c'était des plus improbables, l'essentiel demeurait : Matthias était fait pour lui, rien que pour lui. Cela voulait forcément dire qu'il n'était pas comme les autres, sinon un tel lien aurait été impossible. Depuis le temps qu'il les chassait, il le savait bien. De plus, il était suffisamment âgé pour savoir que rien n'arrivait jamais sans une bonne raison. Même si pour le moment il était un peu dépassé par les événements, il était persuadé que ce n'était pas dû au hasard.

Ça ne l'était jamais.

Elijah acceptait ce lien. Et de bon cœur. Ça pouvait paraître surprenant, voire même ironique, au vu du sort qu'il aurait réservé à Matthias si ce dernier n'avait pas été son Zéhéniché, mais il était l'un des plus vieux Lycaës qui parcouraient encore ce monde – plus que cela même, puisqu'il était un véritable Ancien – or, quand on avait passé plus de mille cinq cents ans à chercher un être que l'on n'avait jamais trouvé, on voyait les choses différemment. On acceptait sans sourciller ce qui, pour certains, pouvait paraître aberrant. Une union n'arrivait jamais sans raison, jamais. Alors oui, Elijah l'acceptait.

Être uni à Matthias était pour lui une bénédiction, un miracle, un rêve qui lui avait paru inaccessible.

Le reste, il s'en fichait royalement.

Seulement, voilà, Matthias ne verrait pas les choses comme lui. Oh que non ! Il n'avait ni son grand âge, ni ses connaissances, ni son savoir. C'était un jeune mâle, impulsif et imprévisible – rancunier, aussi…

Et il en avait bavé, doux euphémisme, depuis son arrivée dans la meute – de quoi être vindicatif, en somme…

Matthias n'oublierait pas aussi aisément le passé, c'était une évidence ; quant au pardon, Elijah ne s'attendait pas à l'obtenir avant très longtemps. Très, très longtemps.

Il allait devoir se montrer doux et patient avec son Zéhéniché. Pour la douceur, ce ne serait pas un problème, Elijah brûlait de dorloter son jeune compagnon, mais pour la patience, par contre… ce serait une autre paire de manches !

Elijah ne possédait pas la moindre once de patience, il avait tout laissé à son frère, Edmund – qui s'était servi sans sourciller et avait raflé la mise, ne laissant rien au benjamin de la fratrie – ce qui promettait un avenir coton ! Au bas mot…

— Comment amadouer un jeune mâle… qui me hait, très certainement… ? murmura-t-il du bout des lèvres, sans se rendre compte qu'il parlait à voix haute.

— Eh bien, si je peux te donner un conseil, mon cher frère, tu peux commencer par apprendre à faire un *Caramel Macchiato*.

Elijah cligna plusieurs fois des yeux, alors que des exclamations de surprise fusaient, de part et d'autre de la table :

— Un *Caramel Macchiato* ?

— Non, mais tu es sérieux, là ?

— Bon sang, Elijah évoque un vrai problème et toi, tu lui parles de *café* ?

— Oh ! s'exclama bruyamment Edmund, en levant vivement les deux mains en l'air, histoire de calmer le jeu. Oui, un *Caramel Macchiato*. Et oui, je suis très sérieux. Et oui encore, c'est un début de solution pour le problème d'Elijah.

Quatre paires d'yeux exorbités se tournèrent vers Edmund. Ce dernier poussa un léger soupir avant de planter son regard vert dans les iris gris d'Elijah.

— Matthias est un fou de café, MAIS, il n'aime pas le café corsé, comme vous avez pu le constater. Contrairement à toi, mon cher frère. Or, si mes souvenirs sont exacts, tu ne sais faire que celui-ci. Ai-je tort ? demanda-t-il avant de continuer, voyant Elijah secouer la tête. Bien. Donc, avant toute chose, il faut que tu apprennes à faire un *Caramel Macchiato*. C'est le péché mignon de Matthias… Il en boit : matin, midi et soir. Si tu veux le surprendre – et lui faire extrêmement plaisir –, ce serait un très bon début…

— Je doute que savoir faire un…. un Caramel-Machin-Chose suffise à entrer dans les bonnes grâces du gamin… Si un café, aussi bon soit-il, pouvait nous absoudre de tous nos péchés, cela se saurait ! déclara Nathaniel, visiblement plus que sceptique.

Elijah ne dit rien, mais il partageait l'avis de son Bêta. Son frère avait dû recevoir un sacré coup sur le crâne pour lui proposer un truc pareil ! Malheureusement, lui-même n'avait pas de meilleure idée.

Il décida donc de faire, provisoirement, contre mauvaise fortune bon cœur.

— Rome ne s'est pas construite en un jour, Nathaniel..., ajouta Edmund, notant leur scepticisme. Il faut commencer par le commencement... Si Elijah veut que Matthias passe la nuit chez lui, il faudra...

— Évidemment que Thias passera la nuit chez moi ! tonna Elijah, frappant la table du plat de la main, coupant de ce fait son cadet au beau milieu de sa tirade. Je me prive de sa présence durant toute la journée – pour lui faire plaisir – je ne me passerai pas de lui cette nuit également ! Bordel, mon loup ne le supporterait pas !...

Et le sien non plus, d'ailleurs...

Edmund leva une main apaisante dans sa direction.

— Je sais, je sais... Mais on n'attire pas les mouches avec du vinaigre...

— Mais qu'est-ce que tu nous parles de mouches, maintenant ? s'exclama Alexis, fixant Edmund comme si un troisième œil lui avait poussé au beau milieu du front.

Edmund et Elijah éclatèrent de rire, pendant que Gaidon lui donnait une tape derrière la tête.

— C'est une métaphore, imbécile ! expliqua Nathaniel, secouant la tête d'un air dépité. Arrête de toujours tout prendre au premier degré... Parfois, j'ai de la peine à réaliser que tu as deux cents ans !

— Eh, oh ! Ça va, pas besoin d'en rajouter... Ce n'est pas parce que je ne comprends pas toujours toutes les subtilités de la langue française que je suis un débile profond !

— Parce que tu comprends mieux les subtilités de la langue anglaise, peut-être ? demanda Gaidon d'un ton narquois. Si tu veux, on fait passer le mot et on arrête de parler en français entre nous... Pour que tu puisses mieux nous comprendre, bien sûr...

Le village de la meute se situait à la frontière du Québec, ce qui leur avait laissé le choix entre l'anglais et le français. La ville la plus proche, où ils se rendaient régulièrement et où Matthias faisait ses études, était anglophone. Ils avaient donc opté pour le français afin de pouvoir parler librement – sans être compris et sans devoir faire sans cesse attention à leurs propos –, mais aussi par esprit de contradiction : la plupart des meutes parlaient uniquement anglais. Or, la meute des SixLunes n'en était pas une comme les autres.

Oh que non…

— Je ne suis pas d'une stupidité sans nom, merci ! Inutile de changer de langue pour moi !

— Si tu le dis…

Alexis lança un regard noir à Gaidon, mais n'eut pas le temps de lui dire sa façon de penser.

— Allez jouer ailleurs, les enfants, les grandes personnes voudraient avoir une discussion d'adultes pour régler un problème d'adultes, se moqua Nathaniel, avant de leur indiquer la porte d'un signe de tête.

Alexis et Gaidon voulurent protester, mais le regard que leur jeta le Bêta les en dissuada.

La récréation était finie.

Les deux lieutenants se levèrent comme un seul homme, parfaitement synchronisés, et sortirent rapidement pour s'acquitter de leurs tâches quotidiennes, sans demander leur reste.

Nathaniel attendit qu'ils soient partis pour reprendre la parole. Cette discussion s'annonçait difficile, mais comme l'Alpha était le principal concerné, c'était à lui, le Bêta, qu'il revenait de dire ce qui devait l'être.

Ce qui annonçait des frictions inévitables…

— Qu'adviendra-t-il s'il devient comme les autres ?

Elijah se tendit brusquement, comprenant immédiatement le sous-entendu de Nathaniel.

Que devrait-il faire si Matthias perdait les pédales et devenait comme tous les autres Transformés ? Une bête avide de sang et de meurtres.

— Cela n'arrivera pas, assura-t-il d'un ton ferme, certain de ce qu'il avançait.

Nathaniel secoua lentement la tête d'un air désolé.

— Tu ne peux pas en être sûr, Elijah. Personne ne peut prédire l'avenir. Qu'adviendra-t-il si tu te trompes ?

Bien qu'un grognement menaçant jaillisse de sa gorge et retentisse dans la cuisine, Elijah ne bougea pas d'un cil. Il se contenta de fixer son Bêta d'un regard implacable, l'ombre d'une menace mortelle s'y dévoilant.

— Je te le redis, cela ne se produira pas.

— S'il s'agissait d'un autre membre de la meute, ce serait à toi d'avoir cette pénible discussion avec lui. Mais puisqu'il s'agit de toi, notre Alpha, c'est donc à moi qu'il revient de t'en parler. Tu sais que je n'ai pas le choix. Je me dois d'envisager le pire, même si j'espère de tout cœur que cela s'avérera inutile. Alors je te repose encore une fois la question : qu'adviendra-t-il s'il devient comme les autres ?

— Si une telle chose était susceptible de se produire, notre lien n'existerait pas, gronda Elijah entre ses dents serrées.

Sa rage, l'enveloppant comme une seconde peau, avertit son Bêta de ne pas continuer sur cette voie. Ses yeux virèrent au bleu glacier, indiquant que son loup était proche de sortir et de défendre – à coup de griffes et de crocs – celui qui était sien.

Nathaniel ne se laissa pas impressionner pour autant. Après tout, il n'était pas le Bêta de la meute juste pour faire joli. Il était celui qui pouvait – et devait – tenir tête à l'Alpha si une situation comme celle-ci venait à se produire.

Toutefois, défier un Lycaë qui venait de s'unir à son Zéhéniché était un acte purement suicidaire. Encore plus quand le Lycaë en question était Elijah Hunter.

Nathaniel avait exprimé ce qu'il se devait de dire. Il savait que son Alpha avait compris le message : si son Zéhéniché s'écartait du droit chemin, son Bêta le traquerait et le tuerait, comme son devoir le lui ordonnait. Elijah ne serait jamais capable de faire une chose pareille. Même si son compagnon devenait un véritable meurtrier – et méritait de mourir – il ne pourrait jamais le tuer. Au contraire, il le défendrait au péril de sa vie.

Quant au Traqueur, généralement chargé de ce genre de missions, il ne serait pas de taille à lutter contre l'Alpha – qui protégerait jalousement son compagnon. Même Nathaniel n'était pas certain d'y parvenir. Du moins pas sans aide.

Puisse ce jour ne jamais arriver et la question ne jamais se poser !

Après avoir soutenu le regard d'Elijah durant de longues et interminables minutes, Nathaniel courba l'échine et lui présenta sa gorge.

— Qu'il en soit ainsi, déclara-t-il d'un ton neutre.

Alors qu'Elijah se calmait progressivement suite à la soumission de son Bêta, son loup retournait à sa place, dans la cage de son esprit. Toutefois, il demeura aux aguets, attentif à la moindre menace qui pourrait être faite à l'encontre de son compagnon – qui commençait déjà à lui manquer.

Son loup se mit à tourner en rond et à gronder, brûlant de le rejoindre tout en sachant que ce n'était pas possible. C'était son Zéhéniché qui était parti, c'était donc à lui de revenir. Aussi difficile que cela soit, il se devait de l'attendre. Quand bien même la patience n'était pas sa vertu première.

Un point commun que le loup et l'homme partageaient.

— Tu as évoqué ce que tu avais à dire, Nathaniel. Je t'ai entendu. Mais je persiste à dire que cela n'arrivera pas. Si Matthias était un Transformé comme les autres, il ne serait pas mon Zéhéniché. De cela, j'en suis certain.

— Depuis le temps que je te le dis, marmonna Edmund, qui reprenait place aux côtés de son frère. (Il s'était éloigné durant leur discussion houleuse, comprenant qu'il valait mieux ne pas se trouver à proximité. À moins d'avoir envie d'être dans la ligne de mire d'Elijah, ce qu'il ne désirait pas particulièrement.) Je suis heureux que tu aies enfin ouvert les yeux.

Elijah eut une grimace de dépit face à cette évidence.

— En effet. Et à cause de ça, je vais devoir sacrément ramer pour rattraper mes conneries, grommela-t-il en passant nerveusement une main dans ses cheveux, les dénouant dans la foulée.

Il les rattacha immédiatement, avec un certain agacement. Peut-être devrait-il les couper ?

— Quelques conseils, peut-être ? proposa Edmund, adressant un clin d'œil à Nathaniel, qui venait de se redresser.

Elijah poussa un profond soupir.

— Au point où j'en suis… Ça ne peut pas faire de mal, n'est-ce pas ?

Elijah fronça les sourcils en voyant son Bêta quitter la table. Ce dernier leva les mains en signe d'impuissance avant de les saluer et de partir – plus rien ne le retenant ici.

Que n'aurait-il pas donné pour pouvoir faire de même…

Malheureusement, sa situation actuelle n'était pas des plus folichonnes. Et puis, faire plaisir à son Zéhéniché n'était pas pour lui déplaire, bien au contraire. Après tout, il fallait bien commencer quelque part. Pourquoi pas avec ça ?

— Donc, pour en revenir au *Caramel Macchiato*…

À midi, Matthias s'avoua vaincu.

Il ne pouvait pas rester loin d'Elijah plus longtemps.

Cela le fit grincer des dents, mais il était contraint de reconnaître sa défaite. Son loup était à deux doigts de prendre le contrôle tant son désir de revoir son Zéhéniché était grand. Matthias était bien trop jeune pour pouvoir lutter davantage. C'était d'ailleurs un miracle qu'il ait tenu aussi longtemps.

S'il s'obstinait dans cette voie, il savait qu'il prenait le risque de se métamorphoser au beau milieu des humains. Or cela était formellement interdit. Les humains ne devaient jamais connaître leur existence. Son père avait été particulièrement pointilleux à ce sujet, et Matthias avait très bien compris pourquoi. Ces derniers avaient toujours eu des réactions disproportionnées face aux choses qu'ils ne comprenaient pas, ou dont ils avaient peur.

Si, jusqu'à présent, cela n'avait pas été un problème pour lui, il se rendait compte que maintenant c'en était un. Non pas parce qu'il était devenu un adulte – un jeune mâle – le fait de pouvoir se transformer à volonté n'était pas vraiment le fond du problème...

Non, ce qui rendait la chose particulièrement difficile, c'était d'avoir trouvé son Zéhéniché immédiatement *après* être devenu un jeune mâle. Il n'avait pas encore appris à composer avec son loup, qui était devenu suffisamment fort pour faire valoir son point de vue, et Matthias se retrouvait dans une situation périlleuse et critique au possible.

Enfer et damnation !

Il n'avait pas prévu tout cela en décidant d'aller aux cours, ce matin. Tout à sa joie d'être encore en vie et de pouvoir poursuivre ses études – chose jusque-là inespérée –, il était parti ventre à terre, sans se poser de questions.

Bon, il avait également sauté sur l'occasion, trop heureux de pouvoir s'éloigner d'Elijah durant quelques heures. Il n'avait pas réfléchi plus loin. Il voulait partir, il pouvait le faire, donc il était sorti. Point, fin de l'interrogation – avant même qu'elle ait commencé.

Quelle erreur ! Et pour quel résultat... pathétique...

Aussi maintenant... maintenant comprenait-il son imprudence. Il aurait dû rester là-bas et parler de tout cela avec son père. Edmund aurait été d'une aide précieuse, comme toujours. Il aurait su anticiper les événements et répondre à ses questions, avant même que celles-ci ne se forment dans son esprit.

Quel idiot il avait été de ne penser qu'à fuir !

Une fois rentré, il ne pourrait malheureusement pas avoir cette conversation avec son père. Son loup était trop impatient de rejoindre son Zéhéniché, il ne tolérerait aucun retard. Si Matthias faisait un détour pour voir Edmund, nul doute que son pendant animal prendrait les commandes.

Il avait trop tiré sur la corde.

Poussant un soupir de dépit, il prit rapidement le chemin du parking après avoir dit à ses quelques amis qu'il ne se sentait pas très bien. Son teint blême lui évita heureusement toutes questions indésirables. Pourtant, en rejoignant sa moto, il se demanda brièvement s'il serait capable de la conduire jusqu'au village. Il ne manquerait plus qu'il se métamorphose en chemin !

— Ça serait le bouquet, tiens…, marmonna-t-il entre ses dents serrées, cherchant ses clés dans son sac à dos.

— Eh, gamin ! Laisse tomber la moto, trop dangereux. Grimpe, je te ramène.

Matthias se retourna d'un bloc et fixa, bouche bée, le Bêta – qui l'attendait bien sagement, appuyé contre la portière d'un gros 4x4.

— Mais… com… comment… vous… ? bafouilla-t-il lamentablement, incapable de formuler une phrase cohérente.

Celui-ci secoua lentement la tête et eut un petit geste impatient de la main.

— Tu pensais vraiment que tu pourrais rester loin de lui toute une journée ? Alors que vous vous êtes unis hier soir ? *Sérieusement ?* Seigneur, les jeunes ne sont plus ce qu'ils étaient, marmonna-t-il dans sa barbe, lui faisant signe de monter. Allez, grimpe. À moins que tu ne veuilles te transformer ici ? Au vu et au su de tous ?

Matthias ouvrit et ferma la bouche à plusieurs reprises, avant de finalement secouer la tête et de prendre place dans le 4x4. De toute manière, il n'avait guère le choix et cela avait au moins le mérite de résoudre son problème.

Une fois n'étant pas coutume, il pouvait se montrer pragmatique. De plus, l'idée de défier le Bêta ne l'enchantait guère. C'était un homme extrêmement intimidant – à peine moins qu'Elijah lui-même – et dont il valait mieux se méfier. Nul ne savait vraiment de quoi il était capable.

Et c'était peut-être mieux ainsi…

— Je suis ravi de voir que tu peux être raisonnable quand tu veux, ironisa son improbable sauveur, démarrant sur les chapeaux de roues. Quelle connerie d'avoir voulu aller à l'université ! Je ne comprends pas pourquoi ton père t'a laissé partir. Et encore moins pourquoi Elijah a accepté. Te rends-tu seulement compte de ce qui aurait pu arriver si tu t'étais métamorphosé au milieu du campus ? Bien sûr que non ! Tu n'y as pas pensé une seule seconde. Tout ce qui comptait, c'était de t'éloigner le plus possible de lui. Et n'essaie même pas de nier, gamin, à moi, on ne me la fait pas ! Les jeunes, mais je vous jure, les jeunes…

Matthias, qui ne connaissait pas du tout le Bêta, ne l'ayant jamais côtoyé – ainsi que le reste de la meute, d'ailleurs – ne sut pas comment réagir. Évidemment, étant le Zéhéniché de l'Alpha, il ne risquait pas grand-chose, mais bon…

Prudence étant mère de sûreté, il choisit de garder le silence.

Nathaniel lança un regard en coin à Matthias, avant de reporter son attention sur la route. Le jeune mâle était mal à l'aise, cela se voyait comme le nez au milieu de la figure. Cependant, il n'en fut pas particulièrement troublé, car beaucoup, au sein de la meute, ne savaient pas comment se comporter avec lui.

Trop de traîtrises et de déceptions – de confiances déçues – l'avaient rendu méfiant et difficilement abordable. Franchir les protections dont il s'entourait instinctivement relevait de la gageure. Rares étaient ceux qui y étaient parvenus.

— À moins que tu n'aies l'intention de créer un incident sans précédent, à savoir dévoiler notre existence aux humains – chose que même les Transformés les plus enragés n'ont jamais réussi à faire – je te conseille vivement de mettre de l'eau dans ton vin, comme on dit. Si tu sais ce qui est bon pour toi, et je pense que tu le sais, car tu ne me fais pas l'effet d'être un idiot, tu vas rester au village jusqu'à ce que tu sois capable de gérer tout ça. Et quand je dis « tout ça », je ne parle pas uniquement de ton loup. Je parle aussi de ta relation avec Elijah. Tu as beau grimacer, gamin, cela n'y changera rien. Tu as bel et bien une relation avec Elijah, ne t'en déplaise. Il va falloir apprendre à faire avec. Sinon, je ne donne pas cher de ta peau.

Et de la leur, par la même occasion, car si Matthias ne parvenait pas à accepter cette relation, le malheur qui en découlerait les toucherait tous. Sans exception.

Matthias, de plus en plus mal à l'aise, se tortillait nerveusement sur son siège.

— C'est une menace ? demanda-t-il finalement, la gorge sèche.

— Désolé, gamin, mais moi, je tiens à la vie. Te menacer, ce serait signer mon arrêt de mort. Ne fais pas cette tête, ce n'est pas le scoop du siècle. Tsssss… tu penses vraiment qu'Elijah laisserait la vie sauve à celui qui aurait le malheur de menacer la tienne ? Je te garantis que non ! Gare à celui qui aurait la folie de commettre pareille idiotie ! Il boufferait les pissenlits par la racine avant d'avoir eu le temps de dire « ouf ». Très peu pour moi.

Connaissant Elijah depuis plusieurs siècles, Nathaniel savait que son ami tuerait tous ceux qui s'en prendraient à son compagnon – même verbalement.

Dieu l'en préserve !

Et puis… ce jeune mâle lui plaisait bien. Il avait visiblement du caractère, ce qui était de bon augure pour la suite. Une chiffe molle n'aurait absolument pas convenu à Elijah. Il fallait quelqu'un qui lui tienne tête, qui ose l'affronter.

Oui, il y avait de fortes chances pour que Matthias fasse l'affaire. S'il ne prenait pas la poudre d'escampette avant… Auquel cas Nathaniel se ferait un devoir de le ramener – par la peau du cou, qui plus est !

— Alors pourquoi ne donneriez-vous pas cher de ma peau ?

Nathaniel lui jeta un bref coup d'œil.

— Si tu veux que je te réponde, gamin, va falloir virer le « vous », et en vitesse. Je ne suis pas un vieillard quand même !

grommela-t-il dans sa barbe, s'arrêtant à un feu rouge. (Il en profita pour le dévisager.) Je n'ai pas encore mille ans, je te signale... Seigneur, je n'ose pas imaginer ce que tu dois penser de ton père et de ton Zéhéniché !

Matthias se mordilla nerveusement la lèvre, mais sentant que son loup recommençait à s'agiter dans son esprit, il se hâta de reposer correctement sa question – avant de ne plus en être capable.

Il ne tiendrait définitivement plus très longtemps.

— Alors pourquoi... ne donnerais-tu... pas cher de ma peau ?

— Parce que ton loup deviendrait complètement ingérable si tu reniais le lien qui t'unit à Elijah – cela finira par écraser ta moitié humaine et ta part animale prendra les commandes, pour ne jamais te laisser revenir. Ce sera comme si tu étais mort, mais en bien pire, car tu auras conscience de tout... sans pouvoir rien faire. Prisonnier à jamais dans ton corps de loup... Oui, un sort bien pire que la mort en définitive... Et...

Le Bêta s'interrompit lorsqu'un gémissement de douleur retentit. Il tourna immédiatement la tête vers le jeune mâle, passablement inquiet.

— Est-ce que tu vas tenir jusqu'au village, gamin ?

Matthias serra les poings et lutta durement contre sa bête – qui donnait maintenant des coups de griffes contre la cage de son esprit, cherchant à se libérer et à prendre le dessus.

De la sueur perla sur son front et dégoulina le long de son visage.

— J'essaie..., hoqueta-t-il, résistant de toutes ses forces.

Comprenant qu'il ne tiendrait plus très longtemps, son sauveur accéléra pour sortir au plus vite de la ville. Il n'hésita pas à griller deux feux rouges de suite, se faisant allégrement klaxonner par des automobilistes furieux. Il sembla s'en moquer royalement et ne ralentit pas pour autant.

— Il faut calmer ton loup, Matthias, sinon tu ne tiendras jamais. Invoque l'image d'Elijah. Rappelle-toi votre union, la chasse, la nuit que vos loups ont passée ensemble – blottis l'un contre l'autre. Rassure-le. Dis-lui qu'il le reverra bientôt, que ce n'est plus qu'une question de minutes. Fais-lui comprendre que s'il sort maintenant, il ne le reverra jamais. Il doit absolument attendre que nous ayons atteint la forêt. À ce moment-là, et seulement à ce moment-là, il pourra partir lui-même à sa recherche.

Matthias ferma les yeux et suivit les instructions du Bêta. Il visualisa clairement Elijah sous ses paupières closes et son loup se calma instantanément, se mettant presque à ronronner de plaisir. Il se remémora ensuite leur union, la chasse qui avait suivi. Malheureusement, lorsqu'il se souvint à quel point il avait été bien, blotti contre son Zéhéniché, son pendant animal se mit à hurler et recommença brusquement à se débattre.

Il voulait le voir. Il voulait le rejoindre *maintenant*.

Matthias tenta de lui faire comprendre qu'il devait se montrer encore un peu patient, mais son loup ne voulait plus rien entendre. Il l'avait déjà fait trop attendre.

Le temps imparti était écoulé.

— Il... Il va... sortir...

En entendant la voix hachée de Matthias, Nathaniel se rangea rapidement sur le bas-côté. Ils n'avaient pas encore atteint la forêt, mais ils étaient au moins sortis de la ville. Nathaniel bondit hors de sa jeep et en fit le tour à une vitesse impressionnante. Il ouvrit simultanément les deux portières du côté droit et agrippa Matthias par le col de son manteau. Il l'arracha littéralement à son siège et le lança sans ménagement à l'arrière du véhicule. Il referma les portières et retourna s'asseoir derrière le volant.

Ayant eu le réflexe de relever la vitre de séparation avant de sortir du 4x4, Matthias était maintenant bien caché à l'arrière. Nul ne pouvait le voir grâce aux vitres teintées.

Nathaniel repartit aussi vite qu'il s'était arrêté, n'ayant plus une seule seconde à perdre.

Matthias étant un jeune mâle – se transformant pour la première fois sans l'influence de la lune – il lui faudrait environ dix minutes pour libérer complètement son loup. Cela lui laissait peu de temps pour atteindre le village, mais il pensait pouvoir y arriver.

Du moins l'espérait-il.

Il venait d'atteindre les premières maisons quand un grognement menaçant se fit entendre à l'arrière. Nathaniel, qui tenait énormément à son précieux bolide et qui ne souhaitait pas devoir remplacer les vitres arrière, s'arrêta immédiatement. Il bondit une nouvelle fois hors de son véhicule et ouvrit en grand la portière arrière gauche.

Un petit loup noir en jaillit et détala en direction de la maison d'Edmund, comme s'il avait le diable aux trousses.

Nathaniel le suivit des yeux, secouant lentement la tête. Elijah était sur le point d'avoir une drôle de surprise. Pour l'occasion, il aurait bien voulu être une mouche afin de pouvoir assister à une scène qui promettait de valoir son pesant d'or.

Il déchanta rapidement en se rappelant que Matthias était sous forme lupine, alors qu'il était censé être à l'université – en cours – dans un campus rempli d'humains.

— Eh merde ! jura-t-il, bondissant aussitôt derrière le volant.

CHAPITRE 4

Après avoir longuement discuté avec Edmund – et grappillé quelques conseils au passage pour amadouer son jeune loup –, Elijah s'était lancé dans le laborieux apprentissage du *Caramel Macchiato*. Mais pour quelqu'un qui avait l'habitude de s'adapter à des situations bien plus périlleuses, ce fut un jeu d'enfant.

Toutefois… il y avait une différence entre apprendre à faire un *Caramel Macchiato* et l'apprécier.

Résultat…

— Je ne comprends pas comment on peut boire un truc pareil ! Franchement, Edmund, cela dépasse l'entendement ! On ne peut pas appeler ce… ce…. ce jus de chaussette un *café* ! Mes aïeux…. Et dire qu'il y en a un qui adore ça ! (Elijah poussa un long soupir.) Incompréhensible… Totalement incompréhensible…

Elijah – qui avait failli recracher la gorgée qu'il venait de boire – n'arrêtait pas de vociférer contre les goûts étranges de son Zéhéniché, en faisant les cent pas dans la cuisine d'Edmund sous le regard attentif de sept paires d'yeux.

Les lieutenants de la meute, invités pour l'occasion – à titre de vénérables cobayes –, observaient le manège de leur Alpha avec un certain amusement. Avant de grimacer, baissant les yeux sur le breuvage posé devant chacun d'eux. Évidemment, ils connaissaient tous la prédilection d'Elijah pour le café corsé, mais sa réaction, pour le moins vive, leur donnait matière à réfléchir. Ils se lançaient des regards en coin, histoire de voir qui oserait faire le premier pas.

Personne ne semblait décidé à se lancer.

— Pourquoi Nathaniel n'est-il pas avec nous, d'abord ? marmonna Alexis, entre ses dents serrées. En tant que Bêta, c'est lui qui devrait être le premier à goûter à… (il pointa sa tasse du menton)… ce truc-là.

Gaidon lui donna un coup de coude, lui faisant les gros yeux. Ce n'était pas vraiment le moment de pinailler et de faire le difficile. Elijah, n'ayant pas vu son Zéhéniché depuis le matin, était un peu à cran – au point ne pas être à prendre avec des pincettes. Ce qui n'était pas peu dire !

— Pour une fois dans ta vie, tais-toi et fais ce qu'on te demande, que diable ! grommela-t-il, fronçant les sourcils.

Alexis étant allergique aux ordres – du moins à ceux de Gaidon – lui donna un coup de pied sous la table, avant de pointer sa tasse du doigt.

— Alors vas-y, *Monseigneur Sa Sainteté Gaidon* ! Montre un peu l'exemple, pour voir !

Gaidon serra les dents, mais s'abstint de tout commentaire. Sachant qu'Alexis le provoquait à dessein, il plongea son nez dans sa tasse – l'ignorant royalement – et huma doucement le fumet qui s'en échappait. Il déglutit péniblement, profondément écœuré par l'odeur de caramel qui prédominait.

— Plutôt mourir, ronchonna-t-il en grimaçant de dégoût.

Les autres lieutenants ne lui répondirent pas, mais semblèrent partager son opinion. Heureusement pour eux, Elijah n'avait rien entendu de leurs échanges ; trop occupé qu'il était à continuer de dénigrer ce foutu jus de chaussette, comme il disait.

— Elijah, temporisa Edmund d'une voix calme. Tu n'es pas obligé *d'aimer* ça, ce qui compte c'est que tu saches le préparer. Pour faire plaisir à Matthias, tu te souviens ?

Celui-ci ne répondit rien, se contentant d'aller vider sa tasse dans l'évier.

Voilà un geste que tous les lieutenants rêvaient de faire. Malheureusement, ces derniers savaient bien qu'ils ne couperaient pas à cette dégustation. Comme pour leur donner raison, l'Alpha – avisant leurs tasses intactes – les apostropha âprement.

— Qu'est-ce que vous attendez pour boire vos *Caramels Macchiatos,* vous autres ? Noël ? Allez, hop ! Cul sec !

Les six lieutenants échangèrent un regard de condamnés à mort. Aucun d'eux n'était particulièrement pressé de goûter à ce… divin nectar.

Gaidon détourna les yeux et saisit sa tasse d'une main hésitante. Il jeta un regard encourageant à Alexis, l'invitant par ce geste à l'imiter.

Alexis n'étant déjà pas, en temps normal, un grand amateur de café, il n'avait pas particulièrement envie d'être le premier à y goûter. Il fit donc semblant de ne pas remarquer le message que venait de lui adresser son voisin de table.

Damian, pour sa part, avait une sainte horreur du café – sous n'importe quelle forme. Il ne mangeait même pas de glace ayant un petit arrière-goût de café ! Il y avait donc peu de chance qu'il s'y risque. Il n'avait pas touché à sa tasse et ses bras étaient fermement croisés sur son torse. Son message était limpide : *faites ce que vous voulez, mais moi vivant, je n'y toucherai pas ! ABE (à bon entendeur)* !

Lyon et Roan, qui étaient en couple depuis plus de quatre cents ans – et qui ne le cachaient pas – jouaient à leur jeu favori : le premier qui craque a perdu. Généralement, ce jeu pouvait durer des heures, car ils étaient aussi bornés et têtus l'un que l'autre. Mais Roan, qui connaissait la dent sucrée de son Zéhéniché, savait que ce dernier craquerait le premier. S'il avait eu une moue de dégoût, comme eux tous, c'était plus par solidarité – et également par jeu. En réalité, Lyon brûlait de goûter ce fameux *Caramel Macchiato* ; pour ensuite chiper celui de Roan. Mais chut ! Ça, c'était un secret…

Finalement, ce fut Owen qui, à bout de patience, empoigna fermement l'anse de sa tasse et la vida cul sec – comme l'avait exigé Elijah.

— On ne va pas y passer la nuit, putain ! Je n'ai pas que ça à faire, moi ! Il y en a qui ont du boulot…, lança-t-il rageusement, foudroyant ses compères de son regard d'obsidienne.

— Parce que nous, on se tourne les pouces, peut-être, *Traqueur* ? répliqua vertement Damian, toujours prompt à défier son vieil ami.

Owen haussa un sourcil, l'air narquois, puis montra les tasses intactes des autres lieutenants.

— Visiblement, *Professeur*...

Elijah, dont la patience était à bout, tapa du poing sur la table — au sens propre comme au figuré.

— Assez ! Vous, dit-il en pointant cinq de ses lieutenants du doigt. Buvez vos cafés et arrêtez ces enfantillages ! Et toi (il se tourna vers Owen), dis-moi ce que tu en as pensé.

— Jus de chaussette, déclara-t-il du tac au tac. Absolument infecte. C'est la première et dernière fois que je bois un truc pareil.

— Bienvenue au club ! (Elijah eut un large sourire, avant de se tourner vers les autres, qui n'avaient toujours pas touché à leur tasse.) C'est pour aujourd'hui ou pour demain ?

Damian plongea ses iris verts dans les prunelles argentées de son Alpha.

— Moi vivant, jamais je ne toucherai à ça ! Que ce soit du jus de chaussette, du tord-boyaux ou du pipi de chat, pour moi, c'est du pareil au même. Maintenant, si ton Zéhéniché aime aussi le thé... doucereux, dirons-nous, je suis ton homme !

Elijah, qui connaissait l'aversion de Damian pour le café, n'insista pas. Il ne s'était pas vraiment attendu à ce qu'il y goûte, d'ailleurs, mais il aurait été mal poli de ne pas lui en offrir une tasse. Après, libre à lui de l'accepter ou non.

Il reporta donc son attention sur Alexis et Gaidon. Il n'eut pas besoin d'ajouter quoi que ce soit, les deux lieutenants, après avoir échangé un regard entendu, prirent chacun leur tasse et la vidèrent, eux aussi, cul sec.

Leurs grimaces de dégoût répondirent à sa question.

— Bienvenue au club des « adeptes du café *normal* », dit-il en riant. Tu vois (Elijah se tourna vers son frère), c'est ton fils qui a des goûts bizarres.

Edmund leva les yeux au ciel, mais ne répondit rien. Il connaissait suffisamment son aîné pour savoir que, quoi qu'il dise, il ne le répéterait jamais devant Matthias. Il avait accumulé bien assez de conneries – selon ses propres dires – sans en rajouter inutilement. Surtout pour une futile histoire de café.

Edmund ne serait d'ailleurs pas vraiment surpris si son frère se mettait à boire, de temps à autre, de ce... jus de chaussette. Uniquement pour attirer l'attention de son compagnon, bien sûr. Eh oui, les Lycaës pouvaient avoir des réactions un peu étranges, parfois, pour plaire à leur partenaire. Elijah ne faisait pas exception à la règle.

Oh que non !

— Lyon, Roan ! Voulez-vous bien arrêter votre petit jeu ?! Buvez ce maudit café en même temps, comme ça personne ne sera perdant !

— Mais personne ne sera gagnant non plus..., protesta doucement Roan, juste pour la forme.

Lyon secoua lentement la tête avant de prendre sa tasse. Il haussa les sourcils et lança un regard provocateur à son Zéhéniché : *chiche.*

— Roan est un mauvais perdant de première classe... Je doute qu'il soit capable de prendre sur lui et de boire en même temps que moi... Même pour vous faire plaisir, Alpha.

Lyon avait l'étrange habitude de donner du *vous* à son Alpha et du *tu* à Elijah. Et il passait de l'un à l'autre régulièrement, sans prévenir, sans raison particulière, juste comme ça. Sauf bien sûr quand il avait réellement affaire à son Alpha. Cela irritait passablement Roan, qui ne comprenait pas qu'on puisse encore jouer à de tels jeux quand on avait quasiment un demi-millénaire ! Mais s'il y réfléchissait bien, c'était sans doute pour cela que Lyon continuait à le faire...

— Alors ça, c'est clair ! Il n'y a pas pire mauvais perdant que

Roan, renchérit Alexis, incapable de la mettre en veilleuse quand il s'agissait de titiller ses amis.

Roan lui lança un regard glacial, avant de prendre sagement sa tasse et de la cogner doucement contre celle de son compagnon.

— Santé, *Geek*, dit-il avec un sourire ironique au coin des lèvres.

— Santé, *Grumpy*, répondit Lyon, l'air angélique.

Alors que Roan y trempa à peine le bout de ses lèvres, Lyon en prit une grande gorgée... puis plissa les yeux de plaisir. Comme l'avait deviné son Zéhéniché, cette boisson – terriblement sucrée – lui plut énormément.

Il termina vivement sa tasse, avant de subtiliser celle de Roan.

— Moi, je rejoins votre club sans la moindre hésitation, déclara sobrement ce dernier. *Geek*, par contre, va rejoindre le club de ton jeune compagnon.

Elijah sentit sa mâchoire se décrocher. Il lança un regard stupéfait à Lyon.

— Dis-moi que c'est une plaisanterie !?! Tu aimes ce... ce... ce... jus de chaussette ??? Je rêve !

Lyon, qui sirotait tranquillement le *Caramel Macchiato* de Roan, haussa les épaules.

— Ben oui, j'aime. C'est juste monstrueusement bon ! Tu devrais apprendre à *Grumpy* comment faire cette pure merveille ! Ça pourrait lui servir à l'avenir... Genre, quand il fait son super mauvais perdant et qu'il doit se faire pardonner après...

Les autres Lycaës éclatèrent de rire devant la mine déconfite de Roan.

— Tu n'es pas sérieux, là, *Geek* ?

— À ton avis ?

— Oh, charogne !

Roan posa son regard bleu pâle, presque translucide, sur son Alpha.

— La prochaine fois que tu auras une idée de ce genre, sois sympa, évite de nous inviter !

Elijah eut un sourire mauvais et le lieutenant se raidit, sachant d'avance qu'il n'allait pas du tout aimer ce qui allait suivre.

— Mis à part le *Caramel Macchiato*, Thias, paraît-il, adore le tiramisu aux framboises… Edmund va m'apprendre à le faire demain… Intéressé, Lyon ?

— Oh.Mon.Dieu ! Oui, oui, oui !!! s'écria ce dernier, bondissant littéralement de sa chaise. Pourquoi n'as-tu pas appris à faire tout ça, toi, quand tu as commencé à me faire la cour ?

Lyon se tourna vers son Zéhéniché et pointa un doigt menaçant dans sa direction.

Les choses se corsaient pour Roan – qui regrettait de plus en plus d'être venu.

— Parce que toutes ces conneries sucrées n'existaient pas à l'époque ! Et, entre parenthèses, heureusement ! De plus, je me permets de te rappeler que c'est *bibi* qui a ramené tout le matériel informatique qui encombre notre maison. Non, mais ! Qu'est-ce qu'il ne faut pas entendre ! (Une idée machiavélique germa soudain dans son esprit. La règle du jeu était sur le point de changer.) Bien sûr, si tu préfères que je prenne des cours de cuisine, il suffit de le dire, *Geek*…, proposa-t-il d'un ton doucereux – qui alerta immédiatement son partenaire. Et je ferai en sorte que la cuisine soit agrandie avant la fin de la semaine, afin de pouvoir répondre à toutes tes attentes…

Pressentant un piège, mais ne le discernant pas encore clairement, Lyon demanda quelques petites précisions.

— Ce serait vraiment une très délicate attention – appréciée à sa juste valeur – *Grumpy*. Je serais très touché, vraiment très touché… Mais comment comptes-tu agrandir la cuisine ? Pour ce faire, on serait obligé de supprimer le salon…

Leur cuisine étant ouverte sur leur salon, l'agrandissement de l'une de ces deux pièces entraînerait forcément la disparition de l'autre. C'était inévitable.

— Oh, non, pas du tout ! Je pensais simplement abattre un mur.

Lyon fronça les sourcils.

— Abattre un mur ? Tu veux carrément agrandir la maison ?

Roan, les pupilles dilatées sous l'effet de la surprise, le regarda bizarrement.

— Non.

— Alors je ne vois pas quel mur tu veux… Oh, non ! Tu n'oserais pas ?!

— Mais… C'est toi qui as dit que tu voulais que j'apprenne à faire toutes ces petites choses sucrées que tu aimes tant…, rétorqua-t-il d'un ton parfaitement innocent, qui pourtant sonnait faux.

— Certes, mais cela n'exige pas que tu supprimes mon bureau !

Roan plissa les yeux.

— Donc, si je comprends bien, tu veux garder ton bureau, et *en plus*, tu voudrais que je fasse la cuisine pour te plaire ? Et moi ? Qu'est-ce que j'y gagnerai ?

— Ma reconnaissance éternelle ?

— Laisse tomber, *Geek*, même pas en rêve ! C'est donnant-donnant. Cuisine contre bureau. L'un ou l'autre, mais pas les deux.

Lyon croisa les bras et lui lança un regard faussement furieux.

— Je croyais que tu voulais me faire plaisir…

Roan eut un sourire carnassier et se pencha doucement pour lui mordiller l'oreille.

— Je te donne du plaisir toutes les nuits, *Geek*… Et si j'en juge par les cris que tu pousses, je suis plutôt bon…

— C'est moi ou ils parlent de sexe ? demanda Alexis, se rappelant ainsi aux bons souvenirs des deux tourtereaux.

— Ça pourrait être toi, mais pour une fois, ça ne l'est pas, soupira Owen, secouant lentement la tête, l'air désespéré. Quand ces deux-là sont réunis, ils finissent toujours, à un moment ou à un autre de la discussion, par parler de sexe. Depuis le temps, on devrait tous le savoir et ne plus être surpris… Et pourtant…

— Tu sous-entends qu'on est des obsédés ?

Le ton de Lyon était agressif, comme toujours lorsqu'on s'en prenait, même de loin, à son Zéhéniché. À moins bien sûr que ce ne soit lui qui ait lancé l'offensive.

— Non, il ne le sous-entend pas, susurra Damian, une pointe de malice dans ses iris vert clair. Il l'affirme. Et moi, je le confirme.

Un « moi aussi » général retentit dans la cuisine, suivi d'éclats de rire.

Une fois le calme revenu, Roan passa un bras possessif autour des épaules de Lyon.

— Laisse tomber, *Geek*. Ils sont jaloux, tout simplement.

— Assurément !

Des rires résonnèrent de nouveau, de part et d'autre de la table.

C'était dans des moments comme celui-ci que le lien qui les unissait devenait flagrant. À la différence de bien des meutes, ils étaient liés par plus que leurs fonctions respectives. Ils étaient avant tout des amis. C'était ce qui les rendait plus forts. C'était ce qui faisait de la meute des SixLunes, l'une des plus puissantes meutes au monde. Chacun surveillait les arrières des autres, et aucun d'eux n'avait l'ambition de prendre la place de l'Alpha.

Elijah Hunter était craint et respecté, c'était vrai, et normal – car un Alpha ne devait jamais paraître faible sous peine de se faire attaquer, non seulement par les membres de sa propre meute, mais aussi par d'autres. Cependant, Elijah était également aimé des siens, car il ne profitait jamais de son statut. Il était juste et bon avec ceux qui le méritaient. Il avait su, au cours des siècles, créer des amitiés sincères et profondes. Au sein de la meute et en dehors – comme celle qui l'unissait à ses lieutenants et à son Bêta.

Très peu d'Alphas pouvaient en dire autant.

— Bon, si nous en revenions à nos moutons ? proposa Edmund, de manière diplomatique.

La porte de la cuisine s'ouvrit brusquement et alla claquer contre le mur, les faisant tous sursauter.

Ayant instantanément reconnu l'odeur de leur Alpha, qui

recouvrait littéralement l'intrus, aucun d'eux ne bougea.

Le petit loup noir, qui se tenait sur le pas de porte, passa rapidement d'un visage à l'autre, sans s'y arrêter plus de quelques secondes. Quand il croisa le regard gris ardoise de l'Alpha, il se précipita vers lui.

Elijah s'agenouilla et enlaça tendrement son Zéhéniché. Son pendant animal glapissait de joie et bondissait contre les parois de son esprit, demandant à être libéré. Mais Elijah ne répondit pas à sa prière. Il était en réalité très inquiet de voir Matthias sous sa forme lupine si tôt après la pleine lune. Nul doute que sa bête – lasse d'attendre – avait pris les commandes pour le rejoindre au plus vite.

— Pourvu qu'il ne se soit pas métamorphosé au milieu du campus !

Aux paroles anxieuses de son cadet, Elijah releva la tête et croisa ses prunelles vertes, débordantes de peur – peur que lui-même ressentait et partageait pleinement.

Si une telle chose s'était produite, ce serait un véritable désastre. Pas seulement pour Matthias, ni pour la meute des SixLunes, mais pour l'ensemble des Lycaës.

Les humains, bien que physiquement plus faibles qu'eux, avaient toujours été leur pire cauchemar, car nettement supérieurs en nombre. S'ils venaient à découvrir leur existence, ils seraient parfaitement capables de les anéantir, tous autant qu'ils étaient.

Ceux qui pensaient le contraire étaient des fous ou des inconscients.

— Thias... Seigneur... Dis-moi que tu n'as pas fait ça..., souffla-t-il d'une voix cassée, caressant lentement le pelage sombre de son compagnon.

— Non, il ne l'a pas fait, déclara une voix basse, passablement mécontente. Mais ça n'est pas passé loin ! Si je n'avais pas eu le bon sens d'aller le chercher, Dieu sait où il se serait transformé ! Qu'est-ce qui vous a pris, bordel, de le laisser partir ce matin ?!

Edmund baissa la tête pour la première fois, penaud face à la colère manifeste – et justifiée – du Bêta. Il eut la détestable impression d'être un gamin, pris en flagrant délit, en train de se faire réprimander... Flippant !

Elijah n'en menait pas large, lui non plus. Tout Alpha qu'il était, il se sentait dans ses petits souliers – décidément, ce n'était pas un bon jour ! Il s'était laissé convaincre par son frère et le regrettait amèrement. Sans la présence d'esprit de Nathaniel, son Zéhéniché aurait pu provoquer un incident sans précédent, une véritable catastrophe. Elijah en frémissait d'horreur.

Edmund se racla la gorge, mal à l'aise.

— Matthias est un garçon passablement têtu, si nous lui avions interdit d'aller en cours, il s'y serait certainement rendu en cachette, à la première occasion. Il n'aurait jamais cru ce que nous aurions pu lui dire pour justifier cette interdiction. Ça se serait retourné, d'une manière ou d'une autre, contre Elijah. Et honnêtement, connaissant le caractère de mon fils, je m'attendais à le voir revenir en début d'après-midi, au plus tard. Je pensais que si la situation devenait vraiment critique, il rentrerait immédiatement, pas qu'il tirerait sur la corde... allant jusqu'à provoquer la métamorphose ! Il sait être raisonnable quand il le faut...

— Je suis contraint de te contredire, Edmund. Parce que pour moi, ça (Nathaniel pointa le petit loup noir du menton), ce n'est pas l'attitude de quelqu'un qui sait être raisonnable. Je dirais même que c'est plutôt le contraire !

— Quand s'est-il transformé ? demanda Damian, faisant glisser sa tasse – toujours intacte – en direction de Lyon.

Celui-ci s'empressa de s'en saisir, lui adressant un sourire qui fendit son visage en deux.

Nathaniel pinça les lèvres, anticipant déjà ce qui allait suivre.

— Dans mon 4x4. À l'arrière.

— Tu l'as laissé se transformer à l'arrière de ton petit bolide ? *Sérieusement ?*

L'incrédulité la plus totale se lisait sur le visage de ses amis, et la voix d'Alexis était montée de plusieurs octaves, indiquant à quel point cette révélation le prenait de court. Ce qui était fort rare. Il fallait se lever de bonne heure pour surprendre le plus déluré des lieutenants.

— Oui, sérieusement. C'est le Zéhéniché de notre Alpha, je vous rappelle. Je ne pouvais quand même pas le balancer au bord de la route, en espérant que tout se passerait bien et que personne ne le verrait !

— Ouais, mais quand même... À l'arrière de ton précieux 4x4... Je suis sur le cul, pour le coup ! souffla Alexis, la bouche entrouverte, secouant lentement la tête.

— Assurément ! renchérit Lyon. Même nous, on n'a pas le droit de se métamorphoser à l'intérieur de ta caisse.

— Vous, c'est normal, vous feriez des cochonneries à l'arrière..., souligna Owen, tout en lui adressant un regard grivois et jouant des sourcils.

Alors que Lyon et Roan se renfrognaient, les autres rirent aux éclats.

Le petit loup noir, totalement indifférent à tout ce qui n'était pas son Zéhéniché, frottait son museau contre son cou, le léchant et le mordillant tour à tour.

Elijah le cajolait, écoutant d'une oreille distraite les chamailleries de ses lieutenants. Un sourire étirait ses lèvres de temps à autre. Il finit par prendre la tête de son compagnon entre ses mains et plongea son regard perçant dans les pupilles jaune pâle de l'animal.

— J'ai très envie de serrer mon Zéhéniché dans mes bras... Veux-tu bien le laisser revenir, petit loup ?

Un gémissement plaintif se fit entendre et le loup noir essaya de se dégager de l'emprise d'Elijah, mais ce dernier ne le laissa pas faire. Le gris ardoise de ses iris vira au bleu glacier. Aucun Lycaë, pas même son partenaire, ne pouvait résister au regard de l'Alpha. Encore moins sous forme lupine.

— Libère-le, ordonna-t-il froidement.

Le loup baissa les yeux, en signe de soumission, et son corps se mit à trembler.

Pap's, je ne veux pas me métamorphoser ici, devant tous ces gens que je ne connais pas. Devant lui. *Je voudrais le faire dans ma chambre, à l'abri des regards… Dans l'intimité.*

Cette demande ne surprit pas vraiment Edmund – qui connaissait bien le côté pudique de son fils. Le fait qu'il puisse à nouveau lui parler, par le biais de leur lien télépathique, montrait que son loup était prêt à se replier dans son esprit, obéissant ainsi à l'ordre de l'Alpha.

— Elijah… Laisse-moi l'emmener dans sa chambre, s'il te plaît…

Elijah se tendit immédiatement et montra les dents à son frère.

— Non !

Pap's… je t'en prie !

Matthias était tellement inquiet à l'idée d'être nu devant eux qu'il interrompit le processus de transformation – les tremblements de son corps cessèrent aussi rapidement qu'ils avaient commencé.

— Elijah, il ne reprendra pas forme humaine tant qu'il ne sera pas dans sa chambre. Seul.

— Je t'ai déjà dit non ! Il reste ici, avec moi.

Edmund poussa un soupir, mais savait qu'il était vain de parlementer avec son aîné quand il était dans cet état d'esprit.

Le seul moyen de le faire changer d'avis, mon fils, c'est de lui présenter cela comme une faveur… que tu lui demanderais.

La réponse de Matthias ne se fit pas attendre.

Ok, ok ! Dis-lui que c'est une faveur que je lui demande !

Il en voudra une autre en échange…

Matthias se figea et leva un regard implorant en direction de son père – provoquant malencontreusement une poussée de jalousie chez son compagnon. Elijah l'enlaça aussitôt et gronda en direction de son frère.

La situation allait vite tourner au vinaigre si elle perdurait.

Si tu pouvais te dépêcher et me donner une réponse avant que je finisse écorché vif, cela m'arrangerait !

D'accord... Il en aura une autre en échange...

Edmund retint difficilement un sourire devant le ton morne de son fils. Il savait que son Alpha ferait bon usage de ce don inespéré. Et Matthias devait également s'en douter...

— Matthias demande cela comme un cadeau, mon frère... Ton *Zéhéniché* (il insista bien sur ce mot) te présente cela comme une faveur.

Elijah plissa les yeux et réfléchit à toute allure. Cela ne se faisait pas de refuser une telle demande à son compagnon. Surtout dans les premiers temps qui suivaient l'union. Mais un présent s'accompagnait généralement d'une contrepartie...

— Que me donne-t-il en échange de cette... faveur ?

— Il t'en accorde une autre.

Elijah déglutit péniblement, ayant du mal à assimiler ce que son cadet venait de dire – c'était trop beau pour être vrai !

— Vraiment ? Celle de mon choix ?

Attends, attends, attends ! Hors de question que je couche avec lui ! Une demande raisonnable, je lui accorde une demande raisonnable !

Je me disais aussi que ça ne pouvait pas être aussi simple... Cela aurait été trop beau que tu ne fasses pas d'histoires...

Pap's !!!

— Matthias t'accordera, je cite : une demande raisonnable... (Edmund marqua une courte pause.) À ta place, je préciserais ce point immédiatement, sans quoi tu risques de te faire rouler...

Traître ! Tu es mon père, tu es censé être de mon côté !

Non. Je tiens à rester neutre dans cette histoire. Cependant, je ne tolérerai pas que mon fils roule son Zéhéniché – qui se trouve être mon frère – dans la farine. Je te connais, Matthias, je sais que par rancœur, tu serais capable de lui refuser la faveur qu'il te demandera. Raisonnable ou non. Et ne nie pas.

— *Grrrrr.*

Elijah, inconscient du débat qui opposait le père et le fils, se frottait distraitement le menton. Que pourrait-il demander à son partenaire qui soit… raisonnable.

— Un baiser. (Courte pause.) Je veux un baiser.

Rien que d'y penser, Elijah se sentit durcir.

— Si j'étais toi, je préciserais où je le veux, ce baiser, Elijah. Sinon, tu risques de recevoir un simple bisou sur la joue, conseilla Roan, avant de lancer un regard en coin à son propre Zéhéniché.

— Par les feux de l'enfer, *Grumpy* ! Cette histoire remonte à quatre cent quinze ans ! Ne me dis pas que tu y penses encore ?!

— Mais non, mais non… J'ai tout oublié, bien sûr, *Geek*… Qu'est-ce qui te fait penser le contraire ?

— Le fait que tu le mentionnes, peut-être ? rétorqua Lyon, la mine sombre.

— Je pense simplement à assurer les arrières de notre Alpha…

Et la dispute se poursuivit ainsi durant quelques minutes.

Elijah, plongé dans ses pensées, pesant soigneusement le pour et le contre, n'y prit pas garde, comme coupé du reste du monde.

— Je veux un vrai baiser. (Pause.) Sur la bouche. (Nouvelle pause.) Avec la langue, exigea Elijah, fixant son petit loup noir droit dans les yeux.

Non !

Alors il va falloir te métamorphoser ici, devant eux.

Mais…

Pas de « mais », Matthias. La demande d'Elijah est raisonnable. Tu la refuses, libre à toi, mais tu devras donc reprendre forme humaine ici. Maintenant.

Le ton d'Edmund était ferme et Matthias savait qu'il n'avait pas le choix.

Comme si tout cela ne suffisait pas, un besoin pressant commença à se faire sentir.

Un baiser.

Elijah demandait un simple baiser.

Un seul.

C'était ça ou faire fi de sa pudeur.

Ok. Mais un seul !

— Matthias accepte de te donner un vrai baiser. Un seul, précise-t-il..., annonça Edmund d'un ton neutre.

Un sourire étincelant illumina le visage sévère d'Elijah.

— Les demandes sont acceptées et accordées.

Chapitre 5

Matthias, ayant repris forme humaine, attrapa les premiers vêtements qui lui tombèrent sous la main et s'habilla prestement. Il avait l'impression que sa vessie allait exploser et il était pressé de satisfaire ce besoin – devenu plus qu'urgent.

Tout en se dirigeant à grands pas vers la salle de bain, il repensa au marché qu'il venait de conclure avec son indésirable Zéhéniché.

Comme il s'en voulait de ne pas avoir été capable de surmonter sa gêne. Pourtant, pour une fois, ce n'était pas vraiment l'idée de se retrouver nu devant des étrangers qui l'avait dérangé, car, selon leurs lois – et au vu des grades qui étaient les leurs –, il ne faisait aucun doute qu'ils n'auraient pas dérogé à cette règle.

Surtout en présence d'Elijah – son possessif Zéhéniché ! Et c'était bien *là* que s'était situé son problème ; *lui* ne se serait pas privé du spectacle.

Oh que non !

Conscient qu'il n'aurait pas le choix et qu'il devrait, à un moment ou à un autre, se retrouver dans un contexte intime avec lui, il n'était pas spécialement pressé d'en arriver là. De plus, il ne tenait vraiment pas à ce que d'autres assistent à ce fameux moment.

Dieu l'en préserve !

Le domaine du privé – aussi peu désirable soit-il – devait demeurer *privé* ! Point. Hors de question qu'il s'adonne à l'exhibitionnisme. Plutôt mourir…

Voilà pourquoi il avait dû, bien malgré lui, accorder cette… cette *faveur*…

Matthias se passa rapidement de l'eau sur le visage, espérant ainsi retrouver un semblant de contrôle. Évoquer le baiser promis n'avait visiblement pas été une riche idée. Voilà que maintenant, il se tapait une érection monumentale !

Une de plus...

À ce rythme, il serait bientôt incapable de faire autre chose. Ça promettait pour la suite...

Son corps réagissait au quart de tour rien qu'à l'idée de poser ses lèvres sur celles de son Zéhéniché, et de mêler sa langue à la sienne.

Son érection se mit à vibrer d'un plaisir anticipé.

Oh, chierie !

Son pendant animal en était tout émoustillé, passablement pressé de passer à l'acte. Il grognait et tournoyait dans la cage de son esprit, terriblement excité.

— Bordel, pourquoi vous êtes tous contre moi ?! ragea-t-il, tapant le lavabo de son poing.

Un craquement sinistre retentit. Matthias vit, comme au ralenti, le lavabo se craqueler... avant de tomber à ses pieds, et de se briser en mille morceaux dans un bruit sourd qui résonna aux quatre coins de la pièce.

Un coup de canon n'aurait pas été plus bruyant.

Oh, méga chierie !

Une cavalcade se fit entendre et la porte fut ouverte avant qu'il ne puisse faire le moindre geste pour tenter de réparer les dégâts.

Oh, putain de méga chierie !

— Thias ! Qu'est-ce qui...

La voix d'Elijah s'arrêta de manière abrupte.

Les deux frères Hunter, qui avaient accouru en entendant le bruit d'explosion, étaient maintenant figés à l'entrée de la salle de bain. Ils observaient les débris du lavabo avec incrédulité.

— Mais... que s'est-il passé ici, Matthias ? demanda Edmund d'une voix à peine plus forte qu'un murmure.

— Euh… Je… Eh ben… Comment dire…, cafouilla lamentablement Matthias, avant de fixer la pointe de ses pieds d'un air penaud. Je n'ai pas maîtrisé ma force, semble-t-il… Je voulais seulement… Enfin… (Matthias se racla la gorge, gêné de devoir s'expliquer tel un gamin pris sur le fait – ce qu'il était, en quelque sorte.) J'ai tapé le lavabo avec mon poing et il est tombé…, avoua-t-il piteusement.

Elijah se mordit violemment l'intérieur de la joue afin de ne pas éclater de rire, tant la situation était risible. Mais son compagnon avait l'air tellement mal à l'aise que rire n'était pas vraiment la chose à faire – à moins de vouloir dormir dans la niche du chien cette nuit ! Ce qui, bizarrement, ne l'attirait pas vraiment.

— Matthias…, rouspéta Edmund, se frottant l'arête du nez. Mais quel âge as-tu, bon sang ? On ne frappe pas sur les lavabos pour soulager ses nerfs, enfin !

— Je sais…, chuchota le coupable, rouge de honte.

Matthias était mortifié. À son âge, se faire gourmander par son père comme un petit garçon de cinq ans ayant fait une bêtise, c'était le summum de la honte ! Et comme, en plus, son Zéhéniché assistait à la scène, il ne lui restait plus qu'à prier pour que le sol s'ouvre sous ses pieds et l'avale… au moins pour les deux prochains siècles !

— Il fallait bien que cela arrive à un moment ou à un autre, temporisa Elijah, en le rejoignant. Un lavabo, ce n'est pas si grave. Cela aurait pu être bien pire.

Edmund leva un sourcil, dubitatif.

— Comme quoi, par exemple ?

— La portière du 4x4 de Nathaniel… ?

Edmund écarquilla les yeux avant de laisser échapper un petit rire.

— Effectivement, ça aurait pu être bien pire ! Sachant que Nathaniel y tient comme à la prunelle de ses yeux, tu l'as échappé belle finalement ! déclara-t-il avec bonhommie, se tournant vers lui. Bon, laissons cela, je m'en occuperai plus tard. Allons plutôt rejoindre les autres avant qu'ils ne débarquent tous ici, pour admirer ton œuvre... Mon petit doigt me dit que ça ne te plairait pas beaucoup, Matthias...

Sur ces paroles, Edmund quitta la salle de bain.

Lorsque Matthias voulut le suivre, Elijah lui barra rapidement la route.

— Oh non, Thias... Pas si vite..., chuchota-t-il, l'enlaçant tendrement. Tu me dois un baiser, jeune homme.

Matthias déglutit péniblement et dut se faire violence pour ne pas repousser sèchement son Alpha. Mais il avait donné sa parole et la reprendre serait la pire des insultes. Surtout que son propre père s'était engagé pour lui.

— Je... Maintenant ?

Elijah haussa un sourcil et frotta son nez contre le sien.

— Pourquoi attendre ?

— Euh... Eh ben, je...

— Je t'ai attendu toute la matinée, Thias, je refuse de patienter davantage. Je t'ai accordé la requête que tu m'as présentée – à l'instant où tu me l'as demandée. C'est à ton tour, maintenant. (Elijah marqua une courte pause.) À moins que tu n'aies pas l'intention de me l'accorder ? demanda-t-il soudain, suspicieux.

Le visage d'Elijah s'était brusquement fermé et ses iris s'étaient assombris.

Avis de tempête à l'horizon.

— Je vous ai donné ma parole, je n'ai pas l'intention de la reprendre. J'ai peut-être bien des défauts, mais le déshonneur n'en fait pas partie, s'indigna Matthias, le foudroyant du regard. (Oups !)

Elijah, profondément soulagé, lui sourit, glissant une main possessive sur sa nuque.

— Alors, donne-moi ce baiser, Thias.

Matthias frémit sous cet ordre, au point que ses orteils se

recroquevillèrent. Il devait bien admettre qu'il avait très envie de lui donner ce baiser. Une envie très visible que l'Alpha ne tarderait pas à découvrir.

Il en était mortifié d'avance.

Comment pouvait-il désirer cet homme-là ?

Matthias s'en voulait énormément de réagir de la sorte à son contact. Il aurait voulu se montrer totalement indifférent ! Mais aucun Lycaë ne restait de marbre face à son Zéhéniché.

Aucun.

Il ne faisait pas exception à la règle.

La preuve, il tremblait de désir rien qu'à l'idée de l'embrasser. Un puissant incendie avait pris naissance au creux de ses reins et seul le mâle qui se tenait devant lui pourrait en venir à bout.

Tout ça pour un simple baiser.

Qui n'avait même pas encore eu lieu !

Matthias n'osait même pas imaginer ce qui adviendrait quand ils passeraient aux choses sérieuses. Peut-être entrerait-il en auto combustion…

Effarant.

Frémissant d'une anticipation mal venue, Matthias passa nerveusement le bout de sa langue sur ses lèvres.

Elijah y riva immédiatement son regard et suivit le mouvement, comme hypnotisé. Ses prunelles scintillèrent, prenant un éclat argenté. Son souffle devint court et il se pressa plus étroitement contre son Zéhéniché – son si désirable compagnon.

Un frisson de plaisir le traversa lorsqu'il frôla la proéminence de Matthias.

Un sourire sensuel étira lentement ses lèvres.

Son partenaire n'était donc pas aussi indifférent qu'il voulait le faire croire.

Parfait… tout simplement parfait. La suite serait donc bien plus chaude qu'il ne l'avait espéré.

— Thias… Embrasse-moi…, susurra-t-il, approchant sa bouche de la sienne.

Matthias cessa de penser et se laissa guider par son instinct.

Il posa ses mains à plat contre le torse large et puissant d'Elijah, puis se dressa sur la pointe des pieds pour l'atteindre. Il pressa doucement ses lèvres légèrement humides contre celles de son compagnon. Prenant sa lèvre inférieure entre les siennes, il la mordilla doucement, arrachant un gémissement de plaisir à Elijah. Y voyant le signal qu'inconsciemment il attendait, sa langue alla frôler la commissure de ses lèvres, lui demandant de les écarter pour qu'elle puisse entrer.

Son Zéhéniché ne se fit pas prier et lui céda le passage de bon cœur.

Une fois engouffrée dans la place, la langue de Matthias prit le temps d'en découvrir chaque recoin.

Le contrôle d'Elijah céda brusquement et il plaqua vivement Matthias contre le mur. Ses mains encadrèrent le visage de son compagnon et son corps se moula fiévreusement contre le sien. Alors qu'il inversait les rôles – fouillant à son tour la bouche de son Zéhéniché avec une passion débridée –, ses hanches commencèrent à bouger. Il se frotta lascivement contre le jeune mâle.

Entendant le bruit de gorge que fit Matthias, Elijah devint comme fou. Il le désirait ardemment et ne se sentait plus capable d'attendre davantage.

Lui, le fier Alpha de la meute des SixLunes, se comportait comme un adolescent lors de son premier rencart. Excité. Impatient. Avide. Débridé.

Matthias se raidit en sentant les doigts d'Elijah se diriger vers l'ouverture de son pantalon.

Il revint sur terre et réalisa pleinement ce qui était en train de se produire. Il ne comprenait pas comment les choses avaient pu déraper à ce point. Il se débattit violemment et, s'il n'arriva pas à repousser son partenaire, il parvint toutefois à dégager brièvement sa bouche.

— Non !

Son cri résonna dans la salle de bain et le temps sembla s'arrêter.

Elijah s'était pétrifié devant son refus manifeste. Son corps était comme figé – ne faisant plus le moindre mouvement. Sa langue, bien que toujours dans la cavité buccale de Matthias, avait également cessé de bouger.

Il recula lentement, le souffle court. Il leva une main qui tremblait légèrement et lui caressa la joue.

— Pardonne-moi, Thias… Tu me rends fou et… j'ai perdu la tête, avoua-t-il, laissant retomber sa main. Mais tu as raison, ce n'est ni le lieu ni l'endroit pour notre première fois. (Elijah passa rapidement la main dans ses longs cheveux blancs, les dénouant pour la énième fois de la journée. Las de les rattacher sans cesse – pour rien qui plus est –, il les laissa ainsi.) Viens, allons rejoindre les autres avant de faire une bêtise, dit-il avant de lui prendre la main.

Matthias le laissa faire et le suivit silencieusement, sans faire d'histoires, encore chamboulé par ce qui venait de se passer – et par ce qui avait bien failli arriver.

Complètement sonné, il avait l'impression d'être en état de choc. Il fallait bien reconnaître que depuis hier soir les révélations s'étaient succédées, et qu'il avait de quoi se sentir perdu – pour ne pas dire complètement à l'ouest !

Une petite voix lui souffla qu'il n'était pas au bout de ses surprises. Malheureusement pour lui.

Alors qu'ils pénétraient dans la cuisine, tous les regards se portèrent sur eux et sur leurs mains jointes. Des sourires entendus furent échangés, de part et d'autre, mais personne ne prit la parole.

Même Alexis demeura silencieux – ce qui était une grande première.

Elijah tira une chaise et la présenta à son Zéhéniché.

— Un café, mon trésor ?

Matthias, dans un état second, hocha machinalement la tête en prenant place ; avant de se rappeler que l'Alpha adorait le café corsé.

— Euh, non, merci. Finalement, je n'ai pas très soif.

Un sourire moqueur naquit sur les lèvres d'Elijah, mais il ne fit aucun commentaire. Il s'attaqua silencieusement à la préparation d'un *Caramel Macchiato,* se réjouissant secrètement à l'idée de surprendre son compagnon.

Matthias se tortillait nerveusement sur sa chaise, gêné d'être le centre de l'attention. Pour lui qui avait l'habitude de passer inaperçu – et qui avait appris à aimer ça –, la situation présente était hautement inconfortable.

Et cela n'allait pas s'améliorer.

Il était persuadé que tous savaient ce qui s'était passé entre lui et Elijah dans la salle de bain, et cela le mortifiait. Lui, naturellement discret et effacé, n'aimait pas se trouver dans la ligne de mire des membres de la meute – ni dans celle de qui que ce soit d'autre, d'ailleurs. Ce sentiment était toutefois exacerbé par la façon dont tous l'avaient traité jusque-là. Comme une quantité négligeable et insignifiante.

Les griefs de Matthias envers la meute des SixLunes étaient nombreux, très nombreux. Il n'était pas près de leur pardonner.

On n'oubliait pas une vie de tourments comme ça, en claquant des doigts. Cela demandait du temps. Et de la volonté, également. Ce que Matthias n'avait pas pour le moment. Clairement pas.

Damian, grâce à son métier, était particulièrement sensible aux changements d'humeur, aussi fut-il le premier à remarquer la gêne du Zéhéniché de leur Alpha. Et sa colère sous-jacente.

S'autoproclamant porte-parole des lieutenants, il décida de

briser la glace.

— Sais-tu qui nous sommes, Matthias ? demanda-t-il d'une voix douce, visant à faire baisser la pression.

Matthias releva les yeux et croisa brièvement le regard vert du lieutenant.

— Vous êtes les lieutenants de la meute, répondit-il du bout des lèvres, à contrecœur.

Il ne tenait pas vraiment à converser avec eux – encore moins apprendre à les connaître – cependant, étant donné *qui* ils étaient, il n'avait guère le choix.

— Mouais, c'est plutôt réducteur, ça, comme réponse…, marmonna la voix grincheuse de Roan.

— Oh, lâche-le un peu, tu veux, *Grumpy* ! Il ne nous connaît pas, que veux-tu qu'il réponde d'autre ? Sérieusement… Des fois je me demande comment je fais pour te supporter, soupira Lyon, secouant la tête d'un air faussement dépité.

— Je te rappellerai ces belles paroles ce soir, quand on sera au lit…

Des exclamations agacées jaillirent de toutes parts.

— Oh, les obsédés, vous n'avez pas bientôt fini, oui ?! Vous allez faire peur au gamin ! Ne fais pas attention à eux, ils représentent les pires glands de la meute. Ignore-les, c'est ce qu'on fait la plupart du temps…, gronda Owen, foudroyant les tourtereaux du regard.

— Oh, parce que toi, *Traqueur*, tu représentes, bien sûr, l'élite de la meute ?

— Évidemment, *Geek* ! Qui d'autre pourrait prétendre au titre ?

Matthias écarquilla les yeux en suivant leurs échanges pour le moins… sportifs. Il croisa à nouveau les iris vert clair – toujours rivés sur lui –, mais cette fois-ci, il ne détourna pas les yeux.

Damian lui sourit, avant de lever la main et d'imposer le silence aux autres.

Bizarrement, ils se turent tous progressivement.

— Comme tu peux le voir, malgré nos grades et nos « grands » (Damian mima des guillemets avec ses doigts) âges, nous avons tous gardé une âme d'enfant... Enfin, certains plus que d'autres... Mais bon, passons plutôt aux présentations, ajouta-t-il rapidement, avant de pointer le Bêta du doigt. Celui qui a les cheveux gris, tu le connais déjà, c'est notre Bêta. Le connaissant, je doute qu'il ait pensé à se présenter dans les règles de l'art. (Voyant la grimace qui déforma brièvement les lèvres dudit Bêta, il secoua lentement la tête d'un air dépité.) Le contraire m'aurait étonné, tiens ! Il s'appelle Nathaniel, et je te déconseille franchement de raccourcir son nom... À moins que tu tiennes à raccourcir une certaine partie de ton anatomie, si tu vois ce que je veux dire... (Damian écarquilla exagérément les yeux, montrant ainsi ce qu'il pensait de cette idée.) Nous, on l'appelle « Précieux », gloussa-t-il, imitant la voix du célèbre *Gollum*.

Les autres lieutenants éclatèrent de rire, avant de reprendre en cœur « Mon précieux »... ce qui leur valut un regard furibond du principal intéressé.

Matthias sentit les coins de ses lèvres frémir devant leurs pitreries. Il garda toutefois le silence – se contentant de les observer – passablement intrigué. Était-ce là les terrifiants lieutenants de la meute ? Ceux que tous craignaient ? Ils ne correspondaient pas vraiment à ce qu'il s'était imaginé...

— Tu te demandes sans doute ce qui lui a valu un tel surnom ? poursuivit Damian, un brin moqueur. Ce n'est pas parce qu'il a une certaine ressemblance avec *Gollum*, tu vois le Hobbit super canon du *Seigneur des Anneaux*. Mais plutôt parce que, comme lui, il vénère profondément un objet. Et dans son cas, ce n'est pas un anneau, mais un 4x4...

— C'est bon, là, je pense qu'il a compris ! grommela Nathaniel, grinçant des dents.

— Tu es sûr ?

— Certain !

Elijah, qui venait de terminer la préparation du *Caramel Macchiato*, se joignit enfin à eux. Il souleva son compagnon, comme s'il ne pesait pas plus lourd qu'une plume, prit sa place, puis l'installa sur ses genoux. Comme ça, naturellement, sans autre forme de procès.

Matthias ouvrit la bouche pour protester, quand il sentit la délicieuse odeur de caramel qui émanait de la tasse qu'Elijah venait de poser sur la table. Il s'en saisit rapidement et y trempa le bout de ses lèvres.

— Oh, merveille des merveilles ! C'est un *Caramel Macchiato* !!!

— Dois-je comprendre que cela te plaît ? murmura l'Alpha, frottant son nez contre sa gorge – inconsciemment offerte.

— Oh, oui ! Cela me plaît énormément ! (Matthias marqua un temps d'arrêt, avant de se tourner vers Elijah.) Merci, chuchota-t-il du bout des lèvres – ses bonnes manières primant sur ses sentiments personnels.

Bah oui, son père l'avait bien élevé. Quand il recevait un présent, il disait « merci ». Normal.

L'aîné des Hunter lui adressa un grand sourire, heureux d'avoir fait plaisir à son Zéhéniché. Il en profita pour caresser sa nuque du bout des doigts, et dut se faire violence pour ne pas lui voler un baiser. Il savait qu'agir de la sorte serait une erreur qui pourrait lui coûter relativement cher.

— Ton plaisir est le mien, Thias…

Le jeune mâle rougit violemment et se détourna pour plonger le nez dans sa tasse, masquant sa gêne comme il le pouvait.

Damian, après avoir échangé un rapide coup d'œil avec Elijah, reprit la parole, afin de ne pas laisser un nouveau silence pesant s'installer.

— Si tu le veux bien, Matthias, nous allons continuer les présentations. Celui qui est assis au bout de la table, là-bas, c'est Owen. Notre traqueur. Quand un Lycaë pète les plombs sur notre territoire – que ce soit un membre de la meute ou pas –, c'est lui qu'on envoie pour le traquer et le tuer. D'où son titre, et accessoirement surnom « Traqueur ».

Matthias leva brièvement les yeux – avec l'intention d'y jeter un rapide coup d'œil – et se retrouva incapable de détourner le regard. Il fut frappé par la fine noirceur qui semblait envelopper le lieutenant, telle une aura *visible*.

Incroyable... et carrément flippant.

Matthias aurait pourtant juré qu'elle n'y était pas plus tôt... mais il n'avait pas non plus pris le temps de tous les détailler – sous toutes les coutures.

— C'est pour mieux me fondre dans les ombres...

Matthias sursauta en entendant le Lycaë lui parler. Il s'était visiblement fait pincer en pleine séance d'indiscrétion.

Encore plus flippant.

— Q... q... quoi ? bégaya-t-il difficilement, avant de blêmir face aux prunelles noires qui le toisaient sans ciller.

— La brume – qui flotte autour de moi – me permet de me fondre dans la nuit. Je deviens alors, pour ainsi dire, invisible... Ni vu, ni entendu... Une ombre parmi les ombres...

Matthias tressaillit, soudain très effrayé. Ce lieutenant lui faisait peur. Il y avait quelque chose chez lui qui le tétanisait.

— Suffit, Owen !

L'ordre d'Elijah fendit l'air avec la puissance d'un couperet et la précision d'une flèche, froide et mortelle.

Le silence se fit autour de la table alors que l'Alpha défiait son traqueur du regard.

Un geste, un mot de travers et ce serait un véritable carnage. Son loup, aux aguets, n'attendait que cela pour se déchaîner, aiguillonné par la peur de son Zéhéniché.

Personne ne menaçait son compagnon. *Personne.*

— Il doit savoir qui nous sommes, Elijah, temporisa calmement Nathaniel, avant de donner une bourrade à Owen. Il a compris. Arrête ton cinoche, tu lui fais peur.

Owen arqua un sourcil, dubitatif. Pas sûr que la demi-portion ait vraiment compris où il voulait en venir. Mais l'Alpha avait les nerfs à fleur de peau, l'heure n'était donc pas aux démonstrations.

Dommage.

La brume se volatilisa dans les airs aussi mystérieusement qu'elle était apparue.

Damian attendit quelques instants avant de poursuivre sa présentation, comme si de rien n'était. Cette scène n'était ni la première ni la dernière à laquelle il assistait. La routine, en somme.

— Bien, passons au suivant. Lui (il désigna le lieutenant aux yeux quasiment translucides), c'est Roan. Il s'occupe du relationnel. C'est lui qui gère les problèmes qu'on peut avoir avec les autres meutes. Quand on connaît son fichu caractère de cochon, qui lui a valu le surnom de « Grumpy », on ne s'attend pas vraiment à ce qu'il soit, en quelque sorte, le médiateur de la meute. Et pourtant !

Des ricanements retentirent de part et d'autre de la table.

— Le pire, c'est que je suis bon ! affirma Roan, avant de faire un clin d'œil à Lyon – son voisin de droite. Et pas que dans ce domaine-là...

Matthias rougit violemment en comprenant le sous-entendu. Seigneur, ces deux-là ne pensaient-ils donc qu'à *ça* ?

Percevant la gêne de son compagnon, Elijah s'autorisa enfin à se détendre. Il attira doucement son visage contre son cou, et fut profondément étonné que celui-ci se laisse faire.

Il resta impassible, mais resserra sensiblement l'étreinte de ses bras, heureux que son Zéhéniché se détende en sa présence – tout en se doutant que cela ne durerait pas.

— Oh, pitié ! Vous useriez la patience d'un saint, vous deux ! grommela Damian, secouant vigoureusement la tête.

Rien de nouveau sous la lune.

— Quoiqu'on t'ait dit, je tiens à clarifier tout de suite les choses : tu n'en es pas un ! s'étouffa Roan, comme si le simple fait d'y penser pouvait le faire suffoquer.

— Encore heureux ! Parce que je deviendrais un fornicateur, si j'en étais un – vil suppôt de Satan avide de sexe ! (Damian leva ses deux index et forma une croix.) Xsss-Xsss-Xsss, Satanas ! Hors de cette demeure !

Il y eut de nouveaux éclats de rire et des poings cognèrent la table, faisant trembler les tasses qui s'y trouvaient encore.

Une belle brochette de gamins !

Matthias, bien à l'abri dans le creux du cou de son Zéhéniché, commençait sérieusement à douter de leur santé mentale. Peut-être étaient-ils tous victimes d'une dégénérescence chronique due à leur grand âge ?

— N'est-ce pas déjà ce que nous faisons ?

Leur chamaillerie se poursuivit, mais Matthias ne les écoutait plus. Non pas que leur discussion ait perdu de son attrait – bien qu'elle ne l'ait pas vraiment passionné au départ –, non, le problème était ailleurs…

Son diabolique compagnon avait commencé à le caresser.

Ses doigts glissaient le long de sa cuisse, pour s'arrêter à hauteur de son genou, avant de repartir en arrière. Plus haut, ces maudits doigts remontaient toujours plus haut. Si ça continuait, il finirait par les avoir entre les jambes.

Son sexe se raidit à cette pensée et Matthias sentit son cœur rater un battement… ou deux.

Ou peut-être trois.

Il ferma les yeux et tenta de repousser cette sensation grisante, qui se propageait dans tout son corps à la vitesse de la lumière.

Plus, sa part animale en voulait plus. Il gémissait plaintivement, avide de caresses et d'attentions.

— Assez ! (Matthias sursauta à l'ordre d'Elijah, brutalement sorti de sa transe érotique.) Vous êtes plus bruyants qu'un poulailler. Comment diable voulez-vous qu'il retienne vos noms et vos fonctions, si vous parlez en même temps, à tout bout de champ ? Pour l'instant, je pense qu'on va mettre de côté vos surnoms. De plus, vous commencez à me courir sur le haricot et j'ai envie de me retrouver seul, au calme, avec mon compagnon. Chose que je n'ai pas encore eu la possibilité de faire ! De toute manière, il les aura tous découverts avant la fin de la semaine, vu que vous ne savez pas vous tenir…

Un concert de protestations se fit entendre. Elijah haussa les sourcils, moqueur.

Son loup n'avait ni sa patience, ni son tact. Il martelait le sol, tournant en rond et grognant à tout va. Il voulait tous les mettre à la porte ; il sentait l'excitation de son Zéhéniché et cela le rendait fou. Il le voulait *maintenant*. Il tourna vivement la tête et montra les crocs à ses lieutenants : *dégagez* !

— N'est-ce pas précisément ce que je disais ? ricana Elijah, devant leurs piaillements. Bon, je vais terminer, ça ira plus vite. (Son pendant animal hurla de frustration. Il ne voulait plus attendre.) Celui qui s'est occupé des premières présentations, c'est Damian. Il est responsable de l'éducation des louveteaux. À côté de Roan, c'est son Zéhéniché, Lyon. Il s'occupe de tout ce qui touche, de près ou de loin, à l'informatique. Celui qui a la queue de cheval, c'est Alexis. Il est chargé de la protection et du bon fonctionnement du village. Et le dernier, là, c'est Gaidon. Il supervise l'entraînement des guerriers, conclut Elijah, très rapidement. As-tu des questions, Thias ?

Pourvu qu'il n'en ait pas, sinon Elijah ne répondrait plus de rien. Son loup était à cran, et lui aussi. Ils voulaient, l'un et l'autre, se retrouver seuls avec leur compagnon. Ils en avaient besoin.

Heureusement, Matthias se contenta de secouer négativement la tête.

La caresse de ses cheveux contre son cou faillit avoir raison de lui. Sa bête gémit de plaisir, avant de grogner de mécontentement quand la caresse cessa. Plus, ils en désiraient plus.

— Bien. Dans ce cas, Messieurs, je ne vous retiens pas.

Comprenant qu'il valait mieux ne pas traîner, les lieutenants se levèrent immédiatement et disparurent par la porte de la cuisine – plus vifs que l'éclair, plus rapides que la lumière.

Nathaniel lui adressa un sourire moqueur.

— Je vois qu'on est de trop..., ironisa-t-il, avant de se lever très lentement. (Elijah grinça des dents, mais se força à rester de marbre. Son loup avait les oreilles en arrière, prêt à bondir – et à mordre –, si le Bêta n'accélérait pas le mouvement.) Viens, Edmund, allons boire une bière chez moi...

— Viré de ma propre demeure, je suis mis à la porte de chez moi..., ronchonna ce dernier, pour la forme. Incroyable...

Les deux hommes quittèrent la pièce, les laissant enfin seuls.

Matthias se raidit et sentit un sentiment de panique l'envahir. C'était la première fois qu'il se retrouvait seul avec Elijah. Voilà exactement la situation qu'il avait voulu éviter. Comment se sortir de ce mauvais pas ? Surtout que sa moitié animale, elle, était aux anges et ronronnait comme un chaton.

Pathétique...

Elijah, sentant que son partenaire était sur le point de se faire la malle, resserra brusquement son étreinte. Hors de question qu'il le laisse partir une fois de plus !

— Oh non, Thias... Pas de ça... Toi, tu restes avec moi...

CHAPITRE 6

États-Unis – Montana – Yaak

La nuit venait de tomber sur la forêt noire d'Yaak. Habituellement, une fois le soleil couché, toutes les créatures de la nuit pointaient le bout de leur nez et s'en donnaient à cœur joie. Du hululement du hibou aux couinements du raton laveur.

Mais pas ce soir.

Pour une fois, la forêt était silencieuse.

Un silence froid et menaçant.

Même le vent s'était arrêté de souffler.

Si une branche n'avait pas craqué à ce moment-là, on aurait facilement pu croire que le temps avait – pour une raison qui lui était propre – suspendu sa course.

Un immense loup noir se faufila habilement entre les arbres, sans se soucier d'être discret. Brisant branche sur branche, écrasant feuille morte sur feuille morte, il traversait la forêt en terrain conquis, comme si cette dernière lui appartenait. À lui, et à lui seul.

Bien que ce ne soit techniquement pas le cas, les humains du Montana l'ayant proclamé leur au moment de la naissance des divers États d'Amérique, aucun d'eux n'avait le courage de s'y promener au cœur de la nuit. Lorsque le soleil se couchait, la forêt noire d'Yaak devenait le territoire des créatures nocturnes – ce qu'elle était même au milieu de la journée, seulement les humains ne le savaient pas. Arrogants et fiers, ils se pensaient les seuls maîtres à bord. Les seuls dirigeants sur cette terre.

Quelle erreur !

Quelle prétention !

L'immense loup noir leur octroyait quand même un certain

instinct de survie, vu qu'aucun d'eux ne s'y aventurait de nuit.

Enfin… ils ne le faisaient plus depuis quelques siècles… car avant, il n'en allait pas de même !

Les choses avaient changé le jour où une légende était née.

La légende disait que tous ceux qui s'aventureraient dans la forêt noire d'Yaak, une fois le soleil couché, ne revenaient jamais ; on prétendait que les fantômes des siècles passés qui se fondaient dans les ténèbres, se vengeaient sur les vivants pour la mort atroce qu'ils avaient subie. Et au fil des ans, beaucoup avaient trouvé la mort sur ces terres. Ce qui n'avait fait qu'alimenter ladite légende.

Les humains et leurs légendes.

Si faibles, si crédules.

Ils étaient nés pour servir, et non pour diriger.

Le loup poussa un grognement de mécontentement.

Si cela n'avait tenu qu'à lui, il aurait étendu son territoire bien au-delà de cette maudite forêt. Malheureusement, un Ancien lui avait mis des bâtons dans les roues.

Les iris de l'animal scintillèrent de haine.

Hunter.

Ce damné Alpha était un chat au fond de sa gorge ; une épine plantée dans son flan ; un grain de sable dans un mécanisme bien huilé ; en un mot, un emmerdeur.

Elijah Hunter était sa bête noire.

Il voulait sa tête sur un plateau d'argent, afin de pouvoir se délecter de cette superbe vision chaque jour. Chaque *putain* de jour !

Le loup noir bascula la tête en arrière et poussa un long hurlement.

C'était l'heure.

Les jeux étaient faits, la partie terminée.

Hunter avait perdu.

La bête sortit des ombres et rejoignit ses congénères – qui l'attendaient en demi-cercle au pied de la Montagne des Loups.

La montagne avait été ainsi nommée en raison des diverses battues organisées par les hommes. Les loups se réfugiaient systématiquement dans ce lieu et les hommes perdaient leurs traces bien avant le premier col. Ils revenaient systématiquement bredouilles et les loups chantaient alors sous la lune.

C'était donc devant cet endroit symbolique que se réunissait la meute des LoupsNoirs pour aborder les sujets sensibles.

Seuls les lieutenants et le Bêta étaient conviés à ces assemblées. L'Alpha savait pertinemment qu'ils ne pouvaient faire confiance qu'à eux.

Et encore, jusqu'à un certain point.

Contrairement à Hunter, il ne confierait jamais sa vie à d'autres Lycaës. Ils étaient, et resteraient toujours des prédateurs. Les faibles n'avaient pas leur place dans l'équation.

Du moins était-ce l'avis de l'Alpha de la meute des LoupsNoirs.

Une meute réputée pour être sectaire, raciste et homophobe au possible. Leur nom parlait d'ailleurs de lui-même : *LoupsNoirs*. Seuls les loups noirs étaient acceptés au sein de la meute. Si l'un d'eux donnait naissance à un Lycaë d'une autre couleur, il était mis au ban de la meute ; avant d'être purement et simplement expulsé hors du territoire à sa majorité – l'odeur propre aux louveteaux les protégeant jusque-là.

Un sort nettement préférable à celui qui était réservé aux homosexuels.

La mise à mort.

Ils étaient les seuls à avoir maintenu cette pratique moyenâgeuse, et ils se gardaient bien de s'en vanter. Heureusement, les cas étaient très rares. Ou alors, les membres de la meute avaient appris à contrôler leurs pulsions.

En réalité, les raisons importaient peu à l'Alpha, seul le résultat comptait. Or la conclusion était des plus parlantes : sa meute était pure.

Il était né pour gouverner les Lycaës et soumettre les humains.

Tel était son destin.

Il était temps qu'il s'accomplisse.

— Dash, ton rapport, grogna ce dernier, après avoir repris forme humaine.

Le dénommé Dash — le Bêta — se redressa lentement, veillant toutefois à garder la tête inclinée.

L'Alpha des LoupsNoirs n'autorisait aucun de ses loups à croiser son regard. *Aucun*.

— Hunter a trouvé son Zéhéniché.

Un silence de plomb suivit cette déclaration.

Un rictus méprisant déforma les lèvres de l'Alpha.

— L'union a-t-elle eu lieu ?

— Oui.

Un rugissement jaillit de sa gorge et son poing s'écrasa violemment contre la joue de son Bêta — propulsant celui-ci à terre.

Il n'était jamais bon d'être porteur d'une mauvaise nouvelle. Or celle-ci était la pire de toutes.

— Sacrilège ! Abomination ! Blasphème ! Hérésie !

L'Alpha était comme fou, détruisant tout sur son passage. Deux arbres furent arrachés et balancés en travers de la forêt ; deux autres furent littéralement massacrés à mains nues. Rien ne semblait pouvoir stopper la rage qui l'avait envahi.

— S'unir à un homme ! Il porte la honte sur nous, sur chacun d'entre nous ! Il doit être exterminé, détruit, anéanti !

Ses hurlements transperçaient la nuit, remplis de fiel et de jalousie, de haine et de rancœur, de condamnation et d'indignation ; une multitude de sentiments, difficile à démêler.

Sa voix allait crescendo, montant dans les aiguës.

— Son Zéhéniché est un Transformé, Alpha...

Cette simple phrase ramena le calme au pied de la Montagne des Loups. Durant de longues minutes, on entendit plus que la respiration haletante de l'Alpha.

— Que viens-tu de dire... ? chuchota ce dernier, n'osant croire à cette chance inespérée.

Son Bêta se redressa lentement, avant de s'agenouiller humblement.

— Le Zéhéniché d'Hunter est un Transformé...

Une lueur perverse s'alluma dans son regard.

— Celui que son frère avait recueilli et qui devait être mis à mort hier soir ?

Dash hocha lentement la tête.

— Celui-là même, Alpha.

— Comment s'appelle-t-il, déjà ? Non pas que cette information m'importe vraiment, mais je tiens à savoir comment se nomme celui qui m'apportera ce que je désire le plus – sur un plateau d'argent, qui plus est..., chantonna-t-il, avant de s'esclaffer d'un rire de dément. Cette soirée est encore plus prometteuse que je ne l'espérais ! Encore plus prometteuse !

Le Bêta attendit que son Alpha se calme pour répondre à sa question. Mieux valait ne pas le contrarier quand il était ainsi.

Non, en fait, il ne fallait *jamais* le contrarier.

— On l'appelle Matthias.

— Matthias..., répéta-t-il lentement, faisant rouler ce prénom sur sa langue. Mon cher Matthias... je boirai ton sang pour fêter ma victoire sur Hunter !

L'Alpha se frotta les mains d'anticipation ; il sentait déjà le goût fruité de son prochain succès.

Oh oui, la soirée était encore plus belle que tout ce qu'il avait espéré.

Après avoir entendu la rumeur qui disait que l'Alpha de la meute des SixLunes avait trouvé son compagnon, il avait vu une occasion en or de se venger de son éternel ennemi. De mettre enfin un terme à cette rivalité ancestrale. Et de devenir ce qu'il était censé être : le maître du monde.

Pourtant, lorsque son Bêta lui avait confirmé cette information capitale, il n'avait pu s'empêcher d'imaginer les deux hommes en train de copuler.

Abomination. Blasphème. Immondice.

La rage flamboya à nouveau dans ses veines, mais cette fois-ci, il parvint à se contenir. Il chassa ces pensées pècheresses de son esprit. Il devait se focaliser sur son objectif, et uniquement sur son but ultime.

Leurs morts seraient lentes et douloureuses ; il se gorgerait de leur sang. Et enfin, *enfin*, sa vengeance serait complète.

L'Alpha porta son regard vers ses trois lieutenants, qui n'avaient encore rien dit, et qui étaient restés dans leur position de départ : à genoux, à ses pieds – là où était leur place, leur place à tous.

Il était né pour gouverner, pour régner sur le monde. Pas uniquement le monde des Lycaës.

Oh que non !

Sur tous !

Il les soumettrait à sa volonté. Humains et Lycaës. Tous autant qu'ils étaient.

Ce n'était plus qu'une question de temps. Le temps était son allié le plus fervent, le plus sûr. Il rapprochait ses ennemis de leur perte. Et la couronne de sa tête.

Le Maître du Monde.

L'ivresse de cet instant béni se déversa dans ses veines et alluma une lueur fanatique aux fonds de ses prunelles noires.

Oui, ce n'était qu'une question de temps.

Tic-tac, tic-tac.

Le compte à rebours avait commencé.

Un nouveau rire résonna dans la nuit.

Tic-tac, tic-tac, Hunter.

— Dash, organise une délégation. Nous partons pour le Québec, annonça-t-il joyeusement, entre deux fous rires.

Le Bêta blêmit et rentra la tête entre ses épaules.

— Le Vieux Sage doit nous accompagner, Alpha…

Un nouveau coup l'envoya valser contre la paroi rocailleuse de la montagne.

— Hors de question d'emmener ce vieux fou avec nous ! éructa l'Alpha, en le frappant une seconde fois.

Un de ses lieutenants se redressa, tremblant de peur.

— Il le faut, Alpha...

— JAMAIS ! hurla-t-il, soulevant l'effronté par le col de son tee-shirt. *JE* suis l'Alpha. Moi seul dicte les règles !

Il ponctua son affirmation en offrant un magnifique vol plané à son lieutenant... qui termina sa course encastré dans un tronc d'arbre. Puis, il se tourna vers les deux Lycaës restants et leur montra les crocs.

— Avez-vous quelque chose à ajouter, vous autres ?

Alors que le premier secouait vivement la tête, terrifié à l'idée de s'attirer les foudres de son Alpha, le second s'inclina jusqu'à ce que son front touche le sol.

— Le Vieux Sage est le seul qui puisse exiger d'Hunter qu'il tue lui-même son Zéhéniché, annonça-t-il calmement.

L'Alpha rugit, avant d'assommer le lieutenant qui était resté silencieux.

— Pourquoi ne me l'as-tu pas dit plus tôt ?

Le coupable resta prosterné et ne tenta pas de se chercher des excuses.

Bien. Car il n'en avait aucune. Il aurait dû lui donner cette information essentielle d'entrée de jeu.

Maudit lieutenant qui se croyait intelligent ! *Plus malin que lui !*

Une lueur assassine s'alluma dans les prunelles abyssales de l'Alpha.

Qui pensait-il duper en restant prosterné de la sorte ? Croyait-il sincèrement que cela suffirait à apaiser sa rage ? À obtenir son pardon ?

Il devait leur montrer, il devait leur rappeler à tous qui était le maître, qui les dirigeait.

Un exemple. Il en ferait un exemple.

Il agrippa fermement son lieutenant par la nuque et le redressa d'un mouvement vif.

— Tu vas payer pour ton impertinence !

Il plongea en avant et planta ses crocs dans la gorge de Rash. Quand il le relâcha, sa tête n'était plus maintenue à son corps que par une fine bande de peau.

Il le jeta avec nonchalance.

La mort du lieutenant était regrettable, mais nécessaire. Il devrait donc songer à le remplacer rapidement. Il le ferait à son retour. L'Alpha bannit le défunt de ses pensées bien avant qu'il ne touche le sol. Il avait d'autres chats à fouetter.

Un en particulier.

Soudain calmé, il put se réjouir de la douleur qu'Hunter allait ressentir en tuant son compagnon.

Un rire sardonique s'échappa de ses lèvres rouges de sang frais.

Il n'y prit pas garde, ayant déjà oublié cet incident. Son esprit était entièrement focalisé sur son plus vieux rival. Le reste n'avait pas d'importance.

Seules la souffrance et la mort imminente de l'Alpha des SixLunes comptaient.

Souffre, Hunter, souffre...

... Meurt, Hunter, meurt !!!

Cette soirée était vraiment magnifique. Encore plus belle, plus brillante que les rayons du soleil. Une soirée à nulle autre pareille.

— Dash, organise une délégation et préviens le Vieux Sage. Nous partons dans deux jours, ordonna froidement l'Alpha, avant de s'enfoncer dans les ombres de la nuit, sans se retourner.

Dash le suivit des yeux, en silence. Puis, il porta son regard sur le cadavre de Rash.

Une flamme brilla dans les prunelles sombres du Bêta.

Bientôt, bientôt...

L'OMBRE

Du haut de la montagne, elle voyait tout. Absolument tout.
Là, en bas, juste sous ses pieds, se tenait l'Alpha fou.
Il lui aurait suffi d'un geste, d'un tout petit geste, pour mettre fin à ses jours ; pour mettre un terme à la terreur qu'il propageait dans son sillage.
Elle fut à deux doigts de le faire. À deux doigts.
Du haut de la montagne, elle entendait tout. Absolument tout.
Et ce fut ce qui retint son geste.
Un mot. Un tout petit mot.
Hunter.
Ses poings se serrèrent ; ses lèvres se pincèrent ; son cœur rata un battement.
L'ombre ressentit des sentiments qu'elle n'avait plus éprouvés depuis des lustres.
Haine, colère, déception, rage.
Amour, tristesse, espoir.
Puis vint la douleur. Beaucoup de douleur.
Durant toutes ces années… elle avait cru pouvoir oublier. Lui pardonner.
Elle réalisa aujourd'hui qu'il n'en était rien.
Du haut de la montagne, elle comprenait que le temps des choix était arrivé.
Choix qu'elle était pourtant persuadée d'avoir fait des années auparavant ; choix qu'elle n'aurait jamais cru devoir remettre en question.
Elle le fit.
Elijah Hunter avait trouvé son Zéhéniché.
Il était uni. Uni à un certain Matthias.
Un Transformé…
Une telle chose n'aurait jamais dû se produire.
C'était contre nature, une aberration.

Il fallait y mettre un terme.

Elle devait agir vite, avant que l'Alpha fou ne mette son diabolique projet à exécution.

Elle jeta un dernier regard, plein de regrets, au bas de la montagne.

Elle aurait dû le tuer immédiatement, dès qu'elle l'avait vu émerger d'entre les arbres.

Un sourire froid et glacial étira lentement ses lèvres sur la droite, creusant une minuscule fossette dans sa joue.

Elle savait où le trouver et où il se rendait.

Sa fin était proche. Très proche.

L'ombre se détourna et disparut dans les sombres tunnels qui creusaient et traversaient la Montagne des Loups.

CHAPITRE 7

Québec – Outaouais – Venosta

Elijah fixait le ciel parsemé d'étoiles d'un œil morne.
Il avait tout fait foirer.
Mais quel idiot, bon sang !
Il savait qu'il devait faire preuve de patience avec son compagnon ; il savait qu'il devait prendre son temps et ne surtout pas le brusquer.
Il le savait !
Merde, merde, merde !!!
L'Alpha des SixLunes tomba à genoux et hurla sa frustration.
Un cri long et plaintif.
Fou de rage contre lui-même, il plongea ses doigts dans ses longs cheveux blancs et tira. Fort. Aussi fort qu'il put, allant jusqu'à s'en arracher des pleines poignées.
Indifférent à la douleur – qui pourtant lui vrillait le crâne –, Elijah continua ; encore et encore.
Galvanisé par sa première victoire, lors de leur premier baiser, il avait voulu aller trop vite. Certain que Matthias était dans les mêmes dispositions que lui – et tout aussi incapable que lui d'y résister –, il avait forcé sa chance. Tête baissée, il avait foncé dans les ennuis ; en belle ligne droite, sans détour.
Pourquoi n'avait-il pas été plus prudent ? Plus réfléchi ?
Sûr de son pouvoir, il avait fait fi des refus de son partenaire ; il avait insisté, il lui avait fait *peur*.
Un autre hurlement primal jaillit de sa gorge et résonna dans le calme de la clairière. Les autres animaux s'étaient tus, compatissant à sa douleur. Ou tremblant de peur, tout simplement.

Il ne méritait aucune pitié, aucune compassion. Pas après ce qu'il avait fait.

Son Zéhéniché s'était enfui en courant, des larmes plein les yeux, fuyant le plus loin et le plus vite possible. *À cause de lui.* Parce qu'il n'avait pas voulu s'arrêter ; parce qu'il avait voulu forcer sa chance. Trop vite, trop loin. Et maintenant… maintenant, son compagnon le craignait. Encore plus qu'avant.

Damné imbécile ! Crétin ! Butor !

Son loup, tapi dans les méandres de son esprit, hurlait à la mort. Les oreilles rabattues, recroquevillé sur le côté, il était l'incarnation même de la défaite. Lui non plus ne s'était pas rendu compte que son Zéhéniché était terrifié. Pas avant qu'il ne soit trop tard. Perdu dans les brumes de son propre désir, il n'avait pas songé que son compagnon puisse ne pas ressentir la même faim, le même désir d'unir leurs deux corps.

L'homme et la bête ne savaient pas comment réparer le mal qu'ils avaient fait. Ils ne pensaient même pas qu'une telle chose soit possible. Les dégâts étaient sans doute irréversibles ; ils avaient gâché leur unique chance de bonheur… par luxure.

Un nouveau hurlement retentit.

Certes, Matthias ne pourrait pas se tenir loin d'eux indéfiniment – son propre loup ne le tolérerait pas –, mais à quel prix ?

Au détriment de son propre bonheur. Il serait forcé de revenir, parce qu'il n'aurait pas le choix. Ce n'était pas ainsi que les choses devaient se passer. Jamais de cette manière.

En tant qu'Ancien, et Alpha de la meute, Elijah se devait de montrer l'exemple. À son âge, il aurait dû savoir que le désir ne faisait pas tout ; on pouvait désirer ardemment quelque chose – ou quelqu'un – sans pour autant y céder. Du moins, pas si vite.

Un vrai couple tenait compte des envies de l'autre – même Roan avait compris cela. Or, il ne l'avait pas fait. Aveuglé par la passion, il était resté sourd à tout le reste, ne pensant qu'à lui – égoïstement.

Arrogant… il s'était montré prétentieux. Il avait péché par orgueil.

Il en payait maintenant le prix.

Mais il le méritait… il ne récoltait que ce qu'il avait semé.

— Si tu continues comme ça, tu n'auras bientôt plus un seul cheveu sur le crâne…

Elijah se raidit. Lentement, il tourna la tête vers l'intrus. Celui-ci devait avoir des envies suicidaires pour le rejoindre dans un moment pareil, et pour lui parler sur ce ton moqueur.

Sa part animale se redressa immédiatement, sur le qui-vive. Les babines retroussées, le loup se focalisa entièrement sur sa proie – diversion bienvenue.

— Tu as cinq secondes pour prendre la tangente. Passé ce délai, je ne répondrai plus de rien…, déclara froidement Elijah, se repliant sur lui-même, prêt à bondir.

Un éclat de rire moqueur fendit le silence surnaturel qui régnait dans la clairière.

— Vraiment ? De là d'où je suis, cela ne me paraît pas bien dangereux… Un Alpha – mis à terre par un gamin – ne me fait absolument pas peur… Tu n'es plus que l'ombre de celui que tu étais, Elijah… Fut un temps, tu aurais cherché une solution à ton problème au lieu de pleurer comme une jouvencelle en détresse… Tu es devenu faible…

Sa phrase n'était pas terminée qu'Elijah avait disparu.

Les yeux plissés, il s'avança lentement dans la clairière, prêt à esquiver le Lycaë qui lui tomberait immanquablement dessus. Il banda ses muscles et déploya ses sens, à la recherche de son adversaire.

Rien.

Il recommença et effectua un nouveau balayage de la zone.

Sans plus de succès.

À chaque fois qu'il croyait le percevoir, l'Alpha se dérobait, aussi agile et glissant qu'une anguille.

Un sourire mauvais étira lentement ses lèvres.

Bien. *Que la fête commence !*

Puisqu'il ne pouvait pas aller à la montagne, la montagne viendrait à lui.

Qu'à cela ne tienne, il était prêt !

Les minutes passèrent, sans que rien ne se produise. Absolument rien.

Ce n'était pas normal, Elijah aurait déjà dû l'attaquer.

Sourcils froncés, il scruta une nouvelle fois la clairière.

Toujours rien. Pas un seul frémissement, pas un soupçon d'odeur, rien.

Elijah avait tout simplement disparu, sans laisser la moindre trace derrière lui.

— Eh, merde !

Persuadé d'avoir trouvé les mots pour attirer son attention – et briser le cercle destructeur dans lequel l'Alpha s'était enfermé –, il n'avait pas songé un seul instant que ce dernier pourrait choisir la fuite. Cela ne lui ressemblait pas.

Elijah ne fuyait jamais, il faisait front.

Généralement, il attaquait tous ses problèmes à bras le corps et ne laissait passer aucune insulte ; celle d'aujourd'hui n'aurait pas dû faire exception.

Oh que non !

Bon sang, il l'avait traité de faible. *De faible !*

Comment diable pouvait-il laisser une telle ignominie impunie ?

Furieux de cet échec cuisant, il reprit lentement le chemin du village.

Où avait-il commis une erreur ? Elijah aurait dû…

Un choc violent et puissant l'envoya à terre.

— Toujours le même défaut, Nathaniel…, susurra une voix grave dans son oreille. Trop impatient.

Le Bêta eut un sourire joyeux, comprenant qu'il avait, une fois encore, sous-estimé son adversaire.

Il ne put malheureusement pas s'appesantir sur cette délectable pensée, car son Alpha avait la rage au ventre et risquait bien, s'il n'y prenait pas garde, de l'éventrer.

D'une habile et rapide torsion, Nathaniel parvint à se dégager et fit face à son plus vieil ami. Le sourire narquois de ce dernier lui indiqua que, s'il avait pu réussir un tel exploit, c'était uniquement parce que lui-même l'avait autorisé. Ni plus ni moins.

Le loup d'Elijah effleurait la surface, ne demandant qu'à être libéré, comme l'indiquaient les iris bleu glacier qui le fixaient sans ciller. La promesse mortelle du matin y scintillait – le loup ne lui avait pas pardonné son affront.

La vie de Nathaniel ne tenait plus qu'à un fil : son habileté à survivre à ce combat. Elijah lui aurait peut-être évité la peine capitale, mais son pendant animal n'avait pas sa mansuétude. Or, c'était ce dernier qui était aux commandes.

Aïe.

Il n'avait pas prévu ce petit détail.

Triple buse !

— Je sens ta peur, Bêta…, grogna le loup, avec une évidente satisfaction.

Nathaniel se redressa lentement, laissant son propre loup remonter à la surface ; des crocs acérés remplacèrent ses dents et ses ongles se prolongèrent en griffes mortelles.

Un éclat farouche s'alluma dans son regard orangé.

— Tu rêves…

Nathaniel bondit sans prévenir ; un combat sans merci débuta – que le plus fort l'emporte.

En sortant de chez son père, dans un état proche de la crise d'hystérie, Matthias s'était trouvé désemparé. Le seul refuge qu'il avait jamais connu se trouvait dans son dos, mais n'en était désormais plus un. C'était devenu *Le* lieu qu'il cherchait à fuir, avec un « L » majuscule.

Où se cacher ? Vers qui se tourner ?

Incapable d'aligner deux pensées cohérentes, le jeune mâle avait traversé le village au pas de course, indifférent aux regards stupéfaits qui le suivaient – il ne les vit même pas. Ayant été transparent pour tous les membres de la meute durant plus de dix ans, soit depuis son arrivée, il ne lui vint même pas à l'esprit que les choses aient pu changer. Et que, en le voyant dans cet état d'agitation extrême, plusieurs Lycaës avaient foncé chercher les lieutenants – alors que d'autres avaient simplement craché sur son passage.

Au lieu de se diriger vers la clairière, où ils avaient chassé la veille, Matthias avait bifurqué vers la gauche – pour s'éloigner le plus possible du village.

Une seule idée, une seule pensée l'habitait : fuir le plus loin possible et ne jamais revenir.

Son loup, qui jusque-là était resté discret, avait âprement protesté. Hors de question qu'il quitte définitivement son Zéhéniché. Il ne pourrait survivre sans lui – et son humain non plus. Cependant, connaissant le caractère extrêmement têtu de celui-ci, il avait préféré attendre un peu, afin qu'il le réalise par lui-même. Le loup se réservait toutefois le droit d'intervenir s'il persistait dans cette voie qu'il n'avait ni choisie, ni désirée.

Matthias eut l'impression d'avoir marché des heures durant alors qu'en réalité, il était parti depuis à peine une heure – certainement la plus longue de sa vie.

Le jeune mâle avait fini par s'arrêter et s'était assis sur un énorme caillou qui se trouvait là.

Depuis, il ne cessait de ressasser ce qui s'était passé.

Il l'avait su. À l'instant où il s'était retrouvé seul avec Elijah, il avait su que les choses tourneraient mal. Cette petite lueur, dans les prunelles grises de l'Alpha, l'avait averti du danger.

Malheureusement trop tard.

Embobiné par l'attitude complaisante d'Elijah, Matthias avait sincèrement cru que son compagnon – à défaut de lui promettre une abstinence totale – lui laisserait au moins le temps de s'habituer à son nouveau statut. Et de s'habituer à lui, tout simplement.

Le jeune homme en aurait-il été capable ?

Rien n'était moins sûr.

Mais il croyait avoir une chance ; une opportunité de le repousser, de trouver une parade à cette union qui ne lui convenait pas. Le charme trompeur d'Elijah lui avait fait espérer que peut-être, *peut-être*, ils pourraient finir par s'entendre.

Dans cinq ou six ans.

Quel imbécile il avait été !

Trop naïf, trop crédule…

Une proie facile ; une proie rêvée, inespérée.

Le bon pigeon, le dindon de la farce.

Matthias pourrait continuer comme ça durant des heures et des heures, tant il était remonté – et effrayé aussi – par ce qui s'était produit.

Plus les heures passaient, plus sa frayeur s'estompait au profit de la colère. Une colère noire, comme il n'en avait jamais éprouvée. Pas même à l'idée de mourir – simplement pour ce qu'il était, et non pas pour ce qu'il avait fait. Même ça, ce sort injuste qui avait été le sien, ne l'avait pas remonté de la sorte.

Pour la première fois de sa vie, il avait vraiment compris ce que le mot « impuissant » voulait dire ; ce que son père avait dû éprouver en réalisant qu'il ne pourrait pas le sauver.

Il avait cru savoir. Il s'était trompé.

Maintenant, il savait.

Elijah l'avait enlacé, embrassé, caressé… sans son accord. Matthias s'était débattu, il avait dit « non ». De toutes ses forces, il avait tenté de repousser l'Alpha.

Sans résultat.

Il avait rapidement fini sur la table de la cuisine – au milieu de tasses renversées – les jambes écartées, emprisonné dans l'étreinte de fer d'Elijah.

La peur l'avait alors envahi. Vive et profonde, intense et suffocante ; aussi douloureuse qu'un coup de poignard planté dans le dos – cette peur avait un goût de trahison, de traîtrise.

Tétanisé, il s'était retrouvé… à l'entière merci d'Elijah. La terreur pure qui coulait dans ses veines avait stoppé net ses efforts de rébellion. Impuissant, il était devenu simple spectateur de cette triste scène. Il n'avait repris conscience qu'en sentant la main d'Elijah sur sa… sur son… enfin… entre ses jambes.

Matthias piqua un fard à ce souvenir.

Alors que son loup avait hurlé de joie, au bord de la jouissance, il n'en avait pas été de même pour lui. *Oh non !* Il avait été mortifié de réagir aussi vivement à une simple caresse – surtout venant d'un homme qu'il détestait et qui ne tenait pas compte de ses envies, de ses désirs –, une caresse qu'il recevait contre son gré.

La bouche de Matthias s'était ouverte en grand… et les injures avaient commencé à pleuvoir. Il avait tout dit. Tout ce qu'il avait sur le cœur, absolument tout. Dix ans de rage et de rancune avaient été déversés en un flot de paroles ininterrompues.

Le visage d'Elijah s'était pétrifié, au point qu'il avait semblé taillé dans du granit. Il avait écouté, sans mot dire, sa longue tirade. Blême, il avait finalement reculé, levant les mains, les yeux assombris par le remord et le chagrin. Le puissant Alpha de la meute des SixLunes avait paru être sur le point de vomir ; sa légendaire assurance s'était envolée. Pâle comme la mort, il avait lancé un terrible regard à Matthias et avait tenté de s'excuser.

Peine perdue.

Bien plus bouleversé qu'il ne voulait l'admettre, le jeune mâle s'était enfui sans l'écouter – et Elijah l'avait laissé faire, comprenant parfaitement que le retenir ne servirait à rien.

Le mal était fait.

Les yeux perdus dans le vide, Matthias se frotta distraitement la poitrine.

Serait-il capable de retourner au village ? Non, la bonne question serait plutôt : pourrait-il ne pas y retourner ?

Le grognement mécontent de sa part animale lui fournit la réponse.

Bien sûr que non.

Il allait devoir y retourner. Et revoir Elijah.

Un rictus méprisant déforma ses lèvres.

Quelle vie de merde !

Le soleil était couché depuis longtemps, et des milliers d'étoiles scintillaient dans le ciel, pourtant, Matthias resta assis sur sa pierre, indifférent au temps qui s'écoulait. La beauté de la nuit – qui d'habitude l'attirait aussi sûrement que le miel avec les abeilles – le laissait de glace. Il n'avait pas le cœur à se perdre en rêveries, vaines et inutiles ; ni à se gorger de cette vision féerique pour tenter de la reproduire plus tard. En réalité, il n'avait plus le cœur à rien.

Son portable avait vibré à plusieurs reprises, mais ne souhaitant parler à personne, il l'avait laissé à sa place, dans la poche de son jean. Il voulait rester seul et oublier, du moins durant quelques heures, ce qui l'attendait à son retour au village.

Jusque-là, ça n'avait pas été une franche réussite, évidemment, mais Matthias ne désespérait pas ; en se concentrant suffisamment fort, il pourrait tout oublier.

L'important était d'y croire. *Quand on y croit, on peut !* Alors il y croyait.

— Tu penses passer la nuit à la belle étoile, comme hier, *Demi-portion* ? Ou comptes-tu rentrer un jour et rassurer ton père – qui, soit dit en passant, se fait énormément de souci pour toi…

Pris de court, Matthias bondit littéralement de peur… avant de lamentablement basculer en arrière et de se retrouver les quatre fers en l'air.

Charmant.

La voix réfrigérante qui avait troublé sa morne solitude, il l'avait déjà entendue. Cet après-midi, lors de sa rencontre avec les lieutenants. Il s'en rappelait très bien, car ce Lycaë lui avait fait une peur bleue. Une frayeur qu'il n'était pas près d'oublier.

Sauf qu'à ce moment-là, Elijah était intervenu et avait sèchement rabroué son lieutenant. Qui viendrait se dresser entre eux – et le protéger – alors qu'ils étaient seuls au milieu de nulle part ?

Tentant de cacher maladroitement sa peur, ainsi que son embarras, Matthias frotta vivement ses mains contre son jean, après s'être relevé.

Les joues en feu, il n'osait pas affronter le regard d'obsidienne rivé sur lui.

— J'étais justement sur le point de rentrer, mentit-il avant de rebrousser chemin, pressé de s'éloigner de ce Lycaë-là.

Certes, son Zéhéniché lui avait fait peur et lui avait démontré qu'il ne pouvait pas lui faire confiance. Cela étant, Matthias réalisait – non sans surprise – qu'il préférait mille fois avoir à faire face à Elijah qu'à Owen. (Allez savoir pourquoi.)

Trouillard.

Sans aucun doute. Mais le lieutenant – qui marchait maintenant à ses côtés – était tellement flippant qu'il n'avait aucune honte à l'admettre. Mieux valait être un trouillard en vie, qu'un téméraire mort.

CQFD !

— Génial, ironisa le traqueur, adaptant sa foulée à la sienne. Ça va nous donner l'occasion de faire connaissance.

Dans la vie, il y avait deux catégories de personnes. Celles qui avaient de la chance, à qui tout souriait ; et celles qui n'en avaient pas, et qui se retrouvaient perpétuellement victimes du mauvais œil. Matthias avait toujours appartenu à la seconde, et c'était rassurant de constater que, cela, au moins, n'avait pas changé.

Un soupçon de stabilité au milieu de sables mouvants.

C'était mieux que rien !

Ne sachant que répondre, Matthias se contenta de hausser les épaules.

— Je vois... tu es du genre bavard, hein ? Remarque, ça tombe bien, moi aussi. Tu vois, on a un point en commun... Non, en fait, on en a deux !

Intrigué bien malgré lui, Matthias arqua un sourcil. Il veilla toutefois à ne pas tourner la tête, ne souhaitant pas croiser les prunelles sombres et glaciales du lieutenant. Une fois lui avait amplement suffi.

Comprenant que ce dernier n'en dirait pas plus – à moins qu'il ne le questionne directement – le jeune mâle prit son courage à deux mains.

— C'est quoi, le deuxième... ? finit-il par demander, après s'être raclé la gorge, mal à l'aise.

Un petit rire retentit.

— Je me demandais si tu arriverais à surmonter ta peur et à me poser la question, *Demi-portion*.

— Je n'ai pas peur..., affirma Matthias avec bravade, sentiment qu'il était pourtant loin de ressentir.

— Et en plus il ment... super ! De mieux en mieux. (Owen secoua lentement la tête avec résignation.) Je sens l'odeur de ta peur, *Demi-portion*. Elle me pique le nez. (*Aïe !* Matthias avait oublié ce petit détail.) Je ne sais pas si je dois me sentir insulté ou flatté – le jury délibère. Quand il aura rendu son verdict, je t'en ferai part, décréta le lieutenant, haussant les épaules. Mais pour répondre à ta question, notre second point commun est qu'Elijah nous a sauvé la vie, à tous les deux.

Matthias ne put retenir un grognement de protestation à cette étrange affirmation.

Elijah ? Lui *sauver* la vie ?

La bonne blague !

— Que dalle ! Il ne m'a pas du tout sauvé la vie ! Bien au contraire, il voulait me la prendre ! s'indigna-t-il avec véhémence, oubliant la plus élémentaire des prudences.

Owen s'arrêta dans son élan et lui lança un étrange regard.

— Tu n'as pas réalisé, hein ? Tu n'as pas conscience de ce qu'il avait fait pour toi… tu n'as même jamais compris…

Les sourcils froncés, Matthias le dévisagea avec perplexité.

— De quoi parlez-vous ? Elijah n'a jamais rien fait pour moi.

— Si c'est ce que tu crois… Libre à toi de garder les yeux fermés et de rester enfermé à double tour dans ta tour d'ivoire. Par contre, si tu as envie de voir un peu plus loin que le bout de ton nez – et que tu peux t'intéresser à autre chose qu'à ton nombril –, viens me voir… et on parlera.

Sur ces paroles sibyllines, Owen reprit sa route comme si de rien n'était, laissant Matthias seul avec ses interrogations.

— Implore ma pitié…

La voix grondante de l'Alpha résonna étrangement aux oreilles bourdonnantes de Nathaniel.

Après s'être battu avec acharnement, une heure durant, le Bêta devait reconnaître sa cuisante défaite : Elijah avait été le plus fort – et de loin !

Ce n'était certes ni la première fois – et sans doute pas la dernière – que cela arrivait, mais jamais Nathaniel n'avait eu autant de peine à éviter les attaques vicieuses de son vieil ami. Celui-ci ressentait de la haine – il n'y avait pas de mot plus approprié pour décrire l'état dans lequel il était – et il l'avait extériorisée de cette manière.

Au début, Nathaniel avait même craint que sa vie ne soit en danger, mais après deux occasions manquées – volontairement – il avait compris qu'il n'en était rien.

Heureusement.

Sinon, son cadavre serait aussi froid qu'une pierre tombale et aussi rigide que le marbre.

— Implore ma pitié, Bêta…, répéta Elijah, augmentant la

pression qui entravait sa trachée.

Nathaniel, ruisselant de sueur, fit une dernière tentative pour déloger le corps qui pesait lourdement sur lui.

Sans succès.

Il allait être contraint de supplier. *Eh merde !* Il en entendrait parler durant les dix prochaines années – au bas mot. Et connaissant sa chance, Elijah s'en vanterait même devant les lieutenants. Nathaniel grinça des dents, imaginant déjà l'air narquois d'Alexis.

Eh merde !!!

L'air venant à lui manquer, il ne put tergiverser plus longtemps.

— Piii-t-iééé, croassa-t-il, à bout de souffle.

La réaction d'Elijah fut instantanée.

Nathaniel, enfin libéré, prit une grande goulée d'air. Il lui fallut plusieurs minutes pour calmer les battements erratiques de son cœur et pour retrouver une respiration normale.

Ça n'était pas passé loin.

Maudite fierté !

Il ouvrit les yeux et cligna frénétiquement des paupières pour chasser la buée qui gênait sa vision.

Des larmes ?

Bien sûr que non !

Une fine brume, rien de plus (assurément) ; due au contrecoup (assurément) ; et à la fraîcheur soudaine de la nuit, qui contrastait avec la chaleur qui émanait de son corps luisant de sueur (assurément). Un Bêta ne laisserait jamais couler la moindre larme, car il était tout simplement incapable d'en produire (bien sûr) ; ce n'était donc pas des larmes qui troublaient sa vision (bien sûr).

Nathaniel secoua la tête et se pinça l'arête du nez.

Alors qu'il était sur le point de se relever, une main apparut brusquement devant son visage. Ses yeux remontèrent lentement le long du bras qui prolongeait cette main, jusqu'à croiser des iris bleu glacier.

Aïe !

Le loup de son Alpha n'était pas encore pleinement apaisé. Ça sentait mauvais pour lui, ça…

Nathaniel retint de justesse un gémissement, n'étant pas du tout partant pour un second round.

Oh que non !

Dire qu'il était fourbu était en deçà de la réalité – il était bien pire que cela !

Il saisit la main tendue – n'ayant guère le choix – à nouveau sur le qui-vive. Il serait bien resté à terre, malheureusement, ce n'était pas le moment d'imposer un nouvel affront à son ami.

Elijah, le visage froid et impassible, aida Nathaniel à se relever.

Si leur combat lui avait fait du bien, et lui avait permis d'extérioriser la rage qui brûlait en lui, il n'était pas encore tout à fait prêt à pardonner l'impertinence de son Bêta.

Ce qui se passait entre Matthias et lui ne regardait qu'eux, et il ne tolérerait aucune ingérence dans ce domaine – de qui que ce soit.

Encore moins si c'était pour venir se gausser de sa détresse, après qu'il ait gravement merdé.

Son loup gronda méchamment à ce souvenir et réclama le sang de Nathaniel.

Ce qu'Elijah lui refusa une fois de plus.

Si être un Ancien avait certains inconvénients, comme se retrouver régulièrement largué par les nouvelles technologies – plus aberrantes les unes que les autres –, il y avait également beaucoup d'avantages. Fort heureusement. Le principal, et le plus important, était d'être parfaitement capable de discerner ses propres envies de celles de sa part animale. Même lorsqu'il était en état de rage ou que celle-ci prenait partiellement le contrôle. À ce jour, Elijah n'avait été impuissant qu'une seule et unique fois : hier soir, lors de son union avec Matthias. Mais ça ne comptait pas vraiment, vu qu'aucun Lycaë n'avait le contrôle sur son loup à ce moment-là.

Il était d'ailleurs très rare qu'une telle chose se produise – en dehors de l'union, bien sûr –, mais cela pouvait arriver. Notamment lorsqu'ils étaient sous le coup d'une émotion forte. La cage mentale qui retenait leur bête étant fragilisée, le loup pouvait se libérer et satisfaire pleinement ses envies – souvent meurtrières.

Dans ces moments-là, s'ils venaient à tuer un autre Lycaë, il y avait évidemment une sanction – plus ou moins grave selon les circonstances –, mais sans conséquence pour leur santé mentale. Ce qui n'était pas toujours le cas s'ils venaient à s'attaquer à un humain.

Un Lycaë qui perdait le contrôle de son loup pouvait entrer en Folie Meurtrière, ce qui fragilisait l'essence même du lien qu'il partageait avec sa bête. C'était de cette manière qu'ils transmettaient, involontairement, une partie de leur essence intrinsèque aux humains : par le biais d'une simple morsure.

Ceux qui survivaient, devenaient alors des Transformés. Quant au Lycaë, il prenait lentement le chemin de la folie – la perte de cette essence leur étant fatale, à un moment ou à un autre.

Certains arrivaient à retrouver un semblant de normalité, mais jamais complètement – et encore moins indéfiniment. La folie les rattrapait toujours.

Jusqu'à ce que mort s'ensuive.

Les plus touchés par la Folie Meurtrière étaient les plus jeunes, bien que les cas soient extrêmement rares. Généralement, l'année qui suivait le passage à l'âge adulte était la plus difficile. Le loup étant bien plus fort qu'avant, il avait la capacité d'imposer son point de vue. Les jeunes Lycaës devaient donc apprendre à vivre en harmonie avec leur part animale, et tenir compte de ses désirs. C'était un travail dur et laborieux, mais la plupart s'en sortaient très bien. Il y avait des exceptions, bien sûr, mais le taux d'échec était relativement faible. Heureusement.

C'était pour cela qu'Elijah tenait particulièrement à ce que ce soit Nathaniel qui s'en charge. Son Bêta avait l'art et la manière d'aider les jeunes à traverser cette phase délicate.

Depuis qu'il s'en occupait, il n'y avait eu que deux échecs. L'un avait été atteint de Folie Meurtrière ; l'autre s'était laissé complètement dominer par son loup, et n'avait jamais pu reprendre forme humaine.

Deux échecs en cinq siècles, c'était un record pour le moment resté inégalé.

Oui, Nathaniel était le meilleur dans son domaine.

Dommage qu'il n'ait pas la même capacité à gérer les problèmes de son Alpha – ou du moins, à avoir une approche plus délicate.

Seulement voilà, Nathaniel et la subtilité…

Elijah s'adossa à un arbre et croisa les bras sur son torse nu, dégoulinant de sueur – sa chemise n'avait malheureusement pas survécu à leur affrontement ; le tee-shirt de Nathaniel non plus, d'ailleurs.

Il arqua un sourcil, arrogant, et foudroya son Bêta d'un regard glacial.

Le silence se fit, seulement brisé par le murmure du vent.

— Je présume que je devrais m'excuser d'avoir la finesse d'un bourrin ? marmonna Nathaniel, repoussant ses cheveux humides des deux mains.

Le mouvement contracta ses abdominaux, faisant saigner une blessure encore à vif.

— Ce serait un bon début, effectivement…

CHAPITRE 8

Les yeux fermés, la tête rejetée en arrière, Matthias laissa l'eau tiède ruisseler sur son corps durant de longues minutes. L'eau l'apaisait, le purifiait, après cette journée particulièrement difficile. Dire que, si tout s'était passé comme prévu, elle n'aurait jamais vu le jour. Normalement, à l'heure qu'il était, Matthias aurait dû être mort – mort et enterré.

Elijah avait été très clair là-dessus, ne lui laissant ni échappatoire, ni espoir. Absolument rien, à part une terrifiante certitude.

« *Lors de la pleine lune qui suivra ton dix-huitième anniversaire, tu mourras. Enfin.* »

Matthias avait donc grandi avec cette date butoir, cette fin programmée. Et il avait appris à vivre avec. Il n'avait pas vraiment eu le choix, cela dit. Soit il passait le peu de temps qui lui était imparti à se morfondre sur ce qui aurait pu être ; soit il croquait la vie à pleines dents. Il avait choisi de vivre pleinement.

Tout ce qu'il pouvait faire, il l'avait fait. « Ne pas avoir de regrets », tel avait été son crédo.

Un petit détail, que personne n'avait prévu, avait malheureusement contrecarré ce plan bien ficelé. Et au lieu d'être tué, Matthias se retrouvait lié à son pire ennemi ; l'homme qu'il haïssait plus que tout au monde : Elijah Hunter, l'artisan de tous ses malheurs.

Le destin était décidément bien cruel.

Matthias n'avait ni la maturité ni l'expérience d'Elijah ; il ne pouvait se résigner à accepter cette union – comme le faisait l'Alpha. Il refusait catégoriquement de partager sa vie avec ce dernier, point.

Et c'était exactement ce qu'il aurait fait si son pendant animal n'avait pas été un élément majeur à prendre en compte dans cette équation. Évidemment, son loup n'approuvait pas du tout cette idée. Lui, tout ce qu'il désirait, c'était passer le plus de temps possible avec son Zéhéniché.

Ce qui expliquait la présence de Matthias en ce lieu.

Après les terribles événements de l'après-midi – et sa discussion pour le moins concise avec Owen –, il avait été contraint de lâcher du lest.

Alors qu'il s'apprêtait à regagner la demeure familiale, le traqueur l'avait arrêté…

— Peut-on savoir où tu comptes aller comme ça ?
Matthias haussa les sourcils, surpris.
— Bah, chez moi…
Owen croisa les bras, l'air sévère, et lui lança un regard réprobateur.
— Elijah et toi êtes unis, maintenant.
Matthias serra les dents, profondément irrité par le ton paternaliste du lieutenant, mais se contraignit à répondre calmement. Si jusque-là, Owen avait fait preuve de politesse, à aucun moment, durant leur longue balade, son aura ne l'avait quittée – une aura dangereuse, létale, qui l'enveloppait comme une vieille amie.
Ce Lycaë était carrément flippant, aussi était-il préférable de ne pas trop l'irriter. En fait, il valait mieux s'en débarrasser le plus rapidement possible. Avec tact et délicatesse. Deux qualités qui faisaient malheureusement défaut à Matthias.
— Ouais, il paraît… Mais je…
Owen le coupa abruptement, sans le laisser finir.
— Ok. Je vais t'expliquer ça de manière plus précise, puisqu'apparemment tu n'as plus tous tes neurones. (Voix railleuse.) Tu es uni à Elijah, et toi, l'air de rien, comme un grand, tu es sur le point d'entrer dans une autre maison que la sienne. Sérieusement ? (Sourcils haussés et air incrédule.) Tu te fous de ma

gueule, là ? Penses-tu que ton père pourra survivre à ça ? Crois-tu sincèrement qu'Elijah va trouver normal que tu dormes sous le même toit qu'un autre Lycaë ? N'as-tu donc rien appris durant ces dix dernières années ?

Il suffit d'évoquer l'éventuelle mort de son père pour que Matthias blêmisse.

— *Mais... c'est mon père... normal que...*

— *Psit ! Nawakna !*

Clignements de paupières et yeux globuleux.

— *... quoi ?*

— *Nawakna ! Tu ne sais pas ce que ça veut dire ? (Matthias secoua vigoureusement la tête, se demandant si le lieutenant n'était pas complètement givré, en fin de compte.) Les mômes, mais les mômes ! Ça raccourcit continuellement les mots ; ça en invente d'autres qui n'existent pas ; ça parle en verlan, mais c'est complètement incapable de comprendre une chose aussi simple que « Nawakna » ! Heureusement que c'est* Précieux *qui s'occupe de vous, parce que moi, sérieux, je n'aurais juste pas la patience !*

Owen continua à maugréer dans sa barbe non sans le fusiller du regard.

Aïe, c'était mauvais signe, ça !

Matthias, ne sachant pas s'il devait relancer le sujet ou attendre que le lieutenant y revienne de lui-même, garda prudemment le silence. Ce qui s'avéra payant, puisque, quelques minutes plus tard, il eut la réponse qu'il attendait.

— *Ça veut dire « n'importe quoi » ! Ce n'est quand même pas compliqué, non ? Ce n'est pas comme si je parlais chinois ! Putain, je n'ose pas imaginer ta réaction quand tu passeras la journée avec* Geek. *Parce que* LÀ, *ça sera du chinois !*

Owen poursuivit son monologue tout en montrant le chemin à Matthias.

Bien entendu, il fût fortement tenté de ne pas le suivre. Oh que oui ! *La peur, toutefois, le retint.*

Ce Lycaë était bien trop impressionnant pour être défié ! Mieux valait marcher droit en sa présence. Quitte à filer à l'anglaise par la suite...

Pourtant, une fois devant le chalet d'Elijah, Matthias se retrouva incapable de faire un pas de plus. Non pas que celui-ci soit repoussant, bien au contraire... Entièrement fait de bois clair, avec rondins, perron, balustrade et tout le tralala. Il avait l'air chaleureux et accueillant, à l'opposé de son propriétaire, en somme – et ce fut justement ce qui retint Matthias, ce qui l'empêcha de franchir les derniers mètres.

Entrer dans ce chalet équivaudrait à pénétrer dans la gueule du loup – très peu pour lui.

Une fois de plus, Owen sembla sentir sa réticence.

— Je vais te poser une question, Demi-portion, une seule. Je n'ai pas besoin de connaître la réponse. Le plus important, c'est que TOI, tu te la poses... et que tu y répondes sincèrement. Peux-tu faire ça ?

D'après la mimique du traqueur, il ne l'en croyait pas capable. Piqué au vif, Matthias releva fièrement le menton.

— Je suis encore capable de répondre à une question !

— Depuis que tu t'es réveillé, ce matin, qu'as-tu fait pour ton loup ?

Ah, ouais, quand même...

Celle-ci, Matthias ne l'avait pas vu venir.

— Ce que j'ai fait pour mon loup... ?

— Bah ouais, qu'as-tu fait pour lui ? Pour lui faire plaisir ? Non, attends, je vais reformuler ça plus clairement – vu qu'apparemment tu ne piges pas. Putain, on ne peut pas dire que tu sois vif d'esprit, toi, hein ? Tu n'as sûrement pas inventé la poudre, mais tu n'étais pas loin quand elle a pété... (Matthias rougit sous l'insulte, mais la lueur narquoise qui brillait dans les prunelles d'obsidienne suffit à le mâter. Trop flippant.) Donc, je reformule : depuis ce matin, as-tu seulement écouté les désirs de ton loup une seule putain de fois ?

Non. Pas une fois.

Comment avouer ça à un lieutenant alors que c'était l'une des règles les plus élémentaires des Lycaës ?

Être à l'écoute de sa moitié animale et tenir compte de ses envies. Sinon, la bête risquait de prendre le dessus, et là, bonjour les catastrophes. Dans le meilleur des cas, on ne pouvait plus reprendre forme humaine ; au pire, on entrait en Folie Meurtrière.

Charmant programme.

— C'est bien ce que je pensais... Pas besoin de répondre, je lis sur ton visage comme dans un livre ouvert. (Owen s'approcha rapidement, à la manière *des prédateurs, et colla son nez contre le sien. Son souffle froid caressa sa joue, le glaçant jusqu'à la moelle.) Je te conseille vivement d'en tenir compte. Et le plus tôt sera le mieux. Pour tout le monde. Mais spécialement pour toi. Si ton loup venait à prendre le contrôle, Elijah serait le premier à en souffrir, et ça, je ne le tolérerai pas. Crois-moi, tu ne veux pas me mettre en colère. Le spectacle ne te plairait pas. Et il serait relativement court, surtout pour toi.*

Matthias suait à grosses gouttes, terrifié. Exactement comme il s'en était douté, le traqueur était dangereux – sans doute le pire de la bande. Lui, un jeune mâle ayant fraîchement passé le stade de l'ultime phase de la transformation, n'aurait aucune chance s'il décidait de s'en prendre à lui.

Le message était limpide : si Matthias ne changeait pas d'attitude, être bloqué sous forme lupine serait le cadet de ses soucis.

Message reçu cinq sur cinq.

S'il voulait vivre – et Dieu savait combien il le désirait –, il allait devoir mettre de l'eau dans son vin. Et plus d'une goutte !

— Je refuse de coucher avec Elijah…, murmura-t-il pourtant.

Une envie suicidaire le guidait, il n'y avait pas d'autre explication. Qui irait titiller le tigre dans sa cage ? Un fou !

Owen leva une main et lui mit une claque derrière la tête.

Aïeuh !

— Concentre-toi trente secondes, Demi-portion *! Seigneur, tu as le cerveau d'une moule, ce n'est pas possible autrement ! Oui, ton loup a sans doute envie de passer à la casserole, je te l'accorde, mais si tu prends le temps de bien analyser ses désirs, tu verras qu'il ne demande rien que tu ne puisses lui donner. Si les rapports physiques t'effraient, ou te rebutent à ce point, il en tiendra compte,* LUI. *Bien sûr, il ne renoncera pas à tout contact, mais il te proposera un compromis. Et si tu n'es pas aussi bête que tu en as l'air… tu accepteras. (Owen se pencha et lui susurra la suite dans le creux de l'oreille.) Sinon, tu auras affaire à moi…*

Le lieutenant disparut littéralement sur ses paroles.

Bouche bée, Matthias tourna plusieurs fois sur lui-même, le cherchant sans succès.

Owen n'était plus là.

Incroyable... et flippant.

Matthias gémit de dépit et se cogna la tête contre le carrelage de la douche. Il allait malheureusement devoir suivre les conseils du traqueur. Ou plus exactement, ses menaces à peine voilées. Il pourrait prétendre que c'était la peur qui guidait sa décision, mais ce serait la solution de facilité. Or, malgré la piètre opinion que le lieutenant avait de lui, Matthias était loin d'être un abruti total. Il savait bien qu'il avait complètement foiré sa journée et qu'il était passé à côté de l'essentiel.

Son loup.

Il l'avait négligé aujourd'hui. Totalement.

C'était impardonnable.

Sans céder à tous ses caprices, il aurait dû être plus à l'écoute de ses besoins profonds ; comme lui l'avait été avec les siens. Son attitude purement égoïste lui faisait honte. Si son père le voyait, il ne serait pas fier de lui.

Oh que non !

Et si une chose comptait vraiment pour Matthias, c'était bien celle-ci : qu'Edmund soit fier de lui. Il était prêt à faire ce qu'il fallait pour que ce soit toujours le cas. Enfin, dans une certaine mesure, bien sûr.

Il était également prêt à faire des efforts, de gros efforts même pour vivre en harmonie avec sa part animale ; le contraire n'étant tout simplement pas envisageable. Ni dans cette vie, ni dans une autre. Mais cela allait lui demander du temps et beaucoup de peine ; il allait devoir apprendre... avec Nathaniel.

L'idée le fit grimacer.

Le Bêta était impressionnant. Pas autant qu'Owen, certes, mais quand même. Le premier inspirait la prudence et le respect, alors que le second insufflait la peur – ce qui n'avait rien à voir. Quant à Elijah, Matthias préférait ne pas y penser, sans quoi il ne serait probablement pas capable de faire ce qu'il devait ce soir. Ou plutôt ce matin. Bref, maintenant.

Comprenant que le traqueur avait soulevé un lièvre, Matthias avait pris du temps pour réfléchir. Et la conclusion avait été en sa défaveur. Désireux d'arranger les choses avec son loup, il avait pris sur lui – ce qui n'avait pas franchement été évident – et il avait décidé de passer la nuit chez Elijah.

Mais attention !

Si les choses se passaient mal et que l'Alpha tentait quoi que ce soit, Matthias ne remettrait plus jamais les pieds dans ce chalet.

Son loup, fou de joie, s'était empressé d'accepter – évidemment, lui était intimement convaincu que son Zéhéniché ne merderait pas cette fois-ci ; Matthias n'était pas aussi optimiste.

Quoi qu'il en soit, les jeux étaient faits, il était trop tard pour reculer.

C'était pour ça que Matthias se trouvait là, sous la douche, entièrement nu.

Dans la salle de bain d'Elijah.

Dans le chalet d'Elijah.

Sous la douche.

Nu.

Heureusement que l'Alpha n'était pas encore rentré !

Harassé, Elijah monta lentement les marches qui menaient à son perron. Il marqua une courte pause et se frotta vigoureusement le visage.

Sa discussion avec Nathaniel avait été des plus constructives.

« Mets-toi à genoux, et supplie. »

Voilà exactement ce que lui avait conseillé son meilleur ami. De supplier. À la rigueur, pourquoi pas ? Mais pour ce qui était de se mettre à genoux…

Elijah en frémit d'horreur.

Ni lui ni son loup ne s'étaient jamais agenouillés devant qui que ce soit ; et ils n'étaient pas très chauds pour commencer aujourd'hui.

Seulement... avaient-ils vraiment le choix ?

Le fier et arrogant Alpha de la meute des SixLunes savait bien que non. S'il devait supplier – à genoux de surcroît – il le ferait. Pour récupérer son Zéhéniché, il ferait n'importe quoi. *N'importe quoi !*

Encore fallait-il pouvoir le trouver !

Elijah avait traversé le village en long, en large et en travers, sans aucun résultat. Il n'avait trouvé Matthias nulle part.

Son loup brûlait de se lancer à sa poursuite, de le prendre en chasse et de le ramener par la peau du cou.

Bien que cette envie le démange également, il savait que ce n'était pas la chose à faire. Malheureusement. Rien ne serait pire, en réalité. Si Matthias avait besoin de prendre ses distances, il devait le lui accorder... Dire que le matin même, il avait outrageusement repoussé cette suggestion en affirmant qu'il ne le supporterait pas.

Un rictus de haine, dirigé contre lui-même, déforma ses lèvres.

Il était seul artisan de son malheur, il ne pouvait donc s'en prendre qu'à lui. Si seulement il avait été plus patient et moins pressé.

Mais avec des « si » et des « ça », on refaisait le monde, c'était bien connu.

Elijah poussa un long soupir et s'accouda contre la rambarde de son perron, laissant ses avant-bras pendre dans le vide. Les yeux perdus dans le vague, il survolait les petits chalets qui entouraient le sien.

Les maisons de ses lieutenants et de son Bêta.

Dire que certaines meutes vivaient encore dans des grottes. Évidemment, elles avaient été aménagées pour apporter tout le confort possible, et ceux qui y vivaient s'y plaisaient énormément, pourtant Elijah n'avait jamais compris cet engouement pour les grottes. Lui, ainsi que l'intégralité de sa meute, avait été ravi d'en sortir et de s'installer dans un chalet. Être continuellement les uns sur les autres devenait très vite lassant – surtout quand on avait trouvé son compagnon. Elijah ne comptait plus le nombre de bagarres qui avaient été déclenchées à cause d'un malencontreux effleurement durant la nuit.

Certes, leurs loups avaient eu un peu de mal au début, devant cette nouvelle manière de vivre, mais une fois qu'ils avaient dormi bien au chaud, dans un bon lit douillet, aucun d'eux n'avait voulu revenir en arrière ! Et puis, l'intimité qu'offrait une maison était sans prix pour les couples fraîchement unis.

Pensant à Lyon et à Roan, Elijah se dit qu'il en allait de même pour les autres ! Ces deux-là, quand ils ne passaient pas leur temps à se chamailler ou à baiser comme des lapins, ils se disputaient avec les uns et les autres, parce qu'ils avaient approché leur Zéhéniché de trop près. Ses lieutenants étaient jaloux comme des poux… et ultras possessifs.

Il s'était longtemps moqué d'eux – au même titre que les autres, d'ailleurs –, mais maintenant qu'il était également « en couple », il n'avait plus vraiment envie de rire. Bien au contraire.

Elijah prit une profonde inspiration… et se pétrifia net.

Thias ! Cette odeur appartenait à Thias. Il la reconnaîtrait entre toutes, les yeux fermés.

Son Zéhéniché était tout proche.

Il inspira une seconde fois, avant de fermer les yeux et de se laisser guider par son puissant odorat.

Comment avait-il pu passer à côté aussi longtemps ? Incroyable.

Il se mit en mouvement… et manqua de peu de finir encastré dans la porte de son chalet.

Clignements de paupières et incompréhension totale.

Qu'est-ce que…

Bouche bée, comme un parfait crétin, Elijah resta devant sa porte durant de longues et interminables minutes. Puis un sentiment de panique le prit par surprise, occultant tout le reste. Le cœur battant à tout rompre, hagard, il réalisa difficilement l'incroyable vérité : Matthias était chez lui.

Bordel de merde, son partenaire était chez lui !

Elijah ouvrait la bouche, avant de la refermer brusquement, tel un poisson hors de l'eau. Comment un tel prodige avait-il pu avoir lieu ?

Son compagnon était dans son chalet sans qu'il ait eu besoin de l'y amener – en le traînant par la peau du cou.

Comment, mais comment... ?

Non, en fait, le « comment » importait peu à l'heure actuelle, un problème bien plus urgent réclamait son attention.

Elijah sortit vivement son vieux Nokia – datant de Mathusalem, selon Lyon – et composa fébrilement un numéro.

— *Par tous les Saints du Paradis ! T'as vu l'heure ? Vaudrait mieux que ce soit une question de vie ou de mort...*, grommela une voix endormie, au bout de quatre longues et interminables sonneries.

Elijah était à des lieux de se soucier du sommeil de son lieutenant. Il avait besoin d'aide, et il en avait besoin *maintenant*.

Et oui, c'était une question de vie ou de mort... la sienne !

— Quand tu as une grosse dispute avec Lyon, tu fais comment pour recoller les pots cassés ?

— *Je le baise.*

Il y eut un instant de flottement.

— Et s'il ne veut pas... ?

Elijah eut de la peine à croire qu'il avait vraiment posé cette question, et encore moins qu'il avait ce genre de discussion avec Roan !

— *Je l'attache...*

Oh... bordel !

Elijah entendit un chuchotement furieux, suivi d'un bruit sec.

— *Laissez tomber, Alpha,* Grumpy *est grognon, comme d'hab'. Quand il merde, et croyez-moi ça arrive relativement souvent, il rampe à mes pieds en implorant mon pardon.* (Il y eut un autre chuchotement et un second bruit sec ; une claque derrière la tête, devina Elijah.) *Mais vous, vous devriez pouvoir vous en sortir avec un* Caramel Macchiato… *En tout cas, d'après ce que j'ai vu cet après-midi, ce serait un bon début… Matthias sera plus ouvert à la discussion si vous n'arrivez pas les mains vides…*

Bien sûr ! Un *Caramel Macchiato* ! Pourquoi n'y avait-il pas pensé plus tôt ?

Elijah remercia chaudement Lyon – qui finalement avait été d'une aide bien plus précieuse que Roan – et coupa rapidement la communication.

Ragaillardi, il entra précipitamment dans son chalet avec l'intention de se rendre directement dans la cuisine. Seulement, une fois le seuil franchi, il entendit l'eau de la douche couler…

Eh, merde !

Matthias prenait une douche.

Il était là, chez lui, sous la douche, nu.

Son imagination ne perdit pas une seconde pour s'emballer et lui envoya des images toutes plus chaudes les unes que les autres.

Eh, double merde !

Tremblant comme une feuille, aussi faible que l'enfant qui venait de naître, Elijah s'écroula contre la porte d'entrée – qu'il avait juste eu le temps de refermer derrière lui. Ses griffes fermement plantées dans le bois de la porte, il luttait contre ses démons intérieurs qui le poussaient de se précipiter à l'étage. La douce chaleur qui avait envahi ses reins ne l'aidait pas – bien au contraire. Dur comme le roc, il brûlait littéralement de rejoindre son jeune compagnon et d'assouvir, enfin, la faim qui le dévorait.

Eh, merde de merde de merde !!!

Son loup gémissait et tournait en rond, avide d'instants volés. Lui aussi voulait se rendre dans la salle de bain, lui aussi voulait rejoindre leur Zéhéniché, lui aussi voulait…

Si tu montes cet escalier maintenant, tu le perdras à jamais…

La mâchoire crispée à se la briser, Elijah combattit vaillamment son désir, cette unique pensée en tête. La lutte fut difficile et acharnée, mais il réussit à avoir le dessus.

Le fait que son pendant animal ait compris que le plus petit faux pas pourrait entraîner des conséquences désastreuses pour leur avenir était une bénédiction. Ils avaient uni leurs forces et en étaient sortis victorieux.

Pourtant, rien n'était encore gagné.

Les poings serrés le long du corps, Elijah prit lentement la direction de la cuisine. S'il était vainqueur de cette première manche, il savait parfaitement qu'il n'avait pas encore remporté la guerre. Se montrer présomptueux et irréfléchi ne lui serait pas profitable, bien au contraire ; l'ayant été plus d'une fois, il savait qu'il devait se montrer prudent.

Il bénit son frère et lui adressa mentalement un bref remerciement quand il découvrit tous les ingrédients nécessaires pour la création d'un *Caramel Macchiato* entreposés, bien en vue, sur son plan de travail. Il se mit immédiatement au boulot, accomplissant machinalement les gestes récemment acquis. Bien que l'odeur du caramel lui soit toujours aussi intolérable – et le souvenir de ce goût sucré tout aussi écœurant –, il ne fut pas peu fier du résultat : la mousse crémeuse était savamment décorée de caramel liquide en forme de cœur.

Parfait.

Elijah souleva la tasse avec précaution et se rendit à l'étage.

L'avantage, lorsqu'on possédait un chalet aussi simple que le sien – muni d'une seule chambre à coucher –, c'était qu'on n'avait pas quinze mille options. Matthias ne pouvait être qu'à un seul endroit : dans sa chambre.

Matthias leva les yeux au ciel en entendant son loup ronronner. Tout ça parce qu'il avait enfilé un tee-shirt appartenant à Elijah. Certes, il l'avait récupéré dans son panier à linge – attiré par l'odeur de son Zéhéniché –, mais bon, quand même, il n'y avait pas de quoi en faire un fromage. Pourtant, sa bête semblait aux anges. Il n'en fallait décidément pas beaucoup pour la satisfaire. Ce qui ne fit que renforcer le sentiment de culpabilité qui l'assaillait. Il avait vraiment été à côté de la plaque toute la journée.

Du début à la fin.

Matthias n'aurait jamais cru dire cela – et encore moins le penser –, mais il était reconnaissant à Owen d'être intervenu. Sans le lieutenant, il n'aurait pas réalisé qu'il en fallait si peu pour contenter son loup.

Le résultat aurait été catastrophique.

Mis en confiance par l'attitude détendue et sereine de sa part animale, Matthias sortit de la salle de bain et regagna la seule chambre du chalet. Tête en l'air, perdu dans ses pensées, il ne sentit pas l'odeur qui aurait dû le frapper d'entrée. Bien sûr, elle embaumait déjà la maison lorsqu'il était arrivé, mais maintenant elle était plus fraîche, plus prononcée. Impossible à manquer. Et pourtant…

Cela lui aurait évité le choc qui était maintenant le sien.

Là, sagement assis sur le lit, se tenait Elijah.

Une tasse de café fumante dans les mains.

Matthias s'arrêta brutalement, prêt à fuir.

Deux choses le retinrent : son loup, dont le poil s'était hérissé à cette idée, et la délicieuse odeur de caramel qui flottait dans l'air.

Les yeux de Matthias brillèrent d'un éclat doré lorsqu'ils se posèrent sur ce qui devait être un *Caramel Macchiato*. La tentation de se rapprocher était grande – très grande même – pourtant il resta où il était.

Même le meilleur *Caramel Macchiato* du monde ne saurait effacer ce qui avait été fait.

Elijah, les narines frémissantes, dévorait des yeux son partenaire. Il éprouvait une intense satisfaction de sentir son odeur recouvrir la sienne. Et le voir dans ses habits exacerba son sentiment de possessivité.

À moi !

Son loup roucoulait de plaisir et brûlait de plonger son nez dans le cou de Matthias. Il voulait découvrir sa marque et la lécher. Des heures durant.

Elijah déglutit péniblement et pria de pouvoir maintenir ses pulsions sous clé. Cela s'avérerait certainement être un choix cornélien, mais il devait impérativement se maîtriser.

Il tendit lentement son offrande en gage de paix.

— C'est un *Caramel Macchiato*, Thias. Tiens... je... je voulais te faire la surprise demain matin... enfin, ce matin plutôt, mais je me suis dit que ce soir... enfin, maintenant, serait plus approprié...

Le puissant Alpha des SixLunes bafouillait comme un collégien, incapable de trouver ses mots.

Hal-lu-ci-nant !

— Qu'est-ce qui vous fait croire que j'en ai envie ?

— Cette petite lueur dans tes yeux qui s'est allumée dès que tu as repéré cette tasse fumante..., répondit-il du tac au tac, avant de pousser un soupir. C'est comme tu veux, Thias... Si tu n'en as pas envie, je la ramène simplement à la cuisine. Je... je... (Elijah prit son courage à deux mains et débita sa phrase d'une traite.) Jevoulaisjustetefaireplaisir.

Matthias papillonna des paupières, pas certain d'avoir bien compris.

— Hein ? (Très classe. Ça, c'était de la répartie !) Je voulais dire, « pardon » ? Je n'ai pas compris ce que vous avez dit...

Deux prunelles grises, semblables à du métal en fusion, se vrillèrent aux siennes.

— Je.Voulais.Juste.Te.Faire.Plaisir, articula l'Alpha, entre ses dents serrées.

— C'est bien ce qui me semblait avoir entendu...

Un sourire moqueur étira brièvement ses lèvres.

Voir Elijah ainsi, mis sur la sellette, sans une once de cette arrogance qui le caractérisait tant, était purement jouissif. Il pourrait en profiter toute la nuit.

Dommage que son loup ne soit pas d'accord.

Résigné – et voulant vraiment réparer les erreurs qu'il avait faites avec sa bête –, il se mit en mouvement.

Un pas après l'autre, le plus lentement possible. Un escargot aurait pu le dépasser sans souci.

Que les choses soient bien claires entre nous, Loup, hors de question que je fasse quoique ce soit avec lui.

Les gémissements plaintifs de sa moitié animale eurent raison de sa volonté – après tout, il lui devait bien ça.

Ok, un baiser ou deux, mais rien de plus ! Compris ?

La queue frétillante, son loup se mit à bondir un peu partout, allant jusqu'à percuter, une fois ou deux, les barrières de sa cage mentale.

Matthias leva les yeux au ciel.

Un gosse ! Son loup n'était encore qu'un gosse.

Une fois son Zéhéniché à un pas de lui, Elijah retint sa respiration. La tentation de l'agripper par le bras et de le faire basculer sur lui était grande, mais il parvint à se retenir – non sans mal.

Les muscles bandés, il lutta ardemment contre les pulsions érotiques qui se déversaient dans ses veines. Il se voyait clairement allonger son compagnon sur le lit, lui arracher son tee-shirt et son caleçon, puis le recouvrir de son corps. Avant de…

Blackout.

Pétrifié, Elijah fixa Matthias sans comprendre ce qui était arrivé, ni comment c'était arrivé. Pris dans les méandres de ses désirs, il n'avait pas vu que son Zéhéniché s'était définitivement approché, ni qu'il avait pris la tasse qu'il tenait, et encore moins qu'il s'était installé sur ses genoux.

Stop.

On rembobine et on relance la scène.

Matthias s'avança d'un pas nonchalant, se pencha vers lui avec une moue aguichante, puis s'assit sensuellement sur ses genoux.

Stop !

Tu es en plein délire, il n'aurait jamais fait ça !

Effectivement, cela semblait peu probable.

Pourtant, le fait était là. Matthias était assis sur ses genoux et buvait tranquillement son *Caramel Macchiato* – comme si de rien n'était, comme si c'était *normal* – alors que lui était dans tous ses états, ne sachant pas comment réagir.

Son loup, devinant une ouverture, s'y engouffra sans état d'âme.

Ne s'y attendant pas, Elijah réalisa trop tard son erreur.

Oh non, oh non, oh non… MERDE !

Matthias se raidit instinctivement lorsqu'il sentit le souffle d'Elijah contre son cou. Crispé, il se força pourtant à ne pas bouger. Il avait donné sa parole à son loup, il devait donc s'y tenir.

Un frisson de plaisir le prit par surprise lorsque la langue de son Zéhéniché entra en contact avec sa peau. *Il lui léchait le cou !*

Matthias était perdu, il ne savait plus comment réagir.

D'un côté, les sensations que cette langue râpeuse lui procurait étaient incroyablement agréables et il ne voulait pas qu'elles cessent ; d'un autre côté, il était hautement scandalisé par l'attitude de son compagnon, qui, une fois encore, lui imposait ses propres désirs.

Ce fut sa bête qui régla le problème en poussant de petits jappements de plaisir – avant de grogner et de montrer les crocs lorsque la caresse cessa aussi brusquement qu'elle avait commencé.

Le loup en voulait encore !

Dans un état second, Matthias accéda inconsciemment à sa demande.

— Encore…

CHAPITRE 9

Elijah se crut victime d'une hallucination. Il était en train de perdre les pédales et de prendre ses rêves pour la réalité. Il allait vraiment devoir travailler là-dessus avant de faire une grosse, une énorme boulette. Comme allonger Matthias sur son lit et le lécher de la tête aux pieds – chose qu'il mourrait d'envie de faire. Ce qui serait, assurément, une très mauvaise idée.

Non, il fallait vraiment qu'il se reprenne et qu'il retienne, une bonne fois pour toutes, ses pulsions. S'il ne parvenait pas à se contrôler mieux que ça, il ne donnait pas cher de sa relation naissante – qui était déjà suffisamment houleuse. De plus, Matthias avait été très clair à ce sujet : il avait besoin de temps. À lui, son Zéhéniché, de lui en donner.

Mais c'était difficile de tirer un trait sur l'attirance qu'il éprouvait pour son compagnon. Il brûlait de le découvrir, de lui montrer les joies du plaisir charnel, de le mener sur les sentiers de la passion.

Matthias était innocent, blanc comme neige, virginal. Il n'avait connu personne d'autre, il se devait donc d'être patient et de ne pas aller plus vite que la musique. Il devait attendre qu'il soit prêt à franchir ce cap. Même si ce n'était pas évident pour lui.

Les désirs de son Zéhéniché devaient passer avant les siens.

Savoir que Matthias ne connaîtrait personne après lui suffisait à tempérer, dans une certaine mesure, son impatience. Il serait le seul et l'unique à partager son lit, et ce, jusqu'à la fin des temps. Cela valait la peine d'attendre et de faire les choses bien. Pas à pas, étape par étape.

Un sentiment de fierté, toute masculine, coula dans ses veines à l'idée d'être le seul à le connaître intimement. C'était un merveilleux cadeau sans prix. Peut-être ne le méritait-il pas vraiment, mais ça n'y changeait rien. Ce cadeau était pour lui. Et il avait hâte de le déballer.

Matthias serait sien, pour toujours. Il ne le partagerait jamais !

Encore fallait-il qu'il sache se retenir jusque-là... Rien n'était moins sûr. Car entre la théorie et la pratique, il y avait une marge ! Et pas des moindres. Savoir qu'il devait attendre – et être prêt à le faire – ne voulait pas dire qu'il y parviendrait ! Même s'il faisait tout pour.

La preuve ! Il commençait à divaguer et à entendre des voix.

« *Encore, Elijah, encore...* »

Ridicule.

Comme si son partenaire allait lui demander de continuer à lui lécher le cou.

N'importe quoi.

— Encore, Elijah...

Il se raidit.

Avait-il bien entendu ? Ou était-il victime d'une nouvelle hallucination ?

Matthias venait-il vraiment de lui demander de continuer ? Ce n'était pas un mirage tout droit sorti de son esprit brumeux et enfiévré ?

Il y eut un court instant de flottement.

Puis, incapable de se refréner devant le ton suppliant de son compagnon, Elijah se fit un devoir – ciel, quelle surprise ! – d'accéder à sa demande.

De son nez, il frôla la mâchoire de son Zéhéniché. Il en retraça la ligne et s'arrêta une fois le lobe de l'oreille gauche atteint. Il en profita pour le mordiller, arrachant un faible gémissement à Matthias.

Un sourire conquérant aux lèvres, Elijah poursuivit avidement son voyage.

Il descendit lentement le long de sa gorge, avant de remonter au

même rythme.
Une fois.
Deux fois.
Trois fois.

Jusqu'à ce que son compagnon soit pris de frémissements compulsifs. Alors seulement, il sortit le bout de sa langue.

Très vite, il se désintéressa du cou de son partenaire pour se focaliser sur le creux de son épaule, là où se trouvait sa marque. Il repoussa délicatement son tee-shirt, prenant son temps. Il ne tenait pas à effrayer Matthias en ayant un geste trop brusque.

De plus, le fait de l'avoir consentant, entre ses bras, avait aboli toute forme de désir de conquête. Il savourait pleinement sa victoire, en toute tranquillité.

Une fois dévoilée, il s'arrêta un bref instant pour la contempler à sa guise. Il en ronronna presque de satisfaction.

À moi !

L'empreinte de ses dents se dessinait très clairement sur la peau tendre de Matthias. Ce qui le remplit de fierté. Savoir qu'il en possédait une identique au creux de sa propre gorge ne fit qu'exacerber ce sentiment.

Unis.

Ils étaient unis et rien, pas même la mort, ne saurait les séparer.

L'air gourmand, Elijah ne put se contenir davantage. Il se pencha et lécha langoureusement la peau fraîchement marquée – et encore sensible – avec un plaisir évident.

À moi !

Matthias, dans un état second, frissonna de plus belle. Au point que, dans un moment d'inattention, il lâcha sa tasse quasiment intacte. Cette dernière fit un arc de cercle parfait, avant d'atterrir lourdement sur le tapis crème qui bordait le lit – et de s'y déverser à loisir.

Oups !

Mais ni lui ni Elijah ne s'en préoccupèrent. Ils avaient bien mieux à faire.

La main de Matthias se leva, de sa volonté propre, et s'enfouit dans les longues mèches blanches de son compagnon. Il en apprécia la texture soyeuse et laissa ses doigts glisser sur toute leur longueur. Satisfait, il recommença l'opération.

Cette simple caresse apaisa le besoin irrépressible de son loup de toucher son Zéhéniché. Un besoin devenu soudain primordial.

Matthias avait de plus en plus de peine à différencier les envies de sa bête des siennes. Cependant, une chose était certaine, tous deux appréciaient grandement l'attention dont ils étaient l'objet.

Quand les dents d'Elijah le mordillèrent, il crut qu'il allait éjaculer dans son caleçon, comme le dernier des novices.

Rouge de honte, il recula.

— Non, attends…

L'Alpha cessa tout mouvement. Il s'était instantanément figé, à un millimètre de sa peau. Matthias pouvait sentir le souffle erratique de son partenaire, preuve, si besoin était, qu'il se maîtrisait à grande peine.

— Thias…

Oh, bon sang ! Rien que le son de sa voix lui faisait de l'effet.

Matthias gémit, au comble de la frustration.

Immédiatement attentif à ses besoins, Elijah se redressa prestement, mettant une courte, très courte distance entre eux — autant que cela se pouvait, alors que Matthias restait assis sur ses genoux.

— Dis-moi ce que tu veux, Thias…

Son pendant animal, incapable de se contenir plus longtemps, poussa un long hurlement plaintif. Il avait besoin de sentir les mains d'Elijah sur son corps. Il voulait sentir sa peau nue contre la sienne. Il devait jouir des mains de son Zéhéniché. Il le fallait !

Entre les brumes de la passion et les envies très explicites de son loup, Matthias n'était plus à même de réfléchir de manière rationnelle. Il était dans un tel état d'excitation que tout le reste en était occulté. Aussi, n'y eut-il pas de filtre dans sa réponse.

Clair. Concise. Un poil abrupt.

— Je veux sentir ta peau nue contre la mienne.

Sitôt dit, sitôt fait.

Avant que Matthias ne puisse vraiment réaliser ce qui se passait, il se retrouva allongé sur le lit d'Elijah, entièrement nu.

Waouh !

Un frisson d'anticipation le parcourut lorsque leurs deux peaux entrèrent en contact. Des étincelles semblèrent crépiter le long de leurs corps. La tension de l'air s'alourdit brusquement, mais ils n'y prirent pas garde, bien trop absorbés l'un par l'autre.

Le corps massif d'Elijah recouvrait entièrement le sien.

Un pur bonheur.

L'effet que sa peau avait sur la sienne était démentiel.

Un truc de fou.

Il n'aurait jamais imaginé pouvoir ressentir un plaisir aussi puissant pour une chose aussi simple.

Waouh. Waouh. *Waouh !!!*

La respiration haletante, Matthias n'osait plus bouger, profitant pleinement de l'instant présent. Tout en craignant de s'embraser s'il venait à faire le plus petit mouvement.

Elijah, lui, luttait de toutes ses forces pour ne pas remonter brutalement les jambes de son compagnon et plonger immédiatement au creux de son corps. Dans cet endroit, doux et chaud, qui l'enserrerait comme un écrin. Un fourreau parfaitement adapté à son glaive.

Le paradis sur terre.

Un Lycaë les observait par la fenêtre, tapi sur le toit d'un chalet voisin.

Il suivait attentivement le moindre de leurs faits et gestes. Rien n'échappait à son regard d'aigle. *Rien.* Ni la stupeur de l'abomination, ni l'attitude soumise de son Alpha. *Le sien !*

Elijah Hunter... soumis...

Il dut se retenir pour ne pas grogner de mécontentement.

Elijah était leur Alpha, il ne devait pas être soumis. Jamais !

Il grinça des dents lorsque l'abomination prit place sur les genoux d'Elijah. Lui seul avait ce privilège. *Lui seul !*

Il banda les muscles, fou de rage, chaque fois qu'ils s'effleurèrent. Ils n'avaient pas le droit... ils ne devaient pas...

L'Alpha et son... *Zéhéniché...*

Ce mot n'arrivait toujours pas à sortir. C'était une telle aberration... C'était contre nature !

Elijah et... cette monstruosité de Transformé !

Abomination, Elijah est à moi !

Comment un tel sacrilège avait-il pu se produire ?

À moi et à moi seul !

Comment le meilleur d'entre eux pouvait-il se retrouver lié à cette chose immonde ?

Immondice, il est à moi !

Comment les lieutenants pouvaient-ils accepter une telle mésalliance ? Une telle insulte ?

À mort !

Et lui ? Leur maître à tous, pourquoi avait-il laissé cela arriver ? Pourquoi ne l'avait-il pas immédiatement tué, comme c'était prévu ?

À mort le Transformé, à mort l'abomination, à mort !

Si nul autre que lui ne comprenait le danger que représentait cette union, il se devrait d'agir. Encore plus qu'il ne l'avait déjà fait. Il ne pouvait attendre l'arrivée des LoupsNoirs... Le temps pressait, il fallait agir. Vite et bien. Bien et vite.

Je vais te tuer et reprendre ce qui est à moi !

Bien sûr, il ne pourrait jamais faire de mal à son cher maître, à son cher amant. Mais heureusement, cela ne serait pas nécessaire. Oui, heureusement. Il ne toucherait pas à un cheveu de sa tête. Pas un. Il ne pourrait pas.

Demain, tu seras mort, immondice, comme tu devrais déjà l'être.

Grâce à lui, et à lui seul, Elijah serait débarrassé, et pour toujours, de ce monstre auquel il était lié bien malgré lui.

Oui, il allait aider son maître à s'en sortir.

Il voyait déjà la reconnaissance briller dans les prunelles ardoise de son cher Alpha, de son tendre amant. Il entendait déjà les remerciements qu'il prononcerait, soulagé qu'un tel fardeau lui ait été enlevé de manière si prompte. Bien sûr, il adopterait une attitude modeste en réponse, comme il le devait.

Il ne vivait que pour servir son maître.

Le seul et unique.

Il sentait déjà les bras forts et vigoureux de son Alpha l'enlacer, ses lèvres fermes se poser sur les siennes pour les déguster, puis les piller sans merci.

Oh, oui. Il sentait déjà tout cela. Il en frémissait d'avance.

Elijah Hunter sera à moi, et à moi seul ! Exactement comme prévu... À moi !

Demain, au coucher du soleil, l'abomination serait morte.

Un sourire glacial étira lentement ses lèvres gercées.

Matthias, le corps en feu, se tortillait sous Elijah, cherchant à provoquer une friction qui comblerait son besoin. Malheureusement, il eut beau faire, rien ne se passa. Son compagnon semblait taillé dans le marbre et demeurait parfaitement immobile.

— Elijah..., soupira-t-il d'une voix suppliante, arquant les hanches.

Son Zéhéniché lui adressa un regard brûlant et se pencha lentement vers lui. *Enfin !* Il ne s'arrêta que lorsque leurs lèvres se frôlèrent, soumettant Matthias à la torture.

— Dis-moi, mon trésor... Que veux-tu ?

Matthias se mordit la lèvre pour ne pas gémir, les yeux brillant de désir.

— Touche-moi…

Un grognement lui répondit avant que ses lèvres ne soient happées par celles d'Elijah. Dans un soupir de contentement et de reddition mêlés, Matthias lui ouvrit le passage et lui donna les pleins pouvoirs.

Elijah en prit immédiatement possession. De sa langue, il fouilla minutieusement la bouche de son jeune amant, afin de la connaître aussi bien que la sienne.

À moi !

Mais très vite, il eut besoin de plus. Il voulait découvrir chaque centimètre carré de ce corps superbe qui lui était en fin dévoilé. Sachant d'instinct que son compagnon n'apprécierait pas d'être soumis à un examen dans les règles de l'art, Elijah choisit une autre voie. Qui lui convenait tout autant.

De ses mains, il allait en redessiner chacun courbe ; de ses lèvres, il allait en goûter chaque arôme ; de ses yeux, il se gorgerait du plaisir qu'il lirait sur son visage ; de ses oreilles, il écouterait la plus douce des mélodies que son partenaire entonnerait pour lui.

Oui, ce programme lui convenait à la perfection.

Avide de le mettre en pratique, Elijah laissa ses lèvres s'égarer dans le creux de sa gorge, qu'il mordilla tendrement. Il s'arrêta une nouvelle fois sur sa marque, la léchant amoureusement, très fier de lui.

Il recula le temps de l'admirer, un sourire primitif fleurissant sur ses lèvres.

À moi !

Alors qu'il aurait cru la chose impossible, Matthias se sentit durcir davantage au contact de la langue, humide et rugueuse, qui agaçait la pointe raidie de son téton. Un long gémissement jaillit de sa gorge et se répercuta contre les parois de la chambre.

Encore, encore...

Il glissa vivement une main dans les cheveux d'Elijah et le ramena d'autorité contre son torse lorsque ce dernier fit mine de s'éloigner.

— Encore..., grogna-t-il, plus loup qu'homme.

Ses yeux flashèrent, passant de l'or en fusion au jaune pâle en une fraction de seconde. Le loup était là, tout proche. Il rôdait, à l'affût, derrière les prunelles de Matthias.

Aussi stupéfiant que cela puisse être, le ton autoritaire de son jeune amant – au lieu de lui hérisser le poil – l'amena au paroxysme de l'excitation. Tremblant de désir, Elijah sentit les prémices de la jouissance arriver. Si ça continuait comme ça, il ne tiendrait plus très longtemps.

La mâchoire crispée, il tenta de retrouver son contrôle.

Le simple fait d'être allongé là, nu, sur son Zéhéniché – tout aussi nu que lui – était bien plus excitant que la plus appliquée des fellations dont on l'avait gratifié. Pouvoir le toucher, le sentir, le caresser, le déguster à loisir était bien plus torride. Mais ce qui mettait son contrôle à mal, c'était les réactions de Matthias. Naturelles, sans pudeur. Elles étaient vibrantes de sincérité.

Et cela le rendait fou.

Elijah puisa dans ses dernières forces et s'éloigna de son compagnon.

Le regard courroucé de ce dernier n'obtint aucun résultat. Il en fallait bien plus pour impressionner l'Alpha.

— Tu es sûr de toi, Matthias ? C'est vraiment ce que tu veux ?

— Oui... encore...

Elijah déglutit péniblement et serra violemment les poings pour se contenir. Il ne devait pas craquer, pas maintenant. Il était impératif qu'il se maîtrise. Vital, même.

— Tu n'auras aucun regret demain ?

— Non, aucun !

Que Dieu l'entende !
Elijah prit une profonde inspiration, légèrement tremblotante.
— Bien.

Matthias faillit bondir au plafond quand la grande main ferme de son Zéhéniché se referma autour de son érection. Un éclair de plaisir brut le traversa.
Oh, chierie !
Une fuite. Il venait d'avoir une putain de fuite. Simplement parce qu'Elijah l'avait pris en main.
— Ohoooo…, gémit-il, sans pouvoir s'en empêcher.
Le corps arqué, Matthias alla au-devant de cette délicieuse caresse. Sentir une main sur cette partie-là de son corps — et dans une situation comme celle-ci — était une sensation indescriptible. Une nouveauté, dans tous les sens du terme, qui mettait le feu à son corps. Matthias en perdit le souffle, ivre de désir. Il n'était même plus capable de parler, uniquement d'ânonner quelques mots qui n'avaient certainement ni queue ni tête — sans jeu de mots douteux !
Puis la main d'Elijah se mit en mouvement et le corps de Matthias tressauta.
Son membre ne fuyait plus, il ruisselait.
— El… Eli… Eli-jah, hoqueta-t-il, avant de se mordre la lèvre inférieure sous l'effet du plaisir.
Trop bon. Tout cela était bien trop bon. Il ne pourrait pas… se retenir… longtemps.
Alors qu'il se faisait cette réflexion, une chose qu'il n'avait pas du tout prévue — ni même soupçonnée — se produisit.
Et il jouit dans un long cri rauque.
La langue d'Elijah…. *Sa langue* s'était posée sur sa hampe dégoulinante et l'avait langoureusement lapée, tel un chaton devant un bol de lait. Et c'était… c'était… putain que c'était bon !

Le sourire aux lèvres, la mine gourmande, le fier Alpha de la meute des SixLunes se redressa lentement et put enfin observer, à loisir, le corps alangui de son compagnon.

Magnifique. Son jeune amant était tout simplement superbe.

Plus mince que lui, il n'était pas maigre pour autant. Svelte. Son Zéhéniché était svelte. Et imberbe, ce qui était plutôt rare chez les Lycaës. Mais comme Matthias était un Transformé, ce n'était pas vraiment une surprise en soi.

Les yeux d'Elijah se posèrent ensuite sur son membre et ils se plissèrent de contentement. Même avec une érection partielle, il était d'une taille appréciable. Fin et long. L'Alpha en saliva d'envie alors qu'il venait à peine de le goûter. Enfin, goûter était un bien grand mot. Cela correspondait plutôt à une mise en bouche. Mais qui promettait une série de hors-d'œuvres !

— Elijah…

Le murmure de Matthias lui fit relever la tête.

— Oui, mon trésor ?

Ses prunelles dorées étaient encore embrumées de plaisir, sa bouche entrouverte et ses cheveux aile de corbeau partaient dans tous les sens, malmenés par la bataille qui avait fait rage dans ce lit.

Son compagnon était la tentation incarnée.

Elijah, dont l'érection engorgée pulsait douloureusement, se blinda afin de rester maître de ses émotions. Avoir vu son Zéhéniché jouir l'avait amplement satisfait. Aussi, l'assouvissement que réclamait son corps, il ne le lui accorderait pas. Pas ce soir. Cette fois, c'était uniquement pour Matthias.

Sa part animale savait que cette décision était la bonne. Certains gibiers devaient être chassés avec la plus grande prudence, sous peine de s'échapper et de devenir aussi insaisissables qu'une anguille. Or cette proie-ci, il ne voulait pas qu'elle passe entre les mailles de son filet. *Oh que non !* L'escarmouche de ce soir lui avait montré le chemin qu'il devait emprunter pour obtenir la victoire finale. Et c'était cela que le loup visait. Une reddition complète et totale. Le reste ne l'intéressait absolument pas.

Fort de cette résolution, Elijah s'allongea sagement derrière Matthias et le prit tendrement dans ses bras. Il serra les dents lorsque son glaive – hyper sensible – frôla les fesses bombées de son partenaire. Il glissa une main entre eux pour le caler à sa convenance, puis, comme le matin même, il enlaça son jeune amant ; un bras possessif fermement ancré autour de sa hanche.

Un grognement de satisfaction s'échappa de ses lèvres, et il embrassa chastement la nuque de Matthias avant d'enfouir son visage dans ses courbes boucles noires. Il poussa un soupir de bien-être. Il était enfin à sa place ; après tous ces siècles d'errance, il avait trouvé le chemin qui menait au jardin d'Éden. Lycaë chanceux.

— Elijah..., chuchota Matthias d'une voix hésitante, quoique fatiguée.

— Demain, mon trésor, demain. Dors, ordonna l'Alpha, se serrant plus étroitement contre lui. On parlera demain.

Épuisé, mais l'esprit en déroute, Matthias eut de la peine à trouver le sommeil. Ce qui s'était passé, une fois les effets de la passion retombés, ne cessait de le troubler et de le tourmenter. Il ne comprenait pas comment il avait pu en arriver là. À *supplier* Elijah de le prendre. Mais le plus étonnant était l'attitude de celui-ci. Il lui avait donné du plaisir, et plutôt deux fois qu'une, sans se préoccuper un seul instant du sien. La barre de chair rigide – qui était encastrée entre les globes de ses fesses – en attestait.

Se rappelant l'état dans lequel il avait été, Matthias ne comprenait pas comment Elijah avait pu se retenir. Lui-même en avait été incapable.

Mais peut-être que l'Alpha, au final, ne le désirait pas autant qu'il le pensait...

Les traits tendus, les yeux luisants d'une rage à peine contenue, le Lycaë avait assisté, impuissant, à l'intermède torride qui venait d'avoir lieu dans le chalet de son Alpha. *Le sien !*

L'incompréhension se lisait sur son visage déformé par la haine.

Comment son amant avait-il pu lui faire une chose pareille ? Comment avait-il pu le trahir de la sorte ?

Surtout avec ce déchet puant, tout juste bon à remplir un container !

Il mettrait un terme à tout cela.

Demain.

Demain, il tuerait l'abomination et il…

— Peut-on savoir ce que tu fous là, Elvis ?

CHAPITRE 10

Elvis blêmit à vue d'œil en reconnaissant la voix du traqueur. La situation n'aurait pas pu être pire. C'était bien connu, Owen frappait d'abord et posait les questions ensuite – si la victime était encore capable de répondre, ce qui n'était pas souvent le cas. Généralement, on ne survivait pas au traqueur.

C'était bien sa veine.

— Oh… Salut, Owen, lâcha-t-il d'un ton faussement désinvolte, jouant le tout pour le tout.

Avisant la mine patibulaire du lieutenant, Elvis comprit son erreur. Malheureusement trop tard.

Disparaissant brièvement de sa vue, il réapparut juste devant lui. Sa main se referma sur sa gorge et il le souleva, sans effort apparent. L'air détaché, comme s'il s'agissait de quelque chose de parfaitement naturel, il se dirigea vers le bord du toit.

Elvis agrippa instinctivement son poignet, craignant le pire. Il tira de toutes ses forces pour lui faire lâcher prise, sans succès. Un sentiment de panique commença à le gagner, mais il le cacha habilement sous un air désinvolte. Le lieutenant ne pouvait pas s'en prendre ainsi à lui, attaquer gratuitement un membre de la meute était proscrit. Et puis, *son* Alpha ne le permettrait pas. Le traqueur essayait juste de lui faire peur.

Rassuré, et soudain plus confiant, Elvis releva fièrement le menton, un brin hautain.

— Lâche-moi, siffla-t-il entre ses dents serrées, le souffle court.

Owen, le visage impassible, tendit le bras et vrilla son regard d'obsidienne au sien, ignorant sciemment sa question.

Elvis sentit son cœur s'affoler lorsqu'il réalisa qu'il était suspendu au-dessus du vide. Si le lieutenant le lâchait, il tomberait du toit. Une chute de dix mètres, au bas mot ! Le jeune Lycaë réalisa que sa situation était des plus délicates – et précaires.

Comment être sûr que le traqueur ne faisait que bluffer ?

Sa suffisance fondit comme neige au soleil, et de la sueur perla sur son front moite.

— Je répète une dernière fois ma question : qu'est-ce que tu fous là, Elvis ? gronda le traqueur en montrant les dents.

Soudain révolté d'être traité de la sorte – alors que l'autre abomination se vautrait dans le lit de *son* Alpha – Elvis laissa libre cours à sa colère et cracha son venin. Après tout, ce n'était pas *lui* l'intrus ici, mais bien ce misérable Transformé ! Il serait plus que temps que les autres s'en rendent compte.

Tous les Transformés étaient les mêmes. *Tous*. Avides de sang et meurtriers. Depuis le temps qu'ils foulaient cette terre, et qu'ils laissaient invariablement une montagne de cadavres derrière eux – ainsi que les multiples problèmes qui allaient avec – Elvis aurait pensé, à tort visiblement, que toutes les meutes s'étaient mises d'accord : ils devaient être exécutés sans sommation ; pas de quartier et pas de pitié pour ces monstres.

Point.

Inutile de palabrer là-dessus ou de faire des exceptions. C'était la règle et il fallait l'appliquer. Même dans le cas présent. *Surtout* dans le cas présent.

Elijah était à lui, *à lui !!!*

— Ce que je fous là ? Je surveille que ce monstre ne fasse pas de mal à MON Elijah ! Pourquoi est-il encore en vie, d'ailleurs ? Il devrait être mort à l'heure qu'il est ! C'est un putain de Transformé, bordel ! Un... aaarrrgggllll...

Le traqueur avait brusquement resserré sa poigne et ses yeux lançaient des éclairs.

Mauvaise réponse.

— Tu es encore plus con que je ne le pensais..., soupira-t-il, avant de secouer lentement la tête.

Puis il le lâcha.

Le cri instinctif d'Elvis fendit l'air et troubla le calme de la nuit.

Owen, l'air sombre, le suivit des yeux durant sa chute. Lorsque le bruit de l'impact – suivi de celui, caractéristique, d'un os brisé – lui parvint aux oreilles, un sourire froid étira ses lèvres.

Bien.

Et en même temps affligeant.

Comme un Lycaë pouvait-il être aussi gauche ? À une telle hauteur, six mètres du sol en étant large, il aurait dû s'en sortir sans une égratignure. Les humains croyaient, à tort, que seuls les félins étaient suffisamment agiles pour retomber sur leurs pattes, ce qui était, évidemment, une idée préconçue. Les Lycaës pouvaient l'être tout autant.

Ou du moins, certains d'entre eux.

Owen émit un petit grognement, qui pouvait passer pour un rire moqueur, avant d'avancer d'un pas – suivant le chemin emprunté par le jeune mâle blond. À la différence près que, lui, n'eut aucun problème à se réceptionner. Il alla même jusqu'à viser la jambe droite d'Elvis, la brisant dans la foulée. Voilà qui était maintenant plus équitable.

Un second hurlement retentit.

Nulle musique n'était plus douce aux oreilles d'Owen. Il ferma les yeux le temps de bien l'absorber. La suite promettait d'être digne d'une symphonie. Le traqueur s'en pourlécha les babines.

— Pour quelqu'un qui ne peut pas s'empêcher de l'ouvrir, et de la ramener sur le fait que, lui, est un *vrai* mâle, je trouve que tu gueules comme une fille…, lâcha-t-il d'un ton traînant.

La nonchalance d'Owen, dans des moments pareils, provoquait généralement de vives réactions chez ses victimes. Encore fallait-il que lesdites victimes soient en état de le remarquer, ce qui, cette fois-ci, n'était pas le cas.

Horripilant.

Owen avait horreur d'être ignoré. En tant que traqueur, il aimait être craint. Il adorait que ses proies tremblent comme des feuilles, qu'elles le supplient de les épargner. Et quand certaines s'énervaient, parce qu'il leur donnait l'impression de n'en avoir rien à cirer, alors là, il prenait carrément son pied.

Aujourd'hui, rien de tout cela, malheureusement. Uniquement un pauvre petit Lycaë qui pleurait à cause de ses deux jambes brisées.

Pauvre chou...

Owen grinça des dents, mais garda un visage impassible. La clé de son succès résidait dans son aptitude à contenir ses émotions. Un bon traqueur devait rester de glace en toute circonstance. Un excellent traqueur *devenait* de la glace – stoïque, inébranlable, insensible.

Or Owen n'était ni bon ni excellent, il était le meilleur.

— Aurions-nous mal aux jambes ? ironisa-t-il avec délectation.

Elvis, le visage contracté par la douleur, lui accorda enfin de l'attention.

— Évidemment, connard, tu me les as pétées ! hurla-t-il sans aucune retenue.

Tellement accaparé par sa douleur, il faillit manquer l'odeur qui se répandit soudain dans la zone. Une odeur de chaudes épices, qui évoquaient immanquablement les boissons hivernales. Un régal, aussi bien pour l'odorat que pour les papilles.

Elvis ferma les yeux et se baigna dans ce délicieux parfum. Du vin chaud sembla couler le long de sa gorge... Une pure merveille.

Un petit gémissement de plaisir franchit ses lèvres toujours crispées. La douleur refluait progressivement, reléguée en second plan.

Elijah.

Son Alpha avait entendu son cri et venait le délivrer. Enfin. Il avait senti que sa vie était en danger et il était venu à son secours.

Un sourire mauvais releva le coin de ses lèvres. Une lueur malveillante scintilla dans ses yeux. Son assurance retrouvée, il fixa avec dédain le lieutenant qui lui faisait face. La roue avait tourné à son avantage.

Enfin !

Le traqueur allait payer pour ce qu'il lui avait fait. Oh oui, le lieutenant le paierait de sa vie, Elvis y veillerait.

L'air narquois de ce dernier ne fit que renforcer ce sentiment.

— Que se passe-t-il ici, bordel ? tonna Elijah, sortant des ombres qui entouraient son chalet.

Elvis, qui lui tournait le dos, ne pouvait pas voir l'expression de son visage. Sans quoi, il aurait immédiatement su que ce dernier n'était pas dans de bonnes dispositions à son égard.

En réalité, Elijah était même au comble de la rage. Il avait été tiré d'un sommeil idyllique, dans les bras de son Zéhéniché, par un hurlement de douleur – rapidement suivi d'un second. Croyant que l'un des siens était en danger, il avait bondi hors du lit, attrapé en vitesse son jean et s'était précipité dehors.

Quelles ne furent pas sa stupeur et sa colère lorsqu'il avait remarqué qu'il s'agissait simplement d'Elvis !

Encore et toujours lui. Sans doute surpris à rôder autour de son chalet – comme tous les lendemains de pleine lune. Et ce, malgré les divers avertissements reçus – de plus en plus musclés.

Ce damné jeune mâle avait décidé de le faire tourner chèvre. Depuis qu'il avait commis l'incroyable erreur de coucher avec lui – une fois ; une seule et unique fois – il y a de cela dix ans, il croyait avoir des droits sur lui. On aurait pu penser, et espérer qu'Elvis passerait à autre chose, mais non. Pas lui. Le jeune Lycaë s'accrochait. Encore et toujours.

Si Elijah avait fait preuve de tolérance et de patience jusque-là, il n'en allait plus de même maintenant. *Oh que non !* Il était uni, donc hors de portée pour qui que ce soit. Il était plus que temps qu'Elvis le comprenne, une bonne fois pour toutes !

Elijah avait cru que le fait que la meute au grand complet assiste à son union serait plus parlant qu'un discours. Après tout, les siens savaient, et ce depuis la nuit des temps, que lorsqu'un Lycaë trouvait son Zéhéniché, il s'unissait pour la vie ; ils n'avaient plus d'autres compagnons, ni l'un ni l'autre. Même par-delà la mort. C'était un fait immuable.

Or, au vu du triste spectacle qu'il avait sous les yeux, il s'était horriblement trompé. Ce n'était pas clair pour tout le monde.

Affligeant, profondément désespérant.

Pourtant, Elvis n'était plus un louveteau, il savait tout cela ! Et lui, plus que quiconque, aurait dû en saisir toutes les teneurs, toutes les subtilités. Après tout, ses propres parents en avaient fait la tragique expérience. Et il en avait été le premier touché, malheureusement...

Hélèna, la mère d'Elvis, s'était amourachée d'un humain. Révolté, et profondément dégoûté, l'Alpha de sa meute, car à l'époque elle n'appartenait pas encore à la meute des SixLunes, la chassa – on ne s'acoquinait pas avec les humains, c'était une de leurs règles d'or. Hélèna, livrée à elle-même, erra sans but, durant de longs mois. Jusqu'à ce que Doriel, lieutenant des SixLunes, tombe par hasard sur elle lors d'une de ses missions en Amérique. Leurs parts animales, s'étant immédiatement reconnues, s'unirent dans la foulée. Il fallut du temps et de la patience à Doriel pour apprivoiser Hélèna, que son errance avait rendue sauvage. Mais il finit par y arriver. Deux ans plus tard, Elvis venait au monde. Porter le nom du *King* n'était pas chose facile, mais il s'en sortait avec brio. Du moins, jusqu'à la mort prématurée de ses parents. Alors qu'ils s'offraient un petit voyage en amoureux, au cœur de l'Europe, l'avion qui les y transportait se crasha. Hélèna fut la seule survivante, Doriel s'étant sacrifié pour la protéger. Mais la louve ne put pas supporter la perte de son compagnon et se laissa mourir.

Depuis ce jour funeste, Elvis ne fut plus jamais le même. L'enfant pondéré et joyeux, sur qui les moqueries glissaient comme de l'eau, devint hargneux et bagarreur. Il créa moult problèmes, jusqu'à ce qu'Elijah en personne intervienne. Avec l'aide de Nathaniel, ils réussirent, non sans mal, à le remettre dans le droit chemin et à apaiser la rage qui l'habitait. Pour un jeune mâle, qui avait fraîchement perdu ses parents, cette colère était des plus dangereuses. Mentalement fragilisé, il était le candidat parfait pour la Folie Meurtrière. Heureusement, le pire fut évité. Sans redevenir celui qu'il avait été, joyeux et insouciant, Elvis parvint à dominer son caractère et à se calmer.

Malheureusement, depuis qu'ils avaient couché ensemble – erreur qu'Elijah ne cessait de regretter depuis – Elvis avait de nouveau changé. Et pas en bien. Il était devenu arrogant et possessif, allant jusqu'à taillader un autre loup, parce que ce dernier s'était approché un peu trop près de *son* Alpha. Elijah l'avait sévèrement puni, au vu et au su de tous, lui infligeant une honte qui aurait dû le faire redescendre sur terre. Et relativiser ses envies de possession à son encontre.

Mais d'après ce que ses yeux lui montraient, ce n'était pas encore gagné.

Désespérant.

Si par le passé, Elijah avait fait preuve de clémence à son endroit, principalement en raison de son amitié avec son défunt père, il n'en allait plus de même maintenant. Si Elvis faisait, ne serait-ce qu'un pas en direction de son Zéhéniché, l'Alpha ne donnait pas cher de sa vie.

Son loup, irascible depuis qu'il avait dû quitter son compagnon, était prêt à lui sauter à la gorge. À cause de ce trouble-fête – arrogant et égoïste –, il avait dû renoncer au moment qu'il avait le plus attendu durant cette longue et pénible journée. Dire qu'il avait les nerfs était en deçà de la réalité.

Oui, la situation d'Elvis était précaire et la patience d'Elijah à bout. Il suffirait d'une toute petite étincelle pour allumer la mèche. L'explosion promettait d'être épique.

Navrant.

— Elvis s'adonnait à sa nouvelle passion… l'espionnage…, répondit Owen, avant de s'adosser contre le mur ouest du chalet de Nathaniel.

Un grondement menaçant jaillit de la gorge d'Elijah.

— Quoi ???

Prêt à bondir, il fut retenu de justesse par Nathaniel, qui, jusque-là, s'était tenu silencieusement à l'écart, attendant de voir comment les choses tourneraient.

Roan et Lyon apparurent à leur tour, suivis de près par Gaidon, Alexis et Damian.

Sans se concerter, les lieutenants se mirent en cercle autour d'Elvis. Ils veillèrent toutefois à ne pas se trouver sur le chemin de leur Alpha.

— Elijah, ne fais pas quelque chose que tu pourrais regretter…, chuchota calmement Nathaniel, en vue de le calmer.

— Ouais… ce serait dommage que tu t'en prennes à lui avant de tout savoir…, susurra la voix moqueuse d'Owen.

Elvis, sidéré, n'en crut pas ses oreilles. *Son* Alpha n'était pas venu pour le secourir ? Comment une telle chose pouvait-elle seulement être possible ?

Le Transformé, c'est la faute du Transformé. Il lui a embrouillé les sens et le cerveau. Tue-le ! Tue cette monstruosité et tout redeviendra comment avant. Tue-le !

Les lèvres d'Elvis se pincèrent et il hocha machinalement la tête, inconscient de l'attention dont il faisait l'objet. Oui, c'était exactement ça. Tout était la faute de cette maudite abomination. Sans cette immondice, jamais Elijah n'aurait songé à s'en prendre à lui.

— À quel point est-ce grave ? demanda Nathaniel, coupant

inconsciemment Elvis au beau milieu de sa réflexion.

Croyant que la question lui était adressée, le jeune Lycaë se redressa fièrement en position assise… avant de se rallonger en poussant un long gémissement, sous le coup de la douleur. Des milliers d'aiguilles lui transperçaient la chair, le long de ses deux jambes brisées.

Maudit traqueur !

Un nouveau cri retentit dans la nuit.

— Que lui as-tu fait, *Traqueur* ?

Owen arqua un sourcil et se tourna vers Damian.

— Pourquoi ? Tu projettes de faire mieux, *Professeur* ?

— Pourrais-tu, une fois dans ta vie, répondre à une question autrement qu'en posant une autre question ? Ça nous changerait de manière agréable, je dois dire…, marmonna Damian, le foudroyant de son regard vert.

— Il est tombé du toit…

Huit paires d'yeux se tournèrent vers lui : une estomaquée, sept ironiques.

— *Tombé du toit* ? C'est une plaisanterie ?

— Est-ce que j'ai la tête de quelqu'un qui plaisante, *Professeur* ?

Damien laissa échapper un petit rire sarcastique.

— Si tu savais ce que signifiait le mot « plaisanterie », cela se saurait ! Ce qu'il ne faut pas entendre, non, mais ce qu'il ne faut pas entendre…, marmonna le lieutenant, secouant la tête d'un air navré.

Des ricanements s'élevèrent, de part et d'autre, sans pour autant soulager l'atmosphère tendue qui régnait sur le petit groupe.

— Mais ça ne va pas, espèce de grand malade ! hurla soudain Elvis, se rappelant ainsi à leur bon souvenir. Je ne suis pas tombé du toit, tu m'as lâché, espèce de tordu dégénéré ! Je peux même affirmer que je ne faisais rien de mal, j'étais simplement là, à me balader, quand ce taré bouffeur de bites m'est tombé…

aaarrrggglll…

Le calme et placide Damian avait bougé si vite que personne n'avait pu prévoir son mouvement. À cet instant précis, il n'avait rien à envier à Owen. Son visage était devenu un masque de glace, mortellement terrifiant. La promesse d'une mort lente et douloureuse y était affichée, aussi voyante qu'une enseigne lumineuse.

Effrayant.

Elvis se retrouva plaqué contre la maison de Nathaniel – à cinq centimètres à peine d'Owen – maintenu sur place par une poigne de fer. Alexis, qui s'était trouvé sur la trajectoire de Damian, s'était obligeamment décalé sur la gauche, pour ne pas gêner son mouvement. Tout s'était passé très vite, même pour les Lycaës.

— Tu viens de commettre trois erreurs monumentales, bougre d'âne, cracha Damian, fou de rage. Tu as insulté un lieutenant. Tu as accusé un lieutenant de t'avoir attaqué sans raison. Tu as eu un commentaire homophobe, digne d'un *LoupsNoirs*, à l'encontre d'un membre de la meute, énuméra-t-il méthodiquement d'une voix glaciale.

Owen leva une main et la posa sur l'épaule de son ami.

— Relâche la pression, Damian, il suffoque.

Entendre son prénom dans la bouche du traqueur – fait rarissime – eut le mérite d'attirer son attention et de calmer quelque peu sa colère. Suffisamment, du moins, pour lever le voile rouge qui obscurcissait sa vision.

Effectivement, Elvis avait commencé à changer de couleur. Ne voulant pas qu'il meure trop rapidement, le lieutenant desserra légèrement sa poigne.

La bouche ouverte dans un cri de douleur silencieux, le jeune mâle semblait souffrir le martyre.

Bien.

— En d'autres circonstances, je te laisserais volontiers – oh, oui putain ! – faire mumuse avec ce… bouffon stupide, reprit Owen, comme si de rien n'était et que la situation n'avait rien d'inhabituelle. Mais, en l'occurrence, ce privilège revient à notre Alpha… (Le traqueur leva lentement son regard sombre vers Elijah, se préparant mentalement à la déferlante qui allait suivre.) Il a dit que tu lui appartenais et il a menacé la vie de Matthias.

À peine sa phrase achevée, Owen saisit brutalement du poignet de Damian et le tira violemment contre lui, le forçant ainsi à lâcher le jeune Lycaë qu'il avait bien failli décapiter. Sous le coup de la colère, les griffes meurtrières du lieutenant étaient sorties, guidées par un puissant instinct de protection. On ne menaçait pas impunément la vie du Zéhéniché de l'Alpha.

Elvis, privé du soutien de Damian, bascula en avant. Des traînées rouges parsemaient sa gorge, preuve que ça n'était pas passé loin. La respiration sifflante, il cherchait désespérément son souffle.

— Lâche-moi…

Le grondement d'Elijah claqua comme un coup de tonnerre. Ses prunelles bleu glacier étaient rivées sur le Lycaë blond, assassines. Sa dominance exsudait par tous les pores de sa peau. Une froide menace pour tous ceux qui se dresseraient sur son passage.

L'heure n'était plus à la plaisanterie.

Nathaniel, sachant qu'il était inutile de tenter de raisonner Elijah, desserra progressivement ses bras, le libérant de son entrave. La mort d'Elvis serait des plus regrettables, mais malheureusement inévitable. Ce dernier avait affirmé, devant un lieutenant, qui plus est, qu'un des leurs – fraîchement uni – était sien. Et pas n'importe lequel d'entre eux, ça non, mais leur Alpha ; le Lycaë le plus insaisissable au monde. Et comme si cela n'était pas suffisant, il avait menacé de mort son Zéhéniché.

Nathaniel grimaça de dépit.

Pouvait-on être aussi stupide ? Après un bref regard en direction d'Elvis, il fut bien obligé d'admettre que oui, c'était possible. Mais, il ne put s'empêcher de se poser des questions. Avait-il failli à un moment donné ? Sa manière d'expliquer les choses aux jeunes Lycaës n'était-elle donc pas suffisamment claire ?

Pourtant, la notion de Zéhéniché – et ce que cela impliquait – était abordée dès leur plus tendre enfance. C'était l'une des premières choses qu'on enseignait aux louveteaux. Après les bases de la transformation, bien sûr. Ce terme était généralement acquis, avec toutes les contraintes qu'il impliquait, bien avant le passage à l'âge adulte. Par mesure de sécurité, toutefois, Nathaniel veillait toujours à aborder ce sujet, pour éviter, justement, ce genre de situation.

On n'était jamais trop prudent – comme le prouvait admirablement la présente scène.

Si on lui avait posé la question, le Bêta aurait répondu, sans aucune hésitation, qu'Elvis était celui qui était le plus à même d'en comprendre les multiples facettes. Avec son passé, il savait ce qui se produisait lorsqu'un Lycaë perdait son Zéhéniché. Beaucoup croyaient le savoir, mais très peu l'avaient concrètement expérimenté – et donc, par extension, pleinement compris.

Nathaniel plissa soudain les yeux, une idée incongrue lui traversant l'esprit.

— Tiens-tu Elijah pour responsable de la mort de tes parents ? Voulais-tu te venger en le tuant à petit feu ?

Elijah, qui s'était progressivement mis en mouvement, se rapprochant lentement de sa proie, voulant faire durer le plaisir le plus longtemps possible, se figea en entendant la question de son Bêta. Se pouvait-il qu'Elvis ait nourri une telle rancœur à son encontre ? Que sa vraie proie n'ait jamais été Thias, mais lui-même ?

Dans l'absolu, cela ne changerait rien au sort qui serait le sien, mais cela pouvait en changer les formes : une mort rapide au lieu d'une mort lente.

S'il s'était agi de quelqu'un d'autre, Elijah ne se serait même pas posé la question. Mais Elvis demeurait le fils de son défunt lieutenant, il n'était donc pas n'importe qui. Par respect pour la mémoire de Doriel, il prit le temps d'attendre la réponse. C'était le moins qu'il puisse faire.

Elvis, visiblement choqué par l'insinuation de Nathaniel, ne comprit pas pleinement la teneur des enjeux lorsqu'il donna sa réponse.

— Bien sûr que non ! Jamais je ne pourrais faire de mal à *mon* Alpha !

Le jeune mâle venait de commettre une nouvelle erreur.

La dernière.

L'OMBRE

Elle pouvait courir durant vingt-quatre heures, sans manger ni boire. Il lui en faudrait dix-huit pour atteindre Venosta. Un rapide coup d'œil à sa montre lui indiqua qu'elle courrait depuis cinq heures.

Plus que treize.

Dans treize heures, elle serait sur place. Elle disposerait alors de trois jours pour agir. Trois jours avant l'arrivée des LoupsNoirs.

Un sourire narquois étira ses lèvres.

Une heure serait amplement suffisante, mais le chasseur en elle voulait prendre son temps, jouer un peu avec sa proie. C'était un plaisir si rare.

Et puis, elle devait bien cela à Elijah.

Ce dernier lui avait toujours dit – et répété – que quand on pouvait prendre son temps, il fallait en profiter pleinement.

Elle ferait donc cela. Elle prendrait bien son temps.

Un rire glaçant résonna dans les rues froides qu'elle traversait.

Oh oui, elle ferait durer son plaisir aussi interminablement qu'elle le pourrait. Aussi longtemps que le Transformé le supporterait.

Une idée machiavélique germa soudain dans son esprit. Peut-être que Venosta serait déjà sous la neige à son arrivée…

… Elle l'espérait sincèrement. Rien de tel que de la neige glacée…

Chapitre 11

— *Ton* Alpha ? (Elijah bondit avant même d'avoir terminé sa question. Il agrippa Elvis par les cheveux et le força à se relever.) Je ne t'appartiens pas, Elvis ! Je ne t'ai jamais appartenu et je ne t'appartiendrai jamais ! rugit-il en lui envoyant une soufflante si violente que sa tête pivota sur la gauche.

S'il ne l'avait pas lâché à ce moment-là, sa nuque se serait brisée sous la violence du choc.

Un craquement sourd se fit entendre juste avant que le jeune mâle ne s'affale par terre. Pour ses jambes, déjà passablement malmenées, cela fut le choc de trop. Dans leur état de faiblesse, elles n'avaient pas supporté le poids de son corps. Maintenant, elles n'étaient plus seulement brisées, elles étaient également tordues formant des angles les plus improbables.

La douleur devait être insoutenable, car après avoir hurlé à s'en briser la voix, le Lycaë blond s'évanouit.

Les iris glacés d'Elijah étaient rivés sur lui ; les pupilles immobiles, il le toisait sans ciller.

Les hurlements d'Elvis avaient depuis longtemps réveillé tout le village. L'ensemble de la meute s'était progressivement rassemblé, de part et d'autre des habitations des lieutenants. Silencieuse, elle attendait l'énoncé du châtiment. Cela pouvait aller du bannissement à la mise à mort, selon la mansuétude de leur Alpha. Et uniquement parce que le jeune Lycaë n'avait fait que proférer des menaces à l'encontre de son Zéhéniché. S'il l'avait touché, ne serait qu'un seul de ses cheveux, il aurait connu une mort atroce. Lente et douloureuse.

Les Lycaës ne plaisantaient pas lorsque la vie de leurs

compagnons était en jeu. Ils pouvaient alors se montrer cruels et sans pitié. Le dernier à avoir commis une telle folie – et cela remontait à trois siècles – avait été littéralement dépecé. Puis, les morceaux avaient été expédiés à sa meute en guise d'avertissement. Depuis, on y réfléchissait à deux fois avant de s'en prendre aux SixLunes.

Elijah était un Lycaë féroce et impitoyable lorsqu'on s'en prenait aux siens. Or, menacer la vie de Matthias était certainement le pire des crimes. Elvis ne verrait certainement pas le soleil se lever.

— Edmund, soigne-le.

Des exclamations stupéfaites retentirent, la meute ne cachant pas sa surprise.

Edmund, le visage impassible, s'avança au centre du cercle qui s'était formé. Il s'arrêta aux côtés de son frère.

— Il a menacé la vie de mon fils. Te rends-tu compte de ce que tu me demandes ?

Elijah lui lança un regard glacial, le mettant au défi de le contredire, ici et maintenant, devant la meute au grand complet. Enfin, pas exactement, mais presque – à vingt personnes près.

Son loup se tenait derrière ses prunelles, sur le qui-vive, guettant le moindre signe de rébellion. Dans l'état de rage où il se trouvait, il ne supporterait aucun défi.

Edmund ne put soutenir ce regard froid très longtemps. Il ne faisait pas le poids face à son Alpha. Les dents serrées, il rejoignit Elvis. Il s'agenouilla à ses côtés et souleva délicatement sa nuque. Il posa la paume de sa main droite sur son torse.

Comme toujours lorsqu'il soignait l'un des siens, ses gestes étaient doux et délicats. La haine qu'il éprouvait à l'encontre du jeune Lycaë qui avait menacé son fils adoptif n'entravait pas son art – il ne l'aurait jamais permis. Cela aurait été indigne d'un guérisseur.

Les yeux fermés, il se replia en lui-même, cherchant cette petite étincelle de vie qui lui permettait de guérir ses semblables. Bien au chaud, à l'abri, au creux de son corps, elle scintillait de mille feux. Lorsqu'Edmund la sollicita, elle se mit à flamboyer, avant de déverser un torrent d'énergie pure dans ses veines. Tel un serpent de lave, l'énergie ondula sous sa peau et se dirigea, avec la rapidité d'un cobra, vers sa main droite.

Le transfert d'énergie fut instantané et invisible à l'œil nu. Même pour les Lycaës. Une fois son œuvre accomplie, la petite étincelle de vie retrouva son scintillement habituel.

Le corps d'Elvis se souleva et convulsa de manière frénétique.

Dans un craquement sourd, ses deux jambes se remirent en place. L'opération n'étant pas indolore – elle correspondait généralement au mal qu'elle soignait – le jeune Lycaë se redressa d'un bloc, le visage déformé par la douleur.

Edmund, après s'être relevé, recula de quelques pas, le regard mauvais.

— Il est comme neuf.
— Bien.

Elijah fit volte-face, prenant tout le monde de court, et planta son regard aux couleurs hivernales dans les prunelles dorées de son Zéhéniché.

Discret, Matthias était resté dans l'ombre durant tout ce temps – mais il n'en avait pas perdu une miette. Si l'attitude des lieutenants l'avait révolté, celle de son père, par contre, l'avait profondément surpris, voire même choqué. Il n'aurait jamais cru que ce dernier refuserait de soigner qui que ce soit un jour. Surtout pas un membre de sa propre meute.

Perdu, il ne savait plus que penser de tout cela.

Sa part animale, par contre, avait une tout autre opinion sur le sujet. Elle n'avait pas du tout apprécié le ton possessif du blond. Mais alors, pas du tout. Elle salivait à l'idée de plonger ses crocs dans sa gorge.

À moi !

Elijah leva une main dans sa direction.

— Viens.

Un défi.

Alors que Matthias freinait des quatre fers, son loup, lui, bondissait en avant. Pourtant, le jeune mâle comprenait parfaitement que refuser serait une grave insulte. De plus, le loup d'Elijah affluait à la surface, c'était limpide comme de l'eau de roche. Le moindre faux pas pourrait être fatal. Non pas pour lui, il savait bien que son Zéhéniché ne lui ferait jamais le moindre mal, mais pour le blond. Et en dépit du ressentiment de sa bête, Matthias ne souhaitait pas sa mort.

Le cœur battant à tout rompre, il se mit en mouvement, allant à la rencontre de son compagnon.

Dès qu'il fut à portée de main, Elijah l'attira fermement contre lui et l'enlaça. Il enfouit son nez dans le creux de sa gorge. Il planta ses dents dans sa chair et la mordilla. Doucement. Puis sa langue se mit à le lécher amoureusement.

Matthias, mortifié, sentit son corps réagir. Il chercha à se dégager discrètement, mais son partenaire resserra immédiatement son étreinte.

— Non, gronda-t-il.

Celui-ci recommença à le mordre. Fort. Pour le punir d'avoir cherché à s'éloigner.

À moi !

Il devait leur montrer à tous — surtout à ce petit Lycaë prétentieux qui croyait avoir des droits sur lui — à *qui* il appartenait. Il était le destiné de Matthias, tout comme celui-ci était le sien ; ils s'appartenaient l'un l'autre.

D'un mouvement rapide, mais doux, Elijah écarta le col de son tee-shirt et dévoila sa marque. Une sorte de ronronnement, digne d'un félin, sortit de sa poitrine. Il l'embrassa amoureusement, avant de la lécher. Puis il la mordit, aspirant la peau en même temps. Quand il finit par reculer, sa marque avait pris une jolie teinte rosée. Parfaite ! Elle était tout simplement parfaite.

Il se pencha une nouvelle fois pour la lécher.

Un grognement bas et menaçant retentit près d'eux.

Elvis s'était redressé et foudroyait le couple Alpha du regard. Haineux, il semblait sur le point de bondir et de les attaquer.

En d'autres circonstances, Elijah en aurait été ravi. Cela lui aurait fourni l'occasion rêvée pour le démembrer et planter sa tête sur une pique, à l'entrée de son territoire. Mais ces temps étaient révolus depuis longtemps. On n'affichait plus aussi ouvertement le sort réservé aux traîtres. Les Lycaës étaient devenus civilisés. Maintenant, ils emballaient le tout dans un joli carton, agrémenté d'un papier cadeau, et ils l'expédiaient directement au destinataire.

Courtois, poli et direct.

Oui, les temps avaient bien changé.

À l'instant où le jeune Lycaë cédait à son envie et bondissait sur eux, Nathaniel l'intercepta en plein vol. Le Bêta lui tordit violemment les deux bras dans le dos et le força à s'agenouiller, tête courbée.

Sa nuque, parfaitement dégagée, n'attendait que le bon vouloir d'Elijah.

Elvis venait de franchir un cap décisif : il était passé des menaces aux actes. Si jusque-là, sa vie n'avait tenu qu'à un fil, elle ne valait désormais plus rien. Pour la meute des SixLunes, le jeune mâle était déjà mort.

Tragique, certes, mais aussi inévitable que nécessaire. Les traîtres n'avaient pas leur place dans la meute. On ne trahissait pas les siens. Jamais. Et surtout pas pour s'en prendre à un Zéhéniché.

Elvis avait accumulé les tabous. Sa mort était devenue une nécessité.

Ce fut à ce moment-là, alors que tous étaient figés dans l'attente, que le ciel s'ouvrit en deux et que des trombes d'eau se déversèrent sur eux. En moins d'une minute, ils furent tous dégoulinants.

Malgré le déluge, aucun SixLunes ne bougea. Après tout, ils étaient des Lycaës, ce n'était pas la pluie qui allait leur faire peur. Même si, en l'occurrence, elle s'apparentait plus à un début de tempête.

— Le bannissement ou la mort ?

La voix d'Elijah, la voix de son loup, se fit parfaitement entendre malgré le bruit assourdissant de la pluie. Si sa question en troubla certains, ils n'en laissèrent rien paraître. Personne ne répondit. Pas même le principal intéressé.

Posant un doigt sous son menton, Elijah força son compagnon à relever la tête et à affronter son regard.

Une émotion que Matthias ne sut interpréter y miroitait. Intense et profonde.

Un frisson traversa le corps du jeune mâle.

— Le bannissement ou la mort ? répéta-t-il patiemment.

Matthias écarquilla les yeux, réalisant que c'était à lui qu'il s'adressait. Était-ce un piège ? Ou avait-il vraiment voix au chapitre ?

Dans le doute, il choisit d'être sincère. Il ne pourrait jamais être aussi cruel qu'eux. Son cœur était bien trop tendre pour cela, autant qu'Elijah le comprenne tout de suite. Il ne serait jamais comme lui : un monstre insensible et sans pitié.

— Le bannissement.

Il y eut un claquement de langue du côté des lieutenants.

Rien de plus.

La décision définitive appartenait à Elijah.

— Tu tends le bâton pour te faire battre, Thias, rétorqua-t-il froidement, le visage sombre. (Sans rien ajouter de plus, il porta son attention sur Nathaniel.) Relâche-le à la sortie du village.

Il baissa les yeux sur Elvis. D'un mouvement du menton, il ordonna à son Bêta de lui redresser la tête. Il voulait voir son visage. La haine qu'il lut dans les yeux du jeune Lycaë lui hérissa le poil. Elvis n'avait pas dit son dernier mot.

Son loup se ramassa sur lui-même et fit claquer ses puissantes mâchoires en direction du traître. Sa rage et sa volonté d'en découdre pulsaient douloureusement dans ses veines et se déversaient par vagues autour de lui.

Un Lycaë moins expérimenté, et moins puissant qu'Elijah, aurait certainement perdu le contrôle et laissé sa bête sortir. Mais pas lui. Tout en laissant une certaine marge de manœuvre à son pendant animal, comme le démontraient ses iris bleu glacier, il gardait la main.

Une telle maîtrise était rare, même parmi les Anciens.

— Préviens Sonya. Il a vingt-quatre heures pour quitter mon territoire. Passé ce délai, qu'elle tire à vue.

Sonya ne faisait pas partie de ses lieutenants. Pas encore. Mais elle était en passe de le devenir. Elle avait prouvé sa loyauté envers la meute, et lui. Devenir lieutenant n'était pas uniquement une question de force ou de capacité – même si cela entrait en ligne de compte – c'était également une question de fidélité. Le lien qui unissait un lieutenant à son Alpha était puissant et aussi sacré que ceux qui reliaient une famille.

Un tel lien ne s'octroyait pas, il ne se gagnait pas, il se *méritait*. Et il passait, avant tout, par la confiance.

La Lycaë se voyait donc hériter d'une mission particulièrement prisée, et prodigieusement rare. Elle ne devait pas simplement vérifier qu'un banni quitte bel et bien leur territoire, elle devait s'assurer que, s'il ne le faisait pas, il ne puisse pas mettre ses menaces à exécution. Intimidations proférées à l'encontre du Zéhéniché de l'Alpha.

Pour un futur lieutenant, c'était une occasion en or de prouver sa valeur et sa loyauté. Autant dans la manière dont la mission serait abordée que par le résultat qui en découlerait.

Un sifflement appréciateur ricocha dans la nuit.

De l'Alexis tout craché.

Elijah se redressa de toute sa taille et se tourna pour affronter les regards perplexes que lui lançait la meute. Cette sentence les surprenait, car il n'était pas vraiment réputé pour être quelqu'un qui pardonnait ce genre de trahison. Elvis aurait dû être mis à mort et dépecé, au mieux.

— Matthias a fait preuve de clémence. Ce ne sera pas toujours le cas. Le prochain qui osera défier mon Zéhéniché – ne serait-ce que par un regard déplacé – aura affaire à *moi*, annonça-t-il d'une voix menaçante.

Son regard glacial contenait une telle puissance, que tous baissèrent la tête en signe de respect et de soumission. L'Alpha avait été limpide. Elvis n'avait été épargné que pour une seule raison : la volonté de Matthias. Il n'en serait pas de même la prochaine fois – si prochaine fois, il y avait.

— Le spectacle est terminé. Rentrez chez vous.

Moins d'une seconde plus tard, l'endroit fut pratiquement désert. Il ne resta plus que le couple Alpha, le Bêta, les lieutenants et Edmund. Et bien sûr, Elvis, toujours à genoux aux pieds de Nathaniel.

— Emmène-le, *Précieux*. Je ne veux plus jamais le revoir. Puis rejoins-nous chez moi, nous avons à parler. (Il se tourna vers ses lieutenants.) Tous.

Il entraîna Matthias à sa suite, après avoir adressé un signe à son frère.

Sans douceur aucune, Nathaniel traîna Elvis à sa suite, dans les rues du village. Il sentait, dans toutes les fibres de son corps, la rage qui pulsait dans celle du jeune Lycaë.

— Elijah a fait preuve d'une incroyable tolérance à ton égard, et uniquement parce que Matthias, celui que tu rêves visiblement de tuer, a plaidé en ta faveur. Si tu as le moindre instinct de survie, ce dont je doute de plus en plus, tu prendras la tangente et tu feras exactement ce qu'Elijah t'a ordonné. Tu quitteras son territoire, et ce, dans les plus brefs délais.

Elvis eut un petit reniflement méprisant, mais, pour la première fois de la soirée, garda la bouche fermée.

Nathaniel arqua un sourcil, surpris par ce silence. Il aurait aimé y voir un signe d'acquiescement, mais il ne se faisait aucune illusion. Elvis n'en resterait pas là. Il avait déjà été trop loin pour reculer. Être banni d'une meute aussi puissante que la leur était synonyme de mort. Aucune autre ne l'accepterait – c'était courir le risque de se mettre les SixLunes à dos. Quant aux Lycaës solitaires, ils ne faisaient jamais long feu – à moins d'être nés ainsi, ce qui n'était pas très courant.

Alors, mourir pour mourir, autant que cela en vaille le coup. Elvis ne quitterait pas le territoire de la meute, il tenterait sa chance.

Et referait alors connaissance avec Sonya... La botte cachée de l'Alpha des SixLunes.

Nathaniel éprouva presque de la pitié pour ce pauvre bougre.

Presque.

Les lieutenants avaient envahi le salon d'Elijah – avec la rapidité des prédateurs qu'ils étaient – et attendaient maintenant le retour du Bêta. Immobiles et silencieux, ils pourraient passer pour des statues de sel sans aucun souci. Même face à un observateur des plus attentifs.

Enfin... si l'on omettait les filets d'eau qui dégoulinaient de leurs vêtements, ainsi que de leurs cheveux, et qui créaient de grosses flaques à leurs pieds. Des statues de sel n'auraient jamais été capables d'un tel prodige ! – selon le point de vue.

Edmund se tenait devant la cheminée, où le feu qu'il venait d'allumer flamboyait. Songeur, il fixait les flammes en repensant aux derniers événements. L'avenir de Matthias n'avait certes jamais été rose, mais là, il craignait le pire. Si Elvis parvenait à lui mettre la main dessus, il n'osait imaginer les tortures qu'il lui ferait subir. Un sort bien pire que celui qu'Elijah lui avait réservé. Le guérisseur eut une moue narquoise. Il n'aurait jamais cru que cela puisse être possible.

Quant à Matthias, raide comme un piquet, il se tenait à l'extrême bord du canapé. Elijah l'avait d'abord pris sur ses genoux, mais quand il avait cherché à se dégager, ne souhaitant pas cette intimité forcée, l'Alpha l'avait laissé faire sans protester. Le jeune mâle restait cependant sur ses gardes. Ce Lycaë était trop rusé pour qu'il en soit autrement.

Elijah gardait également le silence, les yeux rivés sur son Zéhéniché. Comme s'il craignait, en le quittant des yeux ne serait-ce qu'une seconde, qu'il puisse disparaître dans la nuit.

La porte s'ouvrit, puis se ferma.

Nathaniel entra rapidement dans la pièce et leur lança un rapide regard.

— C'est fait.

Cette simple phrase suffit à déclencher les hostilités. Chacun y allait de sa protestation et de ses reproches. Ils parlaient tous en même temps et haussaient progressivement la voix pour se faire entendre. Une véritable cacophonie.

Matthias grimaça et porta vivement les mains à ses oreilles.

— Suffit !

Froid, direct, indiscutable.

L'ordre, sorti directement de la bouche du loup, mit un terme à tout ce cirque. Les regards se posèrent sur l'Alpha qui fulminait littéralement.

— Vous indisposez mon Zéhéniché avec vos cris. Alors soit vous la fermez, soit vous partez. C'est à mes lieutenants que j'ai dit de venir, pas à des pipelettes !

La mâchoire crispée, Roan fit un pas en avant.

— La clémence dont tu as fait preuve ce soir est aussi vaine qu'inutile, énonça-t-il froidement, résumant en une phrase courte et concise ce que chacun avait essayé de dire.

Elijah riva son regard à celui de son lieutenant.

— Je sais.

Comme le montraient les iris bleu glacier, son loup était encore pleinement éveillé et c'était lui qui regardait fixement Roan. Toute sa dominance se transmettait par son regard et son lieutenant baissa les yeux au bout de trente secondes. Seul Nathaniel était capable d'affronter ces yeux-là. Et encore... Deux minutes, maximum.

Elijah Hunter était unique. Il n'était pas seulement un Alpha ou un Ancien, il était les deux. Lorsqu'il laissait libre cours à sa dominance, personne n'était de taille à l'affronter. *Personne.*

Jusqu'à hier soir.

Son Zéhéniché, lui, pourrait. Quand leur lien serait consolidé, il serait de taille à l'affronter. Un équilibre indispensable pour leur couple qui se mettrait naturellement en place le moment venu.

— Alors pourquoi ?

— Parce qu'il le fallait.

Froide déduction du loup.

Edmund pivota sur ses talons et prit la parole pour la première fois depuis qu'il avait franchi le seuil du chalet.

— Fallait-il lui laisser une chance de tuer mon fils ?

Matthias tressaillit.

Voilà un aspect de son père qu'il ne connaissait pas.

— Ne prônes-tu pas le pardon et la tolérance, pap's ?

— Pas quand la vie de mon fils est en jeu. Tu es bien placé pour le savoir, Matthias, répliqua sèchement Edmund.

Les yeux de Matthias s'assombrirent et ses poings se fermèrent.

— Jamais au point de souhaiter la mort de quelqu'un d'autre.

Le sous-entendu était flagrant et toutes les personnes présentes le comprirent. Jamais Edmund n'avait menacé la vie d'Elijah lorsque ce dernier l'avait condamné à mort.

— La situation était très différente, Matthias.

— En quoi ? Ma vie était également menacée. Je dirais même

qu'elle était condamnée.

Une vérité sans fioritures.

Edmund serra les dents. Il dévisagea longuement son fils, entre ses paupières mi-closes.

— Ne compare pas ce qui ne l'est pas, Matthias. La situation était très différente, tu n'es pas sans le savoir. Ta condamnation, aussi aberrante qu'elle ait été, n'avait pas été dictée par la jalousie ou l'envie. Tu l'as été pour ce que tu étais devenu, pas pour ce que tu représentais.

Matthias se pencha lentement en avant et foudroya son père du regard.

— Je dois être particulièrement débile, alors, parce que moi, je ne vois pas la différence. Quant au résultat, en définitive, il est le même : ma mort.

Owen se racla la gorge, inspectant ses ongles d'un air nonchalant, s'invitant sans gêne dans la conversation. (Quelle surprise !)

— La différence est énorme. Un Transformé est une aberration, une erreur de la nature, un monstre qui tue sans foi ni loi. Aucune conscience, une abomination dirigée par son goût du sang. Plus elle tue, plus son envie augmente. Comment je le sais ? *Demi-portion*, crois-tu que nous ne les ayons pas étudiés, au fil des siècles ? Crois-tu que nous n'avons pas cherché un autre moyen de les arrêter ? Si c'est ce que tu penses, tu nous prends vraiment pour des débiles, soupira Owen en secouant la tête. Ce n'est pas de gaieté de cœur que nous t'avons condamné. Nous l'avons fait pour protéger la meute. C'est notre travail à tous. Y compris celui d'Elijah. *Surtout* celui d'Elijah. Nous pensions sincèrement qu'en atteignant l'âge adulte, tu deviendrais comme tous tes congénères. C'est d'ailleurs un miracle que tu ne le sois pas. Un miracle non élucidé, cela dit, mais sur lequel *Geek* travaille avec acharnement. (Owen plongea ses prunelles d'obsidienne dans celles de Matthias.) Tu n'es pas le seul enfant à avoir été mordu au fil des siècles.

Cette nouvelle jeta un froid dans la pièce.

Edmund se raidit et fit un pas menaçant en direction du traqueur.

— Pourquoi ne l'ai-je pas su plus tôt ?

— Parce que cela n'aurait rien changé.

La voix de Nathaniel contenait un avertissement tacite. Edmund était accepté à cette réunion parce que la vie de Matthias était en jeu, rien de plus. Il était guérisseur, pas lieutenant. Or ceux-ci ne rendaient de comptes qu'au Bêta et à l'Alpha. À personne d'autre. Le fait qu'Edmund soit le frère d'Elijah n'y changeait rien. Aucun passe-droit, aucun privilège.

Edmund se tourna vers son aîné et lui lança un regard blessé.

— Il s'agit de mon fils. J'avais le droit de savoir.

— Si Owen ou Lyon avaient découvert quelque chose de probant, tu aurais été le premier informé, crois-moi. Mais ça n'a pas été le cas. Les cinq autres enfants à s'être fait mordre au cours des siècles sont devenus de vraies bêtes enragées après la transformation finale. Il n'y avait aucune raison de penser que ce ne serait pas la même chose pour Matthias. Et donc, ce que je t'avais toujours affirmé demeurait : à l'âge adulte, il deviendrait un véritable Transformé, avide de sang et meurtrier.

Edmund devint blême.

— Tu n'avais pas le droit !

Les iris d'Elijah scintillèrent, comme éclairés de l'intérieur.

— J'ai fait ce qui était le mieux pour toi.

— En me laissant dans le noir ? À imaginer que, peut-être, tu tuerais un innocent ?

— Non. Je t'ai laissé avec l'image de ton fils tel que tu l'as toujours connu. Je t'ai épargné de devoir songer à ce qu'il deviendrait lors de sa dernière transformation. Je t'ai offert ce que tu as exigé ce jour-là : un fils ! hurla Elijah, bondissant sur ses pieds, fou de rage. Crois-tu que je n'ai pas cherché désespérément une solution alternative, durant ces dix dernières années ? Crois-tu que je n'ai pas souffert en découvrant, à chaque fois, que c'était sans espoir ? Crois-tu donc que je suis un monstre, au point de me réjouir de la mort de celui que tu considères comme ton enfant ?

La main d'Elijah se referma sur la gorge de son cadet. Les yeux brûlants d'une fureur à peine contenue, il le défiait de le contredire. Son visage reflétait toute la douleur du monde. Il était peut-être un Alpha puissant, Ancien de surcroît, mais avant toute chose, c'était un frère. Et son cœur de frère avait saigné chaque jour depuis ces dix dernières années. Depuis qu'Edmund avait recueilli ce Transformé.

Il avait observé, impuissant, le temps s'écouler. Il avait prié, lui qui ne croyait pas en Dieu, pour qu'un miracle se produise, sans vraiment y croire. Il avait vu la peine et la douleur envahir les traits de son cadet lorsque ce fameux soir était arrivé. Il aurait donné tout ce qu'il possédait pour pouvoir changer le cours des choses.

Mais le destin était immuable.

Et c'était là, alors que tout espoir l'avait déserté, que le plus improbable s'était produit : Matthias était son Zéhéniché, celui qui lui était destiné.

Le cours des choses avait été irrémédiablement modifié.

Un Transformé ne s'unissait pas. Jamais. Un être dénué de conscience n'avait pas le psychisme nécessaire pour créer un tel lien. Matthias n'était donc pas un Transformé. Il était autre chose.

Mais... quoi au juste ?

Chapitre 12

Assis dans un fauteuil moelleux, bien au chaud à l'intérieur du *Starbucks*, Matthias savourait tranquillement un *Salted Caramel Mocha*, les yeux perdus dans le vague.

La veille, après les fracassantes révélations d'Elijah, il s'était rapidement éclipsé et avait été se coucher, peu désireux d'en apprendre davantage. Tout cela faisait beaucoup trop pour lui. Il n'était pas prêt à accepter que son Zéhéniché ne soit pas le monstre qu'il croyait.

Pas encore.

Et peut-être jamais.

Son loup gronda à cette pensée, montrant sa désapprobation.

Lorsque son compagnon l'avait finalement rejoint, un long moment plus tard, il l'avait laissé l'enlacer et le serrer contre lui sans broncher. Il s'était raidi quand celui-ci avait enfoui son visage dans son cou, mais voyant qu'il n'allait pas plus loin, il s'était finalement autorisé à se détendre et à s'endormir.

À son réveil, quelques heures plus tard, le lit était vide et froid. Elijah était parti. Et il s'en était senti particulièrement agacé, à son plus grand désarroi.

Frustré et furieux, il s'était habillé en quatrième vitesse et avait pris le large, une fois de plus. À la différence que, cette fois-ci, son pendant animal avait donné son accord. Bien sûr, leurs raisons n'étaient pas vraiment les mêmes, mais le résultat demeurait : quitter le village durant une heure ou deux – peut-être un peu plus.

Matthias voulait s'éloigner afin de pouvoir réfléchir tranquillement, loin de la meute – et de ses lieutenants trop envahissants. Il avait besoin de mettre de la distance entre Elijah et lui le temps de faire le point. Dans le calme et la tranquillité. Sans éléments perturbateurs qui lui diraient combien l'Alpha était un mec génial.

Beurk !

Son loup, quant à lui, voulait donner une leçon à son Zéhéniché ; lui faire comprendre qu'il n'avait pas du tout aimé être abandonné de la sorte. Le matin, il voulait se réveiller dans les bras de son compagnon. Ce n'était pas négociable ; ni pour Elijah ni pour Matthias.

Aussi, lorsqu'en arrivant dans la cuisine il avait reçu un SMS de Jordan, l'un de ses rares amis, lui demandant de ses nouvelles, il n'avait pas hésité une seconde et lui avait donné rendez-vous au *Starbucks* – leur lieu de prédilection. Maria, Katia et Jeff devaient également se joindre à eux. Leur joyeuse bande serait donc au grand complet ! Matthias s'en était réjoui, heureux de passer du temps avec ses amis.

Utilisant les ruses que lui avait apprises son père, Matthias s'était faufilé hors du chalet d'Elijah et avait rejoint la maison familiale. Discret et silencieux, il avait subtilisé les clés de voiture d'Edmund, puis, sans demander son reste, avait pris la direction de la ville.

Leur demeure se situant à l'extérieur du village, et bénéficiant d'un chemin d'accès privatif – afin d'éviter à Matthias de devoir traverser constamment ce lieu où il n'était pas le bienvenu –, il avait pu partir sans être vu.

Il en avait profité pour faire un crochet à l'université et avait récupéré sa moto.

À peine l'avait-il chargée sur le pont du pick-up que la neige s'était mise à tomber. Il avait été bien inspiré de venir aujourd'hui ! Sa chère moto n'aurait pas supporté d'être ensevelie sous des tonnes de neige !

Avec une rapidité propre aux Lycaës, Matthias avait déployé une bâche en plastique et en avait recouvert sa précieuse Yamaha.

Une fois celle-ci dûment protégée, il avait rejoint le *Starbucks*.

Avec dix minutes d'avance.

Frigorifié jusqu'à la moelle, n'étant pas vraiment habillé pour ce temps de chien, Matthias avait immédiatement passé commande. Puis, il s'était installé à leur table habituelle, au fond à gauche, juste derrière la vitrine.

Un œil sur le parking, l'autre dans le restaurant ; comme le lui avait enseigné son père.

— Depuis quand ne bois-tu plus de *Caramel Macchiato*, toi ?
Depuis qu'il était uni à un certain Lycaë.

Bien sûr, Matthias ne pouvait pas vraiment répondre ça à ses amis. Il haussa les épaules et leur lança un bref regard en coin.

— Envie de changement.

— D'a-ccord, s'exclama son amie Katia en détachant exagérément les syllabes, et en les faisant durer le plus longtemps possible.

Ok.

Son amie ne le croyait pas.

Génial.

Ça commençait bien.

— Et si maintenant, tu nous donnais la vraie raison ?

Katia se glissa habilement sur la chaise face à la sienne. Son regard brun le mettait au défi de ne pas répondre.

Matthias poussa un long soupir, maudissant la perspicacité légendaire de son amie.

— Disons que dernièrement, j'ai eu une réaction épidermique au *Macchiato*.

Katia pencha la tête de côté et arqua un sourcil.

— Mais encore ?

La mâchoire crispée, Matthias se vit contraint d'avouer. Sans quoi la discussion s'éterniserait indéfiniment, chose qu'il ne souhaitait pas particulièrement. (Étrange.)

— Le *Caramel Macchiato* est désormais lié à un mauvais souvenir. Ok ? Et non, je ne tiens pas à en parler.

Son ton coupant mit un terme à la discussion de manière abrupte. Peu habitués à ce genre de comportement, ses amis le dévisagèrent longuement, la mine perplexe.

— D'accord. On n'en parle pas. Comme tu veux, Matt. On est cool, temporisa Jordan, l'air calme et détendu.

Il enchaîna rapidement avec la prise de commande, souhaitant visiblement détendre l'atmosphère soudain tendue. Alors que ce dernier se dirigeait vers le comptoir, ses amis le contemplèrent en silence. Le sentant sur la défensive, ils ne savaient visiblement pas ce qu'ils pouvaient dire ou non. Dans le doute, le silence semblait d'or.

Mais au lieu de le calmer, cette attitude provoqua l'effet inverse. Exaspéré par le silence persistant de la bande, il les foudroya du regard.

— Quoi ? aboya-t-il méchamment, les nerfs en pelote.

Les yeux écarquillés, Jeff leva vivement les mains en signe d'apaisement.

Waouh ! Leur pote n'était pas seulement à cran, il était carrément furax. Une grande première.

— Rien, Matt. Il n'y a absolument rien, mec. Jordan te l'a dit, on est cool, quoi.

Jeff comprit qu'il s'enfonçait lorsqu'il croisa les prunelles incandescentes de Matthias. Son pote ressemblait à une bombe à retardement qui n'attendait qu'une seule chose : que le décompte parvienne à sa fin pour exploser.

Merde ! Ça sentait mauvais pour eux, ça.

— S'il n'y a rien, comme tu le dis, pourquoi me dévisagez-vous comme si un troisième œil m'était poussé ?

— Parce qu'on ne t'a jamais vu aussi à cran et que ça nous surprend beaucoup, répliqua Katia, du tac au tac. Excuse-nous de nous faire du souci pour notre pote !

Son ton hargneux eut le mérite de faire redescendre un peu la pression.

L'air gêné, Matthias se tortilla sur sa chaise.

— Pardon, marmonna-t-il du bout des lèvres. Je suis de mauvais poil et vous n'y êtes pour rien. Je n'ai pas le droit de m'en prendre à vous comme ça, sans raison. (Il se passa nerveusement une main dans les cheveux.) J'ai quelques soucis à la maison, et ça me tape sur le système. (*Doux euphémisme !*) Je devrais peut-être rentrer, annonça-t-il d'une voix hésitante. J'ai peur de ne pas être de bonne compagnie aujourd'hui...

Katia l'interrompit net dans son mouvement.

— Mais non. Reste. Les amis sont aussi faits pour ça, tu sais. Pour se soutenir quand ça ne va pas. Si tu veux nous en parler, on est là pour toi. Si tu ne veux pas, Ok. Aucun problème. On parle d'autre chose. C'est comme tu veux, Matt, comme tu veux.

Une émotion vive prit Matthias aux tripes et lui amena les larmes aux yeux. Il avait tellement l'habitude d'être seul, qu'il n'avait jamais eu conscience que ses amis pourraient être là pour lui dans les moments difficiles.

Avoir cru, durant toute sa vie, qu'il était une erreur de la nature et une abomination n'avait bien sûr pas arrangé les choses. Mais depuis hier soir, ou plutôt ce matin, c'était bien pire. Maintenant, il ne savait même plus ce qu'il était.

Et aucun membre de la meute ne pouvait répondre à cette question.

Un vide immense avait pris naissance en lui et il semblait que rien ne pourrait le combler.

Jamais.

Il avait cru que cela était dû à Elijah, mais il réalisait maintenant qu'il n'en était rien. Ce qui l'avait réellement troublé, ce n'était pas les révélations concernant son compagnon, mais celles qui le concernaient *lui*.

Qui était-il vraiment, s'il n'était ni un Transformé ni un Lycaë ?

Tous ses repères s'étaient effondrés d'un coup et il se sentait maintenant perdu, seul au milieu du désert, sans personne pour le secourir.

Elijah s'était couché en colère, et s'était réveillé dans le même état d'esprit. Que son Zéhéniché le prenne pour un monstre, ce n'était pas vraiment une surprise – il le savait depuis longtemps –, mais que son cadet, son propre frère, le voit également ainsi le révoltait. Il savait qu'Edmund lui en avait voulu de condamner ainsi son fils adoptif, mais qu'aurait-il pu faire d'autre ? Quel autre choix avait-il eu ?
Aucun.
Un Transformé était un danger, autant pour les Lycaës que pour les humains. Le laisser en vie n'avait jamais été une option – cela faisait bien trop longtemps que ce n'en était plus une.
Son frère le connaissait, bon sang ! Il aurait dû savoir qu'il n'agissait pas par pure cruauté. Elijah avait bien des défauts, mais il n'avait jamais été cruel sans raison. Ce n'était tout simplement pas dans sa nature.
Bon sang !
Il était l'un des Lycaës les plus tolérants et les plus ouverts d'esprit au monde ! Il était le seul qui recueillait ouvertement tous ceux qui avaient été chassés de leurs meutes pour des raisons futiles.
Un Lycaë albinos ? Il était le bienvenu dans sa meute !
Un Lycaë estropié ? Il était le bienvenu dans sa meute !
Un Lycaë dont le pelage n'était pas noir ? Il était le bienvenu dans sa meute !
Un Lycaë uni à un humain ? Il était le bienvenu dans sa meute !
Un Lycaë homosexuel ? Il était le bienvenu dans sa meute !
Les seuls qu'il n'acceptait pas, c'était les traîtres, bon sang de bois !
Plus ouvert que lui, il n'y avait pas !

Et son frère le voyait comme un monstre parce qu'il avait voulu faire son devoir ? Parce qu'il avait voulu protéger sa meute ? Parce qu'il avait voulu épargner son cadet ?

Ivre de rage, Elijah se métamorphosa dans une pluie d'étincelles blanches et bleues. Un spectacle magnifique et empreint de puissance. Quelques secondes plus tard, un majestueux loup blanc se tenait à sa place.

D'une puissance flexion des membres postérieurs, il bondit en avant. Dévalant les kilomètres à une vitesse folle, il fonçait droit devant, s'éloignant le plus possible de son village et de ses habitants.

D'un habitant en particulier.

Il n'avait nul désir de voir son frère, et encore moins de lui parler. La colère qui grondait en lui était encore trop fraîche, trop récente pour qu'il puisse aborder calmement le sujet avec le principal intéressé.

Son loup, ravi de pouvoir se défouler en toute liberté, courait à perdre haleine. Toujours plus loin, toujours plus vite. Il avait un besoin vital de dépenser ce surplus d'énergie avant de retourner auprès de son Zéhéniché. Sans quoi, il serait capable de faire une bêtise qu'il regretterait amèrement après.

La bête, aussi bien que l'homme, savait qu'il était trop tôt. Ils devaient attendre encore un peu. Après les événements de la veille, ce n'était vraiment pas le moment de faire un faux pas.

Vraiment pas.

« Prudence » était leur maître mot.

Après deux bonnes heures de course ininterrompue, il prit la direction du retour. Ce dont il avait besoin, maintenant, c'était d'une bonne douche et d'un câlin. Et il savait où trouver les deux.

Dans une tornade d'étincelles blanches et grises, il reprit forme humaine dès le seuil de son chalet franchi.

Deux mauvaises surprises l'attendaient.

La première : Matthias n'était plus là. Il le sentit immédiatement.

Son odeur s'était estompée, preuve qu'il était parti depuis un bon moment. Agacé, il gronda de mécontentement. Sa part animale montra les dents et se mit à tourner en rond, impatiente de le prendre en chasse.

La seconde : Edmund l'attendait. Calmement installé dans son canapé, une tasse de café fumant posée sur la table basse, son frère avait les yeux rivés sur lui. D'un mouvement sec de la tête, il l'invita à le rejoindre.

Sachant qu'il n'y échapperait pas, Elijah se résigna.

— Je passe un jogging et j'arrive, marmonna-t-il de mauvaise grâce, avant de monter l'escalier quatre à quatre.

Il redescendit moins d'une minute plus tard.

Elijah prit place dans le fauteuil, face à son cadet, et croisa les bras.

— Je t'écoute.

Les traits crispés, il attendait les paroles assassines qui allaient sortir de la bouche de son frère. Reproches, reproches et reproches. Il s'y préparait mentalement. Cela lui ferait un mal de chien, c'était certain, mais il s'en remettrait. Il s'en relevait toujours.

Vraiment ? Pourtant tu n'as jamais oublié les paroles qu'Eliott a prononcées, ce soir-là... Et ça remonte à deux cents ans...

Le souvenir du benjamin de la fratrie amena des nuages sombres dans le regard gris ardoise d'Elijah. Non, il n'avait jamais pu oublier ce qu'ils s'étaient dit, ce soir-là. Pas plus qu'il ne se l'était pardonné. Mais la situation était très différente, et Edmund était bien plus mature qu'Eliott ne l'était à cette époque.

L'Alpha essayait de se rassurer comme il le pouvait.

— Je ne suis peut-être pas un lieutenant, et je n'ai d'ailleurs jamais désiré l'être, mais je suis ton guérisseur. À ce titre, tu devais m'en parler. J'avais le droit de savoir. Si Matthias n'avait pas été mon fils, tu me l'aurais dit. Une information aussi capitale aurait dû m'être communiquée. C'était ton devoir d'Alpha de m'en informer.

Cruelle vérité.

Elijah grimaça, mais ne baissa pas les yeux.

— C'est vrai. S'il ne s'était pas agi de Matthias, je t'en aurais parlé. Mais cela le concernait, et donc, la situation étant ce qu'elle était, je ne pouvais pas aborder ce sujet avec toi.

Edmund serra les poings avant de pointer un doigt rageur dans sa direction.

— Tu n'avais pas le droit ! En agissant ainsi tu as outrepassé tes droits et devoirs d'Alpha ! Tu as laissé le côté personnel de cette histoire prendre le pas sur le reste ! Tu aurais dû m'en parler, martela-t-il, le foudroyant de ses iris verts.

Le regard d'Elijah devint aussi glacial qu'une banquise.

— Parce que tu n'en as pas fait autant, toi, peut-être ? Ne t'es-tu pas servi de ton statut de frère pour me forcer la main ? N'as-tu pas utilisé nos liens de sang pour parlementer, encore et encore, concernant la condamnation de Matthias ? N'as-tu pas imploré, crié, hurlé pour que je revienne sur mon jugement ? Pour que j'épargne sa vie ? Alors, arrête de me pointer du doigt de la sorte et balaie un peu devant ta porte, Edmund ! Je ne suis pas parfait, et j'ai peut-être commis une erreur en te tenant à l'écart, mais je l'ai fait pour te protéger ! Cela partait d'une bonne intention !

— L'enfer est pavé de bonnes intentions ! s'écria Edmund en bondissant sur ses pieds, furieux.

Elijah pinça les lèvres, déçu et blessé de voir ses excuses rembarrées de la sorte.

— Tu es toi-même tellement irréprochable, n'est-ce pas, Edmund ? chuchota-t-il d'une voix rauque.

Edmund ouvrit la bouche, bien décidé à protester, avant de la refermer aussitôt. Leur dispute lui en rappelait une autre. Vieille de deux cents ans. Qui avait eu pour tragique résultat d'éloigner leur petit frère. Ils ne l'avaient jamais revu, et cette perte faisait encore saigner son cœur.

Le guérisseur se laissa retomber sur le canapé qu'il venait de quitter.

Provisoirement calmé, et plus apte à réfléchir aux paroles de son aîné, Edmund fut forcé de reconnaître que ce dernier n'avait pas tort. Lui aussi avait enfreint ses droits. Et plus souvent qu'à son tour ! Elijah aurait pu le remettre à sa place et le bannir provisoirement de la meute. Matthias se serait alors retrouvé seul.

Le crime de son frère était-il donc si impardonnable ? Et lui, était-il donc tellement irréprochable pour se permettre de le blâmer de la sorte ?

Le passé était passé, il fallait aller de l'avant.

Matthias était en vie et en bonne santé. Le reste était secondaire.

Cela étant...

— Ne me cache plus jamais une chose pareille, Elijah. *Plus jamais.*

Pris de cours par ce soudain retournement de situation, son aîné plissa les yeux, méfiant.

— Pourquoi ?

Son frère le connaissait bien. En temps normal, il n'aurait jamais baissé les bras aussi vite, surtout en ce qui concernait Matthias. Il en avait donc déduit qu'il y avait anguille sous roche.

Logique.

— Eliott.

Réponse limpide.

— Une erreur que je ne cesse de regretter depuis..., avoua Elijah, parlant pour la première fois de cela avec lui.

Bourrelés de remords – aussi bien l'un que l'autre –, ils n'avaient jamais eu le courage de l'avouer à haute voix. Leur fierté leur interdisait de reconnaître qu'ils avaient été trop loin et qu'ils étaient les seuls responsables du départ de leur frère cadet ; les Hunter ne commettaient jamais d'erreurs, c'était bien connu. (Humpf !)

— Pareil...

La sonnerie du portable d'Elijah les interrompit.

— *Geek,* il vaudrait mieux que ce soit...

Elijah ne finit pas sa phrase.

Ce que son lieutenant venait de lui dire l'avait momentanément rendu muet.

Puis ce fut l'explosion.

— QUOI !?!

Décidant finalement de revenir à ses premiers amours, refusant catégoriquement de laisser Elijah lui enlever cela aussi, Matthias rejoignit ses amis avec une tasse de *Caramel Macchiato*. C'était bien trop bon pour qu'il s'en passe. Et comme de toute manière, Elijah n'avait pas vraiment été banni de ses pensées – son loup n'arrêtant pas de tourner en rond, cherchant à comprendre pourquoi son Zéhéniché ne s'était pas encore mis en chasse –, cette abstinence était aussi vaine qu'inutile.

Alors que son pendant animal était persuadé que l'Alpha ne tarderait pas à les trouver, l'homme, lui, en doutait sérieusement. Cet endroit faisait partie de son jardin secret et même son père n'était pas au courant. Un lieu sûr et introuvable.

Joueur, son loup avait pris les paris. Le gagnant aurait droit à une faveur. Certain de remporter la victoire haut la main, Matthias avait relevé le défi. Et cette fois-ci, aucune limite n'avait été mise.

C'était bien plus drôle ainsi !

— Tu as l'air d'aller mieux qu'hier, en tout cas. Tu as eu quoi, au fait ? Une sorte de malaise ? demanda soudain Katia, en grignotant un muffin « pomme/cannelle ».

Jeff s'esclaffa bruyamment et faillit recracher la gorgée de café qu'il venait de prendre.

— J'hallucine ! L'euphémisme du siècle, quoi ! (Jeff avait l'habitude d'ajouter des « quoi » à chacune de ses phrases, ou presque. Passablement agaçant pour les autres.) Le mec était blanc comme un cachet d'aspirine, quoi. J'ai bien cru qu'il allait vriller. Genre, tomber dans les pommes, quoi.

Matthias eut une petite grimace. L'image n'était guère flatteuse.

— Effectivement, je ne me sentais pas très bien. Une chute de tension, d'après ce que m'a dit mon père. Je dois aller faire contrôler tout ça chez un spécialiste la semaine prochaine.

Matthias s'était empressé de rebondir sur cette excuse gracieusement offerte par ses amis pour justifier ses futures absences. Bien que si la neige continuait à tomber à ce rythme, les routes deviendraient rapidement impraticables, ce qui arrivait chaque hiver — excuse toute trouvée et imparable. Heureusement que l'université était parée à de telles situations et avait mis en place les cours en différé, via le web.

Les joies de la technologie !

Maria fronça les sourcils.

— Je croyais que ton père était médecin... dit-elle d'une toute petite voix, avant de piquer du nez dans sa tasse.

Maria était la petite dernière de leur bande et plutôt du genre timide. Non, en réalité, elle était d'une timidité maladive. Katia devait systématiquement la tirer par la peau du cou pour qu'elle se joigne à eux. C'était un miracle qu'elle ait pris la parole. Généralement, ils ne l'entendaient pas de l'après-midi.

Au début, ils avaient bien essayé de la faire sortir de sa coquille, mais voyant que cela produisait l'effet inverse, ils avaient aussitôt arrêté. Si elle préférait les écouter parler plutôt qu'intervenir, c'était son choix. Et ils le respectaient.

Quand elle releva rapidement les yeux vers lui, une fraction de seconde à peine, Matthias lui adressa un petit sourire. Il ne voulait pas qu'elle croie que sa question l'avait gêné ou que c'était un sujet tabou. Comme ses amis, il essayait de lui faire comprendre, par de petits gestes comme celui-ci, que ses rares interventions étaient les bienvenues.

Ses potes et lui étaient des mecs cool.

— Mon père est bien médecin, tu as raison. Et c'est justement pour ça qu'il veut m'emmener voir un spécialiste. Il flippe comme un malade parce que c'est la quatrième fois en deux semaines que j'ai une telle faiblesse. Il m'a sorti le nom d'une maladie complètement imprononçable qui débuterait de cette manière. Du coup, il faut que je me tape un examen complet et approfondi.

Matthias haussa les épaules. En fils victime d'un papa poule, il était plutôt bon.

— Mec, tu pourras quand même venir à ma fête le week-end prochain, pas vrai ? s'inquiéta Jordan.

Matthias eut un sourire d'excuse, avant de secouer négativement la tête. Ça, aucune chance. Et pas parce que son père pourrait ne pas être d'accord. Ni même Elijah. En entendant le mot « fête », son loup s'était immédiatement dressé, les oreilles baissées et les crocs dénudés.

Non, ça ne le ferait vraiment pas.

— Oh, merde ! Non, sérieux ? Tu ne peux pas me faire un coup pareil, Matt. C'est juste pas possible. (Son ami se passa vivement la main dans les cheveux.) Donne-moi le numéro de ton père, comme ça je le filerai au mien et il le rassurera. Au moindre problème, on te ramènera. Promis !

Matthias était sur le point de protester lorsque Jordan commit un acte purement suicidaire. Évidemment, son ami n'en avait pas conscience et ne pensait pas à mal, mais cela n'y changea rien. Il venait de faire la seule chose qui lui était interdite.

Jordan avait posé sa main sur son avant-bras.

Il le *touchait*.

Matthias se raidit et sentit son corps se tendre. Il ferma brusquement les yeux, sentant le loup affluer à la surface. Ses iris devaient maintenant être jaune pâle. *Les yeux de son loup*. Ses amis se rendraient forcément compte du changement.

Oh, chierie !

— Jordan, lâche-moi…, gronda le loup, prêt à bondir.

Il fallait que son ami le lâche. *Immédiatement.*

Sa bête se démenait pour prendre les commandes.

Oh, chierie de chierie !

Tout se passait si bien avant que Jordan le touche. Pourquoi avait-il fallu que cela arrive ? Pourquoi… ?

Soudain, une onde de choc le traversa. Matthias se sentit blêmir.

Oh non… Oh non… pas ça !

Cet arôme…

Oh. Mon. Dieu… Cette odeur !!!

— Ôte ta main de mon compagnon.

Un silence surnaturel s'abattit sur le *Starbucks*.

Prudemment, Matthias souleva une paupière… puis l'autre. Il voulut prendre la défense de son ami, mais ce qu'il vit lui coupa le souffle.

Elijah se tenait juste devant leur table. La fureur émanait de tous les pores de sa peau et Matthias la voyait presque pulser dans l'air. Mais ce n'était pas ça qui le troublait le plus. Ni la présence silencieuse de Lyon et de Damian dans son dos.

Les yeux rivés sur les muscles saillants de son Zéhéniché, Matthias était incapable d'aligner deux pensées cohérentes.

Son loup, qui s'était instinctivement reculé en reconnaissant le ton autoritaire de l'Alpha, revint progressivement à la surface. Tout en veillant à rester en retrait, il dévorait son partenaire des yeux. C'était la plus appétissante des friandises.

Elijah était torse nu.

Là.

Devant sa table.

Au *Starbucks*.

Simplement vêtu d'un pantalon de jogging.

Putain de méga chierie !

Elijah était torse nu alors qu'il neigeait.

Ce mec était fou.

Et Matthias bavait de désir devant lui.

Chapitre 13

Les yeux étincelants, Elijah peinait à contenir la rage qui l'habitait. Visiblement sensibles à son humeur exécrable, les quatre humains assis à la table ne bougèrent plus d'un cil. Le regard rivé sur lui, ils suaient à grosses gouttes. Ils avaient *peur* de lui.

Bien.

Peut-être survivraient-ils.

Du moins si le gamin qui osait toucher son Zéhéniché virait sa main de là, et en vitesse !

Comment osait-il effleurer ce qui lui appartenait ?

Elijah dut reconnaître que la course endiablée qui l'avait mené jusqu'ici n'avait en rien apaisé sa colère.

Il fulminait littéralement.

Comment son compagnon avait-il pu faire une chose aussi stupide ? Aussi insensée ?

Surtout après hier soir.

L'Alpha avait cru, visiblement à tort, que Matthias avait pris conscience de la gravité de la situation et qu'il agirait en conséquence. *On dirait que non.* Il n'aurait jamais imaginé, même pas une demi-seconde, que le jeune mâle se rendrait en ville. *Seul.* En catimini, sans rien dire à qui que ce soit.

Si la surveillance du village n'avait pas été augmentée, Matthias aurait pu passer entre les mailles du filet et se retrouver sans protection.

Inacceptable.

Son pendant animal gronda méchamment, rendu furieux par l'attitude irresponsable de son Zéhéniché. Il avait envie de le mordre. Fort.

— Dernier avertissement. Lâche mon compagnon. *Immédiatement.*

Focalisé sur cette main, Elijah ne regardait rien d'autre. Il s'occuperait de Matthias après. La priorité, c'était cette maudite main.

De la fumée semblait jaillir de ses narines frémissantes, tant sa colère était grande.

Le gamin retira – enfin – sa main, pâle comme la mort.

Bien. Une bonne chose de faite.

Maintenant, à nous deux, mon gaillard.

Alors seulement, Elijah s'autorisa à poser les yeux sur son Zéhéniché. Et ce qu'il vit lui fit l'effet d'une gifle. Il en oublia son profond mécontentement, tant le choc était puissant. Tel un soufflé sorti du four trop vite, il se dégonfla. Puis, un sentiment de fierté le submergea et une lueur prédatrice s'alluma dans son regard sombre.

Son loup déploya lentement sa puissante musculature et dressa fièrement sa queue. Aux anges, il paradait pour son compagnon.

Matthias le dévorait des yeux, bavant littéralement de désir. Il n'y avait pas d'autres termes pour qualifier l'expression béate de son visage – et Elijah aurait pu jurer avoir vu un filet de bave couler au coin de ses lèvres.

Il se redressa lentement, bombant le torse, s'exhibant avec impudence.

Bientôt, mon trésor, bientôt.

Sa bête rôdait derrière ses prunelles grises, à l'affût du moindre signe de faiblesse.

Impitoyable prédateur.

Un sourire carnassier étira lentement les lèvres d'Elijah.

— Thias…

Une invitation qui sonnait comme un ordre.

La main levée, il attendit que son partenaire le rejoigne.

Comme un automate, Matthias se leva. Les yeux verrouillés sur l'Alpha, il avança dans un état second.

— Elijah…

Le loup de Matthias, partiellement allongé, leva la croupe bien haute. La queue frétillante, il était d'humeur joyeuse. Il voulait que son compagnon marque son territoire. Il en avait *besoin*.

Quand il fut à portée de main, les siennes se détendirent avec la célérité d'un cobra et s'enroulèrent autour de son cou, possessives. Elijah montrait à toutes les personnes présentes que le jeune mâle n'était pas libre. Bien au contraire. Il était à lui. *À lui.*

Les pupilles dilatées, il fixait les lèvres de son Zéhéniché avec convoitise. De sa main libre, il les retraça du bout des doigts.

Un grondement jaillit de sa poitrine.

Sa part animale éprouvait le besoin irrépressible de revendiquer son territoire. Maintenant.

Comme l'homme partageait cette envie, il céda.

Il plaqua ses lèvres sur celles de Matthias. Joueur, il commença par un simple effleurement. Puis, il les titilla du bout de la langue, avant de les mordiller.

Son Zéhéniché poussa un gémissement plaintif.

Douce musique.

Ce son étranglé fouetta le sang d'Elijah qui intensifia la caresse de sa langue, jusqu'à ce que les lèvres de son compagnon s'entrouvrent. De ses dents, il lui mordilla la lèvre inférieure en guise de récompense, avant de la suçoter amoureusement.

Avide d'en avoir plus, Matthias se plaqua contre lui. En réponse à sa demande silencieuse, Elijah laissa sa langue glisser dans sa bouche et la frotta contre la sienne.

Ils entamèrent alors une danse endiablée, oubliant complètement le monde qui les entourait.

Il en fallut rapidement plus pour satisfaire la possessivité de l'Alpha et pour apaiser son loup. Il devait le marquer encore une fois. Ici et maintenant.

Ses lèvres glissèrent le long de la gorge de son compagnon ; ses dents la mordillèrent. Elijah ne s'arrêta qu'une fois son objectif atteint. Là, à la naissance de son épaule, où l'empreinte de ses dents était encore visible. Une marque qui ne s'effacerait jamais. *Sa* marque.

Son loup se débattit, voulant la rafraîchir lui-même. C'était à *lui* de le faire.

Il lui céda la place de bonne grâce, comprenant parfaitement ce besoin. Ce fut donc le loup qui planta ses crocs dans la peau de Matthias, qui lécha et suçota sa morsure jusqu'à ce qu'elle devienne rouge sang.

Elijah bascula la tête en arrière et admira longuement l'œuvre du loup. Magnifique. Il se pencha et la lécha délicatement à son tour.

À moi !

Grisé, Matthias soupira de plaisir. Il voulait goûter aux lèvres de son compagnon encore une fois. Il glissa une main dans les longs cheveux blancs d'Elijah et agrippa fermement sa nuque. Soudain dominateur, il attira son Zéhéniché à lui.

Ils se dévisagèrent un long moment, les yeux dans les yeux ; loup contre loup.

Matthias remporta sa première victoire.

Grognant de plaisir, il colla ses lèvres contre les siennes. Ce fut à son tour de mordiller et suçoter – ce qu'il fit avec délectation.

Matthias avait également besoin de revendiquer son territoire et sa part animale en frémissait de bonheur. Elle en savourait chaque instant.

Tendre possession.

— Mais trouvez-vous une chambre, quoi !

L'exclamation de Jeff mit un terme à leur intermède, de manière plutôt brutale.

Le loup de Matthias gronda, dévoilant de belles canines blanches – aussi aiguisées que des rasoirs. À deux doigts de se jeter sur le malheureux, il en fut empêché de justesse par la poigne de fer de l'Alpha. Les yeux bleu glacier le défiaient de seulement essayer. Dans un couinement plaintif, le loup retourna sagement à sa place.

Après avoir remis ce jeune imprudent dans sa cage mentale, Elijah se détacha de son compagnon et recula d'un pas.

Lentement, très lentement, il tourna la tête vers le coupable et le foudroya d'un regard noir.

La mort – froide et impitoyable – rôdait derrière ses iris aux couleurs hivernales.

— Tu as dit quelque chose, gamin ? demanda-t-il d'une voix incisive.

La pièce se givra et perdit vingt degrés. Au bas mot.

Un poing se leva… et percuta brutalement le torse d'Elijah.

Le temps sembla se figer. Plus personne ne bougea et les amis de Matthias n'osèrent même plus respirer.

— Ne menace pas mes amis de la sorte !

Son poing était devenu un doigt et il martelait frénétiquement la poitrine de son Zéhéniché. Revenu de sa stupeur – et de l'enchantement qui semblait l'avoir envoûté –, Matthias se dressait devant l'Alpha. Farouche défenseur de ses amis.

Hors de question qu'il les perde à cause d'un compagnon néandertalien.

Si lui-même était contraint d'accepter la présence envahissante des lieutenants de la meute, alors Elijah accepterait la présence discrète de ses amis.

Donnant-donnant.

Son pendant animal marqua son approbation. Défendre son territoire était une notion qu'il comprenait parfaitement et qu'il encourageait fortement. Son compagnon devait comprendre qu'il y avait des limites à ne pas franchir. Celle-ci en était une. L'abandonner au réveil en était une autre. Car oui, il n'avait rien oublié, et non, il n'avait rien pardonné.

Donnant-donnant.

Bien que Matthias soit un jeune mâle ayant fraîchement atteint l'âge adulte, il avait très rapidement compris qu'il devait trouver un terrain d'entente avec sa bête. Réunis, ils étaient plus forts. Or face à Elijah, ils devaient faire front ensemble s'ils voulaient obtenir la victoire. Même si leur raison profonde divergeait, leur objectif, lui, se rejoignait : définir des limites.

Elijah dévisagea longuement son compagnon, interdit.

— Tes amis... ?

Des humains... ces mots ne franchirent pas la barrière de ses lèvres, mais Matthias les comprit aussi bien que s'il les avait prononcés.

— Oui. *Mes* amis, approuva-t-il entre ses dents serrées.

L'attitude condescendante d'Elijah commençait sérieusement à lui taper sur le système. Croyait-il que, parce qu'il était plus âgé, il savait tout mieux que lui ? Qu'il pouvait lui donner des ordres à tout bout de champ et diriger sa vie ? Si c'était le cas, il allait être surpris. Et méchamment.

Le menton fièrement dressé, Matthias le mettait au défi de le contredire.

Mais son compagnon était un Lycaë bien trop malin pour tomber dans un piège aussi grossier. Un sourire narquois vissé aux lèvres, il arqua un sourcil.

— Présente-moi donc tes amis, Thias. Je brûle d'impatience de faire plus ample connaissance avec eux.

Oh, chierie !

Une catastrophe.

Ce moment passé avec ses amis avait été une véritable catastrophe. Non content de leur avoir aboyé dessus d'entrée de jeu, Elijah s'était montré tellement... « Elijah » qu'il les avait fait fuir.

Tous.

Si ces derniers le recontactaient, cela relèverait du miracle. Ni plus ni moins.

Son loup releva la tête et ouvrit lentement la mâchoire, avant de claquer méchamment des crocs.

Matthias poussa un long soupir et se força à relativiser. Il exagérait. Ça n'avait pas été si horrible que ça. Elijah avait fait des efforts, il devait bien le reconnaître – son loup ne lui laissait guère le choix. Mais la puissance qui coulait dans les veines de l'Alpha, additionnée à sa dominance naturelle, avait effrayé ses amis.

Quoi d'étonnant à cela ?

Bien qu'ils soient humains, ils possédaient quand même un instinct de survie – comme chaque race. Et c'était cet instinct qui les avait poussés à fuir dès qu'ils l'avaient pu. Soit juste après les présentations d'usage.

Matthias ne leur en voulait pas, même s'il était déçu que leur moment ait été écourté bien trop tôt à son goût.

Pressé de se retrouver seul, loin de la tentation ambulante que représentait Elijah, il n'avait pas protesté lorsque celui-ci avait donné l'ordre du départ. Cependant, en réalisant qu'il serait seul avec lui dans le pick-up de son père, Matthias avait rapidement déchanté. Ses oreilles bourdonnaient déjà des reproches qu'il ne manquerait pas de lui asséner. Il n'aurait pas pu se tromper davantage.

Le retour se fit dans un silence de plomb.

Son loup, simplement heureux de se retrouver seul avec son compagnon, ronronnait aussi fort qu'un chaton.

Pitoyable.

Matthias se tortilla sur son siège, mal à l'aise, quand il réalisa qu'Elijah se dirigeait droit vers la maison familiale. L'inconscience de son geste le frappa de plein fouet.

Mais trop tard, malheureusement.

Il se donna mentalement une gifle, se maudissant pour son manque de chance considérable. Depuis la pleine lune, il accumulait les boulettes en se faisant systématiquement pincer.

Mais quand apprendrait-il donc sa leçon ?

Quand ce sera trop tard…, susurra une voix mauvaise, au fond de son esprit.

Oiseau de mauvais augure.

À peine la voiture arrêtée, Matthias fut littéralement arraché de son siège. Pour se retrouver nez à nez avec son père.

Aïe.

Les lèvres pincées, le regard noir, le corps tremblant de rage, ce dernier semblait sur le point d'exploser.

Aïe.

— Nom de Dieu, Matthias ! (Son cri se répercuta aux quatre coins du village.) Mais qu'est-ce qui t'est passé par la tête ? As-tu la moindre idée de ce qui aurait pu t'arriver si Lyon n'avait pas gardé un œil sur toi ? Peux-tu seulement imaginer ce qui se serait produit s'il ne t'avait pas vu filer à l'anglaise sur les écrans de sécurité ? Bon sang de bois ! Qu'est-ce qui m'a valu un fils aussi inconscient !?

À chaque parole de son père, Matthias se ratatinait davantage. Honteux, il savait bien qu'il n'avait aucune excuse. Et il connaissait suffisamment son paternel pour savoir quand il devait se taire et quand il devait s'excuser.

Là, en l'occurrence, il devait se taire.

Du coin de l'œil, il s'avisa de la présence silencieuse d'Elijah à ses côtés. Nonchalamment appuyé contre le capot du pick-up, les bras croisés, ce dernier suivait la scène avec une attention toute particulière. Matthias serra les dents lorsqu'il surprit son sourire moqueur.

Il ne perdait rien pour attendre, celui-là !

Son père criait tellement fort qu'on devait l'entendre depuis la lune. Jamais situation n'avait été plus embarrassante. La meute, qui déjà ne le portait pas dans son cœur, devait être affligée de savoir qu'il était encore plus immature qu'il n'en avait l'air.

Désespérant.

Mais comme, malheureusement, c'était bien la triste vérité, il ne pouvait pas leur en tenir rigueur.

Concernant le Lycaë qui attendait patiemment son tour, c'était une tout autre histoire. Ce dernier aurait pu lui éviter une telle humiliation. Un mot de lui aurait suffi à réduire son père au silence.

Il était son Zéhéniché, nom d'une pipe, ne pouvait-il donc pas lui venir en aide ?

Comme si Elijah avait lu dans ses pensées, il haussa les sourcils. Une question muette traversa ses prunelles grises, rivées sur lui.

« On a besoin d'aide, mon trésor ? »

Quelle question, franchement ! Évidemment qu'il avait besoin d'aide ! Ça ne se voyait pas ?

Les joues de l'Alpha se creusèrent.

« Qu'est-ce que j'y gagne ? »

Le vil opportuniste !

Boudeur, Matthias reporta toute son attention sur Edmund – qui n'avait pas un seul instant cessé sa litanie. Il préférait encore subir ses foudres plutôt que de négocier une nouvelle fois avec Elijah.

Un petit rire rauque se fit entendre.

Le loup de Matthias montra les crocs, prêt à mordre.

— Assez, Edmund.

Matthias se détendit immédiatement et poussa un discret soupir de soulagement.

Enfin.

Edmund, l'œil mauvais, se tourna vers son frère.

— C'est entre mon fils et moi ! Ne t'en mêle pas, Elijah !

Le temps d'un battement d'ailes, le temps sembla arrêter sa course.

Matthias, soudain très inquiet, vit son père perdre de sa superbe en comprenant l'erreur qu'il venait de commettre.

Les pupilles d'Elijah s'étrécirent et virèrent au bleu glacier.

— Non. C'est entre mon Zéhéniché et moi, gronda le loup, tous crocs dehors.

Le dilemme d'Edmund était cornélien : garder son statut de père sans interférer dans la vie de couple de son fils. Il aurait besoin d'un certain temps d'adaptation et ferait encore des erreurs, c'était inévitable. Mais s'il ne voulait pas que la situation s'envenime, il allait devoir apprendre vite. Très vite.

Son petit doigt lui soufflait que la patience de son aîné était arrivée à son terme. Il allait devoir manœuvrer avec prudence pour se tirer de ce mauvais pas.

Doux euphémisme.

Edmund courba le buste et présenta sa gorge à son Alpha. L'image même de la soumission. Un bon début.

— J'ai réagi de manière impulsive. Pardonne-moi.

Il ne sursauta pas lorsque son frère posa une main ferme sur sa gorge – il l'avait entendu approcher.

— Mon loup se fiche bien que tu sois mon frère, Edmund. Il me poussa à marquer mon territoire. Tant que Thias et moi n'aurons pas concrétisé notre union, il faudra faire preuve de prudence. Je ne pourrai pas le retenir éternellement, tu le sais bien.

Froide évidence.

Les Lycaës étaient très chatouilleux à tout ce qui touchait, de près ou de loin, à leur Zéhéniché. Les liens du sang n'avaient plus aucune importance, dans ces moments-là. Le moindre faux pas pouvait être considéré comme une menace et devenir fatal. Leur peuple protégeait jalousement ce qui leur appartenait.

Edmund déglutit péniblement, parfaitement conscient des enjeux en cours. Il allait devoir se contrôler. Le loup d'Elijah l'avait dans le collimateur et il ne lui pardonnerait pas un troisième affront.

— Je le sais bien, Elijah. Je le sais bien. Je serai très prudent.

— Ça vaudrait mieux.

Le grondement du loup résonna, bas et menaçant.

Dernier avertissement.

— Comment ça s'est passé ?

Lyon, les yeux rivés sur l'écran de son Smartphone dernier cri, répondit sans relever la tête. Il savait parfaitement qui l'avait attendu – et pour quelle raison.

— Mieux que je m'y attendais.

Pianotant à toute vitesse sur son écran tactile, concentré sur sa tâche, il ne prêta aucune attention à son visiteur. Après, quand il aurait terminé ce qu'il faisait.

Il franchit le seuil de sa maison dans la foulée, laissant la porte ouverte.

Invitation tacite à le suivre.

— Pourrais-tu poser ce truc, le temps qu'on parle ?

— Non.

Bref. Clair. Concis.

Lyon sourit intérieurement, sachant pertinemment que sa réponse allait agacer le Bêta. C'était plus fort que lui, il ne pouvait tout simplement pas s'en empêcher. Chatouiller les nerfs de Nathaniel était un de ses jeux favoris. En dehors de ceux qu'il partageait avec son Zéhéniché, bien sûr.

— *Geek...*

Un grognement d'avertissement.

Lyon arqua un sourcil, mais son regard ne flancha pas une seule seconde. Il consentit toutefois à se tourner vers son interlocuteur.

— Un humain avait la main posée sur le bras de Matthias...

Un hoquet surpris lui répondit.

— Mort ou vivant ?

Judicieuse question.

— Vivant. (Lyon marqua une courte pause.) Mais ça n'est pas passé loin. (Nouvelle pause.) Il va falloir renforcer la sécurité dans la partie sud, déclara-t-il soudain, d'une voix tendue.

Il y eut un changement subtil dans l'air. À peine perceptible, mais qui provoqua un frisson de pur plaisir chez le lieutenant.

— Un problème ?

Lyon sentit son membre réagir violemment au son rauque qui s'éleva son dos. Même après tous ces siècles, son compagnon le faisait bander rien qu'en parlant. Mais la situation était grave, et l'heure n'était pas à la bagatelle.

Dommage.

— On dirait bien. Les capteurs se sont déclenchés à l'extrémité sud du territoire. (Lyon agrandit l'image qui apparaissait sur son Smartphone. Sourcils froncés, il releva vivement les yeux.) Il faut prévenir *Traqueur*.

Le Bêta jura violemment avant de tendre une main impérieuse.

— Fais voir.

Lyon s'exécuta instantanément. C'était encore pire que ce qu'ils avaient tous craint.

— Les capteurs pourraient-ils être défectueux ?

— Le risque zéro n'existe pas, donc je ne peux pas l'affirmer ou le réfuter. Mais personnellement, j'en doute fortement. Ce serait vraiment une trop grande coïncidence.

Les yeux de Nathaniel se plissèrent.

— Les coïncidences n'existent pas.

Lyon inclina la tête. Non, elles n'existaient effectivement pas. Pas dans leur monde en tout cas.

— Nous sommes d'accord.

Le Bêta lui rendit son portable avant de sortir le sien.

— Une ombre a pénétré notre territoire, annonça-t-il de but en blanc. Il y a exactement dix minutes.

Grâce à leur ouïe ultra-sensible, ils entendirent tous la réponse d'Owen.

— *Où ?*

— À l'extrémité sud.

— *J'y serai dans trente minutes,* déclara le traqueur avant de raccrocher.

Le visage grave, Nathaniel serra les poings.

Ils baissèrent tous les trois les yeux sur la photo affichée à l'écran du Smartphone que Lyon tenait dans la main.

Rien.

Il n'y avait absolument rien à l'écran. Pas d'image de l'intrus, pas d'ombre, pas d'empreintes dans la neige. Uniquement un très léger flou sur la partie droite de la photo.

— Alerte de niveau 1.

Lyon agit dans la seconde qui suivit.

Tous les détecteurs du territoire furent poussés à leur degré le plus sensible. Si une fourmi se déplaçait, il le saurait. Les messages d'alerte furent envoyés à tous les lieutenants ainsi qu'aux gardes en faction.

Une ombre.

Un traqueur.

Si tous les traqueurs n'étaient pas des ombres, toutes les ombres étaient des traqueurs. La seule chose qui les différenciait les uns des autres, était leur aptitude à devenir « invisible ». Enveloppées d'ombres – d'où leur nom –, elles devenaient pratiquement indétectables. Aussi bien à l'œil nu que pour les caméras de surveillance. Seuls les détecteurs thermiques pouvaient les repérer.

Et encore, pas toujours.

La raison de sa présence ici n'était un mystère pour personne. L'ombre venait pour Matthias.

— Augmente la sécurité autour de la maison de l'Alpha. Tant que Matthias reste avec Elijah, il ne risque rien. Même une ombre ne pourrait pas le prendre par surprise. Pour la suite, on avisera quand on aura eu le rapport de *Traqueur*.

— Après la scène de ce matin, il ne va pas le quitter des yeux de la journée, prédit Lyon, tout en exécutant les ordres du Bêta.

— Bien. C'est une bonne nouvelle. Au moins une. On se retrouve tous chez lui dans une heure.

Sur ces paroles, Nathaniel sortit en trombe de la maison. Il avait des choses à préparer avant ce rendez-vous. Une ombre n'était pas à prendre à la légère.

Les lèvres pincées, Lyon se dirigea au pas de charge vers son bureau. Cette ombre ne lui échapperait pas, il ne le permettrait pas.

— Détends-toi, *Geek*, tu vas la trouver.

Lyon foudroya du regard son compagnon.

— Et comment tu sais ça, gros malin ?

Un sourire tendre étira les lèvres de Roan. Un sourire qu'il n'adressait qu'à son Zéhéniché, et uniquement quand ils étaient seuls.

Un sourire intime.

— Parce que tu es le meilleur. Tu retrouverais une aiguille dans une botte de foin, avec tes joujoux. Alors une ombre... Elle n'a aucune chance !

Lyon se sentit fondre. Quand son compagnon était ainsi, il pouvait tout obtenir de lui, tout. Lyon était incapable de lui résister.

Son loup bascula la tête en arrière et hurla de joie.

Le lieutenant se détendit imperceptiblement en sentant les bras de son Zéhéniché se nouer sur son ventre. Un tressaillement le parcourut lorsque les dents pointues de Roan transpercèrent sa peau tendre, à la jonction de son cou et de son épaule, là où se trouvait sa marque.

Sa langue râpeuse lui envoya des milliers de petites étincelles dans le corps. Pas de doute, son compagnon savait y faire.

— Tu vas le trouver, *Geek*. Tu les trouves toujours.

Lyon appuya rapidement sur une multitude de touches, avant de se retourner dans la chaude étreinte de son partenaire.

Leurs regards se rivèrent l'un à l'autre.

— J'ai lancé un balayage de tout le territoire. Je n'ai plus qu'à attendre les résultats.

Les lèvres de Roan frémirent.

— À quoi pourrions-nous bien occuper ce temps ? En attendant les résultats, *Geek* ?

Lyon arqua un sourcil.

— Un Scrabble ?

La bouche de son Zéhéniché bâillonna abruptement la sienne. Lyon le laissa prendre le contrôle de leur étreinte de bonne grâce. Il adorait ça, quand son compagnon était autoritaire et dominateur. Son membre se raidit davantage et il fut rapidement à l'étroit dans son jean.

Il se retrouva rapidement plaqué contre son bureau, le pantalon autour des chevilles.

— Maintenant, *Grumpy*, maintenant...

Roan le fit pivoter et basculer en avant.

— Mmmmmh, je ne sais pas si tu le mérites, *Geek*...

Lyon frémit d'anticipation, avant de trembler sous les doigts de son Zéhéniché.

— *Grumpy*, je t'en prie... je t'en prie...

Roan agrippa sa nuque et serra doucement.

— Qu'est-ce que tu veux, *Geek* ? Ça ?

Une barre rigide, chaude et douce, frotta doucement ses fesses.

— Oui, oui... Prends-moi, *Grumpy*, baise-moi maintenant !

— Si tu insistes... il est de mon devoir de te donner satisfaction...

Un long gémissement jaillit de sa gorge lorsqu'il l'empala.

Ce fut le premier d'une longue série.

L'OMBRE

Berner les SixLunes avait été un jeu d'enfant.
Cela faisait bien longtemps qu'elle ne s'était pas autant amusée. Elle se sentait... vivante. Pour la première fois depuis deux siècles. En pénétrant sur cette terre connue et tant aimée, elle était progressivement revenue à la vie.
Une sensation grisante et enivrante.
Elle ne comprenait pas comment elle avait pu s'en passer durant toutes ces années.
La force de l'habitude, sans doute.
Elle marqua une courte pause et prit une grande bouffée d'air. Ici, loin de la pollution des hommes, l'air était pur. C'était maintenant chose rare. Elle en savoura donc chaque seconde. Elle accusait les hommes, mais certains Lycaës ne valaient guère mieux. Oui, certaines meutes n'avaient rien à envier à la race humaine. Rien.
Mais ici, chez elle, il n'en allait pas de même. Elijah avait su préserver cet endroit.
Un sourire froid et sans joie naquit sur ses lèvres pâles.
Oui, Elijah protégeait jalousement ce qui lui appartenait. Le séparer de ce... monstre ne serait pas chose facile. Mais elle le ferait. Il le fallait. Elle devait le faire.
Un Transformé ne méritait pas de vivre, il n'en avait pas le droit.
Porteur de mort et de malheur.
À mort !
Elle se raidit en entendant bruisser les buissons sur sa droite. D'un bond puissant, elle s'éleva dans les airs et s'agrippa à un arbre. Avec l'agilité digne d'un félin, elle grimpa et se mit en sûreté ; là où elle pouvait voir sans être vue.
La cachette idéale.

— Une ombre a franchi nos frontières. Nathaniel nous demande d'ouvrir

l'œil et de faire très attention, dit une voix basse et grave.

Un juron bien senti lui répondit.

— Une ombre ? Oh, merde ! Ça fait des siècles que je n'en ai pas vue.

Il y eut un gloussement.

— Ne répète pas ça devant Owen.

— Pourquoi ?

Un bruit sourd suivit d'un gémissement.

— Notre traqueur est l'un des meilleurs, cela va sans dire, mais ce n'est pas une ombre. Inutile de le lui rappeler.

Les voix s'éteignirent peu à peu, jusqu'à ce que le silence reprenne ses droits.

Ses yeux avaient étincelé à la mention de Nathaniel. Le Bêta de la meute. Le meilleur ami d'Elijah.

Les poings serrés, elle avait dû se faire violence pour ne pas descendre de l'arbre et flanquer une dérouillée à ces deux idiots ; ainsi prendraient-ils vraiment conscience de la puissance d'une ombre.

Puis ils avaient parlé de leur traqueur, Owen, et sa curiosité avait été titillée.

Elle avait de l'avance sur les LoupsNoirs, beaucoup d'avance. Elle pouvait bien s'octroyer un petit plaisir.

Et juger par elle-même des capacités de son… confrère.

CHAPITRE 14

Dubitatif, Matthias se tenait devant l'armoire grande ouverte d'Elijah. Il avait de la peine à comprendre comment ils en étaient arrivés là. À partager une armoire, comme un couple normal. Déjà, depuis quand étaient-ils *un couple* ? Il ne se rappelait pas avoir donné son accord pour ça. Pas plus qu'il n'avait réellement protesté, d'ailleurs.

Qu'aurait-il pu dire, de toute manière ? Son loup lui avait clairement fait comprendre que passer ses nuits sans Elijah n'était pas une option. Ça faisait partie de ces compromis qu'il devait faire pour pouvoir vivre en harmonie avec sa moitié animale.

À quoi bon débattre d'un sujet dont on savait qu'on ne sortirait pas vainqueur ? Même avec la meilleure volonté du monde.

Déménager ses affaires était donc somme toute logique. Ou du moins, cela aurait dû l'être. S'ils avaient été un couple normal. Ce qu'ils n'étaient pas non plus.

En réalité, Matthias n'arrivait pas à mettre les mots justes sur ce qu'ils étaient. Ils étaient, tout simplement. Quoi ? Deux mecs, deux *Lycaës* – bien que lui n'en soit pas vraiment un – qui se cherchaient. Voilà, ils se cherchaient.

Mais devaient-ils impérativement le faire sous le même toit ? Ne pouvaient-ils pas se découvrir à distance ?

Son loup pencha la tête du côté gauche, cherchant visiblement à suivre le cours de ses pensées.

Matthias eut un sourire sans joie. Il avait beau retourner le problème dans tous les sens, il ne trouvait pas d'autres solutions. En tout cas, pas d'autres qui conviennent à son loup.

Obstiné et têtu.

Ils faisaient la paire tous les deux décidément.

Soupirant, et n'ayant guère le choix, Matthias se mit à entasser ses affaires dans les espaces de rangement qu'Elijah avait libérés pour lui – avant de quitter la pièce, lui laissant ainsi un peu d'intimité. L'Alpha avait certainement compris qu'ils venaient de passer un cap décisif pour leur avenir, et qu'il avait remporté cette manche. Haut la main, même.

Il appréciait à sa juste valeur le rameau d'olivier que son compagnon lui tendait.

À défaut de s'entendre à la perfection, et que tout aille pour le mieux dans le meilleur des mondes, ils pouvaient déjà commencer par apprendre à se connaître.

Matthias grinça des dents à cette pensée.

Il n'avait pas vraiment envie d'en savoir plus sur lui, mais n'avait, une fois de plus, guère le choix. Qu'ils le veuillent ou non, ils étaient unis. À la vie, à la mort. Aucune échappatoire.

Deux choix s'offraient donc à Matthias. Enfin, si l'on pouvait vraiment appeler cela des choix.

Le premier consistait à camper sur ses positions et à combattre, par tous les moyens possibles, cette union dont il ne voulait pas. Il pourrait éventuellement tenir la dragée haute à Elijah durant un certain temps. Mais à quel prix ? Il aurait constamment une épée de Damoclès suspendue au-dessus de sa tête et pas des moindres : la perte de son humanité. Sa part animale, à un moment donné, finirait par se lasser et prendrait les commandes – pour ne plus jamais les lui rendre. Un homme prisonnier dans le corps du loup sans aucun moyen de sortir. Il mourrait à petit feu.

Le second choix consistait à se soumettre, tout simplement, à accepter pleinement cette union et à faire en sorte d'en tirer le meilleur parti. D'après ce que son père lui avait enseigné – et de ce qu'il avait pu juger par lui-même lors de ses rares passages au village – il n'y avait rien de plus beau que deux Zéhénichés réunis. Si Matthias devait être honnête avec lui-même, il devait reconnaître qu'il les avait toujours enviés. Lui, le condamné à mort, aurait donné tout ce qu'il possédait pour connaître un tel bonheur. Sans trop d'espoir, toutefois.

Qui aurait cru qu'il serait exaucé ? Pas lui. Et surtout pas avec le compagnon que le Destin lui avait offert. Elijah Hunter. Le pire choix pour lui.

Matthias s'assit sur le bord du lit et se prit la tête entre les mains.

Il ne pouvait pas oublier, il ne pouvait tout simplement pas. Ces années de tortures mentales, cette échéance qui se rapprochait chaque jour un peu plus... Il ne pouvait pas la dédaigner, et encore moins le pardonner. C'était au-dessus de ses forces.

Or il n'avait pas le choix.

Soit il pardonnait, soit il mourrait.

Dans un long gémissement, il se laissa tomber en arrière, s'écroulant de tout son long sur le lit. Pourquoi les choses étaient-elles aussi compliquées ? Pourquoi ne pouvaient-elles pas être plus simples ?

Dans la cage de son esprit, sa bête s'agita avant de prendre une grande inspiration. Elle se roula avec délectation dans l'odeur de son compagnon, et cela la calma instantanément.

En cet instant, Matthias envia grandement son loup. Il ne se posait pas toutes ces questions existentielles. Il avait trouvé son compagnon et était heureux de vivre sous son toit. Il nageait même dans la félicité rien qu'en pouvant se rouler dans son odeur.

Tout bonnement... écœurant.

Matthias fut tenté, diablement tenté de lui laisser les commandes. Mais craignant de se retrouver dans une position délicate – nu dans les bras d'Elijah – il préféra s'abstenir pour le moment.

Il avait besoin de temps pour accepter cette situation. Mais comme l'avait démontré la scène avec son père, le temps venait à lui manquer. Il allait devoir prendre une décision avant que les choses ne s'aggravent. En le laissant décider de ce qu'ils pouvaient faire ou non, Elijah s'était mis dans une position délicate. Et lui, tel un gamin capricieux, avait trop tiré sur la corde.

Matthias avait l'impression de se tenir au bord d'un précipice. Un seul faux pas et ce serait la chute. Malheureusement, il y avait fort peu de chances que ce soit la sienne. Si le jeune mâle pouvait assumer ses propres erreurs, il ne pouvait envisager que d'autres paient à sa place.

Le temps des choix semblait être arrivé : lutter ou se soumettre ; mourir ou vivre.

Matthias se frotta vigoureusement le visage, bien décidé à chasser ces idées sombres. Et il connaissait une méthode parfaite pour cela.

Bondissant hors du lit, il attrapa son sac à dos et en sortit son cahier bleu, son cahier à dessins.

Allongé sur le ventre, à même le sol, sur le tapis crème qui bordait le lit – orné d'une magnifique tâche caramel, souvenir de la veille –, Matthias laissa son imagination l'emporter loin d'ici. Loin de tous ces problèmes qui lui pourrissaient la vie. À l'aide de son crayon, il s'évada. Chevauchant sa Yamaha, il partit découvrir de nouveaux horizons. Un univers fait de sable et de dunes ; de mers et de plages ; d'herbages et de plaines ; de roches et de montagnes. Il parcourut le monde, le façonnant à son image. Lui, qui n'avait connu que les froides terres du Québec, brûlait de découvrir les chaudes nuits du désert, le bleu des lagons des Maldives, les champs de bruyères d'Écosse et le sommet des glaciers suisse.

Un jour, il visiterait tous ces lieux qui le fascinaient tant. Oui, un jour il les verrait.

Tellement absorbé par ses dessins – et les univers qu'il créait –, Matthias ne sentit pas son Zéhéniché approcher. Il ne le vit pas non plus prendre place à ses côtés et admirer, silencieusement, ses œuvres. Pas plus qu'il ne nota la lueur admirative qui brilla dans les prunelles gris ardoise rivées sur son cahier.

— C'est très beau, Thias…

Le crayon dérapa et manqua de peu de déchirer la feuille.

Matthias releva la tête, le cœur battant à tout rompre.

— Pardon... Je ne voulais pas te faire peur..., chuchota Elijah, la mine contrite. (Ses yeux se plissèrent de dépit quand il constata les dégâts occasionnés.) Ton esquisse... je suis navré...

Matthias déglutit péniblement, gêné que son secret ait été percé à jour par son compagnon.

Le dessin, c'était sa passion, son jardin secret. Il ne l'avait encore jamais partagé avec qui que ce soit. Pas même son père. Alors son Zéhéniché...

— Ce n'est rien. De toute manière, elle était mauvaise.

Il tendit la main pour arracher la page et la rouler en boule, mais Elijah interrompit son geste.

— Non. Elle est magnifique. Peut-être n'est-elle pas irrécupérable ?

Les sourcils froncés, Matthias regarda son œuvre d'un œil critique.

— La tête de l'étalon est trop grosse et ses jambes sont trop fines. Non, elle est horrible, affirma-t-il en déchirant la page.

Affreusement gêné d'être responsable de ce gâchis – et ne sachant comment réparer le mal fait –, Elijah se mordilla la lèvre inférieure. Comme toujours lorsqu'il s'agissait de lui, il avait l'impression d'avoir tout faux. Il était sur des charbons ardents. Comment redresser la barre et briser un peu la glace ?

Soudain, son visage s'illumina et un mince sourire fleurit sur ses lèvres.

Il avait trouvé.

— Dessine-moi.

Matthias se pétrifia.

— Pardon ?

— Dessine-moi !

— Tu veux que je fasse ton portrait ?

Il sursauta brusquement, réalisant qu'il venait de tutoyer son compagnon.

Blême, il chercha à se rappeler depuis quand il s'adressait à lui avec une telle familiarité. Il en fut malheureusement incapable. Mais son instinct lui soufflait que ce n'était pas la première fois...

Chierie.

Trop tard pour revenir en arrière, Elijah ne l'accepterait pas.

Double chierie.

Pas plus que Matthias ne se voyait le détailler sous tous les angles pour le dessiner.

Impossible.

La tentation de faire *autre chose* serait bien trop grande. Il l'avait constaté le matin même, il n'était pas de taille à lutter contre le désir que lui inspirait son partenaire. S'il devait le regarder durant plus de cinq minutes, il lui sauterait dessus.

Impensable.

Les lèvres pincées, Matthias était sur le point de refuser tout net.

— Oui. Je veux que tu me dessines. Enfin, je veux que tu reproduises mon loup.

Oh ! *Oh !* Oh !

Son loup ?

Elijah voulait qu'il dessine son loup ?

Doux Jésus !

Matthias en rêvait depuis la première fois qu'il l'avait vu. C'était le plus gros et le plus inavouable de ses secrets... (Quel cachotier !)

L'excitation qu'il ressentait à cette idée dut se voir sur son visage, car Elijah se redressa en riant.

— Je vois que l'idée te plaît. Tant mieux.

Et il se déshabilla.

Enfin, il baissa son pantalon de jogging, puisqu'il ne portait toujours que ça.

Matthias sentit sa bouche s'assécher.

Blackout.

Elijah était... il était...

Waouh !
Les yeux rivés sur le membre fièrement dressé, Matthias fut incapable de détourner le regard. Ce bout de chair l'attirait aussi sûrement que le miel attirait les abeilles. Il brûlait de lever la main et de s'en emparer.
À moi !
Son loup le poussait à avancer et à revendiquer ses droits.
À moi !
Quand le membre grossit davantage et s'allongea, Matthias ne put résister plus longtemps à cette pulsion. Sa main se referma sur l'érection de son compagnon.

Elijah frissonna de plaisir, mais ne bougea pas. Habitué à prendre le contrôle dans tous les domaines, il sut d'instinct que là, il devait y renoncer. Matthias avait besoin de marquer son territoire, de revendiquer ses droits ; comme lui-même l'avait fait devant ses amis. Leur part animale ne pouvait être constamment bridée, ce n'était tout simplement pas possible.
De plus, Elijah adorait l'idée que son Zéhéniché soit territorial. Cela l'excitait au plus haut point.
Toutefois, il ne se faisait aucune illusion. Pour le moment, c'était le loup de Matthias qui éprouvait ces besoins ; l'homme ne les partageait pas encore. Mais ça viendrait. Il fallait juste faire preuve de patience. Or, si jusque-là Elijah avait toujours cru qu'il n'en possédait aucune, face à son compagnon, il en découvrait des coffres pleins. Pour lui, il attendrait le temps qu'il faudrait.
Son loup renâcla, ne comprenant pas vraiment pourquoi il devait tergiverser avant de le revendiquer pleinement, mais la situation présente l'encouragea à écouter sa part humaine. Si des moments comme celui-ci devenaient fréquents, il voulait bien attendre encore un peu avant de le posséder pleinement.
— Je ne suis pas en sucre, mon trésor. Serre-la plus fort.
La main de Matthias se resserra autour de sa douloureuse

érection dans la seconde qui suivit.

Un gémissement s'échappa de ses lèvres.

Que c'était bon de sentir la main de son Zéhéniché sur lui ! Tellement bon. Mais déjà, Elijah en voulait plus.

— Caresse-moi, Thias…

Bon élève, il s'exécuta une nouvelle fois. Doucement, il commença à bouger sa main de bas en haut ; puis de haut en bas.

— C'est doux…

L'air incrédule de son compagnon lui arracha un tendre sourire à fossettes. Il oubliait toujours à quel point Matthias était innocent. Il en éprouva une immense fierté. Il était le premier. Il serait le seul à le connaître aussi intimement.

Le loup et l'homme s'en réjouirent.

Elijah dut serrer les poings et se faire violence pour ne pas saisir son Zéhéniché à bras le corps pour le jeter sur le lit. Les gestes hésitants de ce dernier étaient plus affolants que la plus expérimentée des caresses.

Son compagnon le rendait dingue.

Il crispa la mâchoire à se broyer les dents quand Matthias augmenta la cadence.

Dieu que c'était bon !

La tête renversée en arrière, les dents plantées dans sa lèvre inférieure, Elijah en savoura pleinement chaque seconde.

Puis Matthias ouvrit la bouche et son monde vola en éclats.

— J'ai envie de te goûter, Elijah…

Oh bordel, oui !

La petite langue râpeuse de son compagnon frôla le bout de son gland… et c'en fut trop pour Elijah. Il ne put se contenir davantage.

Sa main vola et se glissa dans les courtes boucles noires de son tortionnaire. Ses doigts se resserrèrent sur ses mèches et lui servirent de point d'ancrage. Il ne fit aucun mouvement pour prendre le contrôle de la situation, laissant le champ libre à Matthias ; il avait juste besoin de le toucher, de *s'accrocher* à lui.

Elijah lutta âprement contre sa moitié animale afin de garder le contrôle, celle-ci se démenant brutalement, se jetant littéralement contre les parois de sa cage mentale.

Lorsqu'il rouvrit les yeux, il sut que ses iris étaient devenus bleu glacier. Son loup n'entendait pas être mis de côté. Il voulait, lui aussi, pouvoir profiter de son Zéhéniché.

Donnant-donnant.

Baissant la tête, il regarda, fasciné, son compagnon monter et descendre le long de son glaive – tel un fourreau taillé spécialement pour lui. La douceur de sa bouche, qui le recevait avec délectation... le jeu de sa langue, qui tournoyait sans cesse autour de lui... tout cela faillit le rendre fou. Mais le *voir* le faire porta son excitation à son apogée.

D'une habile pression de la main, il éloigna la tête de Matthias. Il le fit se relever et se jeta sur lui comme un affamé. Il mordit et suçota ses lèvres sans aucune pitié. Il pilla sa bouche, encore et encore. Sa langue allait à la rencontre de la sienne alors qu'il le poussait doucement, mais fermement, en direction du lit.

Ils basculèrent dans un entremêlement de membres.

Elijah, en appui sur ses coudes, se souleva légèrement.

— Je veux aussi te goûter, Thias...

Un grondement animal à peine audible.

Sans attendre de réponse, Elijah se laissa glisser le long de son corps. Il défit rapidement le bouton de son jean et baissa la fermeture éclair. Il l'en débarrassa en un tour de main, emportant son caleçon dans la manœuvre. D'un geste ferme, il écarta largement les jambes de son compagnon et prit place entre elles.

Il laissa d'abord son souffle chaud caresser son sexe pleinement érigé, avant de le titiller du bout du nez. Quand son Zéhéniché émit un son étranglé, Elijah fit ce qu'il mourrait d'envie de faire : il goûta sa peau douce et veloutée.

Comme il l'avait fait pour ses lèvres, il le mordilla et le suçota sur toute la longueur.

Matthias poussa un cri étranglé, se cambrant instinctivement.

Souriant intérieurement, Elijah continua sa douce torture. Il le tourmenta sans relâche jusqu'à ce que ce dernier perde le contrôle de lui-même.

Les mains emmêlées autour de ses longues mèches blanches, Matthias le força à le prendre en bouche.

— Suce-moi, ordonna-t-il d'une voix rauque.

Elijah ne se fit pas prier, l'engloutissant littéralement, le prenant aussi profondément qu'il le pouvait. Le goût, légèrement épicé, qui envahit ses papilles le rendit fou.

Suivant le rythme imposé par son jeune amant, il montait et descendait en cadence. Les doigts de Matthias se crispèrent et s'enfoncèrent plus profondément sur son crâne.

Elijah se dégagea alors d'un mouvement brusque.

— Non, gronda-t-il d'un ton sans appel. Ensemble.

Il se rallongea sur son Zéhéniché et l'embrassa à pleine bouche.

— Elijah..., balbutia ce dernier entre deux baisers.

— Ça vient, mon trésor, ça vient.

Glissant une main entre leurs deux corps, il empoigna fermement leurs hampes. Il les frotta l'une contre l'autre, provoquant des décharges électriques qui parcoururent sa colonne vertébrale, le faisant se cambrer davantage.

Dieu que c'était bon !

Le souffle erratique, Elijah observa avec avidité toutes les émotions qui se succédaient sur le visage qu'il surplombait. Il le vit se raidir – juste avant de jouir – avec une intense satisfaction.

Il enfouit son visage dans le cou de Matthias et lécha langoureusement sa marque.

Mien.

Alors seulement, il se laissa aller à sa propre jouissance. Un long grognement s'échappa de ses lèvres et emplit toute la pièce.

Épuisé, mais comblé comme jamais, Elijah s'écroula sur le corps de son Zéhéniché.

Les poings serrés, le visage sombre, Owen se dirigeait à grands pas vers le chalet de l'Alpha. Il fulminait littéralement. Ce qu'il avait découvert au sud du territoire, ou plutôt ce qu'il n'avait pas découvert, le mettait dans une colère noire. Lui, l'un des meilleurs traqueurs au monde – si ce n'était le meilleur – revenait bredouille. Une grande première. Une détestable grande première.

Son pendant animal prenait cela comme un défi qui lui était personnellement adressé et n'attendait qu'une seule chose : pouvoir se remettre en chasse.

Alors qu'il dépassait le chalet de Nathaniel, il stoppa net.

Sourcils froncés, il pivota sur ses talons.

— Mais qu'est-ce que vous foutez tous ici ? Je croyais qu'on devait se retrouver chez Elijah, pas devant la maison de *Précieux*.

Devant lui, parfaitement alignés, se tenaient les lieutenants, sagement adossés au mur de ladite maison, bras croisés.

Une lueur narquoise scintillait dans leurs yeux.

— Je t'en prie, vas-y, déclara joyeusement Alexis, levant un bras de manière très cérémonieuse. Ne nous en veux pas, mais nous, on va t'attendre ici.

Gaidon hocha la tête en ricanant.

— Ouais. Bizarrement, nous, on tient à la vie. Mais si le cœur t'en dit, ne te gêne surtout pas... Vas-y !

Owen se tendit, aux aguets. Il déploya rapidement tous ses sens, cherchant la raison de cette soudaine hilarité alors que l'heure était particulièrement grave. Ce qu'il perçut le laissa pantois.

Il cligna des yeux, estomaqué par sa découverte.

— Oh, bordel ! Ne me dites pas que...

— Oh que si !

La voix chantante de Lyon montrait à quel point la situation l'amusait et le ravissait à la fois.

— Oh, merde ! Mais pourquoi *maintenant* ? gémit Owen, se prenant la tête entre les mains.

Le timing de l'Alpha n'aurait pas pu être plus mauvais.

— On te laisse aller lui poser la question, *Traqueur*, ironisa Damian, non sans malice.

Owen releva lentement les yeux et foudroya du regard ses amis – et collègues – qui se gaussaient ainsi de lui.

— Il tuera le premier qui mettra un terme à tout cela.

L'odeur qui flottait dans l'air était un avertissement en soi. On n'interrompait pas un Lycaë uni en plein batifolage. Encore moins l'Alpha. Ils étaient donc condamnés à attendre qu'ils aient terminé. Puis à attendre encore un peu, le temps qu'ils puissent reprendre leurs esprits – cela valait mieux pour tout le monde.

Owen jeta un rapide coup d'œil à sa montre. Au mieux, ils pourraient pénétrer dans le chalet dans une heure. Au pire... un gémissement plaintif lui échappa.

Nathaniel redevint sérieux en voyant sa mine défaite.

— Qu'as-tu trouvé ?

Son ton coupant appelait une réponse immédiate. La récréation était terminée.

Owen pinça les lèvres et sortit rapidement son portable.

Pour une fois, il fut reconnaissant à Lyon d'avoir autant insisté pour qu'ils aient tous le même modèle. Et pour avoir créé un truc intraçable qui leur permettait de converser tous ensemble. Le seul à ne pas avoir accepté de se munir de ce petit gadget dernier cri était Elijah – en l'occurrence, c'était une bonne chose.

— Je vous conseille vivement de ne pas utiliser un langage SMS incompréhensible ! Sinon, je bouffe le coupable, grommela-t-il dans sa barbe, tapant frénétiquement son message.

Alexis étant le champion toutes catégories confondues pour pondre des phrases dites « phonétiques », Owen préférait être clair d'entrée. Si d'habitude il détestait ça – et n'y répondait pas par principe – aujourd'hui, il n'avait tout simplement pas de temps à perdre avec de pareilles bêtises.

Traqueur : Je n'ai absolument rien trouvé. Rien. Qui que soit cette ombre, elle est diablement douée. Ce n'est pas une

novice, je peux vous l'affirmer.

Perplexes, les lieutenants sortirent tour à tour leur portable et prirent connaissance du message d'Owen.

Damian arqua un sourcil.

Prof : Rappelle-moi pourquoi on communique par SMS ? Sauf erreur de ma part, tu détestes cette technologie...

Traqueur : Parce qu'elle est déjà là...

Un frémissement, à peine perceptible, envahit le groupe. Ce fut leur unique réaction. Et seul un œil extrêmement avisé aurait pu s'en rendre compte – où que soit cette ombre, elle ne pouvait être assez proche d'eux pour l'avoir perçu.

Geek : Les détecteurs ne se sont pas enclenchés. Impossible qu'elle soit passée au travers.

Précieux : Difficile, mais pas impossible. Traqueur l'a prouvé plus d'une fois.

Prof : Traqueur a plus de 400 ans. Ce qui signifie que l'ombre est : soit plus âgée, soit dans la même tranche d'âge... Mais j'en doute.

Éviter les gardes et les caméras, en ne laissant aucune trace, demandait déjà une certaine habileté, mais arriver, en plus, à zigzaguer entre les détecteurs que Lyon avait semés un peu partout sur le territoire, relevait clairement de la gageure. Un jeune Lycaë n'aurait jamais pu réussir un tel exploit. Cela demandait bien plus de concentration qu'il ne pouvait en fournir.

Tout comme l'expérience, la concentration venait avec l'âge. Et avant trois cent cinquante ans, environ, un Lycaë ne pouvait pas faire trois choses à la fois. C'était impossible. Leur manque de maturité les restreignait à deux – tout comme un louveteau ne pouvait en faire qu'une seule.

La loi de la nature.

Junior : Les ombres sont insaisissables, je ne pense pas que l'âge entre en ligne de compte.

Traqueur : Elles aussi sont soumises aux lois de la nature.

Une jeune ombre n'aurait pu m'échapper.

Junior : Vraiment ?

Une onde glaciale émana du corps rigide d'Owen. La provocation d'Alexis avait parfaitement atteint sa cible. Le lieutenant en fut encore plus frustré. Son échec cuisant le faisait enrager.

Précieux : Tu chercheras Traqueur un autre jour, Junior. Nous n'avons pas le temps pour ça. Une ombre est sur notre territoire et elle est certainement en train de nous observer à l'heure où nous parlons.

Un bref silence suivit cette déclaration. Les lieutenants échangèrent un rapide regard, la rage au ventre.

Owen sentit son loup gronder et déployer lentement sa haute stature. Il était temps de partir en chasse.

Précieux : Qu'est-ce que vous foutez tous encore là ?

N'ayant attendu que ce signal, Owen disparut dans les ombres en un temps record. Avant même que les autres lieutenants ne puissent réagir.

Rapide et létal.

Le traqueur était un chasseur redoutable et un adversaire coriace. Il ne cesserait sa traque que lorsqu'il aurait attrapé l'intrus.

Traqueur : En place.

Alexis se décolla lentement du mur, tout en remettant tranquillement son portable dans sa poche. Puis il bondit en avant, évitant de justesse le chalet d'Elijah, avant de bifurquer en direction de la forêt avoisinante.

Junior : Up.

Lyon et Roan échangèrent un regard entendu, avant de partir dans des directions opposées. L'un à gauche, l'autre à droite.

Puisqu'Alexis avait choisi la forêt et Owen les toits, il ne restait plus beaucoup de choix pour les autres.

Geek : Fais gaffe à tes fesses, Grumpy, je les ai dans mon viseur.

Grumpy : J'ai toujours su que tu étais obsédé par mon joli cul, Geek. Rien de nouveau sous la lune.

Geek : En parlant de lune...

Traqueur : Oh bordel, mais faîtes les taire, ces obsédés ! Voilà qu'ils polluent même notre canal !

Geek : T'es jaloux, Traqueur, c'est pas beau.

Grumpy : C'est carrément moche !

Damien secoua lentement la tête. Chasser correctement dans ces conditions, c'était mission impossible.

Prof : On aurait dû laisser Geek et Grumpy en faction devant le chalet. Je suis sûr que l'ombre aurait craqué au bout de 5 minutes.

Traqueur : Et encore, je trouve que tu es gentil. Moi, je ne lui donne même pas 2 secondes avec ces oiseaux-là !

Damien arqua un sourcil en direction de Gaidon.

« *Nord ou sud ?* »

Gaidon haussa les épaules – l'un comme l'autre lui convenait parfaitement.

Prof : Je prends le sud.

Monseigneur : Je suis au nord.

Il ne restait plus que Nathaniel, toujours adossé au mur de sa maison.

Les yeux rivés sur la demeure de son Alpha, il poussa un long soupir. La tension sexuelle avait disparu, et le silence régnait à nouveau dans le quartier.

Encore une heure. Encore une petite heure et il pourrait parler avec Elijah.

Une grimace de dépit déforma brièvement ses traits.

La discussion raviverait immanquablement de mauvais souvenirs. Comme chaque fois qu'ils en venaient à parler des ombres.

Geek : Tu sous-entends que Grumpy et moi pourrions avoir plus de succès que toi avec l'ombre ?

Nathaniel fronça les sourcils, soudain agacé par leurs enfantillages. Par moment, il oubliait qu'ils étaient tous âgés de plusieurs siècles, tant ils se comportaient comme des mômes ! Il était même persuadé qu'eux-mêmes l'oubliaient…

Affligeant.

Précieux : Silence radio à partir de maintenant.

Nathaniel rangea son portable dans la poche intérieure de sa veste et laissa ses pensées vagabonder dans le passé. Un passé pas si lointain que cela.

Deux cents ans plus tôt, une ombre était venue ici, chez eux. Elle avait demandé asile à Elijah. Bien sûr, l'Alpha avait accepté. À cette époque, il acceptait presque tout le monde. Depuis, les choses avaient bien changé. Sans fermer complètement ses frontières, Elijah était devenu beaucoup plus prudent. Et sélectif.

Cette ombre avait fait voler en éclat la famille Hunter – ou du moins ce qu'il en restait. Elle était à l'origine même de la dispute qui avait opposé les trois frères, brisant le lien qui les unissait de manière irrémédiable. Le résultat fut terrible pour tout le monde : au lever du jour, Eliott avait disparu ! Il était parti comme ça, sans se retourner, sans laisser un mot d'explications et sans jamais revenir.

Ils n'avaient plus jamais entendu parler de lui depuis ce soir funeste.

Deux cents ans de silence.

Il n'y avait qu'une seule explication à cela. Tragique et inacceptable – aussi bien pour Edmund que pour Elijah.

La mort du benjamin de la famille.

Car quelle chance de survie pouvait avoir un jeune mâle de dix-huit ans, immature et indomptable, livré à lui-même, au cœur d'un monde dont il ignorait tout ?

Aucune.

CHAPITRE 15

États-Unis – Montana – Yaak

Dash fixait le Vieux Sage, le visage impassible.

— Je croyais que nous devions partir demain, à l'aube. Pourquoi ce changement ?

Le Bêta des LoupsNoirs se raidit imperceptiblement devant le reproche à peine voilé du Vieux Sage.

— Notre espion a été chassé de la meute des SixLunes. Ils lui ont accordé vingt-quatre heures pour quitter leur territoire. Mais connaissant l'énergumène, je doute qu'il le fasse. Nous devons arriver sur place avant qu'il ne soit trop tard. Sans lui, notre intervention sera sans fondement.

Le Vieux Sage arqua un sourcil noir comme l'ébène.

— Pourtant, il est de notoriété publique qu'Edmund a recueilli un enfant mordu...

— Un Transformé, Vieux Sage. Edmund a recueilli un Transformé, le coupa abruptement le Bêta.

Le Vieux Sage eut une moue moqueuse.

— Un enfant ne saurait être un Transformé, Dash, je pensais que tu le savais. Il ne le devient qu'une fois l'âge adulte atteint. Avant, c'est un louveteau comme un autre. Je croyais que c'était une chose acquise.

Dash lança un regard nerveux par-dessus son épaule.

— Si l'Alpha vous entend, Vieux Sage, je ne donne pas cher de votre peau. Je croyais que *ça*, c'était une chose acquise.

Le Vieux Sage gloussa.

— Même lui ne saurait commettre un tel affront, Dash. Pas alors qu'il touche enfin au but qu'il s'est fixé voilà des siècles. (Le

Vieux Sage haussa les épaules avec fatalité.) Et quand son but sera atteint... il nous tuera tous.

Les yeux de Dash s'assombrirent alors qu'il se remémorait la mort de son frère aîné. Tué comme ça, sur un coup de tête, sans raison aucune. Le sort de sa sœur ne fut guère plus enviable. Heureusement, il lui restait son petit frère. Mais pour combien de temps ?

— Il ne faut pas penser à cela maintenant, Dash. Leurs morts seront vengées, je t'en fais le serment, mais il faut te montrer patient. S'il sent la moindre velléité de rébellion, tu connaîtras le même sort funeste, et alors, tous nos efforts auront été vains.

La voix du Vieux Sage le ramena immédiatement au présent. Les paroles de ce dernier étaient d'or, comme toujours.

Cela faisait maintenant trois siècles qu'ils attendaient ce moment. Trois siècles qu'ils œuvraient dans l'ombre, pour provoquer la chute de l'Alpha ! Et alors qu'ils pensaient que ce jour ne viendrait jamais, il était enfin là. À portée de main. Ce n'était vraiment pas le moment de jouer au plus malin. Le plus petit faux pas pourrait leur être fatal. Et leur projet tomberait à l'eau. Leur plan si bien réfléchi ne tenait qu'à un fil. Un fil incroyablement ténu.

Ils avaient su dès le départ que la partie serait serrée et la victoire hautement improbable. Pourtant, ils s'étaient lancés. Sans hésitation. Une petite chance de réussite valait toujours mieux qu'un échec assuré.

La folie croissante de leur Alpha ne leur avait guère laissé le choix.

Les LoupsNoirs avaient toujours été des marginaux, vivants à l'écart de la société Lycaë. Ils avaient leurs propres idées et refusaient catégoriquement de suivre celles des autres. Eux seuls comptaient. Mais ils avaient toujours été loyaux entre eux, se reposant les uns sur les autres. Une fois accepté, un LoupsNoirs l'était pour la vie – à quelques exceptions près.

Puis, un beau jour, les choses avaient changé. Leur Alpha était devenu... différent. Certes, il avait toujours eu la folie des grandeurs et n'avait jamais caché que son but ultime était de gouverner le monde, mais il n'avait jamais été cruel envers les siens. Il les protégeait, comme tout Alpha se devait de le faire. Pourtant, du jour au lendemain, cela n'avait plus été le cas. Ce fut d'abord quelques coups distribués gratuitement, ici et là. Puis des morsures, rapidement suivies de coups de griffes. Pour finalement arriver à des membres tranchés. Assez longtemps, l'Alpha avait stagné à ce stade-là. Jusqu'à son premier meurtre. Ensuite, tous les prétextes avaient été bons pour assouvir sa soif de sang. Si la chose n'avait pas été totalement absurde, Dash aurait dit que l'Alpha agissait comme un Transformé.

Il n'était pas tombé si loin de la réalité.

Le Vieux Sage était longtemps resté dans l'ombre, avant de finalement mettre un nom sur le mal dont souffrait leur Alpha. Folie Démentielle Chronique – un mal dont pouvaient souffrir les Lycaës au seuil du millénaire et qui précédait la Folie Meurtrière.

Malheureusement pour eux, les lois des LoupsNoirs étaient très strictes à ce sujet : seul l'Alpha avait le droit de vie ou de mort sur les membres de sa meute.

Ils avaient bien sûr pensé à réunir le Conseil des Anciens, mais ces derniers n'auraient rien pu faire. La loi de la meute primait tant que la Folie Meurtrière n'était pas avérée. Et puis, les LoupsNoirs n'étant pas particulièrement populaires au sein du peuple Lycaë, comment demander de l'aide quand on n'avait personne vers qui se tourner ?

Ce fut ainsi que leur projet prit jour. Forcer un autre Alpha à leur porter secours, bien malgré lui.

Elijah Hunter s'était imposé de lui-même. Alpha et Ancien, il était unique. Et parfaitement capable de résoudre leur problème.

Il ne leur manquait donc qu'une raison.

Leur plan était audacieux et particulièrement risqué. Mais les résultats étaient là : il fonctionnait à la perfection. Même bien au-delà de leurs espérances. Jamais ils n'avaient osé rêver qu'il marcherait aussi bien. Ce dénouement inattendu servait au mieux leur objectif.

Parfait. C'était simplement parfait.

Dash se ressaisit et carra ses épaules.

— Comme je le disais, il est de notoriété publique qu'Edmund a recueilli un enfant mordu. Le témoignage de ton… « espion » n'est pas indispensable. Il y aura bien un membre, sur l'ensemble de la meute, qui attestera que ce dernier est toujours en vie et qu'il est le Zéhéniché d'Elijah.

Dash le fixa longuement sans rien dire.

— J'en doute. Et je refuse de prendre un tel risque. Sans son témoignage, notre intervention n'aura plus de sens et ne sera pas recevable. Bien sûr, nous pourrions miser sur la psyché… fragile de l'Alpha, mais, une fois encore, c'est un risque que je refuse de prendre. Et vous ?

Le Vieux Sage dut reconnaître la justesse de ces paroles.

— Qu'il en soit ainsi.

Dash pivota sur ses talons et prit le chemin de la sortie.

— Nous partons dans l'heure, Vieux Sage. Soyez prêt.

Le Vieux Sage suivit des yeux le Bêta, lorsque celui-ci quitta son humble hutte. Une lueur rusée s'alluma dans ses iris bleu nuit.

Une heure.

C'était plus de temps qu'il lui en fallait.

Il gagna rapidement sa chambre et ouvrit son armoire en grand. Il glissa une main dans le second rayon de l'étagère et appuya brièvement sur le bouton qui s'y cachait. Une trappe, habilement dissimulée sous le tapis qui bordait son lit, se déverrouilla. Il s'y faufila rapidement, prenant soin de la refermer derrière lui.

Contrairement à bon nombre de ses pairs, il ne boudait pas la technologie. Il en était même particulièrement féru. Il exploitait sans honte tout ce qui pouvait lui servir. Le mécanisme secret de cette trappe n'étant que la pointe émergée de l'iceberg.

Après avoir dévalé les six marches qui menaient à sa cachette secrète, il s'installa à son bureau. Un ordinateur et cinq écrans y trônaient. Il alluma le tout en un tour de main.

Une minute plus tard, le Conseil des Anciens siégeait.

— Qu'elles sont les nouvelles, demanda abruptement Sirena, sans même passer par les salutations d'usage.

Aussi froide qu'elle était ambitieuse, l'Ancienne ne se souciait pas des règles les plus élémentaires de la courtoisie. Elle n'avait pas de temps à perdre avec de telles futilités.

Les autres membres du Conseil ne la réprimandèrent pas. Ils avaient appris, depuis le temps, combien cela était vain et improductif. Sirena n'en ferait qu'à sa tête, comme toujours.

— Nous partons dans l'heure, annonça François, sans plus attendre.

Le visage de Lachlan, le patriarche du Conseil, s'assombrit. Cette nouvelle ne lui plaisait guère – tout comme l'ensemble de leur plan, d'ailleurs. Il s'y était fermement opposé dès le départ. Malheureusement, devant l'insistance unanime des autres membres, il avait dû s'incliner : la majorité l'avait emporté.

— Sois prudent. Elijah est un adversaire redoutable. Nous ne devons en aucun cas nous en faire un ennemi, répéta-t-il pour la millième fois.

— Je serai prudent, ne t'inquiète pas. De toute manière, il n'y a aucune raison qu'il me prête réellement attention. Bolton représentera la plus grande menace. Il se focalisera dessus pour protéger son compagnon.

Lachlan eut une grimace des plus évocatrices.

— Il t'accordera suffisamment d'attention pour te reconnaître au premier coup d'œil, ne t'en déplaise. Ton accoutrement ne le dupera pas, souligna-t-il en indiquant sa moustache et ses cheveux longs.

— Comment cela pourrait-il être seulement possible ?

Agar, le plus jeune membre du Conseil, ne connaissait pas l'Alpha des SixLunes. Mais l'inverse n'était malheureusement pas vrai. Elijah les connaissait tous. Et il savait tout ce qu'il y avait à savoir sur eux. Sur chacun d'entre eux.

— Il nous tient pour responsable de la mort de ses parents, déclara froidement Nanoushka, comme si cela ne la concernait pas. Il a donc veillé à tout savoir sur nous. Dans les moindres détails.

Lachlan la foudroya du regard.

— Nous *sommes* responsables de leur mort. C'est bien pourquoi il refuse de siéger ici, à nos côtés.

— Son père avait sombré dans la Folie Meurtrière et créait des Transformés. Nous avons fait notre devoir. Ni plus, ni moins. Cessons de ressasser à chaque fois cette vieille histoire ! Ça devient lassant. De plus, sa présence ne manque aucunement au Conseil, persifla Sirena, qui n'avait jamais apprécié Elijah.

Il était trop puissant et trop dangereux à son goût. Son cas aurait dû être réglé depuis des siècles. Malheureusement, Lachlan ne partageait pas son point de vue. Et ce que le patriarche désirait, il l'obtenait. Qu'il vive en reclus n'avait en rien diminué son pouvoir. Bien au contraire. Entouré de quelques rares fidèles, il était aussi dangereux et redoutable qu'il l'avait toujours été. Ce n'était pas bon de s'en faire un ennemi. L'Ancienne avait beau être ambitieuse, elle n'était en rien suicidaire. Tant qu'Elijah serait dans les bonnes grâces de Lachlan, il demeurerait intouchable. La présente mission en attestait. Si le patriarche avait freiné des quatre fers, c'était uniquement pour éviter d'entrer en conflit direct avec Elijah. C'était un véritable miracle que le Conseil ait eu gain de cause. Ils avaient dû sacrément lutter pour que le plan de François soit validé.

Sirena espérait sincèrement que tout se déroulerait comme prévu, sans quoi la colère de Lachlan serait sans limites. Et des têtes tomberaient – la sienne dans les premières. À elle, donc, de veiller à ce que tout se déroule comme prévu.

— Ne perdons pas de vue notre objectif, s'il vous plaît. (Septus était la voix de la raison, comme toujours.) Pourquoi avoir avancé le départ ?

François poussa un soupir et se frotta la nuque. Cette situation l'épuisait, et depuis longtemps. Il n'était pas mécontent qu'elle touche à sa fin. Il en avait plus qu'assez de masquer sa puissance et sa véritable nature. Sa peau le démangeait, avide de laisser son loup sortir et la nature reprendre ses droits.

Bientôt, très bientôt.

— L'informateur de Dash a été chassé du village. Elijah lui a donné vingt-quatre heures pour quitter son territoire. Même s'il lâche Alexis, son plus jeune lieutenant, le traître n'a aucune chance. Il est bien trop jeune pour pouvoir leur échapper... Et apparemment bien trop naïf pour quitter le Québec.

— Sa vie est-elle indispensable au succès de la mission ?

Froid raisonnement de Nanoushka. Fidèle à elle-même, comme toujours.

— Un membre des SixLunes doit témoigner et accuser officiellement Elijah de trahison. Évidemment, nous pourrions faire sans, mais je pense qu'il est préférable d'avoir toutes les cartes en main, comme l'a judicieusement rappelé Dash. Par ailleurs, Lachlan n'a pas tort : Elijah est un adversaire redoutable qu'il ne faut pas sous-estimer. Le dernier à l'avoir fait n'est plus là pour nous le raconter.

Malgré ses propos, le ton de François laissa planer quelques doutes quant à ses dernières affirmations.

— Contacte-nous quand ce sera fait.

Sirena se déconnecta immédiatement après avoir donné son ordre. Elle avait des dispositions à prendre pour s'assurer personnellement de la survie de cet abruti qui menaçait de tout faire capoter.

Intolérable ! Ils ne pouvaient pas échouer si proche du but !

Nanoushka arqua un sourcil avant de faire de même. Nullement concernée par ce problème, elle n'avait donné son aval que pour avoir la paix. La Russe ne se préoccupait que de son immense territoire. Le reste lui importait peu.

Agar et Septus firent preuve de plus de courtoisie, mais s'avérèrent tout aussi pressés que les Anciennes.

François et Lachlan échangèrent un long regard.

– Fais ce qui doit être fait. Mais ne touche pas au gamin.

François inclina la tête avant de couper, à son tour, la transmission.

Chapitre 16

Québec – Outaouais – Venosta

Matthias cligna des paupières et sortit lentement de la douce torpeur qui l'avait envahi. Il bâilla à s'en décrocher la mâchoire, avant de se pelotonner contre la source de chaleur qui longeait son flanc droit.

L'esprit encore à moitié cotonneux, il se repassa les derniers événements dans un léger brouillard.

Alors qu'il était arrivé à la conclusion qu'il devait prendre une décision capitale concernant son avenir, il avait choisi de prendre du recul en se laissant emporter par ses dessins. N'ayant jamais été impartial lorsqu'il s'agissait d'Elijah, Matthias avait voulu se donner le temps de la réflexion. Mais en réalité, il avait plutôt agi en lâche. Entre vivre ou mourir, le choix était vite fait. Matthias s'était retranché derrière ses rêves uniquement pour gagner du temps et retarder le plus possible l'aveu de sa cuisante défaite. Comme si, avec un plus grand élan, le saut aurait été moins impressionnant, l'acceptation plus facile.

Étrangement, ce saut, cet aveu n'avait pas été si terrible. Il s'était finalement imposé comme une évidence. Même si Matthias n'avait rien pardonné, et rien oublié – Elijah, malgré ces dernières révélations, avait quand même voulu le tuer –, il n'avait pas eu besoin de se forcer pour aller vers son Zéhéniché. Bien au contraire ! Dès l'instant où il l'avait vu nu, il n'avait plus eu qu'un seul désir : lui sauter dessus.

Exactement ce qu'il avait fait.

Toute sa vie, Matthias avait réprimé ses désirs, sachant qu'ils ne lui apporteraient rien de plus que de grandes désillusions. Il s'était autorisé à rêver, ni plus ni moins. La seule et unique chose qu'il s'était accordée, c'était sa moto. C'était le seul plaisir auquel il avait cédé – et il ne l'avait jamais regretté. Le sentiment de puissance et de liberté qu'elle lui conférait était sans pareil. Même son loup avait été conquis. Lorsqu'il chevauchait sa Yamaha, filant à une vitesse folle, il avait l'impression d'être libre. Comme l'air et le vent. Une sensation grisante et enivrante. Irrésistible, pour un condamné.

Aussi, quand il avait posé les yeux sur la glorieuse érection d'Elijah, il en avait salivé d'envie. Son désir avait été encore plus violent que celui de la veille. Il avait ressenti le *besoin* de le toucher. Alors, pour la première fois de sa vie, Matthias avait lâché les rênes et s'était laissé guider par ses désirs. Il avait cédé. Il le voulait tellement.

Il était dans un tel état d'excitation qu'Elijah aurait pu faire de lui ce qu'il voulait. Absolument tout. L'Alpha aurait très bien pu profiter de l'occasion pour finaliser leur union, Matthias n'aurait pas protesté. Au contraire, il en aurait hurlé de plaisir. Mais ce dernier n'en avait rien fait. Encore une fois, son Zéhéniché lui démontrait que c'était à lui, Matthias, que revenait cette décision. Ils le feraient quand il serait prêt, et uniquement à ce moment-là.

Un nouveau rameau d'olivier – le deuxième.

Devant tant de prévenance et de gentillesse, Matthias sentait sa carapace se fissurer. Son compagnon se dirigeait lentement, mais sûrement, droit vers son cœur. À ce rythme-là, il serait dans la place avant le prochain lever du soleil. Dire qu'il avait craint qu'Elijah utilise l'artillerie lourde et fonce droit dans le tas avec la subtilité d'un bourrin.

Une moue ironique étira brièvement les lèvres de Matthias.

Son compagnon ressemblait plutôt à un rusé renard qu'à un bourrin.

Un renard très séduisant... et doué avec sa langue...

Matthias eut une bouffée de chaleur à cette pensée. Ce que son compagnon lui avait fait... *Oh grand Dieu !* Ça avait été « putain de bon », comme disait son pote Jason.

Une caresse, aussi légère et aérienne qu'une aile de papillon, l'arracha à ses rêveries et le ramena sur la terre ferme. Des doigts effleurèrent sa joue, son cou, puis se perdirent dans ses cheveux noirs aux reflets bleutés. Un frisson naquit à la base de son crâne et se propagea dans tout son corps. *Délicieux*. Machinalement, il étira la nuque pour en obtenir davantage.

Un petit rire rauque résonna dans la chambre.

— Tu es aussi câlin qu'un chaton…

Matthias ouvrit paresseusement les yeux et rencontra un regard clair et lumineux. L'émotion qui brillait dans les prunelles grises de l'Alpha lui coupa littéralement le souffle. Était-ce bien… de l'amour ? Non, impossible. Elijah n'était pas amoureux de lui. *Absolument* pas !

Matthias vit le visage de son compagnon se pencher et ses lèvres se posèrent délicatement sur les siennes. Ce baiser n'avait rien à voir avec les précédents. C'était doux et tendre. Et il prit fin bien trop tôt à son goût. Pourtant, il ne fit rien pour le retenir et le laissa simplement s'éloigner.

En appui sur un coude, la tête posée dans le creux sa main gauche, Elijah reprit nonchalamment ses douces caresses. De la pulpe du pouce, il retraça le contour de sa lèvre inférieure. Matthias laissa son regard vagabonder et s'aventurer vers le torse de son compagnon. Il suivit des yeux la ligne ferme qui séparait ses pectoraux et descendait droit vers ses abdominaux. Il salivait à l'idée d'en détailler chaque ligne avec sa langue.

Une flambée de désir lui vrilla les reins.

Se faisant violence, Matthias se força à relever les yeux. Mais il ne put remonter très haut. Les fils blancs qui recouvraient la poitrine d'Elijah l'attirèrent irrésistiblement. Avant d'avoir réellement conscience de ce qu'il faisait, sa main se posa sur le torse d'Elijah. Il caressa distraitement les muscles durs de l'Alpha, focalisé sur la sensation que cette douce toison provoquait sur sa paume.

— C'est doux…, chuchota-t-il, non sans une certaine stupeur.

Un léger grondement lui répondit.

— Ouais, c'est doux…

Matthias écarquilla les yeux, sidéré. La réponse de son Zéhéniché réussit là où sa volonté avait échoué. Il plongea ses iris dorés dans les prunelles claires de son compagnon.

— Depuis quand dis-tu « ouais » ?

Un gloussement se fit entendre avant que Matthias se retrouve plaqué contre le lit. Les mains posées de part et d'autre de sa tête, Elijah le surplombait, son corps recouvrant partiellement le sien.

— Te moquerais-tu de moi ?

Matthias n'en revenait pas. Une joie infinie illuminait le visage de son partenaire. Il semblait… heureux.

Taquin ! Elijah était taquin.

Incroyable.

— Non… c'est juste que je ne te voie pas dire ça… Généralement, tu dis « oui ». Je crois bien ne jamais t'avoir entendu dire « ouais » avant aujourd'hui…

Elijah se pencha et frotta son nez contre le sien.

— Je dis « ouais » depuis que je suis uni à un tout jeune mâle. Il faut bien que je fasse deux/trois efforts si je ne veux pas passer pour un vieux ringard.

La mimique de Matthias était évocatrice. Elijah pourrait faire tous les efforts qu'il voudrait, il serait toujours un « vieux ». Ringard ou non.

Les yeux de l'Alpha se plissèrent et il se pencha lentement vers lui, l'air faussement menaçant.

— Ça veut dire quoi cette grimace ? Tu trouves que je suis « vieux » ?

Matthias se mordilla la lèvre, indécis. Il se trouvait dans une situation délicate. Pouvait-il continuer dans sa lancée ou bien, au contraire, devait-il faire marche arrière ? Elijah étant visiblement d'humeur joueuse, le jeune homme décida de poursuivre. Advienne que pourra.

— Ouais... euh... ouais... tu es plutôt... euh... vieux...

Pas si audacieux que ça, finalement. Matthias reconnut sans peine qu'il n'était pas encore pleinement à l'aise avec son compagnon. D'ailleurs, il ne comprenait pas vraiment comment ils en étaient arrivés là. À plaisanter, comme deux... Amis ? Amants ? Copains ? Enfin, à badiner tranquillement, allongés dans le lit d'Elijah. Mais, à sa grande surprise, il trouvait ça plutôt... chouette. Oui, exactement, il trouvait ça chouette.

Étonnant.

La bouche de l'Alpha plongea vers la sienne et il saisit sa lèvre inférieure entre ses dents. Il la mordilla. Fort.

— Je suis peut-être « vieux », susurra Elijah tout contre sa bouche, mais visiblement, je suis parfaitement capable de te satisfaire. (Il bascula les hanches, lui faisant sentir l'ampleur de son excitation. Il la pressa contre la sienne, avec un sourire carnassier.) Et tu me fais bander rien qu'en respirant...

Matthias gémit et vira au rouge vif.

Dieu que c'était gênant !

— Tu ne peux pas dire ce genre de choses..., protesta-t-il, cachant son visage contre son oreiller.

Elijah eut un petit sourire en coin. Il trouvait la gêne de son Zéhéniché charmante. Et il ne put s'empêcher de le titiller.

— Quoi, donc ? Que tu me fais bander comme un âne ?

— Oh, bordel ! Arrête de dire ça !

Elijah se frotta contre lui sans pudeur.

— Pourquoi ? Puisque c'est la vérité... Ne sens-tu pas combien je suis dur pour toi, Thias ? (Il glissa son nez dans le creux de son cou.) Toi aussi, tu bandes...

La main de Matthias, prisonnière entre leurs deux corps – et toujours plaquée contre son torse –, se crispa, le griffant au passage. Elijah gronda de plaisir. Dieu qu'il aimait quand son compagnon le « marquait ».

— C'est… ce n'est… pas possible… on vient à peine de… enfin de…

Elijah sourit tendrement contre la gorge offerte de son Zéhéniché. Il la lécha langoureusement.

— Oh, que si ! On peut. Nous ne sommes pas des humains, mon trésor, nous sommes des Lycaës.

Matthias se raidit.

— Pas moi. Je ne suis pas un Lycaë.

Conscient de la soudaine tension qui avait envahi son Zéhéniché, le loup d'Elijah se dressa. La tête inclinée sur le côté, il chercha à comprendre le raisonnement tordu de celui-ci. Comment pourrait-il ne pas être un Lycaë ?

— Bien sûr que tu en es un.

Matthias le repoussa. Ce qui s'avéra aussi utile que d'essayer de faire bouger une montagne.

— Non.

— Si tu n'es pas un Lycaë, alors, qu'est-ce que tu es, mon trésor ? demanda Elijah, sans chercher à cacher sa perplexité.

— Je n'en sais rien.

Son ton morne lui en apprit plus que la réponse en elle-même.

— Tu as deux entités en toi, Thias. Moitié homme, moitié loup ; à parts égales. Tu es un Lycaë, affirma-t-il fermement.

Matthias se tourna vers lui et le foudroya du regard. Ses yeux semblaient bouillonner et leur couleur lui rappela celle de l'or en fusion. Un spectacle de toute beauté. La colère lui allait si bien.

— On ne devient pas un Lycaë, on l'est en naissant, vous me l'avez assez répété ! Or, je ne suis pas né Lycaë. Je devrais être un « Transformé », puisque j'ai été mordu par l'un d'entre eux, mais visiblement je n'en suis pas un non plus – sans quoi je serais devenu une bête sanguinaire et meurtrière. N'étant ni l'un, ni l'autre, je n'ai pas la moindre idée de ce que je suis. Et toi non plus !

Elijah le dévisagea longuement. Le sujet était sensible, mais quoi de plus normal ? Son compagnon avait besoin de savoir ce qu'il était, et il ferait tout ce qui était en son pouvoir pour qu'il obtienne satisfaction. Mais cela prendrait du temps, car Matthias était un mystère pour eux tous. Elijah devait envisager la possibilité qu'il ne le découvre jamais. Même lui, l'un des plus anciens de leur peuple, n'en avait pas la moindre idée. Cela en disait long sur la situation.

— Tu pourrais être « Matthias », tout simplement, proposa-t-il calmement, caressant la joue de son Zéhéniché.

— Que veux-tu dire par là ?

— Eh bien, tu es unique. Au lieu de voir cela comme une faiblesse, tu pourrais faire comme moi, et y voir une force. Chaque nouvelle espèce, puis sous-espèce, ont été unique à un moment donné. Pourquoi pas toi ?

Matthias fronça les sourcils et sembla réfléchir sincèrement à ses paroles.

— Et pourquoi moi ?

Elijah eut un sourire narquois.

— Tu es du genre à voir le verre à moitié vide et non à moitié plein, pas vrai ?

Comprenant le ridicule de sa question, Matthias rougit une fois de plus. Il avait décidément l'art et la manière de passer pour un enfant capricieux. Quand il ne faisait pas franchement des choses stupides.

— Possible..., marmonna-t-il à contrecœur, dans sa barbe.

Elijah se remit à le cajoler, bien décidé à chasser les ombres qui voilaient les iris dorés de son jeune amant.

— Quoiqu'il en soit, nous sommes tous les deux en train de bander... Et je sais exactement quoi faire pour remédier à la situation.

Matthias sursauta et ouvrit la bouche, dans l'intention de

protester vertement contre le terme vulgaire qu'Elijah s'obstinait à employer, lorsque des lèvres chaudes et tentatrices le bâillonnèrent. Une langue autoritaire força le passage et partit à la recherche de la sienne.

Matthias ne put retenir un grognement de plaisir et laissa sa main quitter les pectoraux d'Elijah pour rejoindre ses tablettes de chocolat. Il les caressa du bout des doigts, avant de continuer à descendre. Là... un tout petit peu plus bas, et son objectif serait atteint...

— Ah, non ! Pas encore !

Le cri fendit l'air et se répercuta aux quatre coins de la pièce.

Les prunelles d'Elijah flashèrent et se tournèrent lentement vers la porte. Les babines retroussées, il dévoila des crocs d'une blancheur immaculée. Et mortellement dangereuses.

— Je vais le tuer, gronda-t-il, bondissant hors du lit.

Matthias admira le dos de son compagnon, le jeu de ses muscles puissants alors qu'il se dirigeait vers la sortie. Ses propres prunelles s'étrécirent et virèrent au jaune vif alors qu'elles se posaient sur l'arrondi parfait de ses fesses.

Deux secondes plus tard, Matthias s'élançait à la poursuite de son Zéhéniché. Vif et rapide, il se plaça entre la porte et Elijah.

— Non !

Un grondement bas et menaçant ; un grondement de loup.

Pris par surprise, Elijah s'arrêta net. La tête penchée sur le côté, il dévisagea Matthias sans comprendre. Puis ses sourcils se froncèrent.

— Laisse-moi passer, Thias. Je reviens dès que j'ai réglé son compte à cet idiot. Ensuite... nous pourrons nous occuper de ça, susurra-t-il en effleurant le membre tendu de son compagnon.

Alors qu'il cherchait à le contourner, la main de Matthias se détendit et s'enroula autour de sa gorge. Les pupilles jaune vif se vrillèrent aux siennes. Le loup de son jeune amant avait brisé ses chaînes ; autoritaire et dominant.

— Mets ton jogging.

Une lueur de compréhension s'alluma soudain dans les iris bleu glacier. Son Zéhéniché marquait son territoire et refusait que d'autres puissent le voir dans le plus simple appareil. Elijah en frémit de plaisir.

— Mords-moi, ordonna-t-il en inclinant le buste.

Ayant une tête de plus que Matthias, il se mit à sa portée pour lui faciliter la tâche. Elijah le déguisa simplement dans un geste de défi. Son compagnon n'en admettrait pas moins.

Il ne le déçut pas.

Laissant sa main glisser de son cou à sa nuque, Matthias l'attira à lui d'un mouvement vif et précis. Dévoilant ses crocs, il les planta férocement dans sa marque. Aspirant la peau comme un bébé tétait le sein de sa mère, il ne s'arrêta que lorsque celle-ci devint violacée.

Magnifique.

Elijah en trembla de désir.

— J'ai dit « non » !

Les dents serrées, il se détacha de son Zéhéniché. Il se détourna et attrapa vivement son pantalon de jogging, qu'il enfila en un tour de main.

— Je vais le tuer, répéta-t-il, s'habillant avec des gestes saccadés.

Alors qu'il franchissait le seuil de la porte, un raclement de gorge lui fit tourner la tête.

— Tu ne mets pas de tee-shirt ? demanda Matthias, qui s'était également rhabillé.

Possessif à l'extrême. Son attitude lui plaisait de plus en plus.

Son pendant animal grogna son approbation.

— Et cacher la marque que tu viens de me faire ? Non, je ne crois pas.

Une lueur de défi passa dans les iris jaune vif rivés sur lui. Matthias se débarrassa de son propre tee-shirt avant de le rejoindre.

Elijah plissa les yeux, avant d'incliner la tête – une manie de son loup.

— C'est une invitation ?
— Oui, c'en est bien une.

Elijah arqua un sourcil.

— Je ne suis pas un ingrat.
— Vraiment ?
— Non.

Il marqua son territoire sans se faire prier. Mordre son Zéhéniché était un plaisir, non un devoir.

Main dans la main, ils dévalèrent les marches pour rejoindre leurs invités indésirables qui patientaient dans le salon.

À peine le seuil franchi, Elijah bondit.

Une seconde, il tenait la main de Matthias, celle d'après, il envoyait cette même main, fermée en poing, dans la mâchoire de son Bêta.

— La prochaine fois que tu nous interromps, je te tue.

Froid avertissement. D'un Lycaë à un autre. D'un Alpha à son Bêta.

Le regard franc, Nathaniel ne détourna pas les yeux. Il leva son poing, et d'un geste sec, se remit la mâchoire en place – la force du coup la lui ayant déboîtée. Les pupilles bleu glacier qui le dévisageaient sans ciller exigeaient une explication. Brève et concise. Elles lui disaient également qu'il valait mieux pour lui qu'elle vaille la peine.

Carrant les épaules en arrière, il se prépara à ce qui allait suivre.

— Ombre.

La réponse avait fusé. Mais elle n'était pas sortie de la bouche du Bêta, Alexis l'avait devancé. Et peut-être était-ce mieux ainsi. Ce n'était jamais bon d'être l'oiseau de mauvais augure.

Elijah revint aux côtés de Matthias aussi vite qu'il s'en était éloigné. Les yeux étincelants de rage, il s'enroula littéralement autour de son corps. Impossible de toucher son compagnon sans passer par lui d'abord. *Protection.* Le poil hérissé, le loup d'Elijah était prêt à éventrer le premier qui menacerait son Zéhéniché.

Aussi silencieux qu'une ombre, Nathaniel souleva l'un des fauteuils et le plaça contre le mur, juste sur la gauche de la cheminée. Puis, il alla se poster devant la baie vitrée. Les bras croisés sur le torse, il inclina la tête en direction de son Alpha.

Sans attendre, Elijah souleva Matthias dans ses bras et se dirigea vers le fauteuil. Il s'y assit et installa son compagnon sur ses genoux.

Les lieutenants se déployèrent pour couvrir toute la surface de la pièce. Si l'ombre se sentait d'humeur suicidaire, elle aurait affaire à eux avant de pouvoir atteindre le couple Alpha. Seul Owen manquait à l'appel. Mais Elijah savait parfaitement pourquoi il n'était pas présent, aussi n'en fit-il pas mention. Pas plus que Matthias.

Le jeune mâle était tellement époustouflé par toute cette soudaine agitation qu'il ne savait plus très bien par où commencer. Sans parler de sa petite crise de jalousie avec Elijah. Il n'arrivait pas à se l'expliquer, mais depuis leur intermède, il éprouvait le besoin constant de le toucher et il ne supportait pas l'idée qu'un autre puisse seulement le *regarder*. Quant à s'éloigner de lui, il ne voulait même pas y songer tant cela lui était intolérable. Mais vu la manière dont Elijah le plaquait contre son torse, la question ne se posait pas vraiment.

C'était donc totalement ébahi qu'il assistait à cette étrange réunion. Il ne comprenait pas non plus pourquoi le mot « ombre » avait provoqué une telle réaction, mais ne souhaitant pas vraiment se faire remarquer, il garda cela pour lui. Il poserait la question plus tard – un bref regard à la mâchoire crispée d'Elijah le fit grimacer – , ou pas.

— Quand ? demanda froidement celui-ci, le regard sombre.

— Il y a environ deux heures trente, au sud du territoire.

— Pourquoi ne pas me l'avoir dit plus tôt ? (Les haussements de sourcils, accompagnés de moues ironiques, furent une réponse sans équivoque.) Ouais... je vois...

Alexis fut le premier à réagir.

— Depuis quand dis-tu « ouais » ?

Malgré le sérieux de la situation, Matthias ne put retenir un gloussement, ce qui suffit à dérider Elijah.

— Depuis que mon Zéhéniché me prend pour un vieux schnock..., répondit-il malicieusement. (Il se pencha vers ce dernier et susurra la suite au creux de l'oreille.) Même si je bande toujours comme un jeune...

Matthias piqua un fard et lança un regard anxieux autour de lui. Les sourires narquois des lieutenants et du Bêta confirmèrent ce qu'il pressentait : ils avaient parfaitement entendu la réponse de son compagnon.

— Elijah ! protesta-t-il, mort de honte.

Son partenaire inclina la tête et lui vola un rapide baiser.

— Ils savent bien qu'on ne joue pas au scrabble, mon trésor.

Lyon et Roan échangèrent un regard complice à ces paroles – eux aimaient beaucoup ce jeu-là.

Mortifié, Matthias n'ajouta rien. Il n'aurait de toute manière pas le dernier mot. Avec Elijah, c'était mission impossible. Autant en rester là.

— Une « ombre », qu'est-ce que c'est ? demanda-t-il finalement, dans l'intention de détourner la conversation.

Cela fonctionna à la perfection.

Nathaniel échangea un bref regard avec Elijah avant de prendre la parole.

— Une ombre est un traqueur.

Matthias fronça les sourcils.

— Comme Owen ?

— Non. Un traqueur n'est pas forcément une ombre, alors qu'une ombre est forcément un traqueur.

— Ah... (Matthias fronça davantage les sourcils. Ça ne lui disait toujours pas ce qu'était une ombre.) Et... euh... non, rien..., finit-il par dire, se dégonflant lâchement.

Tous les regards étaient rivés sur lui et cela le mettait terriblement mal à l'aise. Il n'aimait toujours pas être le centre de l'attention.

Damian soupira, secouant lentement la tête.

— Il n'y a pas à dire, tu es à chier quand il s'agit de donner des explications claires et concises. Sacrebleu, si le môme a compris ce qu'était une ombre, il mérite une médaille !

Cela lui valut un regard noir de la part du Bêta, et un regard reconnaissant du côté de Matthias.

— Alors, fais-le toi-même, puisque tu es si malin, *Professeur*, ironisa Nathaniel, renfrogné.

— Avec plaisir, *Précieux*. (Le lieutenant se tourna vers Matthias.) Qu'est-ce qu'un traqueur, pour commencer ? Un traqueur, c'est celui qui va donner la chasse aux renégats. Pour ce faire, il va naître avec une prédisposition que nous autres, Lycaës, n'avons pas : une aptitude à se « verrouiller » sur une odeur. Une fois qu'il s'en est imprégné, il peut traquer sa cible partout à travers le monde. Contrairement à nous, qui à un moment donné risquons de la perdre, lui n'aura jamais ce problème. Jusqu'à ce qu'il ait attrapé sa cible, il aura continuellement ce parfum en tête. Une ombre, elle, peut en plus dissimuler sa propre odeur. Elle a donc un avantage certain sur les traqueurs.

— Une ombre n'est donc pas traçable...

Nathaniel eut une petite grimace.

— Oui et non. Elle ne peut pas cacher indéfiniment son odeur. Cela demande énormément de concentration et d'énergie. Surtout si c'est une jeune ombre, ce qui, en l'occurrence, n'est pas le cas.

Le regard d'Elijah se fit plus aigu.

— Qu'est-ce qui te fait dire ça ?

— Owen n'a pas trouvé la moindre odeur. De l'entrée sud au

cœur du territoire. De plus, mis à part le premier capteur qui s'est déclenché, les autres sont restés silencieux. Idem pour les caméras, on n'a pas une seule image. Et les gardes ne l'ont ni vue, ni entendue, ni perçue. Elle est douée, Elijah. Très douée, ajouta Nathaniel.

— Et donc âgée. Une telle habileté ne vient qu'avec l'âge et l'expérience. (Les yeux d'Elijah scintillaient de mille feux. La rage au ventre, il se rappelait une scène presque similaire, deux cents ans plus tôt.) Les ombres sont interdites sur mes terres, c'est de notoriété publique. Qui ose m'en envoyer une ? fulmina-t-il, avant de croiser le regard de Lyon. Je veux un nom. Je veux savoir à qui je dois adresser mes remerciements. Une ombre aussi douée n'a pas pu passer entre les mailles des filets. Il y a forcément quelqu'un qui a déjà eu affaire à elle. Je veux tout savoir, Lyon, tout !

Après avoir hoché la tête, le lieutenant sortit son portable et se mit à pianoter dessus à toute vitesse.

Les yeux perdus dans le vague, Nathaniel se frotta distraitement le menton.

— Ce ne sont pas les LoupsNoirs. Bolton se déplacerait en personne s'il voulait te réclamer des comptes. Il ne tolérerait pas qu'un autre lui vole son heure de gloire.

L'animosité que Bolton – l'Alpha Fou – éprouvait envers Elijah n'était un secret pour personne, pas plus que son désir de le tuer. Mais comme venait de le souligner Nathaniel, il se déplacerait en personne. Les LoupsNoirs n'envoyaient pas les sous-fifres faire le sale boulot. Ils ne leur faisaient pas assez confiance pour cela. Quant à envoyer un assassin professionnel, Bolton devrait déjà en trouver un qui soit d'accord de travailler pour lui. Et ça, ce n'était pas près d'arriver ! La manière, bien à lui, qu'il avait de rémunérer ces derniers était de notoriété publique : mort par écartèlement.

Elijah avait beau être âgé et puissant, il n'avait pas énormément d'ennemis. Justement parce qu'il était puissant – et entouré de lieutenants fidèles et efficaces. S'en prendre aux SixLunes était une pure folie. Rares étaient ceux qui avaient le courage de le faire. D'une part, parce qu'il fallait qu'ils soient sûrs que la mission soit un franc succès, d'autre part, parce que les représailles étaient sanglantes.

La liste des suspects était relativement courte. Si ce n'était pas les LoupsNoirs, c'était forcément…

— Le Conseil des Anciens…, hasarda Roan, le regard prudent.

Nathaniel haussa les sourcils, dubitatif.

— Ça fait des siècles que Lachlan fait des pieds et des mains pour qu'Elijah les rejoigne. Je doute sincèrement qu'il soit à l'origine d'un tel acte.

Lachlan peut-être pas, en effet, mais les autres membres du Conseil seraient ravis, eux, si Elijah venait à disparaître.

— Pourquoi ?

Alexis étant le plus jeune d'entre eux, mis à part Matthias, évidemment, il ne connaissait pas le patriarche du Conseil. Ni la réputation implacable qui était la sienne.

— Lachlan est un Ancien de première génération. S'il voulait s'en prendre à Elijah, ou à son Zéhéniché, il lui lancerait un défi.

La perplexité se lisait sur le visage d'Alexis.

— N'est-ce pas lui qui vit en reclus ?

Elijah se redressa, tout en resserrant sa prise autour du corps de Matthias.

— Oui. Il vit en reclus depuis sept siècles. Il n'a gardé que sa garde rapprochée auprès de lui. Mais il n'est pas coupé du reste du monde pour autant. Ne commets jamais l'erreur de croire une telle chose. Lachlan est le dernier Ancien de première génération, le plus âgé d'entre nous. Il est incroyablement puissant et fort. Si je devais me battre en combat singulier contre lui, je ne suis pas certain de l'emporter. Cela étant, je partage l'avis de Nathaniel. Jamais il n'enverrait une ombre. S'il devait envoyer quelqu'un, il enverrait Eilys. Son bras armé.

Roan frissonna.

— Je l'ai vu une fois à l'œuvre... Elle est incroyable. Je n'aimerais pas avoir affaire à elle.

Elijah eut un sourire en coin.

— Lachlan l'a formée lui-même. C'est une redoutable combattante, confirma-t-il en caressant distraitement les cheveux de son compagnon. Mais cela ne m'avance guère. (Il se tourna vers son Bêta.) Je veux savoir à qui j'ai affaire, Nathaniel. Ce n'est pas parce que Lachlan n'est pas coupable que le reste du Conseil est innocent. Je veux un nom, et je le veux pour hier. Quant à cette ombre...

— Owen s'en charge.

L'OMBRE

Owen était doué, elle devait bien le reconnaître. Le traqueur des SixLunes l'avait fortement impressionnée. Cela faisait longtemps qu'elle n'avait pas eu un adversaire à sa mesure. Très longtemps même.
Si le devoir ne l'appelait pas, elle aurait eu beaucoup de plaisir à jouer avec lui. Oui, assurément, elle en aurait énormément profité.
Malheureusement, elle n'était pas là pour ça. L'heure était grave et elle se devait d'agir. Elijah ayant été informé de sa présence, il ne quitterait sans doute plus son petit... Transformé *des yeux.*
Surtout pas après l'interlude qu'elle avait surpris.
Vraiment dégoûtant.
Comment l'Ancien pouvait-il s'abaisser à partager l'intimité de ce monstre ? Et à y prendre du plaisir ? L'odeur qui flottait dans l'air ne laissait aucun doute là-dessus. Du plaisir, il en avait pris, et plutôt deux fois qu'une !
Dégoûtant.
Et maintenant, voilà qu'il le tenait fermement enlacé contre lui. Protecteur, il s'était enroulé autour de son corps dès qu'il avait eu vent de sa présence.
Ridicule.
Un rictus méprisant déforma ses traits. Elle n'aurait jamais cru qu'Elijah Hunter tomberait aussi bas. Il ne méritait pas son statut d'Alpha – et encore moins de diriger une meute aussi redoutable que la sienne.
En les entendant parler de Lachlan, une idée lumineuse lui traversa l'esprit. Qu'il serait bon de les voir se battre entre eux ! Et s'ils pouvaient s'entretuer, ce serait tout simplement parfait !
Mais une telle chose n'arriverait jamais. Elijah serait mort avant.
Puisqu'il tenait tant à protéger cette monstruosité qui lui tenait lieu de compagnon, elle n'aurait d'autres choix que de l'évincer.
Tragique, mais nécessaire. On ne pouvait laisser un Transformé en vie. Et

elle tuerait tous ceux qui se dresseraient entre sa proie et elle. Elijah en tête.

Comme elle aurait aimé ne pas devoir en arriver là. Tuer Elijah n'avait jamais fait partie de ses projets immédiats. Non, elle avait quantité d'autres choses à faire avant. Mais laisser vivre un monstre, ça, elle ne le pouvait pas.

C'était son devoir d'ombre !

Elle devait le tuer. Elle devait…

Elle se figea, soudain aux aguets. Elle n'était plus seule. Quelqu'un d'autre était ici, avec elle. Tout proche. Il lui suffirait de tendre la main pour pouvoir le toucher.

Un sourire lent et joyeux illumina son visage. Finalement, elle allait pouvoir jouer. Le corps tendu, prêt à bondir, elle attendit que son adversaire bouge.

— Allez, Owen, viens jouer avec moi…, susurra-t-elle du fond des ombres, avant de prendre la fuite.

Elle sentit le traqueur s'élancer à sa poursuite.

Il y eut un branle-bas de combat dans le chalet de l'Alpha, et les lieutenants en jaillirent de toutes parts.

Bien, très bien. Excellent même !

Sans ralentir, elle slaloma entre les maisons, ravie que la chasse soit lancée.

— À six contre un, votre défaite va être cuisante, Messieurs…, ricana-t-elle haut et fort, avant de disparaître dans la forêt.

CHAPITRE 17

Owen s'était rarement senti aussi furieux. En réalité, « furieux » était à des années-lumière de décrire l'état dans lequel il se trouvait. Il était dans une colère noire, littéralement hors de lui. Telle une cocotte-minute sur le point d'exploser, de la fumée jaillissait de toutes parts : par le nez, par les oreilles, par les yeux, par la bouche...

Ivre de rage, le traqueur des SixLunes leva son bras droit, referma ses doigts en poing, et l'envoya de toutes ses forces dans le premier tronc d'arbre qui croisa son chemin. Se trouvant au cœur de la forêt qui bordait leur village, il n'avait que l'embarras du choix. Pourtant, il se focalisa sur ce premier arbre comme s'il lui en voulait personnellement. À lui et à lui seul. Le premier coup fut rapidement suivi d'un second, puis d'un troisième, jusqu'à ce qu'Owen ne sente plus ses doigts.

Écorché, la peau à vif, du sang dégoulinant de chacune de ses blessures, le traqueur continua inlassablement à frapper ce pauvre tronc d'arbre. Encore et encore. Il ne s'arrêta que lorsqu'il sentit ses os se briser.

Les sourcils froncés, l'air pour le moins surpris, il fixait sa main dans un état second. Elle était salement abimée. En plus de ses os brisés, deux de ses doigts formaient un angle bizarre. Il allait devoir les remettre en place, avant que le processus de guérison ne s'enclenche. Pour une blessure aussi minime, un Lycaë de son âge n'avait pas besoin de l'aide d'un guérisseur. Heureusement. Il ne se voyait pas aller déranger Edmund pour si peu. Et surtout, devoir expliquer comment cela s'était produit.

« *Euh, tu comprends, j'étais hors de moi à cause de cette foutue ombre qui m'a encore filée entre les doigts, alors, pour me soulager un peu, je me suis battu avec un arbre. Mais, j'ai gagné !* »

Pitoyable.

Lui, le plus froid et le plus rationnel des lieutenants, avait perdu toute maîtrise en voyant sa proie lui échapper une fois de plus.

Une nouvelle flambée de rage traversa ses sombres yeux noirs. Mais cette fois-ci, il parvint à se contenir. Il devait faire son rapport à son Alpha. Et les nouvelles étaient mauvaises. Terriblement mauvaises.

L'ombre s'était volatilisée.

Sachant qu'il guérirait plus rapidement sous sa forme lupine, Owen décida de se métamorphoser. Mais avant cela, il devait remettre ses deux doigts disloqués en place. Il saisit son auriculaire, tira d'un coup sec, et le remit immédiatement dans le bon axe.

Pas un muscle ne bougea sur le visage froid du traqueur. Comme si cela ne lui avait rien fait du tout, alors que la douleur avait dû être fulgurante.

Le majeur connut le même sort que l'auriculaire.

Une fois ses doigts correctement remboités, Owen se déshabilla prestement. Il n'allait pas bêtement détruire ses vêtements, alors qu'il pouvait l'éviter. Contrairement à bon nombre de ses semblables, le traqueur n'aimait pas gaspiller inutilement ce qui pouvait facilement être préservé.

Dès qu'il fut nu, il ouvrit en grand la cage de son esprit et libéra son loup. Fou de joie, bien qu'encore contrarié par la perte de sa proie, celui-ci bondit.

Une explosion d'étincelles noires et violettes illumina soudain le cœur de la forêt, alors que la forme physique d'Owen se modifiait. L'espace s'incurva, soumis à une distorsion, et tournoya sur lui-même alors que l'animal remplaçait progressivement l'homme. Un moment plus tard, tout était fini.

Un superbe loup noir, mince et élancé, se dressait fièrement sur ses trois pattes – le dos de la quatrième, fragilisée par ses os brisés, reposait en toute légèreté sur la neige. C'était une créature magnifique, l'une des plus belles qui soit. Son pelage noir, aux reflets bleutés, était des plus rares. Mais ce qui faisait toute la particularité du loup, et qui le rendait tellement unique, c'était ses incroyables iris violets. Un violet sombre moucheté de taches plus claires, comme saupoudré d'un millier de paillettes mauves. Un spectacle saisissant.

Et mortel.

Les yeux du traqueur semblaient avoir été faits pour intriguer sa proie, pour lui donner envie de venir voir de plus près. Ils étaient là pour détourner l'attention de ses adversaires, pour titiller la curiosité légendaire des Lycaës.

Et cela fonctionnait à la perfection.

Neuf proies sur dix se laissaient envoûter par son surprenant regard. Une arme de premier abord inoffensive, mais qui s'avérait diaboliquement efficace.

Le loup, après avoir ramassé les habits qui traînaient dans la neige, prit lentement le chemin du retour, traînant sa quatrième patte dans la poudreuse fraîchement tombée. La trace qu'il y laissa était plutôt fâcheuse. D'une part, elle menait droit à lui, d'autre part, elle indiquait qu'il était blessé. Une invitation presque irrésistible pour un ennemi.

L'ombre s'y laisserait-elle prendre ? Rien n'était moins sûr.

Mais au point où il en était, Owen était prêt à essayer toutes les ruses à sa disposition. Parfois, le plus enfantin des pièges était celui qui remportait le plus de succès. Justement parce qu'il était grossier. Aussi, quand les os de ses doigts commencèrent à se ressouder, le traqueur ne changea en rien sa démarche : il continua de traîner la patte.

Le loup adorait jouer à ce genre de jeux. Faire semblant d'être faible pour mieux tromper et surprendre l'adversaire. Il y excellait, pour son plus grand plaisir. Sournois, il était un adversaire redoutable. L'ombre comprendrait rapidement son erreur, si elle se hasardait à le prendre en chasse.

Il en frémissait d'avance.

Ses poils se hérissèrent soudain. Elle était là. Tout près.

Si le traqueur ne pouvait pas la voir – ni sentir son odeur –, il ressentait sa présence jusque dans la moelle de ses os. Il veilla donc à garder le même rythme et la même démarche. Mais en dépit des apparences, il était sur le qui-vive, prêt à bondir au plus imperceptible mouvement. Si l'ombre décidait de l'attaquer, il serait prêt à la recevoir.

Après s'être amusé avec les lieutenants durant des heures et les avoir tous semés, les uns après les autres, elle était prête à retourner au village. Parée à guetter le premier signe de faiblesse dans leur système de défense. La ronde des guerriers qui seraient mis en faction autour du chalet de l'Alpha aurait une faille – elles en avaient toujours. Elle avait encore un peu de temps pour la trouver, avant le débarquement imminent des LoupsNoirs. Son avance était suffisante, elle y parviendrait. Elle y arrivait toujours.

Mais elle était méfiante de nature et préférait assurer ses arrières. Matthias serait mort avant le prochain lever de soleil.

La nuit allait bientôt tomber, il lui restait donc quelques heures pour mettre un plan au point... Ce qui était largement suffisant.

Dire qu'elle était venue ici pour rendre service à Elijah, offrant une mort rapide et quasiment indolore à celui qu'il prenait pour son Zéhéniché, et maintenant qu'elle était là, elle allait être contrainte de tuer l'Alpha pour mener à bien sa mission.

Quel gâchis !

Les choses ne devaient pas se dérouler ainsi. Elijah n'était pas censé mourir si vite. Bien sûr, elle pourrait se contenter de le blesser grièvement et de ne pas l'achever. Oui, elle pourrait faire cela.

Mais non, elle ne le ferait pas.

Elijah devait mourir, il devait payer pour ce qu'il avait fait. Aujourd'hui ou demain, quelle différence ?

La haine qui l'avait toujours dévorée était de retour. Elle croyait avoir oublié, à défaut de pardonner, et pouvoir vivre encore de longs siècles ainsi, attendant sagement son heure. Le destin en avait décidé autrement.

L'heure de la vengeance avait sonné.

Elle fit taire la petite voix, tout au fond de son esprit, qui lui susurrait qu'elle pourrait pardonner, tout simplement.

Ses yeux flamboyèrent de rage.

Non ! Elle ne pardonnerait pas ! Jamais !

Prenant une profonde inspiration pour se calmer, elle se recentra sur son objectif et la raison de sa présence ici. Sa mission principale. Le Transformé. Tuer le Transformé. Trouver une faille et l'abattre.

Rassérénée et sûre d'elle, ainsi que de la réussite de son plan, elle repartit. Elle zigzagua habilement entre les arbres tout en évitant soigneusement les détecteurs savamment cachés. Avec toute la neige tombée, c'était plus difficile de les repérer. Cela dit, « difficile » ne voulait en aucun cas dire « impossible ».

Tous ses sens déployés, elle progressa avec lenteur et précision, veillant à toujours rester sous le vent. Comme l'avait dit Jean de la Fontaine, *« Rien ne sert de courir ; il faut partir à point ». Un précepte qu'elle avait appris très jeune et qu'elle avait immédiatement mis en pratique. Cela lui avait permis de remporter ses plus belles victoires. Et elle ne comptait pas s'arrêter là.*

Une trace, dans la blancheur immaculée de la neige, la fit stopper net.

Après avoir soigneusement fouillé l'endroit du regard, déterminé que ce n'était pas un piège et que le lieu était sûr, elle s'approcha à pas lents. Perplexe, elle fixa longuement cette trace. Puis ses yeux se relevèrent et se vrillèrent au tronc d'arbre qui semblait s'être battu contre un ours. Ou, en l'occurrence, contre un Lycaë.

L'odeur d'Owen, le traqueur des SixLunes, flottait tout autour de la zone. Mais ce n'était pas la seule chose qu'elle percevait. En dessous, se cachait l'odeur âcre et métallique du sang.

Le traqueur était blessé.

Et au vu de la trace qui marquait si profondément la poudreuse, elle en déduisit qu'il s'était brisé une main.

Fâcheux.

Un sourire mortellement froid étira lentement ses lèvres.

Évidemment, cela pourrait être un piège, mais il était tellement grotesque que cela semblait peu probable.

Toutefois, Prudence étant mère de Sûreté, elle prit soin de progresser au même rythme qu'avant : lent et calculé.

Cela s'avéra payant, puisqu'elle rejoignit rapidement sa nouvelle proie. Un traqueur blessé – soi-disant le meilleur d'entre eux – était une occasion bien trop belle pour la laisser passer. Surtout qu'il était lié à... l'ennemi.

La monstruosité attendrait donc encore un peu.

Après avoir longuement observé Owen – et s'être rendu compte que sa blessure était réelle –, elle agit très rapidement. Le traqueur ne tarderait pas à guérir, et alors, elle perdrait son avantage.

Sans plus hésiter, elle bondit.

Un simple murmure dans le vent, un léger tourbillon dans l'air, un souffle glacial sur sa nuque, Owen n'aurait su le dire avec précision, mais cela suffit. Il *sentit* que l'ombre bougeait, qu'elle *l'attaquait* !

Il attendit la dernière seconde pour l'esquiver. Prenant son attaquant par surprise, il réussit à se retrouver dans son dos. La position idéale. Babines retroussées, canines en avant, il s'élança à son tour.

Malheureusement, son adversaire n'était ni une novice, ni une mauvaise combattante. Elle l'attendait de pied ferme et réussit, à son tour, à esquiver l'attaque.

Égalité.

Alors qu'Owen prenait la décision de reprendre forme humaine, l'ombre, elle, prit la décision inverse. Dans un chatoiement de couleurs, les deux adversaires mutèrent simultanément. Le traqueur redevint homme, alors que l'ombre libérait sa louve.

Le poil hérissé, en position fléchie, cette dernière se préparait à lancer une nouvelle offensive. Mais Owen s'y était préparé et l'attendait avec une impatience à peine voilée. La louve se ramassa sur ses pattes postérieures et bondit. Droit à la gorge.

Le traqueur, qui avait anticipé ce genre d'attaque, ne fit rien pour la dévier, bien au contraire. Il l'accompagna, suivant le mouvement de l'animal, et se laissa tomber en arrière, profitant de la stupeur de celui-ci pour planter ses longues griffes acérées dans ses flans. D'une rapide rotation des poignets, il le projeta par-dessus sa tête et l'envoya s'écraser contre un arbre. Une demi-seconde plus tard, Owen était à nouveau debout, prêt à en découdre.

Une lueur mauvaise scintilla dans ses prunelles d'obsidienne. L'ombre allait payer pour l'avoir ainsi fait courir. *Oh oui !* Elle allait regretter de s'être ainsi jouée de lui. Elle s'en mordrait les doigts. Jusqu'au sang. Elle allait prendre cher, très cher.

La louve se releva, ignorant les dix plaies qui ornaient ses flans. Indifférente au sang qui s'en écoulait, elle gronda en direction de son adversaire. Lui montrant les crocs, elle se mit à lui tourner au tour. Lentement. Elle jaugeait le traqueur qu'elle avait visiblement sous-estimé. Grave erreur. Puis elle disparut, bougeant à une vitesse fulgurante. Sans aucun signe avant-coureur, elle se mit à danser autour de sa proie.

Owen ne voyait plus qu'une petite tache rousse qui se déplaçait à une vitesse à peine perceptible, même pour un Lycaë. Cette foutue ombre était diablement rapide. Un peu trop, même, s'avoua-t-il, lorsqu'une vive douleur traversa son abdomen. Baissant les yeux, il vit distinctement quatre griffures sanguinolentes barrer son ventre. *Oh, putain !* Et elles étaient profondes. *Saloperie d'ombre !*

D'une vive roulade avant, Owen évita l'attaque sournoise que la louve avait lancée dans son dos, profitant de sa distraction. Inattention qui aurait pu lui coûter cher.

Les prunelles du traqueur flashèrent. D'obsidienne, elles devinrent violettes. Derrière ces incroyables iris, le loup d'Owen se tenait à l'affût. Il guettait sa proie, avide de faire couler son sang. *Vengeance !* Il releva vivement la tête et plongea son regard hypnotique dans celui de son adversaire. L'animal, sur le point de bondir une nouvelle fois, se figea, comme pétrifié.

Un sourire carnassier apparut sur les lèvres d'Owen.

Bien joué, Owen. Tu es le meilleur.

Il se redressa lentement, les muscles tendus, prêt à bondir au plus petit signe d'agression. Pas un instant il ne détourna les yeux. Il ne cligna même pas des paupières. Il devait impérativement garder le contact visuel, sans quoi la magie cesserait d'opérer. Il s'approcha lentement de l'ombre, progressivement, sans se presser. Pas de précipitation. Il avait tout son temps, puisque sa proie se trouvait justement face à lui. Et, miracle des miracles, elle était envoûtée par son surprenant regard violet.

Owen fronça les sourcils, décontenancé par l'attitude de son loup. Dans la cage de son esprit, ce dernier se pavanait. Il *paradait* ! C'était la première fois qu'il réagissait de cette manière. Si, généralement, il était flatté que ses iris produisent un tel effet sur ses adversaires, il ne s'en était jamais glorifié.

Une première fois déconcertante. Qui tira une sonnette d'alarme hautement dérangeante chez le lieutenant.

Impossible. Impensable. Improbable !

Non, il se trompait. Cela ne pouvait être. Il ne le permettrait pas. *Jamais !*

D'un mouvement vif, et incroyablement rapide, la main d'Owen se détendit et s'enroula autour de la gorge de la louve. Il obstrua sa trachée, l'empêchant ainsi de respirer – et de l'attaquer par la même occasion.

— Transforme-toi ! ordonna-t-il froidement à sa prisonnière.

Conformément à sa nature d'ombre, elle avait toujours été attirée par le noir. Alors le regard d'obsidienne du traqueur des SixLunes l'avait immédiatement enchantée. Elle avait d'ailleurs regretté qu'ils soient ennemis. Amèrement. En d'autres circonstances, elle aurait trouvé Owen parfaitement à son goût. Oui, idéal.

Sa bête avait gémi, entièrement d'accord avec elle.

Malheureusement, ils étaient ennemis. Il ne se passerait donc jamais rien entre eux. Frustrant et rageant à la fois.

La vie était ainsi faite.

Elle l'avait accepté depuis longtemps, certaines choses ne pouvaient être changées. Il fallait apprendre à vivre avec. Sans quoi l'amertume, les regrets et les remords régneraient en maître, empoisonnant toute une vie.

Elle était prête à le tuer, à anéantir le meilleur traqueur au monde. Elle était sur le point de le faire. Sans sourciller. Cela ne lui faisait ni chaud, ni froid. Enfin, pas exactement. Elle eut, juste avant de bondir, dans le creux de sa poitrine, là où aurait dû se situer son cœur, un tout petit pincement, une légère pointe de regret.

Mais cela ne l'arrêta pas.

Sa vengeance demandait à être assouvie. C'était devenu vital. Et Owen, aussi séduisant et appétissant soit-il, se dressait en travers de son chemin. Si elle l'avait pu, elle en aurait certainement emprunté un autre, afin d'épargner la vie du traqueur. Mais elle ne pouvait pas. Car Owen se contenterait de changer de chemin à son tour et se trouverait, une fois encore, en travers de sa route. Elle n'avait pas le choix. Elle devait impérativement passer. Pour trouver le Transformé et le tuer.

Alors non, ni le traqueur, ni cette petite pointe de regret ne pouvaient l'arrêter...

... Le troublant regard violet du loup d'Owen, si.

Il lui suffit de croiser ses incroyables iris pour se retrouver figée. Béate d'admiration, elle commit la plus terrible des erreurs. Et la plus impardonnable. Elle se laissa distraire. Grisée, envoûtée par ces profondeurs violettes clairsemées de nuances plus claires – lilas peut-être, ou alors parme – elle se retrouva prisonnière.

Comme ça.

D'un simple claquement de doigts.

Incapable de détourner les yeux.

Et même maintenant, alors que la main du traqueur malmenait sans aucune pitié sa trachée, elle ne pouvait se détourner de ces magnifiques pupilles.

Fait comme un rat, elle se trouvait dans la plus délicate des positions.

Il était tout bonnement hors de question qu'elle se métamorphose, quoi qu'en dise Owen. Même pas en rêve ! *En fait, cela ne faisait pas du tout partie de ses plans – pas plus que de se faire capturer, cela dit.*

Elle était mal, terriblement mal.

Comment allait-elle bien pouvoir se sortir de ce guêpier ?

Elle ne voyait qu'une seule et unique possibilité. Malheureusement pour elle, depuis que sa part animale avait croisé les pupilles violettes d'Owen, elle refusait catégoriquement de recourir à une telle méthode – en admettant bien sûr qu'elle puisse se soustraire au regard hypnotique du traqueur, ce qui n'était pas encore gagné.

Cela ne pouvait signifier qu'une chose. Or, c'était impossible, inconcevable, inacceptable.

Elle vivante, jamais !

— Transforme-toi, répéta Owen, d'une voix glaciale.

La louve lui montra les crocs, mais refusa obstinément de reprendre forme humaine.

L'ombre usait d'une patience qu'il ne possédait malheureusement plus. Lui, généralement maître dans l'art de tenir ses émotions en laisse, était incapable de conserver son sang-froid devant cette adversaire-ci.

Fâcheux.

Vraiment déplaisant.

— Dernier avertissement.

La vie du Zéhéniché de son Alpha était en jeu, il ne pouvait pas se permettre de prendre des gants, ni de perdre inutilement son temps. Soit l'autre obéissait, et lorsqu'il aurait reçu les réponses qu'il attendait, il veillerait à lui accorder une mort rapide – son loup gronda méchamment à cette pensée – ; soit l'autre n'obéirait pas, et elle connaîtrait une agonie lente et douloureuse – son loup devint carrément fou à cette pensée. Le choix de l'ombre se résumait donc à ces deux options : une morte rapide ou une mort lente.

Sa moitié animale s'élança contre les parois de son esprit, cherchant à se libérer et à prendre les commandes. La mort de l'ombre lui était tout bonnement insupportable.

Le traqueur serra les dents et maintint fermement son loup en cage. Owen voyait ses pires craintes se confirmer de minute en minute. Pourtant, il refusait obstinément d'y croire. Il ne *pouvait* pas l'admettre. Pas avec une ennemie. *Jamais* avec une ombre.

Le regard verrouillé sur les iris bleu nuit de son adversaire, il laissa ses griffes sortir partiellement et se planter dans la chair tendre de sa gorge. Puisque l'ombre voulait jouer, il allait en faire de même. Owen était toujours partant pour ce genre de plaisirs.

Mais avant, il avait tout de même une petite chose à vérifier.

Sans desserrer sa poigne, portant l'animal à bout de bras, il se mit lentement à reculer vers ses vêtements – qu'il avait laissé tomber au début de leur affrontement. Il s'accroupit et le reposa sur le sol dans la manœuvre, car même lui ne pourrait pas le maintenir ainsi indéfiniment. Cette foutue ombre était bien plus lourde que ne l'avait été Elvis. De sa main libre, et sans quitter la louve rousse des yeux, il attrapa son pantalon et en sortit son téléphone portable.

Son correspondant répondit à la troisième sonnerie.

Bien.

— Je l'ai, annonça-t-il sans préambule.

Un bref silence.

— *Vivante ou morte ?*

La voix froide d'Elijah claqua comme un coup de fouet.

Sa prisonnière frissonna, et ses pupilles s'écarquillèrent d'effroi. Parfait. L'ombre avait peur de son Alpha, c'était déjà ça.

— Vivante.

Nouveau silence.

— *Fais-la parler, je veux savoir qui l'a envoyée. Je veux savoir qui en a après mon compagnon.*

Une moue ironique déforma les lèvres fermes d'Owen.

— Ça va être difficile.
— *Pourquoi ?*

Flèche enveloppée d'un poison mortel.

— Elle refuse catégoriquement de reprendre forme humaine. Ça risque de prendre un certain temps. Et je ne garantis pas qu'elle soit en état de parler lorsque j'en aurai terminé avec elle.

Son adversaire n'était certainement pas une lâche. Même si elle avait visiblement peur d'Elijah, rien ne garantissait que cela soit suffisant. Owen était même convaincu du contraire. Et comme elle semblait décidée à ne pas se métamorphoser, il y avait fort à parier qu'elle endurerait chaque torture sans broncher. Même à l'article de la mort, elle ne se rendrait pas.

Un grondement menaçant parvint aux oreilles d'Owen.

— *Fais le maximum pour qu'elle parle. Je veux savoir qui l'envoie. Si elle persiste dans son silence, nous la tuerons. Nous ne pouvons pas prendre le risque d'emprisonner une ombre.*

C'était bien trop dangereux. Si elle parvenait à s'échapper – et Owen ne doutait pas un instant qu'elle en soit capable – alors ils se retrouveraient à la case départ : à poursuivre une adversaire insaisissable. Qui ne se laisserait pas prendre deux fois par la même ruse. Et qui éviterait soigneusement tous les pièges qu'ils lui tendraient. Chat échaudé craint l'eau froide.

— *Où es-tu exactement ? Nathaniel et moi te rejoignons.*

Alors qu'il était sur le point de donner son emplacement exact, ses pupilles flashèrent une nouvelle fois.

Eh merde !

Son loup, furieux qu'il consente à mettre ce plan en pratique, s'était retiré dans la cage de son esprit, ruminant sa vengeance.

Son adversaire reprit immédiatement du poil de la bête et profita de sa distraction. Cela ne dura qu'une fraction de seconde, mais ce fut suffisant. Se servant de ses pattes arrière comme d'un levier, elle se propulsa en direction de sa gorge. Les puissantes mâchoires de la louve se refermèrent autour de son cou.

Owen évita la décapitation de justesse, mais ne put empêcher les crocs de la bête de se planter dans sa chair. Il ne fut cependant pas en reste, car il avait instinctivement planté ses griffes dans le ventre de son adversaire.

Ils étaient tous deux gravement blessés.

Lui, la gorge partiellement arrachée, était aux portes de la mort. Très proche, même. Si Edmund n'intervenait pas très rapidement, il ne pourrait plus rien faire pour le sauver.

L'ombre, presque éventrée, était également dans une situation délicate. Si ses organes vitaux étaient atteints, elle ne passerait pas la nuit, sinon, il lui faudrait des semaines pour se remettre. À moins de bénéficier de l'aide d'un guérisseur.

— *Owen ?... Owen ?... OWEN !!!*

Le hurlement de l'Alpha résonna dans la forêt devenue étrangement silencieuse.

Owen, une main fermement pressée sur sa gorge, laissa échapper un faible râle d'agonie. Il y mit toute la douleur qu'il pouvait. Elijah comprendrait. Et le trouverait. L'Alpha étant intimement lié à ses lieutenants, il était capable de les retrouver n'importe où. Mais arriverait-il à temps ? Rien n'était moins sûr.

Sa vision de plus en plus floue, il sentit du sang s'écouler de sa bouche. Il tourna légèrement la tête sur le côté, ignorant sciemment la douleur qui lui vrilla le crâne, et croisa le regard bleu nuit de son adversaire.

Toujours debout, malgré le sang qui ruisselait le long de ses pattes et qui gouttait de son ventre, elle le fixait avec une douleur infinie dans le regard. Une pointe de regret y était également présente. Elle s'avança lentement, se traînant péniblement vers lui.

Owen ferma les yeux. Son heure était venue. L'ombre allait l'achever.

Chapitre 18

Un masque de granit remplaça les traits tirés d'Elijah lorsqu'il découvrit le corps désarticulé d'Owen. Ses mains formèrent des poings. Cette damnée ombre payerait chèrement ce qu'elle avait fait. Il y veillerait personnellement. Il n'aurait de cesse de lui rendre au centuple ce qu'elle venait d'infliger à son lieutenant. On ne s'attaquait pas impunément à la meute des SixLunes. Sa légendaire férocité envers ses ennemis n'était pas un mythe, mais un fait bien réel. Elle l'apprendrait à ses dépens.

Une rapide inspection circulaire confirma ce dont il se doutait déjà : personne dans les environs. L'ombre avait filé. Elle était intelligente et possédait un instinct de survie surdéveloppé, Elijah le lui concédait volontiers... dommage qu'il ne soit pas plus affûté.

Une bordée de jurons lui fit pivoter la tête et il reporta toute son attention sur Owen. Une seconde à peine s'était écoulée depuis son arrivée sur les lieux, mais cela suffisait. Le temps leur était compté. Chaque seconde était précieuse et décisive. Ses projets de vengeance attendraient. Après tout, il n'était pas à une heure près. Il avait l'éternité devant lui. Elijah savait se montrer patient quand les circonstances l'exigeaient.

— Cette saloperie d'ombre l'a marqué ! cracha Nathaniel, s'agenouillant aux côtés d'Owen.

Une rage froide et dévastatrice naquit dans le cœur d'Elijah. Comment avait-elle osé ? Les os de ses mains craquèrent sous la force de sa colère. D'un bond puissant, il s'interposa entre son Bêta et son lieutenant. Une main verrouillée autour de son poignet, il empêcha Nathaniel de poursuivre son geste.

— Non ! Ne le touche pas. Ce privilège me revient. L'ombre est à moi, gronda-t-il férocement.

L'ombre avait marqué Owen, elle l'avait ouvertement déclaré sien. Elle traquerait et tuerait tous ceux qui auraient le malheur de le toucher. *Qu'elle vienne*, songea Elijah, se tournant vers son traqueur. D'une main ferme, il enveloppa sa gorge déchiquetée. Ses prunelles bleu glacier luisaient dans la pénombre, mais il fit abstraction de la soif de vengeance qui coulait dans ses veines.

Les oreilles baissées en arrière, les babines retroussées et les canines entièrement dévoilées, son loup vibrait de rage. Si la vie d'Owen n'avait pas tenu à un fil, il se serait déjà lancé à la poursuite de sa nouvelle proie. Le loup l'avait déclarée sienne, quiconque se dresserait en travers de son chemin le paierait de sa vie.

Un grondement rauque fit vibrer sa poitrine. Le corps du traqueur tressaillit en réponse.

Tout n'était donc pas perdu.

Nathaniel en profita pour faire un rapide examen des lieux. D'importantes tâches de sang maculaient la blancheur immaculée de la neige.

— L'ombre a été blessée. Méchamment, même, je dirais…

— Cela ne me surprend pas. Owen n'est pas du genre à tendre gentiment la gorge.

— Peut-être est-elle mortellement blessée ?

— J'en doute fort. Si tel avait été le cas, elle aurait perdu toute maîtrise sur son odeur, comme Owen. Or, je ne détecte aucun parfum qui me soit inconnu. (Elijah marqua une courte pause.) Gravement blessée, sans doute, mais rien qui ne mette ses jours en danger, malheureusement.

Une nouvelle bordée de jurons s'échappa des lèvres du Bêta. Il s'immobilisa soudain, avant de revenir lentement sur ses pas. Il s'agenouilla aux côtés d'Elijah, la mine grave.

— Que feras-tu s'il l'a également marquée ?

La question de Nathaniel lui arracha un sourire froid.

— Il n'en a rien fait.

— Comment peux-tu l'affirmer ?
Elijah indiqua les lèvres bleutées d'Owen.
— Y vois-tu du sang ? En sens-tu ?
Nathaniel plissa les yeux.
— Cela ne veut rien dire.
— Au contraire. Dans son état de faiblesse, il n'aurait pas eu la force de le faire disparaître. Cela étant, si Owen s'était lié, je le saurais. Je l'aurais senti au moment où la chose aurait été faite. Comme pour Roan. (Elijah releva brusquement la tête et fixa un point devant lui.) Or je peux t'affirmer qu'il n'en est rien.
Nathaniel suivit son regard et se redressa lentement.
— Et si cela avait été le cas ?
Il y eut un bref silence.
— Alors nous aurions eu un problème. Et de taille.
L'arrivée d'Edmund mit un terme à leur discussion. Ce qui ne les dérangea nullement puisque tout avait été dit.
— Peux-tu le sauver ? demanda Elijah d'une voix tendue.
Le regard inquiet de son cadet ne le rassura pas, bien au contraire.
— Il a perdu énormément de sang, déclara sobrement Edmund, indiquant la neige gorgée de rouge tout autour d'Owen. (Il fixa le garrot de fortune – sa main – durant un bref instant, avant de déglutir péniblement.) Et il en perd encore.
— En faible quantité.
Edmund secoua la tête, navré.
— Je ne peux rien garantir, Elijah. Mais je vais faire mon possible.
Son loup se baissa lentement, prêt à bondir, et gronda méchamment en direction de son frère.
Réponse inacceptable.
La mâchoire crispée, les tendons du cou saillants, Elijah tenta de dominer l'émotion forte qui le prenait aux tripes. Il ne perdrait pas un nouveau lieutenant. Hors de question.

Deux c'est assez, trois c'est trop !
Son loup grogna son approbation.
Un long hurlement jaillit de sa gorge et résonna jusqu'aux confins de son territoire. Les plus anciens, les plus forts d'entre eux répondirent immédiatement à son appel.
— Commence, ils arrivent.
Edmund acquiesça silencieusement et posa délicatement une main sur la poitrine d'Owen. Au vu de la gravité des blessures, il allait devoir procéder en plusieurs étapes. Elles seraient lentes, incroyablement douloureuses, et les chances de réussite étaient minces.
Mais pas impossibles.
Ressouder des os brisés était un jeu d'enfant, remplacer de la peau arrachée déjà plus complexe, ramifier de nouveaux vaisseaux sanguins passablement ardu, régénérer le sang perdu très épuisant ; mélanger le tout relevait de la gageure. Or c'était précisément ce qui attendait Edmund.
La nuit serait courte. Pour tout le monde.

Matthias tournait en rond comme un lion en cage. Il était agacé, vraiment énervé. Non, c'était pire que cela... il était vert de rage.
Elijah lui avait donné un ordre. *Un ordre.*
Lui qui pensait que les choses étaient en train de s'améliorer entre eux… Quelle désillusion !
Son regard, sa posture, sa manière d'être ; tout lui avait rappelé l'attitude de l'Alpha qui l'avait injustement condamné à mort. Il s'était leurré en croyant pouvoir lui pardonner, en pensant pouvoir faire ce qu'il fallait pour demeurer en vie. Jamais il ne pourrait vivre aux côtés d'un compagnon qui le traiterait de cette manière.
Son loup claqua les crocs, désapprobateur.
Matthias l'ignora royalement, trop furieux pour seulement songer à faire des compromis. *Compromis.* Dieu qu'il détestait ce mot ! Il avait dû en faire toute sa vie durant, et voilà qu'il devrait en

faire jusqu'à la fin de ses jours. Avec son loup, avec son compagnon, avec son père, avec les lieutenants, avec la meute, avec ses amis... encore et toujours ; avec tout le monde. Qui faisait des compromis pour lui ? Personne !

Mensonge, lui souffla une petite voix dans le creux de son oreille. *Elijah fait quantité de compromis pour toi.*

Blasphème !

Matthias attrapa la première babiole à sa portée et la lança rageusement contre le mur.

— Tu te sens mieux ? demanda une voix moqueuse et grinçante.

— Non ! hurla-t-il en se retournant d'un bloc.

Il se figea, le souffle coupé.

— Tu as l'air surpris de me voir... Il ne faut pas...

Matthias n'en revenait pas. Que faisait-il ici, celui-ci ? Chez lui ? *Chez Elijah ?!?*

Il avait été banni ! Il aurait dû se trouver à des lieues du territoire des SixLunes. Or, il était là. Comme si c'était normal.

Son loup se raidit et dénuda des crocs blancs, tranchants comme des lames de rasoir.

— Qu'est-ce que tu fais là ?

L'autre ricana méchamment.

— Ça me semble évident. (Il marqua une courte pause.) Je suis venu te tuer et reprendre ce qui est à moi.

Un violent instinct de possession s'empara alors de Matthias. Il gronda et se replia lentement sur lui-même, prêt à éviscérer son adversaire.

— Elijah est à *moi*.

Même si c'était un connard sans nom avec des principes archaïques, des manières dignes d'un homme de Néanderthal, un caractère de cochon ; c'était *son* connard ! Pas touche !

— Ça, j'en doute..., ricana l'autre.

Avant de bondir sur lui.

Matthias l'esquiva de justesse, lui faisant un croc en jambe. Son adversaire s'encoubla et s'écrasa contre la table basse du salon, qui se brisa sous la force de l'impact.

Blême de rage, les poings serrés, en position de combat, Matthias attendait de pied ferme le Lycaë renégat. Ses pupilles, semblables à de l'or en fusion, luisaient comme des pierres précieuses au milieu de la pénombre ambiante.

Son pendant animal se tenait prêt, à l'affût du moindre faux pas de son concurrent. Elijah était à lui. *À lui.* Il tuerait sans remords tous ceux qui tenteraient de le lui prendre.

Son adversaire se releva sans attendre et s'élança une nouvelle fois.

Un jeu de chat et de souris commença. Dès que l'un attaquait, l'autre esquivait ; et vice-versa. Au bout d'une dizaine de minutes, ils en étaient toujours au même point, mais avec quelques blessures en plus. Matthias avait quatre traces de griffure sur sa joue droite et l'on voyait l'os saillir sur son bras gauche ; une plaie béante traversait le ventre du renégat et son auriculaire droit formait un drôle d'angle.

Les deux adversaires se défiaient du regard, refusant d'en rester là. Le premier était dirigé par son instinct de possession et brûlait d'éliminer une concurrence qui n'avait pas lieu d'être — après tout, il était déjà uni à son Zéhéniché. Le second avait soif de vengeance, habité d'une jalousie sans pareille qui le rongeait de l'intérieur — estimant qu'Elijah lui revenait, qu'il était sien, il était persuadé de son bon droit, avide de le récupérer.

— Avant le lever du soleil, tu seras mort et Elijah sera mien ! hurla ce dernier, au bord de la folie.

— Jamais ! rétorqua Matthias, faisant un pas menaçant en direction de son ennemi.

Ce fut une erreur fatale.

Le Lycaë profita de cette petite distraction pour planter ses griffes acérées dans son ventre.

Matthias, qui s'était instinctivement raidi en voyant le geste amorcé par son adversaire, attendait l'horrible douleur qui allait immanquablement suivre. Les traits tirés, les yeux plantés dans ceux de son vis-à-vis, il espéra pouvoir en faire fi et tirer avantage de la situation.

Mais rien ne vint.

En voyant la stupeur se peindre sur les traits du traître, Matthias baissa les yeux.

Une poigne de fer était enroulée autour du poignet de son rival. Les griffes de celui-ci se trouvaient à un cheveu de son abdomen.

Une tierce personne était là.

Tellement obnubilé par son combat, il n'avait pas senti qu'un étranger était entré chez lui. *Chez Elijah.* Sa tête pivota brusquement et ce qu'il découvrit le laissa pantois.

Une femme.

Une toute petite femme, qui lui arrivait à peine à l'épaule, se tenait à un pas d'eux. Son corps mince, à l'apparence fragile, la faisait paraître encore plus menue. Minuscule fut le mot qui vint aux lèvres de Matthias. Pourquoi était-elle intervenue ? Elle allait se faire laminer !

Quelle ne fut pas sa surprise lorsque, d'une torsion du poignet, elle envoya valdinguer le renégat à l'autre bout de la pièce.

— Tu t'en sors très bien. Reste concentré et tu auras le dessus, dit-elle d'une voix égale, avant de s'adosser à un mur. Continue et fais comme si je n'étais pas là.

Son adversaire, pâle comme la mort, tenta de prendre la poudre d'escampette. Matthias, bien trop sonné par ce qui venait de se produire, ne fit pas un geste pour l'arrêter.

Ce qui ne fut pas le cas de la femme.

Bougeant à une vitesse à peine perceptible, même pour eux, elle empoigna fermement le fuyard par la gorge. Elle le souleva à bout de bras – ce minuscule bout de femme soulevait un homme à la seule force de son poignet ! – le coupant net dans son élan.

— Pas de ça, Elvis. Tu as scellé ton destin en refusant de fuir et en t'en prenant ouvertement au Zéhéniché de l'Alpha. Assume les conséquences de tes actes comme un brave, et non comme un lâche ! Ton père aurait honte de toi ! Une telle infamie…, gronda-t-elle méchamment, avant de le projeter violemment en arrière.

Elvis, puisque c'était son nom, percuta de plein fouet la baie vitrée du salon…

… et passa au travers.

— Viens, Matthias, nous sortons, ordonna-t-elle froidement, enjambant les débris de verre qui jonchaient le sol.

Profondément intrigué, il la suivit sans protester.

À l'instant où il avait croisé le regard métallique de Sonya, Elvis avait compris qu'il n'en réchapperait pas vivant. Pourtant, il y avait cru. Il avait senti le goût de la victoire sur le bout de sa langue. Il s'en était fallu d'une fraction de seconde, d'une putain de milliseconde !

Des larmes de rage et de désespoir roulèrent silencieusement le long de ses joues blafardes. C'en était fini. Il ne récupérerait jamais Elijah. Il leva lentement un regard brûlant de rage en direction du Transformé. S'il devait mourir, alors il l'emporterait avec lui !

Une bien belle promesse qu'il ne pourrait pas tenir.

Sonya était trop vive, trop rapide. Il ne parviendrait jamais à toucher cette fichue monstruosité. Elle se trouverait immanquablement en travers de son chemin. Il avait appris à ses dépens qu'il ne fallait pas sous-estimer cette femelle. Contrairement aux apparences, elle n'était pas plus frêle que faible.

Bien au contraire.

Il se rappelait parfaitement la défaite cuisante qui avait été la sienne quand il l'avait défiée lors des joutes. Il avait mordu la poussière en moins de temps qu'il ne fallait pour le dire. Ses potes s'étaient bien moqués de lui… Jusqu'à ce qu'ils le rejoignent !

Un sourire mélancolique étira brièvement les lèvres d'Elvis. Il revit ce qui fut, et ce qui aurait pu être si ce damné Transformé n'avait pas été recueilli par Edmund.

Ses poings se serrèrent.

Il lui avait volé sa vie ! Il devait payer !

À mort, à mort, à mort !!!

Dans un hurlement de fureur, Elvis se redressa et bondit en avant.

— CRÈVE !!!

Si la rage de son loup était encore bien vivace, il n'en allait pas de même de la sienne. Depuis l'interruption du combat, Matthias était atterré par sa propre attitude. Comment avait-il pu souhaiter la mort d'une autre personne ? Comment avait-il pu simplement y songer ?

Cela dépassait l'entendement.

Lui, qui n'avait jamais fait de mal à une mouche, s'était battu comme un beau diable, avide de faire couler le sang de son adversaire. Cela ne lui ressemblait guère. Lui qui était d'un naturel calme et réfléchi…

… enfin, en temps normal ! Ce qui n'était plus arrivé depuis la pleine lune, malheureusement. Depuis qu'Elijah Hunter était entré dans sa vie avec la délicatesse d'un éléphant dans un magasin de porcelaine ! Matthias n'aimait pas ce qu'il était en train de devenir. Il ne voulait pas se transformer en tueur sanguinaire, capable de faire couler le sang sans sourciller.

Alors tu mourras et tu perdras Elijah à jamais, souffla à nouveau une petite voix dans sa tête.

Bordel ! Cette simple idée le rendait fou.

Affligé, Matthias sentit ses yeux changer. Lorsqu'il s'agissait de son compagnon, il démarrait au quart de tour, toutes griffes dehors. Il n'était clairement plus le même. Mais était-ce un mal ou un bien ?

Difficile à dire.

Car bien que cette idée lui déplaise fortement, Matthias devait admettre que pour survivre au sein de la meute, avec la position qui était maintenant la sienne, il n'avait guère le choix. Il devait changer. S'il restait le gentil petit Transformé incapable de se défendre, il deviendrait une cible de choix. Que ce soit au sein de la meute ou pour leurs ennemis.

En serait-il capable ? Pourrait-il vraiment tuer quelqu'un, même pour sauver sa vie ?

Un simple coup d'œil à ses griffes acérées lui donna la réponse. Tout du moins lorsqu'il serait question de son Zéhéniché.

Pourtant, alors qu'Elvis se jetait sur lui en hurlant qu'il allait le tuer, Matthias hésita une fraction de seconde – encore.

La femme intervint une nouvelle fois, et renvoya le jeune Lycaë au sol d'une simple poussée.

— Voici venu le temps des choix, Matthias. Soit tu montres à la meute que tu es fort et parfaitement capable de te défendre tout seul, soit tu passes pour un faible et je me charge de ce problème pour toi. Dans le premier cas, tu feras non seulement honneur à ton compagnon, mais tu prouveras également ta valeur au combat, ce qui, pour les nôtres, engendrera un respect immédiat et indéniable. Dans le second cas, tu deviendras une proie de choix et le talon d'Achille d'Elijah. Fort ou faible ; valeureux ou lâche ; vivant ou mort ; quel est ton choix, Lycaë ? tonna la femme, d'une voix rude.

La première pensée qui vint à Matthias fut qu'il n'était pas un Lycaë.

« *Tu pourrais être Matthias, tout simplement.* »

Un tendre sourire étira ses lèvres à ce souvenir. Qu'il soit ou non un Lycaë n'était pas ce qui le définissait en tant que personne, et ce n'était pas vraiment ce qui importait le plus en cet instant. Il devait prouver sa valeur, afin de pouvoir un jour trouver sa place au sein de la meute. Il devait montrer qu'on ne pouvait pas impunément s'en prendre à lui. Il devait leur faire savoir qu'il ne se cacherait pas derrière Elijah, qu'il ne brandirait pas leur lien pour se protéger d'éventuelles attaques ou défis. Il n'était peut-être pas un Lycaë, mais il était Matthias, ce qui était bien assez en définitive.

« Tu es unique. Au lieu de voir cela comme une faiblesse, tu pourrais faire comme moi et voir cela comme une force. »

Elijah n'était pas parfait – loin de là – et il pouvait se montrer intransigeant et cruel, parfois, mais il croyait en lui. Il le voyait fort et unique. Il était temps pour lui de se montrer digne de la confiance que son compagnon avait placée en lui.

Matthias releva lentement ses iris jaune vif et les vrilla sur son adversaire. Elijah était à lui et à lui seul. Personne n'avait le droit de s'interposer entre eux, personne n'avait le droit de faire souffrir son Zéhéniché. *Personne.* Et s'il mourait, Elijah en serait dévasté.

Inacceptable.

Ce fut avec cette pensée, et uniquement celle-ci, qu'il prit sa décision. Parfois, il fallait faire preuve de cruauté pour maintenir un équilibre durement acquis. L'avenir qui s'ouvrait devant lui était plus beau qu'il ne l'avait jamais imaginé – ou même espéré –, il méritait d'être préservé. En vérité, le simple fait d'avoir un avenir était déjà un cadeau précieux et inestimable. Hors de question de laisser un Lycaë jaloux et envieux lui voler cela.

Jamais.

Ni lui ni cette damnée ombre ne se mettraient en travers de leur chemin. Son avenir était avec Elijah, il l'avait *mérité*, il y avait *droit*. Il ne laisserait personne le lui prendre. Ni aujourd'hui, ni demain. L'éternité leur tendait les bras, il n'était pas envisageable de lui tourner le dos. Si pour vivre, il devait tuer ceux qui attenteraient à sa vie, alors qu'il en soit ainsi.

Matthias, fort de ses nouvelles convictions, fit un pas menaçant en direction d'Elvis.

— Viens donc. Je t'attends, annonça-t-il d'une voix coupante.

Elijah, la main toujours pressée autour de la gorge d'Owen,

regardait son frère œuvrer en silence. L'hémorragie avait rapidement été stoppée et Edmund était en train de refermer la plaie. Malheureusement, il manquait des bouts de peau et son cadet devait les remplacer. Cela prenait du temps alors qu'ils en manquaient cruellement. Il devenait urgent de remplacer le sang qu'Owen avait perdu. Mais tant que la blessure ne serait pas dûment refermée, cela s'avérerait inutile.

Elijah rageait de ne pouvoir en faire davantage. Il se sentait aussi inutile qu'impuissant.

Depuis l'arrivée des plus anciens membres de la meute, sa présence n'était plus vraiment indispensable. Pourtant, il refusait catégoriquement de s'éloigner tant qu'il ne saurait pas, avec certitude, que son traqueur était tiré d'affaire. Il refusait qu'il en soit autrement. Pourvu que l'avenir ne lui donne pas tort.

Brusquement, il releva la tête et fixa intensément les deux lieutenants qui revenaient de leur traque.

— Dites-moi que vous avez trouvé quelque chose, grogna-t-il rageusement, se défoulant comme il le pouvait.

Gaidon et Alexis échangèrent un rapide coup d'œil.

Mauvais signe.

Les poils de la nuque d'Elijah se hérissèrent.

— On a perdu sa trace au nord-est, au niveau du lac.

Deux explications étaient envisageables : soit la blessure de l'ombre était suffisamment guérie pour ne plus saigner, soit l'ombre s'était immergée dans le lac. La première était hautement improbable, surtout au vu de la quantité de sang qu'elle avait perdu – une telle blessure ne se refermait pas aussi rapidement –, la seconde ne tenait pas non plus la route, car ils auraient repéré ses traces à l'endroit où elle serait ressortie. Quant à rester immergée aussi longtemps sous les flots, ce n'était tout simplement pas possible.

— Elle n'a quand même pas pu se volatiliser !

Edmund releva soudain la tête, les yeux brillants comme des

diamants – signe que ses talents de guérisseur étaient pleinement actifs.

— L'eau est glaciale à cette période de l'année, elle a pu cautériser provisoirement la plaie.

La mine sombre d'Edmund ne lui disait rien qui vaille.

— Jusqu'à quel point ?

— Suffisamment pour se mettre à l'abri et guérir, je le crains.

Son loup hurla de rage.

— Enfer et damnation ! Ne me dis pas que cette maudite ombre va nous glisser entre les pattes ?! Pas encore !

Edmund reporta son attention sur Owen.

— Tu peux le lâcher, Elijah, la plaie est maintenant refermée, annonça-t-il d'une voix douce. Le plus dur reste à faire. Prions pour qu'il ne soit pas trop tard.

Elijah détacha lentement sa main de la gorge de son lieutenant. La peau de son cou était encore rosée, mais indéniablement guérie.

— Je peux…

— Non ! (Le refus catégorique d'Edmund résonna dans le silence de la nuit tombée.) En ces heures sombres, nous ne pouvons pas nous permettre de te laisser t'affaiblir. Nous avons besoin que tu sois fort, Elijah. L'ombre n'est que la pointe émergée de l'iceberg, nous ne savons pas ce qui se cache dessous.

Les poings serrés, Elijah tenta de protester.

— Ce n'est pas une petite ponction de sang qui va m'affaiblir !

Le regard d'Edmund était résolu.

— C'est un risque que je refuse de prendre.

— Je suis ton Alpha et je t'ordonne de le faire ! rugit Elijah en bondissant sur ses pieds, dominant son frère de toute sa haute stature.

Edmund ne fut nullement impressionné.

— Et moi, je suis ton guérisseur. Quand je dis « non », c'est non ! Si tu ne peux pas te contrôler, je te demande de partir ! J'ai besoin de toute ma concentration et de toute mon énergie pour avoir une petite chance de sauver Owen. Tu nous fais perdre un temps précieux ! lâcha-t-il froidement, avant de se remettre au travail. Nathaniel, j'ai besoin de toi.

Le Bêta ne perdit pas de temps. Il s'agenouilla aux côtés d'Edmund et lui présenta sa gorge dénudée.

Elijah s'éloigna de quelques pas rageurs. Il donna un coup de pied dans la neige, mais n'en éprouva aucune satisfaction. Il avait besoin de se défouler, d'évacuer le surplus d'énergie qui le parcourait. Il avait besoin de...

Il pivota brusquement sur ses talons, le teint blafard.

— Qui est resté au village avec Matthias ?

Matthias n'avait ni technique ni style, il se la jouait complètement improvisé. Et jusque-là, ça marchait plutôt bien. Ses réactions n'étaient pas celles d'un combattant aguerri, elles ne suivaient donc aucun schéma préétabli. De l'improvisation pure et simple. C'était sans conteste un avantage certain sur son adversaire. Alors que celui-ci s'attendait à le trouver à gauche, Matthias était généralement à droite. Quand il pensait le coincer à droite, il reculait. Et parfois, il restait simplement où il était.

Elvis passait donc son temps à l'insulter, et s'épuisait à vue d'œil.

Matthias attaquait rarement, se contentant d'esquiver. Un chat jouant avec une petite souris.

La patience de son loup arrivait à saturation, ce dernier voulant en finir. Planter ses crocs dans la gorge de son rival et régler le problème une bonne fois pour toutes.

Cela ne se déroula pas exactement ainsi.

Alors qu'Elvis tentait de le frapper une énième fois, sa part animale prit le dessus. Elle pivota autour de sa proie pour se positionner dans son dos – pour une fois, le mouvement fut souple et élégant. Elle planta ses griffes dans son ventre pour l'éviscérer et empoigna fermement son menton de sa main libre. Alors qu'elle faisait brutalement pivoter sa tête sur le côté, brisant d'un coup net ses cervicales, simultanément, elle lacera son ventre, l'ouvrant littéralement en deux.

Mort sur le coup, avant même de toucher le sol.

Un silence mortel régna.

Matthias fixa longuement le corps sans vie d'Elvis. Il n'éprouva aucune joie, aucune fierté à avoir dû faire cela. S'il l'avait pu, il l'aurait même évité. Malheureusement, le jeune Lycaë jaloux et envieux ne lui avait guère laissé le choix.

Matthias leva ses mains et les regarda sans rien dire. Elles étaient rouges de sang, maintenant. Elles porteraient à jamais la trace de ce qu'il avait fait.

Meurtrier, assassin, monstre !

— Ce n'est pas le moment de tourner de l'œil, la moitié de la meute te regarde.

La voix rauque de la femme le tira de ses tristes pensées.

— Hein ?

— On te regarde, Matthias. Redresse-toi et carre les épaules, l'épreuve n'est pas encore totalement terminée. (Elle le contourna sans lui laisser le temps de répondre.) Matthias a fait preuve de compassion en accordant une mort rapide à ce traître, déclara-t-elle d'une voix forte. S'il avait eu affaire à moi, elle aurait été fort douloureuse et bien plus longue. Je me demande d'ailleurs quelle sera la réaction de l'Alpha quand il apprendra que vous avez tous assisté au spectacle sans intervenir…

Elle n'avait pas terminé sa phrase que la meute s'était miraculeusement envolée.

— Je suis profondément navrée que tu aies dû en passer par là, Matthias. Crois-le ou non, si j'avais pu t'éviter cela, je l'aurais fait. Mais ils devaient juger par eux-mêmes, tous autant qu'ils sont, que tu es capable de tuer pour sauver ta vie ou celle d'Elijah. (Elle marqua une courte pause et lui adressa un sourire mélancolique.) Et toi aussi, tu devais l'apprendre. (Elle s'avança jusqu'à lui et planta son regard dans le sien.) Les ennuis sont en chemin, Matthias, et l'avenir qui s'annonce est sombre. Ta technique de combat est affligeante, et c'est un miracle que tu en sois sorti sans trop d'égratignures. Mis à part ton bras (elle pointa l'os saillant du menton), tu t'en es très bien tiré… pour un novice, souligna-t-elle avant d'effleurer ladite blessure du doigt. Soignons cela, veux-tu ? Sans quoi Elijah risque de paniquer en te voyant.

Matthias se racla la gorge et se dandina, affreusement gêné.

— Mon père n'est pas là… Il est occupé…

La femme gloussa et lui fit un clin d'œil.

— Nous n'avons pas besoin de lui. Je peux m'occuper d'une blessure aussi bénigne, lui confia-t-elle dans un murmure, afin de n'être entendue que de lui.

— Mais…

Elle posa un doigt en travers de ses lèvres. Le message était clair : il ne devait pas en parler. Ni maintenant, ni jamais. Et avant qu'il ne le réalise, ses blessures avaient toutes disparu. Sans ses habits passablement malmenés, nul n'aurait vu qu'il s'était battu.

Incroyable !

La Lycaë lui adressa un nouveau clin d'œil complice, puis reprit la parole – ce mystère devrait attendre, mais il comptait bien le résoudre.

— Pour en revenir à ta technique de combat, si tu veux survivre dans ce monde, il va falloir t'entraîner. Vite et intensivement.

Matthias déglutit péniblement. Contrairement aux lieutenants, elle ne le maternait pas et ne le prenait pas pour un louveteau sans défense. Il ne faisait aucun doute pour lui que tout autre qu'elle aurait réglé le problème à sa place. Ce qui lui aurait bien sûr porté préjudice, accentuant cette impression de faiblesse.

La perche qu'elle venait de lui tendre était inespérée. Ne pas s'en saisir serait suicidaire. S'il voulait être pris au sérieux et traité en égal, il devait montrer à Elijah qu'il en était capable.

De plus, cela lui permettrait de se pencher plus sérieusement sur ce mystère. Les guérisseurs, d'après ce qu'il savait, ne courraient pas les rues. Les meutes étaient déjà chanceuses lorsqu'elles en comptaient un parmi les leurs, alors deux, cela relevait du miracle ! Pas surprenant qu'Elijah ait tenu à garder cela secret.

Mais… est-il seulement au courant ? Oui, bien sûr, évidemment qu'il savait !... Non ?

— Pouvez-vous m'apprendre ?

— Holà ! Je t'arrête tout de suite, mon petit gars, moi c'est Sonya, et tu me dis « tu ». Sinon, je te fais mordre la poussière, compris ?

Matthias rougit.

— Désolé. (Et dire qu'il avait fait exactement la même gaffe avec Nathaniel. N'apprendrait-il donc jamais de ses erreurs ?) Tu veux bien m'apprendre, Sonya ?

Elle lui adressa un sourire étincelant de louve.

— Avec grand plaisir ! Commence donc par faire cent pompes, que je voie un peu ce que tu vaux niveau musculation.

Matthias déchanta rapidement. Qui avait dit que les femmes étaient de douces créatures ?

Chapitre 19

Elijah, telle une puissante tornade dévastatrice – détruisant tout sur son passage – traversa le village au pas de charge, écumant de rage. Les quelques curieux qui le croisèrent s'écartèrent promptement de son chemin.

L'Alpha ne comprenait pas comment ils avaient pu, tous autant qu'ils étaient, négliger quelque chose d'aussi vital que la sécurité de son compagnon. Certes, ils avaient des circonstances atténuantes – l'état terriblement préoccupant d'Owen –, mais ça leur ferait une belle jambe s'il arrivait malheur à Matthias. Surtout à lui.

Son loup se redressa sur ses pattes arrière et hurla à la mort. L'idée même de perdre son Zéhéniché lui était intolérable.

Déboulant tête baissée dans leur quartier, il s'arrêta net, estomaqué.

Son chalet ! *Bon sang !* La baie vitrée qui avait fait la fierté de sa demeure n'était plus qu'un lointain souvenir ; un amas de verre brisé et de bois déchiqueté, voilà tout ce qu'il en restait. *Oh, bon sang !!!*

Alors qu'il craignait le pire, présageant un malheur bien plus grave, un spectacle stupéfiant, qui faisait paraître celui qu'il venait de découvrir comme une broutille, se dévoila à ses yeux ébahis. Il était tellement improbable qu'il resta immobile, sa mâchoire se décrochant.

Elijah ouvrit et referma la bouche. Plusieurs fois.

Alors que le cadavre encore chaud d'Elvis baignait dans son propre sang – Elijah reconnut immédiatement l'odeur qui lui piquait le nez –, son cher compagnon faisait des pompes ! Là, juste à côté de cette mare de sang, Matthias – sous le regard vigilant de Sonya – faisait des pompes ! *Des. Pompes.*

Elijah se retrouvait le cul pris entre deux chaises, ne sachant pas comment réagir. Il eut également quelques difficultés à définir ce qui le choquait le plus : a) que son chalet semble avoir été dévasté par une tornade ; b) qu'Elvis soit mort *devant* chez lui ; ou c) que son Zéhéniché soit en train de faire du sport, comme si de rien n'était. Ou plus exactement, qu'il soit en train *d'essayer* d'en faire, parce que le résultat n'était pas vraiment satisfaisant.

Son cœur balançait, partagé entre incrédulité, stupéfaction et colère.

Son instinct animal reprit le dessus dès qu'il croisa le regard fauve de Sonya.

— Une explication serait la bienvenue, déclara-t-il froidement, se redressant de toute sa hauteur. (Son regard gris lançait des éclairs.) Courte, claire et concise, s'il te plaît.

Douce suggestion.

Sonya, après l'avoir salué d'un bref signe de tête, ne se laissa pas démonter et répondit sobrement à son exigence.

— Elvis a attaqué Matthias, Matthias s'est défendu.

Court, clair, concis.

Mais peut-être un poil trop.

— Mais encore… ?

Sonya arqua un sourcil.

— Je croyais que tu voulais la version courte ?

Un mince sourire étira brièvement les lèvres d'Elijah. Voilà pourquoi il l'avait remarquée dès son arrivée dans la meute. Sonya était franche et ne perdait jamais de temps à lui faire des ronds de jambe – chose parfaitement inutile, d'ailleurs, car cela ne prenait pas avec lui. Elle allait droit au but et avait de la répartie. Tout ce qu'il appréciait, surtout chez ses lieutenants.

Pourtant, si ceux-ci étaient parfaitement capables de lui tenir tête et de lui dire ses quatre vérités en face, quand les circonstances l'exigeaient, peu auraient eu le courage, ou la stupidité, de le faire en un moment pareil. Dès que Matthias était concerné, Elijah perdait toute rationalité. Il était donc préférable de ne pas jouer avec ses nerfs.

— Sonya.

Froide réprimande.

— Comme tu l'as demandé, j'ai pris Elvis en chasse afin de m'assurer qu'il quitte bien le territoire de la meute et, le cas échéant, de mettre fin à sa pitoyable existence. Sans grande surprise, il a choisi de revenir ici. Le délai que tu lui avais imparti n'étant pas arrivé à terme, j'avais les mains liées et ne pouvais rien faire. (Elle marqua une courte pause et fit mine de réfléchir.) En réalité, quand j'ai vu qu'il allait s'en prendre à Matthias, j'ai délibérément choisi de ne pas intervenir.

Un grondement orageux la coupa dans sa tirade.

Le regard du loup, pareil à un lac verglacé au cœur de l'hiver, brûlait d'une lueur incandescente, annonciatrice de mort.

— Répète ce que tu viens de dire !

Mortelle menace.

Sonya carra ses épaules et lui jeta un regard par en dessous, avant de courber l'échine et de lui présenter son cou, parfaite posture de soumission.

— Ton Zéhéniché n'est pas un faible et le traiter comme tel ne lui rend pas service, bien au contraire.

Un silence glacial suivit.

— Qu'est-ce que tu sous-entends ? Que je le couve comme une mère poule ?

— Oui.

Un hoquet de stupeur retentit, mais aucun des deux duellistes n'y prit garde.

— Ça a le mérite d'être franc…, souffla-t-il entre ses dents serrées. Et donc, tu as laissé Matthias s'occuper personnellement de ce traître ? (Elijah avait du mal à le croire. Son doux compagnon aurait tué ce bon à rien d'Elvis ? Incroyable.)

Sonya releva la tête et croisa brièvement son regard glacial.

— Exactement, il s'en est chargé lui-même. (Elle marqua une courte pause.) Il ne sera jamais respecté pour ce qu'il est si tu ne lui laisses pas l'opportunité de faire ses preuves, Elijah, et tu vivras toujours dans la crainte qu'on puisse te l'arracher. Accorde-lui la même chance que celle dont tu nous as gratifiés. Il le mérite, il y a droit. Laisse-le déployer ses ailes et voir où tout ça va le mener. Il pourrait bien te surprendre, affirma-t-elle avec un sourire en coin, qui creusa une adorable fossette dans sa joue droite. La preuve. (Elle pointa le corps sans vie d'Elvis.) Il s'est très bien débrouillé, tu aurais dû voir ça !

Elijah arqua un sourcil, un brin moqueur.

— Vraiment ?

— Oh oui, vrai... ment... (elle toussa, comme si elle avait un chat dans la gorge, puis se frotta énergiquement le sommet du crâne, gênée) pas ! En fait, non, c'est mieux que tu n'aies rien vu. Oui, c'est bien mieux ainsi. Vraiment mieux. C'est... c'est..., balbutia-t-elle, à court de mots.

Elijah mima un nageur faisant la brasse.

— Vas-y, tu plonges merveilleusement bien... par contre, tu es sur le point de couler à pic et de te noyer, annonça-t-il, d'un ton faussement miséricordieux. Mais avant, si tu me parlais de ça ? dit-il en pointant ce qui restait de sa baie vitrée.

Sonya grimaça.

— Il se pourrait qu'Elvis l'ait malencontreusement percutée...

— Malencontreusement..., répéta-t-il lentement, comme pour s'assurer qu'il avait bien compris.

Alors que Matthias, qui avait interrompu ses pompes depuis un bon moment – à l'arrivée inopinée d'Elijah, pour être exact – les dévisageait sans comprendre, un brin déboussolé par ce soudain changement d'atmosphère, les deux protagonistes éclatèrent d'un rire bruyant.

Les quelques courageux qui traînaient dans le coin, avides de satisfaire leur insatiable curiosité, furent tout aussi surpris que Matthias. Voilà une réaction qu'ils n'avaient pas envisagée. Connaissant le caractère ombrageux de leur Alpha, ils s'étaient plutôt attendus à un deuxième bain de sang – au sens figuré, bien sûr, car Elijah n'avait pas coutume de tuer les membres de sa meute sans raison, il se contentait de leur infliger une correction dont ils se souvenaient toute leur vie et qui leur ôtait toute envie de recommencer.

Elijah finit par reporter son attention sur Elvis. Une pointe de regret envahit son cœur face à ce fâcheux destin. Comme il aurait souhaité ne jamais en arriver là, pouvoir changer le cours des choses. Malheureusement, rien n'arrivait sans une bonne raison – même s'il avait du mal à la discerner –, il était donc préférable de ne rien faire.

Il se tourna vers les indésirables qui espionnaient, maudissant intérieurement la curiosité légendaire des loups, et les foudroya du regard.

Sa bête s'allongea sagement, la queue entre les jambes, et gémit doucement ; image même de l'innocence.

Elijah leva les yeux au ciel devant pareille gaminerie.

— Puisque vous n'avez visiblement rien d'autre à faire, rendez-vous utiles et débarrassez-moi de ce traître. Vous savez quoi faire, n'est-ce pas ?

Les quatre curieux s'empressèrent d'emporter le cadavre d'Elvis et de l'amener à Alexis ; le lieutenant se chargeait toujours personnellement des traîtres.

— Ils vont lui donner une sépulture ? demanda innocemment Matthias, sans trop y croire pour autant.

Elijah manqua de s'étouffer avec sa propre salive.

— Hein ? (Il secoua vivement la tête, comme victime d'une hallucination auditive.) Bien sûr que non ! tonna-t-il finalement, fusillant Matthias de ses iris gris. C'est un traître qui a menacé un SixLunes et qui a essayé de le tuer ! Il est hors de question qu'il reçoive une sépulture, enfin ! À ton avis, je dirige quoi ? Une chorale remplie d'enfants de chœur ? De jolis chatons, mignons tout plein ? (Elijah maugréa âprement dans sa barbe.) Nous sommes des prédateurs, Thias, poursuivit-il après avoir pris une longue et profonde inspiration pour se calmer. (Se gausser impunément de son compagnon n'était pas le meilleur moyen de gagner des points.) La seule loi que nous comprenons, que nous acceptons, c'est celle du plus fort. Faire preuve de mansuétude, à l'occasion, pour un membre fidèle qui a toujours respecté la meute, oui, c'est acceptable. À condition que ce soit accompagné d'une sanction, évidemment. Mais offrir une sépulture à un traître, ce n'est pas de la bonté, c'est de la bêtise. Et la bêtise n'inspire ni respect, ni peur, uniquement de la pitié et de la convoitise. Je ne peux pas me permettre de paraître faible, Thias, ce serait la fin de la meute. (Il leva une main et caressa tendrement la joue de son compagnon.) Ta marge de manœuvre est plus large que la mienne, car tu es non seulement jeune, mais également nouveau. Toutefois… en tant que Zéhéniché de l'Alpha, les choix que tu fais rejaillissent sur moi, et par extension sur la meute. Nous sommes actuellement à un tournant, Thias, et prendre la mauvaise direction pourrait nous être fatal… à tous.

Le discours de l'Alpha illustrait parfaitement ce que Sonya pressentait. Et ce dont on l'avait avertie. Les ennemis d'Elijah profitaient de cette nouvelle équation pour se mettre en marche et tenter de parvenir à leurs fins. C'était une avancée tellement prévisible qu'elle en devenait risible.
    Ou du moins l'aurait-elle été si le Conseil des Anciens n'avait pas été impliqué dans l'affaire.

Que les LoupsNoirs profitent de l'aubaine qui leur était gracieusement offerte n'était pas une surprise en soi, bien au contraire. Tous les SixLunes s'y attendaient. Ils en rêvaient, même, car cela leur donnerait l'occasion de mettre un terme à cette guerre ancestrale – ce qu'ils feraient avec un plaisir non feint.

Mais que le Conseil s'en mêle également, ça, ce n'était pas du tout prévu. Pas plus que l'ombre qu'ils leur avaient envoyée.

De risible, la situation était devenue franchement inquiétante. Et comme si cela n'était pas suffisant, il avait fallu que l'un d'eux les trahisse.

Le crime ultime !

Sonya aurait adoré s'occuper personnellement de cette larve d'Elvis, malheureusement, les choses étant ce qu'elles étaient, il avait été préférable de laisser Matthias s'en charger.

Désolant ? Oui, assurément.

Regrettable ? Certainement !

Mais ô combien nécessaire…

— D'accord…, chuchota faiblement Matthias, avant de déglutir péniblement. (Ce jeune mâle avait décidément le cœur trop tendre.) Et donc, qu'est-ce que vous allez en faire ?

Elijah sembla hésiter un court instant avant de lui répondre.

— Nous allons le démembrer et disperser ses restes à l'entrée de notre territoire en guise d'avertissement.

Matthias arborait un teint verdâtre et semblait sur le point de vomir.

— Il s'en sort bien, car normalement il aurait dû connaître ce sort… vivant, déclara froidement Sonya, interdisant ainsi à Matthias de contester, ou de s'indigner, devant le destin funeste qui était réservé à Elvis.

Le jeune mâle lui lança un regard perdu, mais garda le silence.

Sage décision.

— La marge de manœuvre dont je te parlais, souligna Elijah, avant de reporter son attention sur Sonya. Il y a une rumeur qui court à ton sujet, ma belle...

Elle haussa les sourcils.

— Seulement une ? (Elle soupira et secoua lentement la tête.) Je ne sais pas si je dois me sentir flattée ou insultée... (Elle marqua une courte pause.) Je me sens insultée, trancha-t-elle, une moue boudeuse retroussant ses lèvres.

Elijah eut un sourire narquois.

— Le contraire eût été étonnant...

— N'est-ce pas ?

— Il va falloir remédier à ce problème et dans les plus brefs délais.

— Assurément.

— Malheureusement, cela va devoir attendre, histoire de vérifier que la rumeur dit vrai. Après, libre à toi de faire en sorte que d'autres se répandent.

Sonya lui adressa un clin d'œil.

— Tu peux compter là-dessus.

Elijah leva les yeux au ciel avant de reprendre son sérieux.

La récréation était terminée.

— Nathaniel prétend que tu peux retrouver une aiguille dans une botte de foin...

— Ça, ce n'est pas une rumeur, c'est la vérité. Ni plus, ni moins. (Elle aurait pu ajouter qu'elle était affreusement déçue que ce ne soit que ça, mais le temps de la plaisanterie était terminé et, contrairement à Alexis, elle savait quand elle devait s'arrêter.) Que dois-je trouver ? demanda-t-elle en remplaçant sciemment « chercher » par « trouver ».

Si, contrairement aux traqueurs – ou aux ombres – elle ne pouvait pas se *verrouiller* sur une odeur, et se fondre dans le décor environnant, elle possédait une autre qualité tout aussi précieuse et efficace : l'intuition féminine.

— Gaidon et Alexis ont perdu la trace de l'ombre au nord-est... Les eaux glaciales du lac auraient cautérisé ses nombreuses blessures... Penses-tu être capable de réussir là où ils ont échoué ? (Elijah leva un doigt, la coupant dans son élan.) Attention, Sonya, je ne te demande pas de la traquer et de me la ramener. Je veux uniquement que tu la débusques. (Une lueur mortelle traversa ses iris.) Je tiens à m'occuper personnellement de cette ombre.

Message reçu cinq sur cinq.

— Le contraire ne m'a même pas effleuré...

— Bien.

— Bien, répéta-t-elle machinalement.

Elle fit volte-face et s'éloigna rapidement, avec la ferme intention de quitter le village immédiatement et de s'y mettre sans attendre.

— Sonya.

Le ton coupant d'Elijah la força à s'arrêter. Elle se retourna et arqua un sourcil.

— Oui ?

— Fais-moi plaisir... et sois prudente. Il me déplairait fortement d'annoncer ta mort à ta sœur...

Comme elle le comprenait ! Elle non plus ne voudrait pas s'acquitter d'une mission aussi... dangereuse.

Un frisson d'effroi la parcourut.

— Je ferai en sorte que cela n'arrive pas.

— Bien.

Le visage impassible, Elijah la suivit des yeux, sans mot dire.

— Elijah ?

Il pivota vers Matthias et dévisagea longuement son compagnon.

— Oui, mon trésor ?

— Est-ce qu'Owen va s'en sortir ?

Le regard d'Elijah s'assombrit.

— Je l'espère... je le souhaite sincèrement.

Matthias écarquilla les yeux, stupéfait.

— Tu l'as quitté sans savoir s'il était tiré d'affaire ?

L'Alpha pinça les lèvres et lui lança un regard noir.

— Tu étais seul ici ! siffla-t-il, la mâchoire contractée. Sans défense ! Évidemment que j'ai accouru immédiatement ! Pour qui me prends-tu ?

— Mais... Owen a besoin de ton aide ! s'écria Matthias, enserrant son puissant biceps de ses mains tremblantes. Tu dois y retourner ! Tu dois aller l'aider !

Elijah détourna la tête et marmonna des paroles incompréhensibles.

— Toi aussi, tu as besoin de moi...

Ce furent les seules paroles que Matthias comprit.

— Pardon ? (Il était proprement estomaqué.) Mais ma vie n'est pas en danger !

— Et ça, c'est quoi ? Du Ketchup ? demanda-t-il en grinçant des dents, pointant la mare de sang frais du doigt.

Matthias fronça les sourcils et croisa les bras sur son torse.

— Je m'en suis très bien sorti tout seul, merci ! (Pieux mensonge... qu'Elijah ne découvrirait jamais, heureusement !) Et comme l'a très justement fait remarquer Sonya, je n'ai pas besoin d'une mère poule ! (Quelle audace ! Il ne s'en serait jamais cru capable.) Je n'ai pas besoin de ton aide, Owen si ! Je t'en prie..., dit-il finalement, les larmes aux yeux.

Matthias avait encore du mal à l'admettre, mais il se sentait plus proche du traqueur que des autres lieutenants. Lui qui, de par sa nature tendre ne souhaitait la mort de personne, refusait d'envisager qu'Owen puisse mourir à cause de lui – même de manière indirecte. Elijah *devait* le sauver, il le fallait.

— Il n'a pas besoin de moi et je ne suis *pas* une mère poule !

— Mais bien sûr que si, il a besoin de toi ! Tu dois...

— ASSEZ ! hurla Elijah, à bout de nerfs.

Les yeux flamboyants de colère, il le défia de le contredire.

Matthias, soufflé par une attitude aussi égoïste, serra les poings de rage. Comme il était impossible de faire boire un âne qui n'avait pas soif – c'était bien connu –, il tourna le dos à l'Alpha et prit le chemin de la forêt.

Il n'avait pas fait trois pas qu'une poigne de fer le retint brutalement.

— Où penses-tu aller exactement ? vociféra Elijah, resserrant son emprise de manière impitoyable. Ta dernière leçon ne t'a-t-elle donc pas suffi ? Euphorique de ta récente victoire, tu crois être de taille à affronter n'importe quel danger ?

Matthias pinça les lèvres.

— L'ombre est blessée et en fuite, d'après tes propres dires, je ne risque donc rien à rejoindre le reste de la meute. De plus, avec l'état d'alerte actuel, je doute qu'un ennemi puisse se faufiler jusqu'ici !

— Elvis y est pourtant parvenu.

— Car il est arrivé très vite après votre départ, avant que la sécurité ait pu être efficacement renforcée.

Les doigts d'Elijah s'enfoncèrent dans sa peau, lui arrachant une grimace de douleur.

— Ce qui prouve que la chose est possible.

La tête de Matthias pivota brusquement et il claqua des dents, à un cheveu de la main d'Elijah. L'Alpha, surpris par cette réaction qu'il n'avait pas prévue, le relâcha.

— Tu nous fais perdre un temps précieux...

Des étincelles noires et jaunes enveloppèrent le corps de Matthias, qui devint instantanément flou. Elles tourbillonnèrent sur elles-mêmes ; redessinant, soulignant la courbe de sa silhouette. Elles brillèrent de mille feux dans la nuit, projetant leur éclatante couleur sur la blancheur immaculée de la neige.

Le spectacle était de toute beauté et Elijah s'y laissa prendre, particulièrement ému d'assister à cette métamorphose. C'était sa première fois, en quelque sorte, puisqu'il n'avait jamais été présent – ou attentif – les fois précédentes.

Un détail vint rapidement le perturber.

Comment Matthias pouvait-il muter avec une telle aisance, si proche de son ascension ? Après tout, ce n'était que la deuxième fois qu'il le faisait sans l'influence de la lune. Il n'aurait pas dû pouvoir perdre sa forme physique aussi vite. Le processus aurait dû être plus long.

D'une valse habile et envoûtante, les étincelles changèrent de place, prenant une nouvelle forme. Ce qu'elles perdirent en hauteur, elles le gagnèrent en longueur. Il ne leur fallut que quelques minutes pour adopter la silhouette longiligne du loup.

Si Elijah avait la capacité de se transformer en une fraction de seconde, il n'en allait pas de même pour les autres Lycaës qui, eux, le faisaient plus ou moins en l'espace d'une minute. Mais les jeunes, à fortiori ceux qui venaient d'atteindre l'âge adulte, mettaient facilement une vingtaine de minutes.

Or Matthias en avait mis… à peine cinq !

Elijah en était époustouflé. Jamais il n'avait vu pareille maîtrise chez un jeune Lycaë, c'était tout simplement incroyable.

Le petit loup noir le dévisagea un bref instant, avant de prendre la clé des champs, sans plus attendre.

Une flambée de colère balaya d'un coup le respect que la métamorphose de son compagnon avait fait naître en lui.

L'impudent ! Il se jouait de lui…

Son loup déploya lentement sa longue et massive silhouette, l'œil vif. Si son Zéhéniché voulait jouer, il n'était pas foncièrement contre. Bien au contraire…

Une fraction de seconde plus tard, un immense loup blanc prit la place d'Elijah. Langue pendante, on aurait pu croire qu'il souriait, enchanté par cette chasse nocturne. Il bascula la tête en arrière... et poussa un long hurlement.

Les jeux étaient faits. Sa victoire n'en serait que plus délectable.

Une vingtaine de foulées lui suffit pour rattraper son compagnon. Imposant, immobile, il lui barra impitoyablement la route.

Le petit loup noir, pris par surprise, freina des quatre fers et évita de justesse la collision. Il cligna rapidement des paupières, avant de brusquement bifurquer à gauche.

L'Alpha s'assit et se gratta nonchalamment la gorge de sa patte arrière. Il bâilla, comme si cette partie de chasse l'ennuyait prodigieusement... avant de filer à la vitesse de la lumière, pour intercepter une nouvelle fois son Zéhéniché.

Il était incontestablement l'un des plus rapides de leur espèce. Le seul qui ait jamais été capable de se tenir à sa hauteur – sans pour autant parvenir à le distancer – était Lachlan. Aucun autre n'avait réussi un tel prodige. Son compagnon n'avait donc pas l'ombre d'une chance.

Dommage.

Après l'avoir une nouvelle fois évité de justesse, son innocent camarade de jeu prit à droite, cherchant visiblement à le déstabiliser. Sauf qu'à ce rythme-là, il serait perdu avant même de s'en rendre compte.

Loin d'agacer l'Alpha, cette pensée ne fit que l'amuser davantage. Un nouveau jeu se profila dans son esprit.

Chaque fois que le petit loup noir pensait avoir réussi à semer son compagnon, ce dernier apparaissait miraculeusement devant lui. Bien que ce ne soit pas l'envie qui lui manquait de jouer avec celui-ci, son pendant humain ne partageait guère son point de vue.

En temps normal, il l'aurait certainement défié sans aucun remords – ce dernier ayant fait de même plus souvent qu'à son tour –, mais le désespoir qu'il ressentait quant à l'avenir incertain d'Owen l'empêchait d'agir.

La situation était grave et l'heure n'était pas au jeu. Il devait rejoindre le traqueur, ainsi que le reste de la meute, dans les plus brefs délais. Une fois sur place, Elijah serait bien obligé de revoir son sens des priorités. Fort de cette conviction, le petit loup augmenta progressivement son allure, évitant habilement son Zéhéniché à chaque nouvelle tentative d'intimidation.

Depuis un moment, déjà, il ne sentait plus l'odeur des membres de la meute. Mais ce qui l'interpella surtout fut l'absence de l'Alpha. Alors que celui-ci n'avait cessé de surgir en travers de sa route, voilà un bon quart d'heure qu'il ne l'avait pas vu.

Étrange.

Sa part humaine trépignait de rage, certaine de s'être fait piéger. À force d'intervenir à tout bout de champ, l'Alpha l'avait non seulement forcé à s'éloigner de sa destination, mais il était également… complètement perdu ! Il n'avait pas la moindre idée de sa position ! *Malédiction*. Il songea brièvement à demander de l'aide à son père, avant de rejeter cette idée. Nul doute que le guérisseur avait autre chose à faire que de venir au secours de son fils. Owen avait *besoin* de toute son attention. Déjà que l'Alpha semblait ne pas s'en soucier, inutile d'en rajouter en lui enlevant, en plus, les soins nécessaires d'Edmund.

Lorsqu'un prédateur vous pourchassait, il fallait se montrer plus malin que lui. En serait-il seulement capable ? La queue entre les jambes, le petit loup prit lentement le chemin du retour. Bien qu'il soit perdu, ne sachant pas concrètement où il se trouvait, il pouvait rebrousser chemin et suivre sa propre odeur – c'était la première chose qu'on enseignait aux louveteaux, afin d'éviter qu'ils ne s'égarent dans un moment d'inattention.

Sans le voir, il sentit la présence omniprésente de son compagnon et cela le rassura. Comme l'avait souligné Sonya, leurs ennemis étaient nombreux et pouvaient frapper à tout instant. Aussi, savoir que son Zéhéniché veillait sur lui le réconforta. Bien que cela ne diminue en rien sa rancœur à son encontre. Bien au contraire. C'était à se demander qui était le plus gamin des deux : le jeune mâle de dix-huit ans ou l'Alpha de... plus de mille ans.

Dire qu'il ne connaissait même pas l'âge exact de son compagnon... Affligeant !

Une fois aux abords du village, le petit loup noir se coucha dans la neige glaciale. (Brrrrrr... que c'était froid !)

Il n'en fallut guère plus pour faire sortir son partenaire de son trou. En trois bonds, il lui fit face et gronda dans sa direction. L'Alpha voulait qu'il se lève et rentre à la maison, nul besoin d'être devin pour le comprendre.

Les oreilles plaquées sur les côtés, les crocs dénudés, il le défia sans hésiter. Il ne bougerait pas de là avant d'avoir obtenu ce qu'il désirait. La situation était trop importante pour qu'il cède sur ce point.

Visiblement surpris par cette rébellion inattendue, l'immense loup blanc resta un instant figé, sans réaction. Avant de se redresser de toute sa taille, dominant sans mal son chétif compagnon.

En temps normal, cela aurait amplement suffi à le mâter. Mais les récents événements, ainsi que la hantise de Matthias d'être indirectement mêlé à la mort d'Owen, activèrent prématurément la part dominante que son lien avec Elijah avait automatiquement créée.

Le petit loup se redressa progressivement, très lentement... et affronta l'Alpha sur un pied d'égalité.

Comprenant que les règles du jeu avaient brutalement changé, Elijah réagit au quart de tour et reprit instantanément forme humaine.

— Suffit, Matthias ! Ce n'est ni le lieu ni le moment pour cela ! Ce que tu fais n'aide en rien Owen, je peux te le garantir... Par contre, ça pourrait entraîner des circonstances dramatiques pour l'ensemble de la meute ! Tu es à un tournant, Matthias, choisis le bon chemin.

Traître !

En agissant de la sorte, il le forçait à prendre une décision qu'il ne souhaitait pas. Tout ce qu'il désirait, c'était qu'Elijah fasse le nécessaire pour sauver la vie d'Owen. En quoi cela pourrait-il représenter un tournant de sa vie ?

Cherchant à communiquer, et surtout à se faire comprendre, il inclina la tête en direction de la forêt.

Elijah secoua vigoureusement la tête.

— Non. Nous n'irons pas rejoindre Owen. (Il leva rapidement la main en le voyant retrousser les babines.) Ton père est avec lui, secondé par les plus puissants membres de la meute, c'est tout ce dont Owen a besoin pour le moment, crois-moi. Ma présence n'est pas souhaitable. En fait... (il se racla la gorge, mal à l'aise), on m'a formellement interdit d'y retourner.

La mâchoire du petit loup noir se décrocha... et se fracassa littéralement sur la neige glacée.

CHAPITRE 20

Voyant que Matthias restait pétrifié devant lui, sans aucune réaction autre qu'une certaine hébétude – ainsi qu'une mâchoire pendante – Elijah prit le problème à bras le corps. Au sens propre comme au sens figuré.

Il souleva son petit compagnon – toujours sous forme lupine – et le jeta en travers de son épaule. Il fit volte-face et reprit rapidement la direction de leur maison.

Un petit gémissement plaintif résonna dans son dos.

Elijah ne sourcilla même pas, traçant sa route sans s'arrêter, ni même ralentir.

— Je t'ai gentiment demandé de rentrer à la maison, mon trésor, et ce à plusieurs reprises. Tu as voulu faire ta forte tête, grand bien te fasse. Puisque tu n'es visiblement pas capable de le faire par toi-même – un dysfonctionnement génétique, sans doute – je me mets charitablement à ton service. (Nouveau gémissement.) Je sais, je sais, ma bonté me perdra. (Grognement menaçant.) Inutile de me remercier, mon trésor, je le fais avant tout par plaisir… mais bon, si tu insistes, je ne veux pas te contrarier pour si peu. (Claquement de crocs et frôlement mortel.) Trésor, tu sais à quel point j'aime quand tu me mords… je t'en prie, continue ! susurra-t-il, flattant tendrement son arrière-train poilu.

Seul le silence lui répondit.

Bien. Son Zéhéniché se montrait raisonnable.

Ce n'est pas trop tôt !

Une fois arrivé à destination, Elijah le déposa délicatement sur le sol. La lueur qui traversa les iris jaune vif du loup l'avertit de ce qui allait suivre. Ce dernier n'avait pas fait deux pas qu'il le plaquait rudement au sol.

— Tu veux encore jouer, mon trésor ? (Grondement de tonnerre.) Mon loup rêve de te prendre en chasse depuis tout à l'heure, alors surtout, n'hésite pas ! Tu lui ferais grand plaisir ! Je me dois par contre de te mettre en garde... son sang est particulièrement échauffé et il a une idée très précise de la manière dont il fêtera sa victoire – et n'en doute pas, il gagnera, ronronna Elijah, le caressant de manière suggestive. Je vais en savourer chaque seconde... et toi ?

Il venait à peine de se relever, que la forme physique du loup s'estompa et une myriade d'étincelles l'entoura.

Quelle surprise !

Nonchalamment appuyé contre le chambranle de la porte d'entrée, Elijah profita pleinement du spectacle.

Les traits tirés, des cernes violacés sous les yeux, Edmund se redressa en chancelant. Il fit un pas, vacillant en arrière, puis s'écroula.

Toujours prompt à pallier aux moindres imprévus, Nathaniel bondit en avant et l'attrapa avant qu'il ne s'affale de tout son long dans la neige glaciale.

— Doucement, Edmund, doucement..., grommela-t-il en soutenant le guérisseur. Tu en as trop fait, comme toujours.

Edmund eut une quinte de toux.

— Il le fallait, Nathan, hoqueta-t-il péniblement, raccourcissant son nom comme il le faisait toujours dans cet état de faiblesse. (Il était d'ailleurs le seul à qui Nathaniel ne tenait pas rigueur d'une telle offense. Tout autre que lui se serait retrouvé étalé dans la neige, en sang et le nez brisé.) Il en avait... plus besoin... que... moi...

Nathaniel poussa un long soupir, agacé.

— Tu dis toujours ça !

Un faible sourire étira les lèvres bleutées d'Edmund.

— Par... ce... que... c'est... tou... jours... le... cas...

— Cesse de parlementer, pauvre fou, tu ne fais qu'empirer ton état ! s'écria Nathaniel, de plus en plus énervé. Non ! Tais-toi ! Que vais-je bien pouvoir dire à ton fils si tu tombes dans le Sommeil Réparateur des guérisseurs ? Dieu seul sait quand tu pourrais te réveiller !... Et ce qui pourrait se passer entre temps..., ajouta-t-il sournoisement.

Ses propos pernicieux eurent l'effet escompté : Edmund ne pipa plus un mot !

Poussant un faible soupir de soulagement, il se tourna lentement vers Alexis et Gaidon – restés silencieusement à la périphérie de la zone – tout en veillant à ne pas secouer ou bousculer son fardeau par inadvertance.

Il leur adressa un léger signe de tête.

Les deux lieutenants se redressèrent et s'approchèrent à pas vif. Prenant chacun un bras d'Edmund, ils les passèrent par-dessus leurs épaules. Ils procédèrent en douceur, comme s'ils manipulaient la plus délicate des porcelaines.

Un sourire ironique fleurit sur les lèvres de Nathaniel.

Devinant aisément ses pensées, Edmund le foudroya du regard, mais heureusement, resta muet. La menace du Bêta avait porté ses fruits et le guérisseur économisait maintenant le peu d'énergie qui lui restait. Tomber dans le Sommeil Réparateur ne faisait certainement pas partie de ses projets. Oh que non. Surtout pas quand la vie de son fils était menacée. Nathaniel avait finement joué, comme toujours.

Un nouveau hochement de tête signala aux lieutenants qu'il était temps de ramener Edmund chez lui. Le Bêta n'eut pas le temps d'achever son geste qu'ils étaient déjà partis. La célérité des Lycaës n'était pas usurpée, comme ceux-ci venaient de le démontrer. Et en l'occurrence, c'était une excellente chose. Le temps était leur ennemi, alors mieux valait ne pas en perdre inutilement.

Nathaniel fixa longuement le chemin emprunté par Alexis et Gaidon, les traits tirés par l'inquiétude. La situation empirait à vitesse alarmante. Si les SixLunes venaient à perdre leur guérisseur, alors que les ennuis approchaient, l'issue pourrait se révéler catastrophique – et bien loin de celle qu'ils avaient escomptée.

Si les circonstances étaient différentes, nul n'oserait s'attaquer à eux – même avec un Edmund hors-jeu. Le simple nom d'Elijah suffisait à faire trembler les plus téméraires, et donc, cela mettait toute la meute à l'abri.

Quel dommage que les choses évoluent de cette manière.

Non pas pour eux, Nathaniel avait pleinement confiance en son Alpha et savait qu'ils ne courraient pas le moindre risque tant que celui-ci serait opérationnel – ce qui, heureusement, n'était pas près de changer. Non, s'il était tellement désolé – voire affligé – c'était plus pour les malheureux qui étaient sur le point de s'en prendre à leur meute. En l'état actuel des choses, Elijah ne ferait pas de quartier, ça serait bien trop risqué. Son traqueur avait gravement été blessé et son guérisseur était au seuil du Sommeil Réparateur. Il ne pouvait pas se le permettre.

D'une rencontre potentiellement courtoise – jusqu'à preuve du contraire – ils allaient passer à une intrusion indésirable. La première offrait une porte de sortie aux envahisseurs, la seconde n'appelait que la mort. Si les LoupsNoirs persistaient dans leur folie vengeresse, ils s'en mordraient cruellement les doigts. Et leur Alpha perdrait définitivement la tête – au sens propre, cette fois.

— *Précieux* ? (La voix légèrement rauque de Damian le tira de ses pensées.) La civière est prête…

Il pivota brusquement sur ses talons, les yeux écarquillés.

— La quoi ?

— La civière, répéta obligeamment le lieutenant.

— C'est une plaisanterie ?

— Non.

— Une civière ?

— Oui.
— Pour O-wen ?
Nathaniel prit soin de détacher soigneusement chaque syllabe.
— Oui.
Putain de bordel de merde !
— Tu es pris d'une soudaine envie de mourir ? Le voir dans cet état a stimulé une part obscure – et royalement givrée – de ton petit cerveau de *professeur* ? s'écria-t-il, fonçant droit sur Damian, plantant impitoyablement son index dans son torse et ce, à plusieurs reprises. TU ES COMPLÈTEMENT MALADE !!!

Son hurlement résonna aux quatre coins de la forêt, faisant déguerpir les plus anciens membres de la meute encore présents – las d'avoir fourni autant d'énergie à Edmund, mais suffisamment en forme pour rentrer par leurs propres moyens et sans aide. Le temps tournant à l'orage, mieux valait ne pas traîner inutilement dans les parages.

La mâchoire crispée, Damian éloigna le doigt de Nathaniel d'une tape bien placée.

— *Il* est blessé, méchamment même, et certainement pas en état de se déplacer par lui-même – sans parler du fait qu'il est inconscient et qu'il va le rester durant quelques heures encore. Donc oui, je suis parfaitement sérieux quand je parle de le transporter en civière, et non, je n'ai aucune envie morbide de mourir, ni aujourd'hui ni demain. (Damian croisa les bras sur son torse, faisant ainsi gonfler ses biceps au point que les coutures de son polo craquèrent.) Quant à savoir qui est le malade, de nous deux, je dirais que c'est toi, sans l'ombre d'un doute.

Nathaniel se pinça l'arête du nez et s'exhorta au calme, ce qui était particulièrement difficile lorsqu'il se trouvait en présence d'un loup aussi borné que pouvait l'être Damian.

Que Dieu lui vienne en aide !

— Premièrement, nous parlons de *Traqueur*. Le Lycaë le plus fier et le plus rancunier que cette terre ait jamais porté, merci de garder ça à l'esprit et de ne pas l'oublier. Deuxièmement, Edmund s'est déplacé jusqu'ici pour le guérir et c'est ce qu'il a fait, de manière assez incroyable et peu probable, d'ailleurs. Il n'est donc plus blessé, techniquement parlant, il est *soigné*... Nous pouvons donc le déplacer sans risque. Troisièmement, il s'agit encore et toujours de *Traqueur*. Je crois que c'est vraiment important de le souligner. Si nous le transportons sur cette maudite civière, non seulement nous en entendrons parler jusqu'à la fin de nos jours – Dieu m'en préserve ! –, mais il nous le fera également chèrement payer. Personnellement, cela ne m'attire pas du tout. Quatrièmement... (Nathaniel sembla perdu dans ses pensées et se frotta pensivement le menton.) Il s'agit de *Traqueur*, déclara-t-il en haussant les épaules, comme si cela allait de soi.

Damian pinça les lèvres de mécontentement. Il finit par admirer le bout de ses ongles, l'air faussement désinvolte.

— Et donc... comment proposes-tu qu'on le transporte, si on n'utilise pas la civière ?

Nathaniel eut un sourire narquois.

Il se pencha rapidement et balança Owen par-dessus son épaule...

... et disparut dans la nuit.

Adossés contre la façade du chalet d'Owen, Lyon et Roan, la mine sombre, échangèrent un regard empli de gravité.

Après avoir longuement patrouillé, afin de vérifier qu'aucun imprudent ne profiterait de l'aubaine pour s'infiltrer dans le village, ils étaient tombés sur une odeur... familière.

Sasha Cartwrithing.

Bien que la Lycaë soit douée, elle ne l'était pas autant qu'eux, malheureusement pour elle. Et surtout, elle n'avait absolument rien à faire sur leur territoire. Encore moins sans s'être annoncée à la frontière, comme la plus élémentaire des courtoises l'aurait exigé. Si elle avait été une Lycaë lambda, cela aurait encore pu passer et être pardonné. Éventuellement. Mais sachant à *qui* elle était directement affiliée, une telle mansuétude était tout bonnement improbable.

Et totalement inenvisageable.

Ils l'avaient donc traquée et capturée. Un jeu d'enfant. C'en était presque navrant tant cela avait été facile. Ils auraient apprécié plus de… combativité. Après tout, quel Lycaë ne privilégiait pas une bonne partie de chasse ? Plus elle durait, plus elle était ardue, plus grand était leur plaisir !

Un mouvement à la périphérie de leur vision les avertit du retour d'Owen.

D'un habile mouvement du poignet, Lyon ouvrit la porte puis s'effaça pour laisser passer Nathaniel, chargé de son précieux fardeau.

Roan arqua un sourcil.

— *Prof'* n'est pas avec toi ? J'aurais pourtant parié qu'il ne le lâcherait pas d'une semelle… Dès qu'il s'agit de *Traqueur*, il est plus collant que de la glue !

— La ferme, abrutis de *Grumpy* !

La voix de Damian tomba comme un couperet.

Froide. Menaçante. Glaciale. Mortelle.

Roan eut un sourire narquois.

— Serions-nous susceptibles ?

Damian retroussa les babines et dévoila des canines mortellement aiguisées.

Lyon intervint avant que la situation ne s'envenime.

— Ce n'est pas le moment de jouer les crétins !

— Dis ça à ton compagnon !

— Je vous le dis à tous les deux !

Les trois lieutenants se regardèrent en chiens de faïence, chacun refusant de lâcher sa position.

— Ne m'obligez pas à sortir et à venir vous en collez une ! s'écria rageusement Nathaniel, depuis l'intérieur du chalet. Comme l'a très justement dit *Geek* (il appuya bien sûr son surnom), on n'a pas le temps pour ça, alors arrêtez de faire les crétins et ramenez vos culs poilus par ici !

Lyon se redressa et leur adressa un sourire étincelant – et terriblement provocateur – avant de faire ce qu'on lui avait demandé.

Roan et Damian échangèrent rapidement un regard en coin.

— Bordel ce qu'il peut être pompeux quand il a raison celui-ci !

— Tu n'as pas idée…, souffla Roan, secouant la tête avec dépit.

Damian leva une main et la posa brièvement sur l'épaule de son ami.

— Courage…

Il lui adressa un clin d'œil et suivit le chemin emprunté par les deux autres.

— Connard !

— Je t'ai entendu ! ricana Damian.

— C'était un peu l'idée…

— Bon, tu viens ou je dois venir te chercher ? ronchonna Nathaniel, visiblement à bout de patience.

Roan poussa un faible soupir.

— J'arrive, j'arrive, pas la peine de s'énerver comme ça.

Le Bêta le foudroya du regard dès qu'il les rejoignit dans la chambre d'Owen.

— Il est tiré d'affaire ? demanda Lyon avec inquiétude, pointant le blessé du doigt.

Il récolta une violente tape derrière la tête.

— Évidemment ! Tu penses que j'aurais laissé *Précieux* le transporter de la sorte s'il était encore blessé ?

Roan gronda et tira abruptement son compagnon contre lui.

— Ne le touche pas !

Damian ouvrit de grands yeux.

— Tu déconnes ? Je ne l'ai pas « touché », je l'ai « frappé », nuance !

— Encore pire..., siffla-t-il entre ses dents serrées.

Avant que quiconque n'ait pu faire le plus petit geste, Nathaniel leur avait mis une trempe à tous. Des gémissements de douleur retentirent de chaque côté du lit. Les yeux étincelants d'une fureur à peine contenue, le Bêta tenta de juguler sa rage. S'il s'écoutait, il ne s'arrêterait que lorsqu'ils seraient incapables de se relever seuls, ce qui, bien sûr, n'était pas envisageable. Il ne pouvait se permettre de mettre hors service trois lieutenants supplémentaires. Il devrait attendre pour leur donner la correction qu'ils méritaient.

Mais, ce n'était que partie remise.

— Vous avez compris le message, cette fois-ci, ou dois-je le faire entrer à coups de massue dans vos crânes durs comme de la pierre ?

Un roucoulement de douleur retentit.

— Je crois... je crois... que le message... est passé, grogna Roan, se tenant le ventre à deux mains.

— Bien. Nous pouvons donc avoir une conversation civilisée. J'apprécie.

— On a... un problème... *Précieux*...

Hochement de tête affirmatif.

— Tu peux le dire, en effet. Mais si vous cessez vos enfantillages inutiles, ça peut s'arranger rapidement, tu sais, *Geek*.

Ricanement entrecoupé de gémissements.

— Je ne... parlais pas... de ça... stupide *Précieux*... (Courte pause.) On a intercepté... un intrus...

Nathaniel se figea.

— Qui ?

Matthias se leva en vacillant, ayant de la peine à se tenir debout. Ses muscles étaient aussi solides que de la gelée. Force lui était de constater qu'il en avait visiblement trop fait lors de sa course effrénée à travers la forêt.

Il leva une main devant lui, coupant Elijah dans son élan.

— Non... ça va, dit-il du bout des lèvres, s'appuyant lourdement contre la balustrade du perron.
— Vu d'ici, on ne dirait pas... Laisse-moi t'aider, Thias, maugréa l'Alpha, qui fit un pas dans sa direction.
Matthias secoua vigoureusement la tête, manquant ainsi de basculer en arrière.
— Non ! Je peux le faire tout seul, merci... je ne suis plus un bébé... Sérieux...
Elijah se mordit la lèvre inférieure, inquiet.
— Mon trésor...
— Non !
Une bordée de jurons se fit entendre.
— Allons au moins à l'intérieur, alors ! Tu vas attraper la mort si tu restes dehors ainsi..., déclara-t-il en gesticulant.
Matthias haussa un sourcil moqueur, avant de laisser son regard errer sur le corps tout aussi dénudé de l'Alpha.
— Parce que toi non ?
Elijah lui lança un regard mauvais, se redressant de toute sa hauteur.
— J'ai l'habitude, moi.
— Tiens, donc ? Parce que moi non ?
Les yeux plissés, son compagnon cherchait visiblement à comprendre la raison de cette soudaine désinvolture à son encontre.
— Depuis quand n'as-tu plus peur de moi ?
La question fendit l'air avec la rapidité d'une flèche et atteignit sa cible avec la précision d'un archer virtuose.
Matthias en resta pantois.
— Qui a dit que je n'avais plus peur de toi ?
Excellente question.
— Ton attitude.
Troublante réponse.

— Mon attitude ? (Sèche inclinaison de la tête.) Parce que je ne tremble plus devant toi et que j'ose exprimer mon point de vue ?
Coupante répartie.
Elijah eut le bon goût de paraître embarrassé.
— Il y a de ça, en effet.
Matthias grinça des dents.
— Quoi d'autre ?
L'Alpha prit une profonde inspiration avant de lâcher sa réponse, d'une seule traite.
— Ton odeur a subtilement changé depuis notre folle épopée, elle a gagné en maturité, ce qui n'aurait pas dû arriver avant au moins cent ans... Je présume que c'est dû à notre union, ainsi qu'à ton nouveau côté Alpha – résultat de ladite union – qui s'est brutalement éveillé. Ce qui, dans l'ensemble, est une bonne chose ; peu de Lycaës ont le cran de défier un Alpha. Ce qui l'est moins, c'est que maintenant tu es parfaitement de taille à m'affronter et à me tenir tête...
— Et c'est mal ? le coupa abruptement Matthias, choqué par la mine consternée de son Zéhéniché.
— Oui et non. (Il leva un doigt, imposant le silence à un Matthias prêt à mordre.) Non, ce n'est pas une mauvaise chose, pas du tout. En réalité, c'est même plutôt le contraire, car tant que nous ne serons pas sur un pied d'égalité, notre entente ne nous comblera jamais parfaitement. Mais ces choses-là prennent du temps. En principe, même si ce n'est pas une science exacte – la nature ne l'est jamais – il faut de longs mois de vie commune, voire même des années parfois, pour réveiller cette dominance entre Alphas que le lien d'union met en place. C'est surprenant qu'elle soit déjà... (Elijah s'interrompit et poussa un long soupir.) Je suis stupéfait que cette dominance se soit éveillée si vite, confessa-t-il finalement, ses prunelles pâles rivées à celles de Matthias. Oui, c'est un problème, car avec nos ennemis si proches, cela ne fait que compliquer davantage les choses. C'est un problème de plus dans

une équation déjà très complexe. Je te l'ai dit, Thias, nous sommes à un tournant...

Matthias leva les yeux au ciel, agacé.

— C'est bon, je ne suis pas sénile, je m'en souviens. Nos choix sont importants – ainsi que nos actes – et il est impératif que nous prenions les bons pour le bien-être de la meute.

Elijah grimaça.

— Pour sa survie.

— Très bien. Pour sa survie. J'ai compris. Seulement, tu oublies un petit détail : moi, je n'ai rien demandé ! J'étais très bien avant, je n'ai jamais voulu ni même souhaité le moindre changement. Jamais !

Sourcils froncés, l'Alpha sembla perdu dans ses pensées.

— Il y a forcément dû se produire quelque chose, sinon le changement ne se serait pas opéré de manière aussi brutale. (Les iris gris luisirent dans la nuit.) Tu voulais impérativement rejoindre Owen, alors que moi, je voulais que tu reviennes ici, en sécurité... As-tu songé à me défier, Matthias ?

Exigeant. Froid. Dominant.

L'Alpha dans toute sa splendeur.

— Oui..., avoua-t-il en baissant instinctivement les yeux.

Bien que quelque chose ait subitement changé en lui et qu'il soit maintenant de taille à affronter son compagnon, il n'avait ni sa maîtrise ni son expérience. Le défier, en toute connaissance de cause, pourrait s'avérer être un pari risqué.

— Pourquoi baisses-tu les yeux ?

Douce réprimande.

— Parce que tu es l'Alpha et que je n'ai nul désir de te défier.

— Aurais-tu peur de moi, finalement ?

Une pointe d'inquiétude perçait le ton froid d'Elijah, et ce fut ce qui motiva Matthias à relever prudemment la tête.

— Non. Mais je ne vois pas l'intérêt de te défier pour une question futile alors que nous savons, toi et moi, que je n'en sortirai pas vainqueur.

Un sourire joyeux étira les lèvres pleines de son compagnon et creusa d'irrésistibles fossettes dans ses joues.

— Mon trésor, je te garantis que bientôt tu me défieras au moindre prétexte. D'autant plus s'il est futile.

— Pardon ? demanda-t-il, ébahi par cette étrange affirmation.

— Tu le feras pour jouer, Thias, et crois-moi, tu adoreras ça.

Quel plaisir pourrait-il bien trouver à défier son Zéhéniché ? Il avait assisté une fois à un tel défi, et ce qui était arrivé à l'inconscient qui avait tenu tête à Elijah lui donnait encore des sueurs froides. Oh non, il n'était pas près de commettre pareille folie.

À moins que cela n'en vaille la peine, bien sûr.

— J'en doute.

Elijah rit doucement, avant de s'approcher lentement.

— Trésor, un défi entre nous n'aurait rien à voir avec ce que tu connais, ou ce que tu as déjà vu, susurra-t-il, l'enlaçant tendrement, plaquant son corps contre le sien.

La douceur de la peau d'Elijah contre la sienne lui fit momentanément oublier leur conversation et lui rappela qu'ils étaient nus, tous les deux. Ils se tenaient sur le perron de leur chalet, dans le plus simple appareil, alors que la neige avait recouvert le paysage environnant d'un manteau blanc et immaculé. Ils auraient dû être glacés, transis de froid. Nul doute que, s'ils étaient de simples humains, ils auraient récolté une pneumonie. Or ils n'en étaient pas. Et ils n'avaient pas froid, bien au contraire.

Ils brûlaient.

— Hein ? Quoi ? balbutia-t-il distraitement, cherchant à reprendre le fil de leur discussion.

Ses espoirs furent réduits à néant lorsqu'il sentit les mains possessives d'Elijah empaumer ses fesses. Son membre se durcit et se tendit avidement vers l'avant.

Droit. Fier. Rigide.

Il rencontra son camarde de jeu et ils entamèrent une valse endiablée. Des gémissements et des soupirs de plaisir se firent entendre.

Puis leur monde vola en éclat et ce fut la fin.

Chapitre 21

— Oui ? aboya férocement Elijah, après avoir pris son portable qu'il avait jeté sur le paillasson en arrivant.

Il était terriblement frustré d'être séparé prématurément de son délicieux compagnon, qu'il venait à peine d'attraper dans ses filets. Mieux valait pour la personne qui l'avait appelé que ce soit urgent, sans quoi il pourrait bien s'énerver pour de bon. Et commettre un meurtre ou deux dans la foulée.

— *Sasha Cartwrithing a été appréhendée au sud-est du territoire. Elle comptait contourner le village et se dirigeait droit vers ton chalet.*

Les narines d'Elijah frémirent de rage et son poing s'abattit violemment contre la rambarde, faisant tressaillir Matthias.

— On arrive.

Elijah fixa son vieux téléphone portable première génération d'un œil rageur. Comme il regrettait que les appareils électroniques ne se désintègrent pas lors des métamorphoses. Enfin, il disait cela maintenant, car il avait été interrompu aux prémices d'une douce étreinte, mais c'était en réalité une bonne chose – cela évitait d'avoir sans cesse à investir dans de nouveaux appareils, tous plus sophistiqués les uns que les autres. Non, en vérité, ce qui était rageant, c'était de l'avoir ramassé en revenant au village. Il aurait dû le laisser là où il était tombé et revenir le chercher plus tard.

Mais alors le Bêta se serait déplacé en personne.

Guère mieux.

Le fond du problème était la présence de cette damnée espionne. C'était *elle* la véritable coupable. Elijah allait se faire un plaisir de lui faire chèrement payer cette interruption – en plus de la violation de son territoire. Il ne resterait rien d'elle lorsqu'il en aurait terminé.

— Qui est Sasha Cartwrithing ?

Saisissant la main de Matthias, il pivota sur ses talons et entra au pas de charge dans leur demeure. Il gravit les marches quatre à quatre, traînant littéralement son compagnon derrière lui.

— Une vipère…

Elijah lui jeta un jean, un tee-shirt et un pull afin qu'il puisse s'habiller.

— D'accord…, marmonna le jeune mâle, dansant d'un pied sur l'autre en enfilant son pantalon.

L'Alpha poussa un long soupir, frustré de s'en prendre à son Zéhéniché alors qu'il n'y était pour rien.

— Pardonne-moi, Thias, je… je suis un peu énervé (la litote du siècle) et je me défoule sur toi, c'est injuste. Pardon.

Matthias haussa les sourcils, ne s'y attendant pas – ce n'était pas dans les habitudes d'Elijah de s'excuser, encore moins spontanément.

— C'est normal que tu sois énervé qu'un intrus ait pénétré sur tes terres…, dit-il, soudain suspicieux.

— Ce n'est pas pour ça que je suis en colère, Thias. Enfin, pas seulement.

— Alors… pourquoi ?

Elijah se pinça l'arête du nez et s'exhorta au calme.

Inspiration. Expiration.

— Chaque fois qu'on se rapproche, quelqu'un nous interrompt, c'est très agaçant. On ne peut jamais être tranquille, tous les deux. Et… je suis à bout.

Matthias piqua un fard – qui aurait fait pâlir d'envie des péronnelles au teint blafard – et bafouilla des mots incompréhensibles, affreusement gêné.

— Ouais… mais… euh… La meute… enfin… euh… La sécurité… euh… Je veux dire… euh…

Finalement, il préféra se taire. Et c'était peut-être mieux ainsi.

— Je sais, je sais, s'exclama Elijah en agitant les mains, incarnation même de l'impuissance. On va aller « discuter » avec Sasha, et ensuite, il vaudrait mieux pour tout le monde qu'on nous fiche un peu la paix ! Je veux passer du temps avec mon Zéhéniché, je ne demande quand même pas la lune, si ?

— Peut-être que moi je n'ai pas envie…, râla Matthias, les yeux rivés sur la pointe de ses pieds.

Le cœur d'Elijah rata un battement et il se pétrifia, glacé jusqu'au sang.

Son loup dressa les oreilles, aux aguets.

— Tu… tu ne veux pas… être avec moi ?

Lui qui pensait qu'ils avaient progressé, qu'ils y allaient lentement, mais sûrement, qu'ils empruntaient le chemin de l'acceptation – que la finalisation de leur union n'était plus qu'une question de temps… Il venait de se prendre une claque monumentale. Visiblement, il délirait complètement et il prenait ses rêves pour la réalité. Impensable pour un Alpha. Son instinct l'avait-il donc trompé à ce point ? Son compagnon ne partageait-il pas la même envie ? S'était-il… leurré sur ses récents actes de possessivité ?

Horrifié, Elijah réalisa qu'il était incapable d'affronter le regard de son Zéhéniché. Il se tenait droit, fier dans ses baskets face à leur patriarche – Lachlan – l'affrontant sans peur et avec un courage qui frôlait souvent l'inconscience, alors qu'il se sentait complètement démuni et sans défense devant son très jeune compagnon. D'un mot, d'une parole, Matthias pouvait faire de lui une épave.

Leurs loups ne se laisseraient pas faire et se rebelleraient, certes, mais à quel prix ? Elijah voulait être accepté par son Zéhéniché, non pas par obligation, mais par choix. Le pourrait-il seulement ?

Le poil hérissé, son loup était sur le qui-vive, prêt à intervenir à tout moment. Cette fois, il ne resterait pas sagement en retrait, simple spectateur de son avenir. Si ça tournait mal, ce qui semblait être le cas, il prendrait le contrôle des opérations.

— Si..., avoua Matthias, apparemment à contrecœur.

Son pendant animal poussa un soupir de soulagement et se détendit. Tout n'était donc pas perdu.

— Alors, pourquoi... ?

Elijah lui jeta un bref regard par-dessus son épaule.

— Parce que j'aimerais que tu me demandes mon avis, pour changer, et pas que tu aboies sans cesse des ordres. Ça me donne l'impression que... ce que moi je désire n'a pas de réelle d'importance... et je n'aime pas ça..., chuchota-t-il du bout des lèvres, le regard toujours rivé à ses pieds.

Elijah se gifla mentalement pour son erreur. De par son statut d'Alpha, il n'avait pas l'habitude de demander. Il émettait des ordres qui étaient suivis, tout simplement. Il ne s'était même jamais posé la question. Pourtant, ce n'était pas faute d'avoir été prévenu. Edmund lui avait dit d'y aller en douceur, d'être prudent, de prendre son temps. Mais grisé par sa dernière victoire, il avait été trop loin.

Changer le comportement d'une vie n'allait pas être chose aisée, mais il s'était promis de faire des efforts pour Matthias. Il serait temps qu'il s'y mette vraiment.

Son loup inclina la tête, comme s'il se trouvait face à un problème particulièrement complexe. Le sens profond de ce qui venait de se produire lui échappait. Quelle différence cela pourrait-il bien faire de « demander » quelque chose au lieu de « l'ordonner », puisque le résultat serait le même ?

— Quand cette histoire sera réglée et que nous nous serons... « entretenus »... avec Sasha, voudras-tu bien... passer un peu de temps avec moi ? Seul à seul, juste toi et moi ? demanda Elijah d'une voix hésitante, mal à l'aise de se retrouver en pareille situation.

Seigneur, faites que ça devienne moins gênant avec le temps... Ou mieux encore, que ce ne soit plus nécessaire !

Il avait l'impression d'être un mendiant en train de quémander. Proprement flippant.

— Oui... je veux bien..., croassa faiblement Matthias, rouge tomate. (Il se dandina, pressé de changer de sujet.) Alors, nous allons discuter avec cette... femme ?

Elijah était sur le point d'acquiescer lorsqu'un détail — pour le moins insignifiant — le percuta de plein fouet. Il fronça les sourcils, se retrouvant face à une impasse.

— Non, nous n'allons pas vraiment « discuter » avec cette femelle. Nous allons lui poser des questions et elle y répondra.

Comprenant qu'il y avait anguille sous roche, Matthias se sentit pâlir.

— Et si elle ne veut pas répondre ?

— Oh, elle répondra, crois-moi. (La lueur mortelle qui brillait dans ses yeux démontrait qu'il ne lui laisserait guère le choix.) De gré ou de force, elle me dira tout ce que je veux savoir. Et bien plus encore...

Un frisson glacial fit tressaillir Matthias.

— Tu vas... la torturer ?

— Pas si elle répond à mes questions. Plus elle sera coopérative, moins elle souffrira. (Matthias poussa un discret soupir.) Mais comme elle ne dira rien, oui, je vais certainement devoir employer des moyens... musclés, dirais-je.

Matthias était translucide.

— Mais pourquoi ?

— Parce que je lui ai personnellement défendu de revenir sur mes terres. Sous peine de mort.

Les légendes laissaient entendre que les loups-garous étaient sensibles à l'argent, que c'était un de leurs points faibles.

Grave erreur.

Les Lycaës n'avaient aucune faiblesse de ce genre, aucune « allergie ». Par contre, comme toutes les créatures de la nature, ils étaient sensibles aux sédatifs. Le seul problème était de parvenir à le leur injecter. Ils se déplaçaient tellement vite que cela relevait de la gageure. Une fois ce prodige accompli – si tant est que cela soit possible – il suffisait de mettre en pratique une technique ancestrale et le tour était joué. Lycaë neutralisé.

Roan ayant immobilisé Sasha, Lyon avait pu lui injecter le sédatif en question en toute tranquillité. La première partie avait donc été relativement aisée. Quant à la seconde, elle n'avait guère été plus ardue. Une bonne corde, des nœuds complexes et solides au niveau des poignets et des chevilles – reliés entre eux – et la boucle était bouclée. Position hautement inconfortable, certes, mais redoutablement efficace.

Technique ancestrale, check !

Sasha était donc pieds et poings liés lorsqu'Elijah la découvrit – sous bonne garde, la prudence étant de mise.

— Réveillez-la ! ordonna-t-il à peine le seuil de la pièce franchi.

Alors que Lyon se dirigeait promptement vers la prisonnière, Nathaniel lui lança un regard par en dessous.

— Matthias n'est pas avec toi ?

— Non. J'ai fait un crochet chez Edmund avant de venir…

Une lueur amusée traversa les iris cognac du Bêta.

— Très habile.

Malgré la fureur qui l'habitait toujours, Elijah gloussa.

— Je trouve aussi. (Il reprit rapidement son sérieux.) Mon Zéhéniché a le cœur trop tendre pour ce genre de… « discussion ». Il a prouvé sa valeur en tuant Elvis, c'est largement suffisant pour une seule soirée.

Le silence devint lourd et étouffant, au point de pouvoir entendre une mouche voler.

— Que viens-tu de dire ? hoqueta Nathaniel, les yeux écarquillés.

L'air impassible, le regard fixé sur leur captive, Elijah répéta tranquillement son affirmation.

— Matthias a tué Elvis.

— Je croyais que c'était Sonya qui devait s'en charger ?

Le ton de Nathaniel était devenu aussi tranchant qu'une lame affûtée.

— Le délai imparti n'était pas écoulé...

— En cas de danger, elle pouvait parfaitement contourner l'ordre !

— Je sais.

Nouveau silence.

— Pourquoi n'en a-t-elle rien fait ?

— Elle voulait donner l'occasion à Matthias de faire ses preuves.

— En risquant la vie de ton Zéhéniché !?! s'indigna Roan, le visage congestionné par une rage à peine contrôlée.

— Elle ne l'aurait pas laissé mourir, l'interrompit Lyon, les yeux brillants. Elle lui a donné l'opportunité de se faire respecter auprès de la meute, ce qui est maintenant chose faite.

— Elle n'aurait jamais dû prendre un tel risque, tu le sais parfaitement ! aboya son compagnon. On ne joue pas avec la vie d'un Zéhéniché, encore moins avec celui de l'Alpha !

Lyon se releva d'un bond, outragé.

— Et c'est bien pour ça qu'elle l'a laissé faire ! Bon sang, ce que tu peux être borné, *Grumpy*, quand tu t'y mets ! Tant que Matthias n'avait pas montré qu'il était digne d'être le compagnon de l'Alpha, il n'aurait jamais été tranquille, jamais ! Nous aurions dû passer notre temps à le protéger, car même au sein de la meute, et malgré le risque encouru, beaucoup n'auraient pu se retenir de le provoquer, et encore moins de le respecter. Sa vie aurait été un enfer, *Grumpy* ! Je n'ai pas terminé, gronda-t-il lorsque Roan voulut parler. Sonya sait parfaitement ce que c'est que de vivre dans l'ombre de quelqu'un, de ne pas pouvoir faire ses preuves, de ne pas être respecté pour ce que l'on est. C'est bien pour ça qu'elle nous a rejoints, d'ailleurs. Pour être libre. Elle est la mieux placée pour gérer cette situation, puisqu'elle l'a vécue. Son regard est plus impartial que le nôtre. De plus, elle connaît l'importance de l'émancipation. Matthias a le cœur tendre, c'est certain, et si c'est une chose qui est admirable chez une femelle, ça ne l'est pas chez un mâle. Ce soir, il a prouvé que son cœur tendre ne l'empêchait pas de défendre sa vie lorsque le besoin s'en faisait sentir. Il a démontré qu'il n'était ni un faible, ni un incapable. C'est un mâle dont il faut se méfier. Le message est désormais passé. Et c'est très bien.

Elijah arqua un sourcil, narquois.

— Alors pourquoi pousses-tu de hauts cris chaque fois que *Grumpy* est un peu bousculé ? Serait-il, en réalité, une faible femelle ?

Sa boutade eut l'avantage de détendre l'atmosphère, ce qui était le but recherché.

— Naaaaaan, lâcha Lyon d'un ton traînant. *Grumpy* est simplement maladroit, ce n'est pas pareil. (Il adressa un clin d'œil à son compagnon grognon.) Il ne faut pas confondre « jeu » et « défi ». Dans le premier, je peux intervenir sans problème et vice-versa ; dans le second, par contre, aucun de nous ne se permettrait d'interférer – ce serait gravement insulter notre Zéhéniché et son aptitude au combat, reprit-il, sérieux comme un pape. (Il n'y avait rien de plus efficace qu'un Lyon sérieux.) J'estime que Matthias mérite le même respect, Alpha, c'est tout.

— Et je suis d'accord. (Un silence ébahi suivit cette étrange déclaration.) Même si je doute de pouvoir garder mon calme et mon impartialité s'il venait à être… bousculé devant moi – ou dans mon dos, d'ailleurs…, grommela-t-il dans sa barbe.

Voilà qui ressemblait plus au fier Alpha des SixLunes.

— Bien…, marmonna Roan, qui n'en revenait toujours pas.

Elijah reporta son attention sur Sasha, pressé d'en finir et de rejoindre son compagnon.

— Réveille-la, répéta-t-il à l'intention de Lyon.

Le lieutenant planta la seringue qu'il avait précédemment sortie de sa poche – et qui n'attendait que cela – dans le cou de la Lycaë inconsciente. Il regarda sa montre, puis hocha la tête au bout d'une petite minute.

— C'est bon.

Nathaniel se pencha, l'air perplexe.

— Tu es sûr ? Parce qu'elle n'a pas vraiment l'air de se réveiller...

— Elle est bonne comédienne, affirma-t-il avec nonchalance, s'éloignant de leur prisonnière.

— Ou alors tu t'es trompé de seringue...

— Prends-moi pour un imbécile pendant que tu y es !

— Si tu insistes, le provoqua Nathaniel avec un sourire niais, avant d'avancer et de flanquer un coup de pied dans le ventre de la coupable.

Rien.

Pas même un soupçon de réaction.

— Ma patience est à bout, Sasha. Tu as exactement trois secondes pour ouvrir les yeux, sans quoi je viens personnellement t'aider à émerger, l'avertit froidement Elijah, la mine sombre.

Comme il fallait s'y attendre, la femelle ne réagit pas.

Bien.

Si elle voulait la jouer ainsi, il était tout prêt à entrer dans la danse.

Que la partie commence !

Son loup, prenant cela pour un affront personnel – un défi –, faisait les cent pas derrière ses prunelles aux couleurs orageuses, désireux de prendre les choses en main.

L'expression meurtrière d'Elijah ne présageait rien de bon pour l'intruse. Elle évoquait même les pires sévices.

— Temps écoulé..., susurra-t-il dans le creux de son cou, avant de planter ses griffes acérées dans la chair tendre de ses cuisses.

Sans plus attendre, il attira vivement les deux jambes vers lui – mouvement techniquement impossible en raison des liens qui entravaient ses membres. Deux craquements consécutifs retentirent lorsque les épaules de la Lycaë se déboîtèrent... rapidement suivis de deux autres, ses genoux n'ayant pas plus tenu le choc.

Un hurlement de douleur jaillit de la gorge de Sasha, alors que son corps convulsait, cherchant inconsciemment un soulagement – qu'il n'avait aucune chance de trouver. Les yeux de la rousse s'ouvrirent d'un coup, arrachée de force à sa fausse torpeur. Des larmes roulèrent le long de ses joues, malgré ses efforts désespérés pour les contenir.

— Putain de salopard d'enfoiré de bâtard de merde ! grogna-t-elle entre deux gémissements. Tu es vraiment le dernier des salauds, Elijah ! Tu vas le regretter, je te le promets !

Elijah lui asséna une gifle retentissante.

— Allons, allons, maîtrise-toi et fais preuve de respect envers tes aînés, Sasha... Tu fais honte au Conseil des Anciens, ajouta-t-il avec mépris.

La Lycaë, pourtant rompue aux jeux des faux-semblants, ne put retenir un sursaut de stupeur.

— Comment... ? commença-t-elle, avant de se mordre la lèvre, consciente de sa terrible erreur.

Un sourire froid et sans joie étira les lèvres d'Elijah.

—... je sais que tu es affiliée à Sirena, la pire de toutes les vipères ? (Le loup dévoilait sa présence. Froid et impitoyable.) Imitant parfaitement ta maîtresse, tu oublies que je suis un Ancien. Rien ne m'échappe. Je sais tout ce qui se passe sur mes terres... et en dehors.

La reine venait de tomber, s'inclinant devant le roi.

— Un Ancien qui n'appartient pas au Conseil n'est rien ! Tu n'es même pas digne de lécher les bottes de Sirena, cloporte ! déversa-t-elle avec haine, tel un serpent crachant son venin.

Elijah était plus impressionnant que jamais ; sa rage, froidement maîtrisée, était des plus dangereuses. Un prédateur qui gardait la tête froide était imprévisible. Une arme mortelle, forgée pour tuer.

— Sirena est peut-être membre du Conseil, mais elle n'est pas une Alpha et elle ne le sera jamais. Malgré tous les complots qu'elle fomente, tous ses désirs de gloire et de grandeur ne la mèneront à rien, si ce n'est à sa perte. Elle ne dirigera jamais personne, elle n'est pas taillée pour ça.

Les iris de Sasha flamboyèrent de malveillance à ces paroles.

— C'est ce qu'on verra !

Elijah inclina la tête de bonne grâce.

— Oui, c'est ce qu'on verra, approuva-t-il, non sans malice.

Il se redressa, en équilibre sur ses talons, et regretta brièvement l'absence d'Alexis. Son lieutenant n'avait pas son pareil pour le marquage, la finesse et la précision de ses dessins étaient légendaires. Mais c'était un détail qu'il se ferait un devoir de pallier – Alexis était occupé ailleurs et il était hors de question qu'il le fasse revenir pour si peu. Elijah se frotta pensivement le menton, avant de se tourner vers Nathaniel. Son fidèle Bêta se tenait dans son dos, à deux pas de lui, comme à son habitude.

Brave garçon.

— À ton avis, Nathaniel, laquelle conviendrait le mieux ?

Un sourire glacial fleurit sur les lèvres de celui-ci. La lumière qui brilla dans ses prunelles n'augurait rien de bon pour l'espionne.

— La marque de la trahison.

La plus douce… mais celle qui rejaillissait sur l'ensemble de la meute.

Impitoyable choix.

— Immondes salauds, vous n'avez pas le droit !

La main d'Elijah se détendit en un mouvement à peine perceptible et s'enroula autour de la gorge de Sasha.

— Tu as pénétré sur mon territoire sans autorisation et sans t'annoncer, comme l'exige la plus élémentaire des courtoisies. Tu as franchi mes frontières alors que je t'avais expressément interdit de remettre les pieds sur mes terres, sous peine de mort. Tu t'es approchée sournoisement de mon village, te dirigeant droit vers ma demeure, énuméra-t-il d'une voix blanche. J'ai *tous* les droits !

Son autre main se posa – s'écrasa – sur sa tempe droite, clouant son visage au sol et dévoilant la joue convoitée. Elijah relâcha son cou aussi vite qu'il l'avait saisi.

Alors qu'Alexis se servait d'une fine lame lors des marquages, lui choisit d'utiliser ses griffes. Il se mit rapidement au travail, indifférent aux hurlements de Sasha, ainsi qu'à ses vaines tentatives pour l'esquiver.

Cinq minutes plus tard, il se releva et s'écarta de quelques pas, admirant pensivement son œuvre. Une tête de vipère, à la langue fourchue, s'étendait de la pommette droite au menton de la coupable. Sans être parfaite, la marque était aisément reconnaissable, et c'était là tout ce qui comptait vraiment.

— Nathaniel ? Peux-tu… ?

Nathaniel attrapa le seau posé à ses pieds et en déversa le contenu sur la chair à vif de la prisonnière. L'eau salée qu'il contenait ancrerait la marque à jamais.

— Putains d'enfoirés…, hoqueta Sasha, ivre de douleur.

Le valet s'était ligué au roi, affligeant une seconde défaite à la reine.

— Bien, maintenant que les formalités d'usages sont réglées, passons aux choses sérieuses. (Fausse politesse, morne condescendance ; le loup dans toute sa splendeur.) Nous savons déjà qui t'a envoyé, mais nous ne savons pas encore pourquoi…

Question implicite du loup.

— Va. Te. Faire. Foutre. Connard ! martela Sasha, les traits déformés par la souffrance.

Mauvaise réponse.

D'un mouvement habile et précis, Elijah trancha les cordes qui maintenaient les poignets de la captive... ainsi que son auriculaire gauche.

La reine de cœur venait de perdre un doigt.

— La prochaine fois, c'est l'œil que je te prends. (Le loup, qui se tenait à l'affût derrière les prunelles pâles, marqua son approbation.) Pourquoi es-tu sur mes terres ?

Sasha le foudroya du regard, avant de répondre à contrecœur. La cruauté d'Elijah durant les interrogatoires n'était visiblement pas une rumeur, mais une amère vérité.

— Pour protéger quelqu'un.

Elijah haussa les sourcils.

— Qui ?

Sasha contracta la mâchoire, hésitant à répondre.

À bout de patience, las de ce jeu qui ne menait visiblement à rien, Elijah fit courir l'une de ses griffes au coin de l'œil de la prisonnière – il s'était approché si vite que nul ne l'avait vu bouger.

— Le contact de Sirena, débita-t-elle précipitamment, haletante de peur.

Les narines d'Elijah palpitèrent. Son loup se replia sur lui-même, prêt à bondir sur sa proie.

— Son nom !

Sasha déglutit péniblement.

— Si je te le donne, elle me tuera.

Un hurlement retentit dans la pièce, alors que le sol se couvrait de sang frais.

L'as de pique venait de frapper, emportant l'œil de la reine de cœur.

— Son nom !

— Elvis... il s'appelle Elvis, c'est tout ce que je sais, je te le jure ! sanglota-t-elle, la tête pressée contre son épaule déboîtée, vaine tentative de soulager son orbite désormais énucléée.

La reine venait de se coucher.

— Sa traîtrise n'avait donc aucune limite ! cracha rageusement Nathaniel, les yeux étincelants. La mort qu'il a reçue est décidément trop douce !

Sasha se pétrifia, dévastée par cette terrible nouvelle.

— Il... il... est... mort ?

Elijah lui adressa un froid sourire.

— Oui. Il y a quelques heures à peine. De la main même de mon Zéhéniché.

— J'ai échoué... Oh, mon Dieu ! J'ai échoué... Elle va m'en vouloir à mort, elle va vouloir me tuer ! Il ne devait surtout pas mourir, surtout pas !

Le loup s'immobilisa, pressentant un danger encore plus grand.

— Pourquoi donc ? susurra-t-il d'une voix mielleuse.

— Parce qu'il...

Elle ne termina pas sa phrase, réalisant trop tard le faux pas qu'elle venait de faire. Fatal, dans tous les cas.

La reine pouvait-elle tomber encore plus bas ?

— Réponds !

Menaçant. Dangereux. Létal.

L'Alpha n'accepterait aucun refus.

Sasha secoua la tête, ne pouvant se résoudre à l'ultime trahison.

La main d'Elijah se referma sur le sein gauche de l'espionne et ses griffes se plantèrent impitoyablement dans la peau tendre de celui-ci.

— Réponds... ou bien...

Il laissa sa phrase en suspens alors que sa main commençait à pivoter.

— Arrête, arrête, arrête ! supplia-t-elle en gesticulant, tentant de coordonner ses membres disloqués pour agripper le poignet de son tortionnaire. Pas ça, je t'en conjure, pas ça !

— Alors, réponds !

— Il devait témoigner contre toi pour manquement aux lois fondamentales. Il devait attester, devant un membre du Conseil, que tu n'avais pas tué le Transformé que ton frère a recueilli il y a dix ans. Il devait… il devait te forcer à… à rectifier cette erreur.

Les iris bleu glacier d'Elijah flamboyèrent et la traîtresse arrêta de parler, tremblante de peur. La colère froide qui pulsait dans ses veines se déversait par vagues autour de lui, avertissement mortel à toutes les personnes présentes de ne pas l'approcher. Qu'il se contrôle encore, qu'il maîtrise froidement cette rage était déjà un miracle en soi. N'importe quel autre Lycaë, fraîchement uni qui plus est, se serait jeté sur la messagère – porteuse d'une si terrible nouvelle – et lui aurait tranché la gorge. Ni plus, ni moins.

Elijah choisit une autre méthode.

— Ils veulent me forcer à tuer mon Zéhéniché. (Froide évidence.) Me voilà prévenu. Je les attends de pied ferme. Je crois qu'ils seront… surpris, au bas mot. Merci de m'avoir prévenu, Sasha. (Les iris de sa bête se posèrent sur les lèvres de la femelle.) Oiseau de mauvais augure. Ta langue est aussi fourchue et venimeuse que celle d'une vipère. (Éclats mortels faisant miroiter ses pupilles.) Je vais la renvoyer à ta maîtresse, qu'elle se rappelle du sort que je réserve toujours à ceux qui enfreignent mes lois.

D'une rapide rotation du poignet, il lui agrippa le menton et pressa méchamment ses doigts contre ses joues, la forçant ainsi à ouvrir la bouche. Il planta alors l'une de ses griffes dans la langue remplie de fiel et la tira, l'obligeant à sortir de sa grotte. À l'instant où il libéra les joues de l'intruse, il la lui sectionna froidement.

Des gargouillis sortirent de la gorge de Sasha, envahie de sang.

— Le Conseil des Anciens compte six membres, il me faut donc sept boîtes. Trouve-moi quelque chose de joli, Lyon, avec des rubans et beaucoup de couleurs. Quelque chose de vif et de joyeux. Je ne peux pas me permettre d'insulter le Conseil, ou la meute de cette chère Sasha, en leur envoyant des paquets de qualités médiocres aux couleurs ternes. Il faut savoir se montrer civilisé, n'est-ce pas ?

Il fut un temps où, pour une telle trahison, le ou la coupable aurait été dépecé avant que ses membres ne soient plantés sur des piques, au vu et au su de tous, à l'entrée du territoire bafoué. Fort heureusement, des siècles s'étaient écoulés et les Lycaës avaient évolué, suivant la progression et la civilisation du monde. Maintenant, en cas de traîtrise, la seule pratique ancestrale qu'ils avaient maintenue était le marquage. Pour le reste, ils utilisaient une méthode plus passe-partout.

Oh, ils dépeçaient toujours les coupables, seulement maintenant, ils envoyaient leurs restes aux personnes concernées dans une jolie boîte enrubannée. L'effet était de toute beauté. Une belle boîte au contenu macabre. Diaboliquement efficace – bien plus que les piques.

— Je m'en occupe, Alpha.

— Bien. Qui veut se charger de cette traîtresse ?

La reine était sur le point de perdre la tête.

CHAPITRE 22

Ce n'était pas la première fois que son père se tenait au seuil du Sommeil Réparateur, pourtant Matthias ne pouvait s'empêcher de s'inquiéter pour lui. Toujours. Il y avait cette peur ancrée au plus profond de lui, qu'Edmund s'absente pour de longs mois, coupé du reste du monde par un sommeil profond et imperturbable. On disait que, suivant le niveau de fatigue du guérisseur – et de la quantité d'énergie dépensée –, cela pouvait prendre jusqu'à six mois. Matthias ne supporterait jamais d'être séparé de son père aussi longtemps. Il n'y survivrait pas.

Certes, les choses avaient bien changé depuis la dernière fois que c'était arrivé, et la menace qui planait sur lui n'était plus la même. Aucun risque qu'Elijah profite du Sommeil Réparateur d'Edmund pour le faire discrètement disparaître. *Oh que non !* Pourtant, Matthias ne se sentait pas prêt pour une telle séparation. Trop vive, trop violente, trop radicale. Il lui fallait du temps, ainsi que la stabilité émotionnelle que lui procurait son père. Trop de repères s'étaient effondrés pour qu'il puisse y faire face sans la présence calme et rassurante de ce dernier. Il en avait besoin, cela lui était aussi nécessaire que l'air qu'il respirait. Edmund avait toujours été son oasis, son point d'ancrage, le pilier sur lequel il pouvait se reposer en toute quiétude. Cela lui était vital – aujourd'hui, plus que jamais.

Les cheveux ébouriffés, l'air hagard, perdu dans de sombres pensées, Matthias sentit de la bile envahir sa bouche, brûler sa gorge lors d'une brutale et vive remontée – pour le moins inattendue. Chancelant, tenant à peine debout, il se précipita aux toilettes pour vomir tripes et boyaux.

L'odeur âcre du sang frais restait sur sa langue, comme la plus insupportable des saveurs. Des yeux blancs et sans vie, voilés du spectre de la mort, dansaient derrière ses paupières closes. Le rire glaçant et persistant d'un fou sur le point de perdre la tête tintait à ses oreilles, telle une macabre mélodie.

L'inquiétude qu'il éprouvait pour son père fut brutalement remplacée, reléguée aux oubliettes par quelque chose de plus noir, de plus affreux...

Le fantôme d'Elvis entra sans préavis dans la danse, menant le bal avec brio. Il lui rappela impitoyablement ce qu'il avait été contraint de faire pour survivre. Un geste vil qui ne lui ressemblait guère. Une action qui ne pourrait jamais être effacée, ni même oubliée. Un jour à marquer d'une pierre noire, aussi froide que le baiser de la mort qu'il avait donné. Du sang recouvrait ses mains, les tachant pour l'éternité.

Plus les souvenirs remontaient, plus son ventre se soulevait, se révoltait devant l'inacceptable, l'impardonnable. Il avait pris une vie, s'étant fait juge et bourreau. Qui était-il pour avoir usurpé un tel rôle ? Personne ne devrait pouvoir ravir impunément une vie, c'était inscrit dans la Bible.

Son âme brûlerait en enfer pour les siècles à venir.

Pas vraiment pour le geste en soi – car bien que regrettable, les hommes d'Église avaient toujours été les premiers à punir de mort les infidèles, sans pour autant brûler en enfer –, mais pour l'absence de regrets. Matthias n'éprouvait pas le plus petit remords d'avoir pris cette vie-là. Qui agirait ainsi, à part un monstre ?

Le poil hérissé, le loup dans son esprit se mit à gronder. Ces pensées le dépassaient et il ne comprenait pas que sa moitié humaine puisse se prendre la tête avec de pareilles idioties. Un autre mâle les avait attaqués, cherchant à s'emparer par la force de *leur* Zéhéniché. Ils n'avaient fait que se défendre, point final. Cerise sur le gâteau, leur adversaire était mort – d'une mort rapide et quasiment indolore, ce qu'aucun autre Lycaë ne lui aurait accordé dans de telles circonstances. Ils n'étaient pas des monstres, ils s'étaient montrés miséricordieux.

Son pendant animal gémit avant de se cacher le museau entre ses pattes, tant la situation était risible. Ils avaient accordé une mort trop douce… Il n'y avait vraiment pas de quoi se vanter. Matthias se rendit compte, une fois de plus, à quel point sa bête et lui étaient opposés l'un à l'autre. Alors que le premier souffrait de *ne pas* regretter son geste, le second avait honte de la *douceur* de celui-ci. Leurs priorités n'étaient décidément pas les mêmes !

L'estomac vide et le teint cireux, Matthias se remit péniblement debout. Il tituba jusqu'au lavabo pour se rincer la bouche. Puis, il leva les yeux et riva son regard aux prunelles dorées qui se reflétaient dans la glace. Figé, l'esprit brusquement vide de toutes pensées, il fixa le jeune homme au teint pâle qui lui faisait face. Était-ce un homme… ou un monstre ?

Un long moment plus tard, Matthias se secoua et sortit de la salle de bain d'un pas hésitant.

— Tu as déjà fini de… « discuter »… avec Sasha ? demanda-t-il sans relever les yeux, ayant perçu l'odeur de son compagnon avant même d'ouvrir la porte.

— Ça fait une heure que tu es enfermé dans cette maudite pièce, Thias, donc oui, j'ai terminé ma « discussion » avec Sasha. Et depuis longtemps !

Le ton sec autant que les paroles prononcées lui firent relever la tête. Il regretta amèrement son geste instinctif. Les veines du cou saillantes, les lèvres pincées par le mécontentement, les sourcils froncés, les prunelles ombrageuses, tout dans l'attitude d'Elijah indiquait une colère sourde.

— Et tu m'as attendu là… tout ce temps ?

Les yeux de l'Alpha se plissèrent.

— Évidemment ! Où d'autre voulais-tu que j'attende ? Dehors, comme les chiens ? cracha-t-il avec hargne.

Matthias déglutit péniblement, sentant une bile d'un tout autre genre remonter sournoisement le long de sa gorge sensible, tel un cobra prêt à frapper. Mais qu'avait-il donc bien pu faire pour s'attirer ainsi la colère de son partenaire ?

— Non... bien sûr que non... (Il baissa les yeux sur ses mains tremblantes et se mordit la lèvre inférieure.) En fait, je ne pensais pas que tu aurais attendu...

Elijah n'étant pas connu pour sa patience, Matthias le voyait plus défoncer la porte que patienter, s'adossant sagement au mur qui lui faisait face, et attendre son bon vouloir. Surtout quand son Zéhéniché se trouvait à l'intérieur de la pièce en question.

— Tu m'as pourtant clairement faire comprendre que je devais cesser de te traiter comme un enfant, et prendre tes souhaits en considération. (L'Alpha fermait et ouvrait les poings de manière compulsive.) C'est exactement ce que j'ai fait... et quand on voit le résultat, je le regrette amèrement, crois-moi !

Le doigt d'Elijah glissa sous le menton de Matthias et le força à relever la tête. Ce dernier avait une mine de papier mâché, à faire peur. Blanc comme neige, les yeux cernés et violacés, les joues creuses, il avait l'air d'être sur le point de s'écrouler.

Estimant qu'il avait fait suffisamment d'efforts pour aujourd'hui, Elijah le souleva et l'emporta d'autorité dans la cuisine.

— Hey ! s'écria Matthias, se débattant, quoique faiblement.

— Tu es tout pâle, mon trésor, tu as besoin de sucre. Maintenant.

Son compagnon ouvrit la bouche, avant de brusquement la refermer, boudeur.

— Je peux marcher, tu sais..., grommela-t-il dans sa barbe.

Elijah resserra tendrement sa prise.

— Je sais. Mais moi j'aime te porter, j'aime sentir ton corps contre le mien. Est-ce si dramatique ? (Il lui embrassa le bout du nez.) Arrête de froncer les sourcils et de relever ta lèvre de cette manière, on dirait *Grumpy*.

Matthias le foudroya du regard et tourna résolument la tête de l'autre côté, sans répondre à sa provocation.

Elijah le posa sur la table, dédaignant les chaises, et revint rapidement avec du chocolat.

— Fais « Ahhhhhh », dit-il d'un ton moqueur, un carré de chocolat transformé en vaisseau spatial, voguant vers une terre inconnue. (La mine ulcérée de Matthias le fit rire aux éclats.) Comme c'est facile de te provoquer, mon trésor... Tu ne marches pas, tu ne cours pas, tu voles !

Son rire s'étrangla dans sa gorge lorsqu'une vive douleur lui lacéra les doigts. Il fixa son pouce et son index avec incrédulité. Son Zéhéniché l'avait mordu. *Au sang !*

Son loup jappa, heureux de l'humour noir de son compagnon. *À mon tour*, songea-t-il, avide de lui rendre la monnaie de sa pièce. Ses pupilles bleu glacier se rivèrent à la gorge de Matthias, crépitant d'un plaisir anticipé. *À moi.*

— Tu m'as *mordu* ? gronda-t-il en lui montrant les dents.

Matthias lui adressa un petit sourire suffisant.

— Je suis jeune et teeeeeellement maladroit. Oups...

Les yeux mi-clos, Elijah évalua rapidement ses options. La première, et la plus alléchante : lui rendre tout simplement la monnaie de sa pièce... c'était malheureusement prévisible, *trop* d'ailleurs. Il oublia cette idée. La seconde, radicalement à l'opposé : ne rien faire, rester calme et stoïque, comme si tout cela n'avait pas d'importance et ne le touchait pas... hautement improbable. Il abandonna cette idée. La troisième, sournoise : frapper là où l'on ne l'attendait pas en préparant un délicieux et onctueux *Caramel Macchiato*, et le boire au nez et à la barbe de Matthias... idée tout bonnement génialissime, mais irréalisable. *Lui ? Boire un* Caramel Macchiato *? Même pas sous la contrainte !* Il rejeta cette idée. Quatrième et dernière option : le torturer impitoyablement jusqu'à ce qu'il implore sa pitié... cent pour cent dans ses cordes. Il valida cette idée.

Mais la vengeance étant un plat qui se mange froid, Elijah décida d'attendre un peu avant d'exécuter son idée. De plus, il ne savait toujours pas ce que Matthias faisait dans cette foutue salle de bain.

Les questions d'abord, l'acte ensuite.

— Et moi je suis vieux et teeeeeellement sénile... que j'ai oublié ce que tu faisais dans cette salle de bain. Tu te masturbais ?

Matthias faillit s'étouffer avec le deuxième carré de chocolat qu'il venait d'engloutir.

Elijah, toujours serviable, lui tapota obligeamment le dos.

— Bien sûr que non ! s'indigna le jeune mâle, dès qu'il reprit son souffle.

— Alors que faisais-tu ?
— Rien.
— Rien ?
— Ouais, rien.

Elijah pinça les lèvres et se redressa lentement, croisant les bras sur son torse, mettant en valeur ses puissants biceps. Une aura de colère flottait autour de lui, le rendant plus menaçant et intimidant que jamais.

— Et tu n'as « rien » fait pendant une heure ? aboya-t-il d'un ton cinglant, ayant le mensonge en horreur. Quand je dis une heure, c'est une façon de parler, parce que tu y étais déjà lorsque je suis revenu... Dieu seul sait depuis combien de temps tu étais dans cette pièce ! Et ce que tu pouvais bien y faire...

Matthias se détourna, le regard fuyant. Tout dans son attitude trahissait le secret qu'il tentait désespérément de garder sous clé. Cela ne fit que l'exaspérer davantage. Il voulait des réponses à ses questions, et il les voulait *maintenant*. Il ne céderait pas avant d'avoir eu gain de cause. Pas quand son Zéhéniché lui cachait des choses.

— Je ne faisais rien de particulier, je ne comprends pas pourquoi tu te mets dans un état pareil pour si peu...

Elijah eut l'impression que de la fumée allait jaillir de ses narines, tant sa fureur était grande. Il était à un cheveu d'exploser.

Son loup ouvrit paresseusement un œil.

— Si ce n'est rien, il n'y a pas de raison que tu me le caches, contra-t-il, se rapprochant lentement.

— C'est justement parce que ce n'est rien, qu'il...

— ASSEZ ! hurla Elijah en plaquant rudement ses deux mains sur la table, faisant bruyamment claquer ses paumes contre le bois poli. Réponds à ma putain de question, *Matthias*. (Une brusque inspiration, un grincement de dents, une veine battant la chamade à sa tempe.) Que. Faisais. Tu. Dans. Cette. Maudite. Salle. De. Bain. Bordel. De. Merde ?

Le masque de Matthias se fissura, avant de littéralement voler en éclats, en un million de petits morceaux.

Jeu, set et match. Fin de la partie.

— J'étais en train de vomir ! Voilà, tu es content ?! Parce que je suis un monstre, parce que j'ai honte de ce que je suis devenu et que je ne veux pas être comme ça, jamais ! Ni dans cette vie, ni dans la prochaine ! Je ne veux pas devenir comme vous tous, froid et insensible à tout ce qui m'entoure, prenant une vie sans sourciller, comme si c'était normal, comme si la mort faisait partie du quotidien. Je ne veux pas, Elijah, je ne veux pas ! sanglota-t-il, frappant la poitrine de l'Alpha de ses poings, comme s'il était responsable de ce qui lui arrivait, seul fautif de ses tourments intérieurs. (Consterné, Elijah consentit à être ce dont son compagnon avait besoin : un exutoire à sa peine, à sa rage. Il encaissa donc silencieusement ses coups, attendant patiemment qu'il se calme.) Si je dois prendre une vie pour sauver la mienne, alors je veux éprouver du regret, avoir des remords, pas cette sombre satisfaction du devoir accompli.

Le loup d'Elijah releva la tête, pleinement attentif.

— Les regrets et les remords sont des entraves qui t'empêcheront d'avancer, Thias, et qui te feront douter de toi la fois suivante, donnant à ton adversaire un avantage certain, répondit-il d'une voix douce, caressant le dos de son Zéhéniché avec délicatesse, cherchant à apaiser sa peine manifeste.

Matthias le repoussa violemment des deux mains, mettant le plus de distance possible entre eux.

Le loup montra les crocs, ulcéré d'être ainsi repoussé. Qu'il soit banni s'il laissait son compagnon agir de la sorte. Il avait envie de le mordre. Fort. Maintenant.

— Alors quoi ? Je dois devenir aussi cruel et sans pitié que tu l'es ?

Des flèches acérées qui atteignirent le centre de leur cible, déversant un poison vénéneux dans son cœur. Matthias n'oublierait jamais ce qu'il lui avait fait, la manière dont il l'avait, pour ainsi dire, privé de son enfance – pas plus qu'il ne le lui pardonnerait, quand bien même arriverait-il à en comprendre les raisons. Il lui en voudrait toujours de lui avoir volé toutes ces années, de l'avoir empêché de vivre pleinement, librement. Il serait toujours l'Alpha froid et glacial qui l'avait condamné à mort, lui refusant même de partager les joies les plus simples, telles qu'une bonne partie de chasse en meute. Il avait fait de lui un paria. Bien sûr il avait de bonnes raisons pour avoir agi comme il l'avait fait, mais Matthias ne s'en soucierait jamais. Il ne se rappellerait que des faits et pas leur raison. Elijah allait devoir vivre avec cette rancœur toute sa vie et supporter que son erreur passée lui soit sans cesse reprochée. Y parviendrait-il ? Il n'avait guère le choix.

— Tu me prends pour un monstre, mais je suis loin d'en être un, ne t'en déplaise. J'ai un cœur, comme tout un chacun, et les sentiments qui vont de pair. J'éprouve de la joie et de la peine ; de la satisfaction et de la frustration ; de l'amour et de la haine ; de l'envie et de la jalousie ; eh oui, des remords également, parfois… Mais jamais pour mes ennemis, ni pour ceux qui s'en prennent aux personnes qui me sont chères. Tu as tué Elvis et c'est tragique, je te l'accorde volontiers, mais c'était sa décision, son choix. Il pouvait partir et tout oublier, recommencer une nouvelle vie ailleurs, *tu* lui as laissé le choix, Thias. Il a décidé, en toute connaissance de cause, de revenir et de s'en prendre à toi. Tu n'as nul remords à éprouver pour avoir fait ce qu'il fallait. (Elijah recula de quelques pas, mettant de la distance entre eux.) Ne t'en veux pas parce que tu n'éprouves aucun regret, ce serait ta perte. (Il pivota sur ses talons et quitta la cuisine.) Un Lycaë qui s'en veut d'avoir sauvé sa peau est un imbécile déjà mort.

« Un Lycaë qui s'en veut d'avoir sauvé sa peau est un imbécile déjà mort. »
La phrase d'Elijah résonna en boucle dans sa tête, jusqu'à en devenir insupportable. Tant de suffisance, tant d'arrogance... Dieu que l'Alpha pouvait être énervant quand il s'y mettait ! Devait-il systématiquement lui rappeler à quel point il lui était supérieur ? Se sentait-il obligé de le rabaisser continuellement ? Cela lui procurait-il du plaisir, de la jouissance ?

Matthias serra furieusement les poings, écœuré par cette supériorité qu'Elijah affichait en permanence. Son compagnon n'avait-il pas compris qu'il avait simplement besoin d'être rassuré, soutenu ? Il aimerait tant que ce dernier le prenne dans ses bras et le console.

Le jeune mâle se pétrifia.

Arrêt sur image.

Non... il ne venait pas de sous-entendre que... Non, absolument pas ! Il n'avait pas utilisé le terme « consoler », ce serait trop enfantin, trop jeune, trop *immature*. Non, bien sûr que non ! Il n'emploierait jamais ce mot-là.

Son pendant animal poussa un soupir à fendre l'âme et se roula en boule, prenant soin de se recouvrir le museau de sa queue. Son humain était en train de se ridiculiser, il préférait ne pas assister à ce triste spectacle. Plus vite il admettrait qu'il avait *besoin* du soutien d'Elijah, plus vite cette histoire serait réglée – et lui-même chaudement lové contre son Zéhéniché. Il en ronronnait d'anticipation. Avant de se souvenir combien sa part humaine pouvait être têtue et bornée. Un grincement de crocs lui échappa.

« *J'ai un cœur, comme tout un chacun, et les sentiments qui vont de pair.* »

Ce n'était pas tant les mots utilisés qui perturbaient Matthias, au point de le faire se dandiner, mal à l'aise, mais plutôt le ton et l'expression de son visage. Il avait l'étrange sensation d'avoir piqué une bête féroce, qui, pour une raison chimérique qui lui était propre, s'était contentée de lui rendre la pareille au lieu de le dévorer. Très étrange.

« *Alors quoi ? Je dois devenir aussi cruel et sans pitié que tu l'es ?* »

Matthias savait, au fond de son cœur, que tout autre que lui serait mort pour avoir prononcé de telles paroles. On n'insultait pas impunément l'Alpha de la meute, on le raillait encore moins. Il n'avait pas fait l'un ou l'autre, oh non, pas lui ! Lui… il avait fait les deux.

Bravo, Matthias, bien joué !

« *Quand cette histoire sera réglée et que nous nous serons… "entretenus"… avec Sasha, voudras-tu bien… passer un peu de temps avec moi ? Seul à seul, juste toi et moi ?* »

Matthias sentit son sang se glacer et de la sueur froide perler à son front.

« *Oui… je veux bien…* »

Ce n'était pas ainsi que les choses auraient dû se passer. Ils étaient censés… passer du temps ensemble, apprendre à se connaître. Au lieu de ça, Matthias s'était senti mal et tout était parti en vrille. Oh, il ne s'estimait pas seul responsable de cet échec cuisant, mais il avait donné sa parole. Il avait promis à Elijah qu'ils passeraient un moment tous les deux, seul à seul. Si la veille, son compagnon lui avait tendu un deuxième rameau d'olivier, Matthias convint qu'il ne pouvait pas faire moins. Il devait, à son tour, faire un pas en direction de son partenaire.

Il releva fièrement la tête, les yeux brûlants de détermination. Il tiendrait la parole donnée. Fort de cette conviction, il sauta de la table sur laquelle il était resté assis durant tout ce temps et se mit en chasse, partant à la recherche de son Zéhéniché. Ce qui ne fut pas très compliqué, Elijah s'étant simplement replié dans le salon.

Bien. Parfait.

— Je ne veux pas me disputer avec toi ce soir…, annonça d'emblée Matthias, avant de voir qu'il était près de deux heures du matin. Ou plus exactement ce matin…

Il se tenait sur le seuil de la pièce, hésitant à entrer sans invitation, ne voulant pas envahir l'espace personnel d'Elijah – bien qu'ils soient dans la maison de son enfance, celle où il se sentait vraiment « chez lui ».

Elijah poussa un long soupir, lui tournant le dos.

— Moi non plus. Je voulais simplement passer du temps avec toi, qu'on soit rien que tous les deux, tranquilles, sans être dérangés. Mais je présume que ça fait partie de la vie de couple, ajouta-t-il avec une certaine amertume.

Matthias s'humecta les lèvres du bout de la langue, ne sachant comment interpréter cette dernière supposition.

— Oui, sans doute.

Elijah eut un rire grinçant.

— Ce n'est guère encourageant pour l'avenir, n'est-ce pas ?

L'Alpha semblait défaitiste, ce qui ne lui ressemblait pas du tout. Matthias fronça les sourcils, inquiet face à ce comportement pour le moins inhabituel. Un détail lui échappait et il n'arrivait pas à mettre le doigt dessus, ce qui l'agaça prodigieusement.

— Qu'est-ce que tu as ?

— Rien.

Oh, génial ! Ils allaient recommencer ce petit jeu, mais en inversant les rôles. Matthias cachait sa joie face à cette pitoyable perspective, quand soudain, il comprit ce qui n'allait pas. Elijah semblait avoir perdu tout espoir, il avait l'air… brisé. Abasourdi, il ne comprenait pas comment une telle chose avait pu se produire sans qu'il le remarque.

La « discussion » ! Il s'était forcément passé quelque chose à ce moment-là ! Mais quel égoïste il était de n'avoir pensé qu'à lui ! N'apprendrait-il donc jamais sa leçon ?

— Ta… « discussion »… avec Sasha s'est mal passée ? demanda-t-il en faisant un pas dans le salon, se rapprochant prudemment de son compagnon.

Elijah haussa les épaules, indifférent.

— Non. (Bref silence.) Comme je m'y attendais, j'ai dû un peu la forcer pour obtenir mes réponses, mais j'ai finalement eu gain de cause. Pour une fois, ajouta-t-il dans un souffle, avant de faire volte-face, plongeant son regard gris dans le sien. (Une douleur innommable s'y lisait.) Je vais te laisser. Dors bien.

Matthias, statufié sur place, ne sut comment réagir.

Hein ?

Au moment où Elijah le frôla, il lui agrippa fermement le biceps, l'empêchant de partir.

— Pourquoi pars-tu ? Je croyais que tu ne voulais *jamais* dormir sans moi ? Que c'était une des parties non négociables de notre union ? Qu'est-ce qui a changé ?

— Demande-toi plutôt ce qui n'a *pas* changé…

Matthias cligna des paupières.

— Pardon ?

Elijah eut un sourire triste, avant de baisser les yeux sur la main qui le retenait. Tranquillement, sans se presser, il détacha les doigts de Matthias, un à un.

— Tu n'as pas changé, Matthias. (Nouveau haussement d'épaules.) Tu ne veux pas de moi dans ta vie. Tu ne pourras jamais oublier ce que j'ai fait et encore moins me pardonner. C'est bon, j'ai compris. Ça fait mal, terriblement mal, mais je l'ai enfin compris. Rien de ce que je pourrai faire ne changera jamais cela. J'ai cru… (Il secoua brusquement la tête, comme s'il venait de se donner une gifle.) J'étais un fou, un pauvre idiot de penser que tu pourrais me voir différemment, que tu pourrais chercher à connaître celui qui se cache derrière l'Alpha des SixLunes, le mâle, moi. Je te promets de faire mon possible pour ne plus t'importuner. Je lutterai contre mon loup aussi longtemps que je le pourrai. Même si je dois… non, je refuse de jouer à ce petit jeu là pour que tu t'apitoies sur mon sort. J'ai ce que je mérite, après tout.

Alors que Matthias n'en croyait pas ses oreilles et qu'il peinait à trouver un sens à ces terribles paroles – annonciatrices d'une lente agonie, il le comprenait maintenant –, son loup devenait fou, paniquant à l'idée de perdre définitivement son Zéhéniché.

— Mais non, tu… non, tu… balbutia-t-il, n'arrivant pas à trouver les mots qui pourraient exprimer la peur soudaine qui lui tordait les tripes.

Il refusait de le perdre, il ferait tout son possible pour le retenir. Bien qu'il soit sonné, Matthias réalisa pleinement l'ironie de la situation. Lui qui, deux jours plutôt, aurait tout donné pour se débarrasser définitivement d'Elijah, en était réduit à lutter pour le garder auprès de lui. Si quelqu'un lui avait dit qu'un jour il en viendrait à supplier l'aîné des Hunter de rester à ses côtés, il lui aurait ri au nez, trouvant l'idée ridicule.

— Je vais te laisser, maintenant. Prends soin de toi et de ton père, tu veux bien ?

Elijah sortit du salon et se dirigea vers la porte d'entrée au pas de charge.

— NON ! cria Matthias au moment où il posait une main sur la poignée.

— Non ? répéta Elijah d'un ton incrédule, tournant à demi la tête, mais refusant de croiser son regard.

Matthias fit un pas en avant, l'air buté.

— Je t'interdis de partir, Elijah !

Un tremblement parcourut le corps de l'Alpha.

— Tu m'interdis de partir ?

— Parfaitement. Tu restes ici, avec moi !

Grognements et claquements de dents.

Un défi.

Malheur à Elijah s'il s'entêtait sur cette route mortellement dangereuse.

— Je reste ici... avec toi ? répéta-t-il du bout des lèvres, croyant rêver.

Matthias crispa la mâchoire, agacé.

— Tu t'es transformé en perroquet ou tu as des problèmes auditifs dus à ton grand âge ?

— Est-ce bien le moment de me narguer, Thias ?

Voix mielleuse, promesse de délices à venir.

— Seul le résultat compte, affirma-t-il en glissant ses mains dans les poches de son jean, se balançant d'avant en arrière avec nonchalance. Ça a eu le mérite de résoudre le problème, c'est le principal.

Sourire narquois et air supérieur.

— Tu sais que... si tu m'empêches de partir maintenant, tu ne pourras plus jamais te débarrasser de moi ? le prévint son compagnon avec certitude.

— C'est l'idée, oui.

Avait-il besoin de souligner l'évidence ?

— Et que je partagerai ton lit ce soir, et tous les suivants ?

— Délicieuse perspective.

Un frisson de plaisir le parcourut.

— Je voulais dire que ma queue dormira bien au chaud, logée entre les globes charnus de tes fesses..., précisa Elijah, un brin moqueur.

Matthias se sentit durcir rien que d'y penser.

— J'avais compris.

Les rôles étaient décidément inversés.

Stupéfiant.

— Oh, mon trésor, tu ne pouvais me faire plus grand plaisir !

— Je s…

Ou pas.

Matthias eut un mouvement de recul instinctif lorsqu'il croisa le regard étincelant d'Elijah. La lueur qui s'y reflétait ne présageait rien de bon.

Alors, il comprit.

— Tu… tu… tu m'as roulé dans la farine !!!

L'Alpha n'avait jamais eu l'intention de le quitter. Ni ce soir, ni jamais. Il l'avait habilement manœuvré pour lui faire croire le contraire.

Et il s'était fait avoir comme un bleu.

— Eh oui.

L'OMBRE

Dans l'état de faiblesse qui était le sien, l'ombre avait tout juste eu la force d'atteindre sa cachette secrète, avant de s'effondrer lourdement sur le sol, épuisée.

Elle avait réussi à semer les lieutenants des SixLunes, mais de justesse. Ils étaient plus fins limiers qu'elle ne l'avait pensé, malheureusement. Une erreur qu'elle ne referait pas de sitôt.

Elle jeta un regard morne à sa blessure, qui avait recommencé à saigner dès qu'elle était sortie de l'eau. Malédiction ! *Elle était salement amochée. Voilà qui devenait fâcheux et qui mettait de sérieuses entraves à sa mission. Même si celle-ci avait radicalement changé durant les dernières heures.*

Elle ferma les yeux et poussa un gémissement plaintif.

Si les choses avaient pu être différentes, elle ne se retrouverait pas dans cette position intenable. Dieu qu'elle haïssait le Destin en cette minute. Alors qu'une partie de son être était aux anges, chantant une douce sérénade et dansant la valse, l'autre était profondément dépitée. Elle allait devoir revenir vivre ici, sur cette terre qui lui avait déjà tant pris et qu'elle s'était juré de fuir pour toujours... mais qui aujourd'hui lui faisait un cadeau inestimable.

La vie était décidément une garce impitoyable.

Sentant un brusque tiraillement lui irriter la peau, elle releva la tête et vit, avec une certaine satisfaction, que sa blessure commençait à cicatriser. Bien. Bénie soit-elle d'être une Ancienne, cela lui procurait au moins quelques avantages – dont une vitesse de cicatrisation hors normes. D'ici quelques minutes, la plaie serait complètement refermée, un point très positif si elle devait se déplacer rapidement, et qui lui éviterait de jouer au « Petit Poucet ».

Malheureusement, pas de traque pour elle avant une bonne semaine, ses organes internes ayant une guérison plus lente. Et d'ici là, les LoupsNoirs seraient arrivés depuis longtemps. D'après son estimation, ils seraient là...

dans deux jours – peut-être même moins s'ils forçaient l'allure. Et elle ne serait pas suffisamment en forme pour les affronter.

Serrant les dents, elle fut contrainte de remettre son destin entre les mains d'Elijah, ce qui lui déplaisait fortement. Si elle lui avait fait confiance par le passé, cette époque était définitivement révolue.

Dieu qu'elle maudissait sa blessure et son état de faiblesse.

L'odeur qui envahit soudain la grotte lui hérissa le poil et lui fit dresser les oreilles.

Sonya.

Ses yeux se plissèrent de rage. Cette salope était décidément futée. Bien trop à son goût.

Elle se remit péniblement sur ses pattes, et prit la seule décision qui s'imposait. Son cœur se déchira en deux et sa moitié animale hurla à la mort... mais elle n'avait guère le choix.

Un battement de cils plus tard, avant même que Sonya n'ait pu pénétrer dans sa cachette secrète, elle était repartie.

Alors qu'elle se dirigeait à vive allure en direction de la frontière, prenant garde à éviter toutes les caméras et les détecteurs de mouvement qui se trouvaient sur sa route, une seule pensée l'habitait : elle reviendrait. Bientôt. Dès qu'elle serait guérie.

Et alors, elle prendrait ce qui lui revenait de droit.

Owen.

Chapitre 23

Elijah sourit sans méchanceté à la naïveté de son Zéhéniché. Mais quel baume pour son cœur, et sa fierté, lorsque Matthias avait réalisé qu'il allait le quitter – ou du moins quand il l'avait cru. Il s'était préparé à une tout autre réaction, avec prise par surprise et plaquage au sol ; force d'arguments, douces menaces et tendres suppliques. Rien de tout ça. Le résultat dépassait ses espérances les plus folles – et de loin.

Le loup, qui pour la première fois avait douté de sa moitié humaine, ne regrettait pas de lui avoir fait confiance. Ils allaient enfin pouvoir finaliser le lien d'union. Il en frémissait d'avance, s'en pourléchant les babines. Un vrai festin en perspective.

— Tu t'es joué de moi ! Tu…

Elijah ne pouvait laisser les choses s'envenimer, pas maintenant qu'il avait obtenu ce qu'il désirait si ardemment.

Sa bête gronda, marquant son approbation.

— Jamais !

Matthias lui tourna le dos, furieux.

— Ce n'est pas l'impression que j'ai !

Elijah combla la distance qui les séparait d'un puissant bond.

— Depuis que nous sommes unis, tu te défiles, me repoussant sans cesse. À chaque pas en avant que tu fais, mon cœur s'emballe, ravi et avide de cette progression prometteuse, pour finalement se flétrir, comme une fleur privée de soleil, en réalisant que tu n'avançais que pour mieux reculer…

— Tu deviens poète, maintenant ? le railla son compagnon, d'un ton aigre.

— Non, je ne le suis pas. Les poètes sont efféminés, ils ont un visage d'ange et une voix douce… Je crois pouvoir affirmer, sans trop me tromper, que je leur ressemble autant qu'un éléphant à une souris ! (La comparaison fit glousser Matthias, qui sembla immédiatement s'en vouloir. Elijah sourit tendrement.) J'avais besoin de savoir si le passé se dresserait toujours entre nous ou si tu pourrais un jour, non pas l'oublier, mais me pardonner, donner une vraie chance à notre couple. Même dans mes rêves les plus fous, je n'en attendais pas autant… Tu me combles de bonheur, Thias, comme personne ne l'a jamais fait avant toi, chuchota-t-il dans le creux de son oreille, avec une ferveur incontestable. Tu ne soupçonnes même pas le pouvoir que tu as sur moi… Nul ne peut me blesser aussi profondément que toi. Je ferai tout pour que tu sois heureux, mon trésor, absolument tout. Je devais donc savoir si ton bonheur passait par mon absence — bien qu'en toute honnêteté, je ne sais pas si j'aurais été capable de te quitter… Peut-être ne puis-je pas *tout* te donner, finalement…, avoua-t-il, sourcils froncés.

Abrupte, mais franc et loyal. L'Alpha dans toute sa splendeur.

— Je ne veux pas *tout*, Elijah. Seulement toi…

Un doux murmure, une promesse ensorcelante, un chant de sirène. Le loup plissa les yeux de plaisir, envoûté.

— Je suis tout à toi, trésor, tout à toi…

Il laissa ses mains glisser le long du corps de Matthias et se faufiler sous ses vêtements, cherchant la tiédeur de sa peau.

— Elijah…, hoqueta-t-il lorsque ses mains trouvèrent la lisière du tissu en coton et plongèrent dessous, partant à la découverte de ce trésor si longuement convoité.

Ses doigts frôlèrent l'abdomen de son compagnon, redessinant les lignes naissantes qui commençaient à le strier. Puis, ils poursuivirent leur course en direction du nord.

— Oui… ? ronronna-t-il, paresseux.

Une seconde plus tard, pull et tee-shirt gisaient au sol, en lambeaux. Agrippant fermement Matthias par la taille, il le fit pivoter et le plaqua contre la première surface plane venue. Il se jeta sur sa bouche comme un affamé, mordant durement sa lèvre inférieure. Pas pour le blesser, mais pour le marquer.

— Laisse-moi entrer…, exigea-t-il, les prunelles incandescentes, un lac argenté aux reflets métalliques.

Matthias écarta docilement les lèvres et Elijah s'y engouffra immédiatement, réclamant ce territoire qui était désormais sien. Entièrement. Complètement. Définitivement.

Son érection vibra d'un plaisir anticipé, le faisant trembler d'impatience. Le goût, la texture, l'odeur de Matthias le rendaient fou. Il en voulait plus, toujours plus. Il souffrait d'une soif inextinguible, qu'il ne pourrait jamais étancher, jamais satisfaire.

C'était meilleur que de l'ambroisie.

Ses mains retournèrent à leur exploration et atteignirent rapidement les petites piques pointues qui ornaient la poitrine imberbe de son compagnon. Celui-ci hoqueta et se cambra instinctivement, réclamant des caresses plus appuyées. Avec un sourire carnassier, Elijah se saisit de ses adorables tétons et les pinça. Fort.

Matthias poussa un gémissement et rejeta sa tête en arrière, frappant violemment le mur… mais il sembla s'en moquer, perdu dans un océan de plaisir.

— Encore… Elijah… encore…, supplia-t-il d'une voix rauque.

Dans un grognement sourd, Elijah lui donna ce qu'il demandait ; pinçant, tirant, titillant les petites excroissances prisonnières de ses doigts diaboliques. Il ne s'arrêta que lorsque le souffle de Matthias devint erratique, et que ses hanches se balancèrent dans un mouvement compulsif, cherchant une apothéose qui lui échappait encore.

Avant que son Zéhéniché ne puisse se plaindre de sa soudaine absence, Elijah l'embrassa avec passion, avalant les mots qu'il s'apprêtait à prononcer. Ses mains se posèrent sur la braguette de son jean, mais il n'eut pas la patience de le lui enlever normalement. Comme pour le reste, il se servit de ses griffes pour le réduire en charpie. À peine le membre dur, chaud et soyeux de Matthias libéré, Elijah se l'appropria d'autorité.

— À moi.

Le mâle Alpha dans toute sa grandeur, marquant son territoire. Sa main coulissa le long de la chair douce de son érection, puis son pouce en frôla le gland qui suintait.

Ce fut l'effleurement de trop pour Matthias, qui jouit dans un long râle, son membre déversant sa semence en quatre longs jets. À bout de force, il se laissa aller contre le mur, heureux et comblé. Mais pas totalement.

Elijah le regarda avec la possessivité d'un homme qui savait avoir donné un plaisir infini à son compagnon.

La soirée ne faisait que commencer.

— Tu te sens mieux ? s'enquit Elijah.

Matthias hocha lentement la tête, le souffle lourd et profond. Il entrouvrit les yeux, hagard.

— Oui.

Il balaya machinalement le corps de son partenaire, avant de s'arrêter sur la bosse qui déformait son jean.

— Peux-tu m'aider à me sentir mieux également ?

Les iris de Matthias s'assombrirent alors que ses narines se dilataient. Son loup remonta à la surface, refusant de rester à l'écart. Il se décolla lentement du mur, prenant son temps, et s'approcha. Il tendit la main et caressa le glaive érigé d'Elijah du bout des doigts, joueur.

— Oh oui.

Elijah lui montra les dents avant de prendre une vive inspiration, le corps tremblant.

— Ne joue pas avec moi, Thias.

— Mais je ne joue pas, nia-t-il, avant de déboutonner son pantalon.

Matthias frôla son membre par inadvertance en écartant en grand l'ouverture de son jean, faisant trembler son Zéhéniché.

— Attention !

Un grognement sourd.

— Chut… ne t'inquiète pas…

Un chaton rassurant un tigre.

Matthias écarquilla les yeux lorsqu'il découvrit le tissu humide de son boxer. Il y passa délicatement son pouce, ravi de faire frémir le puissant Alpha. Son loup donna des coups de griffes, avide de se repaître de ce doux nectar. Il s'agenouilla dans la foulée, avant qu'Elijah ne puisse se plaindre une nouvelle fois.

— Laisse-moi faire…, susurra-t-il d'une voix envoûtante.

Sans la plus petite hésitation, Matthias fit courir sa langue le long de la prison de coton qui retenait encore le membre tant convoité. Il était impatient d'y goûter à nouveau. Glissant les pouces à l'intérieur du boxer, il l'abaissa lentement le long des jambes d'Elijah, entraînant le jean avec lui. Son sexe fièrement dressé jaillit comme un diable hors de sa boîte, allant frapper la joue de Matthias, y laissant une fine traînée translucide.

— Ne joue pas avec moi, Thias…, lui rappela rudement Elijah, les poings serrés le long du corps.

Matthias releva les yeux, ses iris miroitant comme de l'or au soleil, et lécha langoureusement l'objet de ses désirs.

— Et si moi, j'ai envie de jouer ?

Il se retrouva allongé sur le dos, à même le sol, au milieu de l'entrée, avant d'avoir compris ce qui lui arrivait. Elijah le surplombait, plus dominateur que jamais. Ravi de se soumettre aux moindres désirs de son Zéhéniché, son pendant animal en ronronna de plaisir, toute idée de dégustation envolée.

— J'ai dit « non », rappela-t-il avec cette suffisance qui caractérisait si bien l'Alpha qu'il était.

Matthias pinça les lèvres et le fusilla du regard. Ce n'était pas ainsi que les choses fonctionneraient entre eux. Jamais ainsi, sinon ce serait le début de la fin.

— Laisse. Moi. Jouer !

D'une rapide rotation du bassin, il inversa leur position. Une main serrée autour des poings d'Elijah, assemblés et cloués au-dessus de sa tête, il plongea son regard jaune vif – celui de son loup – dans le sien. Pour faire bonne mesure, il lui montra les dents. Sa bête dressa les oreilles, intéressée par ce retournement de situation.

— Peut-on savoir ce que tu fais, mon trésor ?

Matthias se pencha lentement vers lui, ne s'arrêtant qu'à un cheveu de ses lèvres.

— Je joue, chuchota-t-il avant de lui mordre le cou.

Elijah s'arcbouta en rugissant.

— *Matthias !*

L'ignorant superbement, il se laissa glisser le long de son corps, le dévorant de baisers, rendant son partenaire fou de désir – plus qu'il ne l'était déjà. Il ne s'arrêta qu'une fois son objectif atteint, le reprenant dans sa bouche avec gourmandise.

Elijah plongea les mains dans ses cheveux et tenta de lui faire lâcher prise – en pure perte.

— Laisse-moi à mon dîner !

Sur cette vigoureuse protestation, Matthias entreprit de le lécher minutieusement, n'oubliant aucune parcelle de peau délicieusement veloutée. Lorsqu'il revint à son gland ruisselant, Elijah donna instinctivement un coup de reins, l'encourageant à le reprendre et à s'occuper de lui – en complète contradiction avec son geste précédent.

Joueur et taquin, Matthias le titilla longuement avant de céder de bonne grâce à sa silencieuse supplique.

La main d'Elijah s'enroula autour de sa nuque, autoritaire.

— Assez.

— Elijah, je t'en prie…, ronchonna-t-il, privé de son repas.

— Alors, tourne-toi, que je puisse te rendre la pareille.

Le souffle coupé, n'osant y croire, Matthias lui jeta un regard stupéfait. Avant de gémir lorsque la langue humide d'Elijah le lapa avec ardeur. Il ne chercha même pas à comprendre comment il était arrivé là, son esprit complètement accaparé par les délicieuses sensations qui se propageaient le long de son érection.

— Oh, mon Dieu !

Un grondement retentit, remontant le long de son membre, lui procurant un plaisir inédit. La bouche grande ouverte, Matthias poussait un gémissement après l'autre, incapable de s'occuper d'Elijah comme il l'avait prévu.

— Non, moi, c'est Elijah.

Vantard !

L'Alpha lui faisait maintenant de petits suçons, parcourant toute sa longueur, alternant régulièrement avec de légères morsures qui lui faisaient perdre la tête. Le visage enfoui contre l'aine d'Elijah, Matthias ne pouvait que subir cette douce torture, farouchement coupé dans son élan chaque fois qu'il faisait seulement mine de s'approcher de son érection – dans l'intention de lui rendre la pareille.

Elijah empoigna rudement ses fesses, les pressant et les écartant, préparant lentement le terrain pour la suite des réjouissances. Voyant que Matthias ne protestait pas, bien au contraire, il laissa son index glisser jusqu'à son petit trou plissé et se mit à jouer avec, l'achevant pour la seconde fois de la soirée.

Matthias jouit dans un long râle, secoué de spasmes.

Une vingtaine de minutes plus tard, Matthias réalisa qu'ils ne se trouvaient plus dans le hall d'entrée, mais dans sa chambre d'enfant, sur son lit. Il ne se souvenait pas de s'être déplacé. Elijah avait dû le porter alors qu'il flottait encore dans les limbes du plaisir. Partiellement allongé sur lui, son compagnon avait calé son immense stature comme il le pouvait, son petit lit n'étant clairement pas fait pour deux personnes – encore moins pour quelqu'un de la taille d'Elijah.

Le nez enfoui dans le creux de sa gorge, l'Alpha le léchait et le mordillait amoureusement, avec une nonchalance suspecte. Ses mains erraient sur son corps, cherchant à raviver la flamme de la passion pour un troisième round.

— Elijah..., protesta-t-il faiblement, on ne peut pas...

Un grognement, qui ressemblait plus à un ronronnement qu'autre chose, se fit entendre.

— Mais si, mon trésor, nous pouvons...

Pour prouver ses dires, Elijah frôla la barre de chaire logée entre ses cuisses, parfaitement réveillée. Matthias s'arqua, les tendons de son cou saillant. Il se mit à haleter lorsqu'une vague de désir se propagea une nouvelle fois dans ses veines. À ce rythme-là, son Zéhéniché allait le tuer avant le lever du soleil.

Elijah interrompit ses caresses et recula, s'agenouillant sur le matelas. Il fit signe à Matthias de se retourner, l'informant ainsi que les choses sérieuses allaient vraiment commencer. Il en frémit d'avance, impatient de sentir son compagnon à l'intérieur de lui, ne faisant plus qu'un avec lui.

Enfin !

Son loup, vautré dans une béatitude à la limite de l'obscénité, releva immédiatement la croupe, indiquant son envie d'être possédé. Il poussa de petits gémissements plaintifs, ne pouvant plus attendre.

Une fois allongé sur le ventre, Elijah se moula contre son dos comme s'il ne supportait pas que leurs peaux ne soient plus en contact. Sa glorieuse érection se logea entre les fesses de Matthias, cherchant avidement son chemin, promesse d'un plaisir indescriptible.

— Elijah...

— Ne t'inquiète pas, mon trésor, je serai doux. Du moins, pour cette fois.

Matthias gronda de protestation. Il ne voulait pas de douceur, il voulait Elijah, tel qu'il était. Brut de décoffrage, mais toujours sincère.

— Non... je te veux toi, Elijah, seulement toi...

Les lèvres de l'Alpha frôlèrent sa colonne vertébrale lorsqu'il répondit.

— Si avide, si impatient... mon compagnon... *à moi* ! (Les paumes d'Elijah se posèrent sur les globes charnus de ses fesses et les caressèrent amoureusement.) Soulève-toi, trésor, mets-toi à genoux.

Tremblant, Matthias s'exécuta.

Les mains qui pétrissaient son arrière-train se firent plus rudes, plus avides. Il en frémit jusqu'aux orteils, les recroquevillant instinctivement. Une plainte hautement érotique lui échappa soudain, alors que la langue d'Elijah s'appropriait cette terre encore inconnue de lui. Il se mordit la lèvre jusqu'au sang et tendit sa croupe, désireux d'en avoir plus.

Son doigt se substitua rapidement à sa langue, l'emmenant encore plus loin dans l'abîme cotonneux qui s'était emparé de tout son être. Il haletait de plus en plus fort, incapable de formuler la plus petite pensée. Son univers se résumait à un seul mot : Elijah. Il en était le maître absolu, tel un souverain régnant sur son royaume.

Un second doigt rejoignit le premier, lui arrachant un petit cri.

— Chut... je vais y aller doucement...

Matthias secoua vigoureusement la tête, marquant son désaccord.

— Non... Vas-y franchement... Je ne suis pas une putain de princesse, merde !

Elijah se figea et haussa un sourcil, surpris.

— Une princesse ? Vraiment ?

— Ouais...

— Et on peut savoir d'où ça sort, ça, exactement ? D'un conte de fées ? dit-il en recommençant à bouger ses doigts, le torturant impitoyablement.

Bon sang ! Si Elijah savait à quel livre il faisait référence, il perdrait ses illusions sur l'innocence présumée de son Zéhéniché. Mieux valait garder cela pour plus tard, car les protagonistes en question ne sortaient pas d'un conte de fées. *Oh que non !*

— Est-ce que j'ai la tête à lire des contes de fées ? (Ricanements moqueurs.) Bon, je préfère ne pas connaître la réponse... Je serais capable de sortir du lit et de te laisser en plan...

Un troisième doigt s'insinua brutalement, propulsant tout l'air qu'il avait hors de ses poumons. Ses doigts se crispèrent sur les draps, manquant de peu de les lacérer.

Un petit rire s'éleva dans son dos.

— Trésor, ne prononce pas des paroles que tu pourrais regretter... et que tu serais incapable de mettre en pratique... Où donc pourrais-tu bien aller dans cet état..., dit-il d'une voix grave et rauque, à peine audible.

Si Matthias comprit les mots, leur sens lui échappa. Des bulles plein la tête, ivre de désir et de plaisir mêlés, il n'était plus en état d'avoir une conversation, aussi futile soit-elle. Il ne pouvait que ressentir et en demander davantage. Plus, il en voulait toujours plus.

— Pitié... Elijah...

Une ondulation du bassin, un enchevêtrement de membres plus tard, ils tombèrent tous deux du lit dans un bruit sourd et fracassant, mais ni l'un ni l'autre ne s'en préoccupèrent. Avides, ils se dévoraient à coup de dents et de baisers, cherchant à dominer l'autre, à assouvir enfin le désir brûlant qui leur vrillait les reins. Sans grande surprise, Matthias perdit cette bataille et se retrouva allongé sur le dos, les jambes largement écartées et remontées sur sa poitrine. Une lueur d'incompréhension flottait dans ses yeux.

— Ça sera moins douloureux comme ça, Thias. Tu as beau ne pas être une princesse, je ne tiens pas à te blesser inutilement. Je serai plus rude, plus bestial après. Laisse-moi être doux pour ta première fois.

Une supplique impossible à ignorer. Matthias hocha lentement la tête, désireux de plaire à son compagnon. Ainsi que d'apaiser le torrent de lave qui coulait dans ses veines et qui semblait sur le point de le consumer de l'intérieur.

Après l'avoir assoupli de ses doigts, certain qu'il était suffisamment dilaté pour le recevoir sans en souffrir, Elijah s'enfonça progressivement en lui. Ses prunelles rivées aux siennes semblaient crépiter à force de changer – tantôt gris ardoise, tantôt bleu glacier. Matthias savait, sans le voir, que ses iris faisaient exactement la même chose, passant du loup à l'homme sans jamais pouvoir s'arrêter, comme si les deux entités luttaient pour avoir le dessus, aucune ne voulant abandonner.

D'un puissant coup de reins, Elijah prit entièrement possession de lui. Une pointe de douleur se mêla au plaisir, mais au lieu d'en être refroidi, Matthias s'enflamma. Il arqua son corps, cherchant à l'attirer encore plus profondément.

— Elijah... Elijah...

Son compagnon se pencha et lui vola un baiser primitif, possessif, dénué de douceur. Le baiser d'un homme à un autre. Matthias se mit à onduler, cherchant à initier un mouvement né de la nuit des temps. Un grondement résonna dans ses oreilles, alors que des crocs acérés se plantaient dans son cou.

— Tranquille.

Mais Matthias n'écoutait pas, il était bien au-delà de ça. Il ne pouvait plus attendre, ni se montrer raisonnable. Il devait bouger. *Maintenant.*

Il sentit le moment exact où les rênes cédèrent et où le loup prit le pas sur Elijah. Une main puissante s'enroula autour de sa gorge, le forçant à se soumettre complètement, alors que le mâle Alpha se figeait, ses pupilles bleu glacier plantées dans les siennes. Il se retira lentement, presque entièrement, avant de s'arrêter le temps d'un battement d'ailes de papillon, défiant Matthias de protester, de s'insurger, de *bouger*. Sa main libre empoigna rudement l'intérieur de son genou droit et le força à replier sa jambe au maximum.

Puis il revint.

Fort. Puissant. Rapide.

Il se déhancha de plus en plus vite, menant Matthias au sommet du plaisir. Chaque coup de reins était un juste mélange de plaisir et de douleur, le marquant de manière irrémédiable, confirmant ce qu'il pressentait depuis quelque temps déjà : il appartenait à Elijah. Corps et âme. Lui seul pourrait le combler, lui donner ce qu'il attendait, ce qu'il désirait sans même le soupçonner. Il l'emmenait en des lieux inconnus, merveilleux et magiques, fait de plaisirs, de désir… et d'amour.

Il était sien. Pour toujours.

— Ouvre les yeux. Regarde-moi, ordonna Elijah d'une voix éraillée, brisée par l'émotion.

Les mains de l'Alpha glissèrent et se posèrent sur la courbe tendre de ses fesses. Il le souleva et s'enfonça plus profondément encore, cherchant désespérément à atteindre les étoiles. Le regard voilé de luxure, il l'entraîna encore plus haut, encore plus loin.

Et ce fut le feu d'artifice, l'explosion finale.

Intense. Brûlante. Sans fin.

Le cœur battant la chamade, cognant sauvagement contre sa cage thoracique, Matthias crut que sa dernière heure était venue. En sueur, haletant, il cherchait la bouffée d'oxygène qui lui sauverait peut-être la vie. En vain. Rien ne parvenait à calmer la cavalcade effrénée de son cœur.

Les lèvres d'Elijah frôlèrent alors les siennes, tendres et joueuses, le dégustant comme le plus savoureux des desserts.

— Agenouille-toi devant le lit, trésor, et courbe-toi dessus…, ordonna-t-il d'une voix mielleuse, mais ferme.

Son cœur cessa de battre – enfin ! – et il crut avoir mal entendu.
— Hein ?
— La nuit ne fait que commencer, Thias…
Oh, seigneur ! Quel monstre venait-il de libérer ?

Bien des heures plus tard, Matthias entra dans la cuisine d'un pas traînant, les yeux à moitié fermés, encore partiellement endormi. Il se dirigea vers la machine à café et se prépara machinalement un *Caramel Macchiato*. La douce brûlure de son postérieur lui rappelait ses activités nocturnes, ainsi que l'insatiabilité d'Elijah.
Délicieuse brûlure.
— Bien dormi ?
Un hurlement jaillit de ses lèvres et la tasse qu'il venait de sortir du buffet se brisa à ses pieds. Il fit prestement volte-face, une main posée sur sa poitrine, le teint cireux.
— Mais qu'est-ce que tu fais là ? s'écria-t-il en découvrant son père avachi sur l'une des chaises. Tu devrais être au lit en train de te reposer !
L'odeur ténue qui flottait dans l'air montrait à quel point Edmund était encore faible – et pourquoi Matthias ne l'avait pas tout de suite perçue en entrant dans la pièce.
— Avec le raffut que vous avez fait cette nuit, difficile de dormir…, grommela son paternel, l'œil noir.
Matthias sentit ses joues s'échauffer et ferma les yeux de honte. Seigneur, ils avaient complètement oublié la présence de son père. Et forcément, Elijah était déjà parti, le laissant seul pour affronter la tempête. *Chierie*. Les privilèges d'être traité comme un adulte, sans doute. Pourquoi avait-il la sensation que son compagnon lui donnait ce qu'il exigeait uniquement quand cela l'arrangeait ?
Gêné, et ne sachant que répondre à cela, Matthias se baissa et ramassa les débris de la tasse, avant de les jeter à la poubelle. Il se

racla la gorge, n'osant affronter le regard de son père. Dieu que cette situation était embarrassante !

— Elijah est parti, donc tu peux…

Edmund se leva en titubant et montra l'énorme bosse qui déformait son pantalon de training.

— Comment diable veux-tu que j'arrive à dormir avec ça ? (Matthias devint rouge pivoine et riva son regard sur la pointe de ses chaussettes, mortifié.) Vous avez baisé comme des lapins durant quatre heures, *durant quatre putains d'heure*s, bordel de merde ! Mon frère et mon fils…, gémit-il, se prenant la tête entre les mains. Et j'étais aux premières loges, incapable de fuir. Dieu sait que je m'en serais bien passé ! Mais (il releva brusquement les yeux et le foudroya du regard), ne va pas croire que ce que j'ai entendu m'a excité ! Je ne suis pas tordu à ce point – Dieu m'en préserve –, si je suis dans cet état, c'est à cause des putains de phéromones qui saturent la maison !

Matthias déglutit péniblement, bien conscient que son père n'aurait jamais été excité par le fait qu'il s'accouple avec son compagnon. À en juger par son regard sombre, c'était même plutôt le contraire : il aurait préféré ne jamais assister à ça. Connaissant la nature possessive des Lycaës, ce n'était guère surprenant. Bien au contraire. Ils avaient beau être un peuple tactile, et donc assez porté sur les rapports physiques, ils respectaient l'intimité des couples avec une pudeur que les humains n'avaient pas. Surprendre leur enfant au cœur d'un moment intime était ce qui pouvait leur arriver de pire !

— Désolé…

Malheureusement cela ne fut pas suffisant pour calmer la colère de son père, qui eut un mouvement d'agacement de la main. Ayant lâché la table pour ce faire – à laquelle il s'accrochait désespérément pour rester debout – Edmund vacilla, sur le point de tomber en avant. Matthias bondit dans sa direction pour lui porter secours.

Il fut brutalement coupé dans son élan.

— Non ! Ne me touche surtout pas, Matthias ! Vous avez peut-être scellé le lien d'union hier soir, ou plutôt ce matin, mais l'accouplement est trop frais, trop récent pour qu'Elijah tolère une autre odeur que la sienne sur toi. (Edmund grimaça en se rasseyant péniblement.) Aujourd'hui, plus que jamais, tu dois faire preuve de prudence et ne laisser personne te toucher. Cela reviendrait à signer son arrêt de mort.

— Mais tu as besoin d'aide, protesta-t-il vigoureusement. Tu dois retourner te coucher et te reposer.

Nouveau regard noir, mais Matthias ne recula pas, restant imperturbable. Il croisa les bras sur sa poitrine, montrant qu'il ne bougerait pas de là tant que son père ne serait pas au lit.

Edmund poussa un long soupir.

— Qu'ai-je fait pour mériter ça ? (Il se tourna à demi vers la porte de la cuisine.) Gaidon.

Le lieutenant, qui devait être en faction autour de la maison, entra un instant plus tard. Il embrassa la scène d'un regard et leva les yeux au ciel.

— Tu es plus têtu qu'une mule, Edmund.

— Je me passerai de tes commentaires, contente-toi de m'aider.

Après un bref signe de tête en direction de Matthias, Gaidon fit ce qu'on lui demandait. Non sans tempêter contre un guérisseur borné qui creusait lui-même sa propre tombe, plus efficacement qu'aucun autre ne pourrait jamais le faire. Les reproches et les remontrances se poursuivirent bien après qu'ils eurent quitté la pièce.

Matthias sourit, rassuré de savoir son père entre de bonnes mains. Il ne soupçonnait pas à quel point... Alors qu'il se dirigeait vers le comptoir, prêt à se faire – enfin – son *Caramel Macchiato*, un gémissement retentit, le statufiant sur place.

Il cligna frénétiquement des paupières, certain d'avoir rêvé. Une réminiscence de sa folle nuit, sans doute. Mais les gémissements se poursuivirent et gagnèrent rapidement en intensité.

Bouche bée, il comprit que rester ici n'était pas une option. Définitivement pas. Son père n'avait nul besoin de son aide, quelqu'un d'autre se chargeait de lui. Matthias, après avoir hâtivement enfilé ses bottes, s'enfuit comme s'il avait le diable aux trousses, alors que les râles allaient crescendo.

Adossé contre l'un des murs du chalet réservé à leurs « invités », Elijah fixait les petits paquets entassés dans un coin. La satisfaction de la nuit passée coulant encore dans ses veines, il se sentait d'humeur magnanime, aussi ne dit-il rien concernant les cœurs rouges qui les ornaient — ce qui ne manqua pas d'interpeller les personnes présentes.

— Les cartes sont prêtes ?

Lyon hocha la tête et les lui tendit.

— Oui, Alpha, elles n'attendent que vous.

Une moue ironique étira brièvement ses lèvres.

— Tu m'en diras tant, Lyon. (Courte pause.) Bien, passons aux choses sérieuses. Sa langue va à Sirena, cette vipère comprendra immédiatement pourquoi ; son bras gauche est pour Agar, le droit pour Septus, que ces messieurs se méfient de leurs fragiles alliances ; une jambe à Nanoushka, l'autre à François — mais comme il est en chemin vers notre territoire, inutile de l'envoyer, on la lui donnera en main propre à son arrivée ; le corps est pour notre bien-aimé patriarche, évidemment, j'ai nommé Lachlan. Lui offrir moins serait une insulte ; quant à sa tête, elle ira à son Alpha, ce cher Zachary, qu'il soit témoin de sa traîtrise et de la marque qui orne désormais son beau visage… ou du moins ce qu'il en reste. (Au fur et à mesure qu'il parlait, les cartes furent collées sur les colis concernés.) Les SixLunes ne sont pas des enfants de chœur, il est temps que le monde s'en souvienne. (Nouvelle pause.) Lyon, je veux qu'ils les reçoivent demain soir au plus tard. (Ses prunelles étincelèrent.) Dans leurs lieux de prédilection, cela va s'en dire.

Le lieutenant inclina docilement le buste.

— Ça sera fait, Alpha.

— Parfait.

Elijah se détournait et s'apprêtait à quitter la pièce pour aller prendre des nouvelles d'Owen – qui s'était réveillé, semblait-il – lorsqu'il fut coupé dans son élan.

— Tu n'as rien à nous annoncer ? demanda la voix rieuse de Nathaniel.

Il tourna la tête et arqua un sourcil.

— Comme quoi ?

Nathaniel haussa les épaules avec nonchalance.

— J'ai ouï dire qu'une certaine personne avait été incapable de dormir, car deux autres copulaient honteusement dans sa demeure... une idée des coupables ?

Chapitre 24

Matthias se faufila rapidement dans le chalet, après avoir frappé un coup bref contre la porte. Il n'attendit pas de réponse, car il doutait d'en recevoir une – le traqueur étant alité –, aussi faillit-il basculer en arrière lorsqu'il se retrouva nez à nez avec Owen. Les yeux écarquillés, frappé par la foudre, il le dévisagea longuement, la bouche entrouverte.

— Qu'est-ce qu'il y a, *Demi-portion*, tu as vu un fantôme ?

Matthias allait répondre lorsqu'une voix, s'élevant derrière son dos, le devança.

— Non, il s'attendait simplement à te trouver à ta place, *Traqueur*, allongé dans ton lit ! Tu as été mortellement blessé la nuit dernière, saleté de tête de mule plus bornée qu'une huître, peux-tu m'expliquer ce que tu fous DEBOUT ? cria Damian, passant en coup de vent devant Matthias pour asséner un coup de poing dans l'épaule de son ami.

Instable sur ses jambes, malgré sa bravade, Owen bascula en arrière... et finit les quatre fers en l'air – ce qui rappela une scène similaire au jeune mâle, mais où les rôles étaient inversés. Un lent sourire étira les lèvres de Matthias, profondément rassuré sur l'état du lieutenant.

— Je ne savais pas que les huîtres étaient bornées..., ironisa Owen.

Il ne se formalisa pas d'être allongé sur le sol, bien au contraire, puisqu'il poussa la provocation jusqu'à croiser ses bras derrière sa nuque, l'air indolent. Damian avait de la fumée qui lui sortait par les narines et ressemblait à une cocotte-minute sur le point d'exploser. Il y avait de la friction dans l'air.

Peu désireux de se retrouver pris entre deux feux, Matthias s'éclipsa discrètement et partit à la recherche de la cuisine pour préparer du café – sait-on jamais, cela pourrait être bénéfique et calmer leurs ardeurs – laissant les lieutenants à leur dispute digne d'un vieux couple. Cette pensée lui arracha un petit rire moqueur.

— Je suis peut-être blessé, mais je ne suis pas encore sourd, *Demi-portion*, je t'entends ricaner ! s'exclama bruyamment Owen, vexé. Et ne t'avise pas de me préparer ton jus de chaussette immonde et imbuvable. Si tu fais du café, fais-en du « vrai », sinon, gare à tes fesses ! Elijah ne se formalisera pas que je te botte le cul pour une telle insulte, crois-moi, il serait même capable de me féliciter, tiens… (Matthias marmonna dans sa barbe contre le manque de reconnaissance du Lycaë.) Je t'entends toujours !

Mortifié, il baissa la tête et finit de préparer le café en silence. Cela lui apprendrait à vouloir rendre service aux autres ! Et dire qu'il s'était inquiété pour la santé du traqueur, il se demandait bien pourquoi… Ce dernier était égal à lui-même : insupportable. Ce qui, somme toute, était une bonne chose, car s'il était devenu gentil tout plein cela aurait été… flippant.

Matthias s'arrêta net, horrifié par cette image.

Il était définitivement préférable qu'Owen reste lui-même. Pour tout le monde.

— Ce damné imbécile est plus têtu qu'une bourrique, grommela Damian en entrant à son tour dans la cuisine, soutenant un Owen tout juste capable d'aligner deux pas.

— Mais… Ne devrait-il pas être allongé dans son lit, plutôt ? demanda machinalement Matthias.

Ce qui lui valut un regard furibond du principal intéressé.

— Je ne suis pas un vieillard, merci bien ! Je peux encore boire mon café assis sur une chaise, comme tout le monde !

Damian pinça les lèvres, mais ne répondit rien. Une lueur malicieuse apparut dans ses iris, les faisant scintiller et intensifiant la profondeur de leur couleur verte.

Matthias, un sourire en coin, croisa les bras et s'adossa au plan de travail, impatient d'assister à ce qui allait suivre.

Owen, lui, avait perdu de sa superbe et semblait sur le point de défaillir – une grande première.

— Tu as exactement trente secondes pour m'expliquer ce que tu fous là et pourquoi tu n'es pas dans ton lit !

La voix glaciale d'Elijah ne fut pas plus forte qu'un murmure, mais plus efficace qu'un hurlement. Sa dominance exsudait de tous les pores de sa peau, tournoyant dans la pièce et percutant violemment toutes les personnes présentes, les forçant à se soumettre devant lui, le mâle Alpha.

Owen n'eut d'autre choix que de courber l'échine et de dévoiler sa gorge.

— Je suis…

— … en pleine convalescence et cloué au lit, voilà ce que tu es ! le coupa abruptement Elijah. Estime-toi heureux d'être réveillé et n'abuse pas inutilement de tes forces. C'est le seul avertissement que je te donnerai, Owen. Si je te retrouve debout avant que mon frère ne t'ait donné le feu vert, je m'assurerai personnellement que tu ne puisses plus quitter ton lit. (Menace des plus explicites.) Compris ?

Faute de choix, et sans surprise, le traqueur donna son accord. Mais Elijah ne s'arrêta pas en si bon chemin. Il empoigna Owen par la nuque et le traîna littéralement jusqu'à son lit, ce qui fit glousser Damian. Ce dernier échangea un clin d'œil complice avec Matthias.

— Le seul moyen de faire entrer un peu de bon sens dans son crâne épais, c'est à coups de massue. (Nouveau gloussement.) Il a été traîné au lit comme un *enfant* désobéissant… (Éclats de rire.) Crois-moi, Matthias, il n'est pas prêt de recommencer ! Je vais m'assurer qu'il garde bien cette image à l'esprit… (Damian se frotta les mains de plaisir anticipé.) Je sens qu'on va bien s'amuser !

Dans ces moments-là, Matthias avait dû mal à se rappeler que les lieutenants avaient des siècles d'existence. Mais c'était peut-être pour ça que la meute des SixLunes était l'une des plus saines qui soit, parce qu'ils avaient su garder leur âme d'enfant. Joueurs, taquins, ils mordaient la vie à pleines dents sans se poser de questions. Matthias n'avait jamais vu son père hésiter, se demander s'il pouvait faire ou ne pas faire quelque chose ; si c'était encore de son âge ou pas. Edmund voulait le faire, alors il le faisait, point. Avec une longévité comme la leur, c'était ce genre de petits plaisirs qui rendaient l'existence attrayante. Sans cela… la vie était morne et monotone, poussant les Lycaës à se retirer du monde. Dans le meilleur des cas.

Matthias remplissait pensivement les tasses de café lorsqu'il fut interrompu à la fin de la troisième.

— Pas pour moi, merci. Je ne bois pas de café et j'ai cru comprendre que tu n'en raffolais pas non plus.

Matthias fronça les sourcils et désigna la dernière tasse remplie.

— Pour qui…

Il se tut en reconnaissant la nouvelle odeur qui envahissait la cuisine.

Nathaniel.

— Pour moi, merci, Matthias.

Les bras croisés, l'œil flamboyant, Elijah assassina son traqueur du regard. Cet âne lui causait décidément bien des tracas – dont il se passerait volontiers, surtout en ce moment. Étant minutieusement organisé, il avait toujours éliminé ses problèmes dans l'ordre et, à une exception près, avec un succès incontestable. Il n'allait pas changer de méthodes aujourd'hui, même s'il brûlait de curiosité. Ses questions concernant l'ombre attendraient, il devait parer au plus pressant : l'arrivée imminente des LoupsNoirs sur son territoire.

— Nous parlerons de ça (il désigna la fine cicatrice qui barrait le ventre d'Owen du menton) plus tard, mais sois certain que nous l'évoquerons. En détail, ajouta-t-il afin d'ôter toute porte de sortie à son traqueur.

— Elle est morte. Il n'y a rien à en dire, gronda Owen.

Elijah haussa les sourcils, guère surpris que le lieutenant n'en fasse qu'à sa tête. Puisqu'il voulait absolument aborder le sujet maintenant, ils le survoleraient en vitesse.

— Faux. (Il vit, avec une certaine satisfaction, le choc marquer les traits d'Owen.) Elle est gravement blessée, je te l'accorde, mais elle est bien vivante. Et elle a un putain de métabolisme, car sa blessure est déjà refermée.

— Impossible !

— Mais pourtant vrai. Sonya a retrouvé sa trace dans la grotte, mais pas « elle », ce qui prouve qu'elle peut parfaitement se déplacer. Comment a-t-elle découvert cette cachette, cela reste un mystère... Soit elle en connaissait l'existence, mais je ne vois pas comment, soit elle est tombée dessus par hasard en s'enfonçant dans les eaux du lac, ce qui paraît plus probable... Quoi qu'il en soit, nous nous pencherons sur la question plus tard, quand nous aurons davantage de temps devant nous. Ce qui importe, c'est qu'elle a survécu et qu'elle a quitté mes terres – elle est donc suffisamment blessée pour devoir fuir, ce qui est l'unique bonne nouvelle de la journée !

Nathaniel les rejoignit silencieusement et tendit une tasse de café chaud à Owen. Ce dernier, estomaqué par ce qu'il venait d'apprendre, la prit avec reconnaissance. Le Bêta se plaça dans un coin, dos au mur – sa place de prédilection – et sirota tranquillement la sienne.

Elijah arqua un sourcil, fixant ses mains vides.

— Et le mien ?

Nathaniel inclina la tête en direction de la porte.

— Il arrive.

Matthias se tenait sur le seuil, hésitant à entrer. Elijah lui fit signe de le rejoindre, alors qu'Owen prenait la parole.

— Sa blessure était trop importante pour qu'elle survive… Bordel, elle était aussi amochée que moi ! Et on sait tous que sans l'intervention d'Edmund, je serais en train de bouffer les pissenlits par la racine ! Comment peux-tu expliquer qu'elle ait non seulement survécu, mais suffisamment guéri pour pouvoir s'enfuir ? C'est impossible, tu le sais bien ! Pas sans l'aide d'un guérisseur, et le seul de la région avait déjà fort à faire – en admettant qu'il ait accepté de l'aider, ce qui est hautement improbable.

— Je ne l'explique pas, je dis ce qui est.

Elijah enlaça promptement Matthias et lui vola un baiser avant de prendre son café, ce qui fit rougir celui-ci. Cela eut le mérite de troubler suffisamment Owen pour qu'il oublie momentanément leur conversation. Il les pointa du doigt tour à tour.

— J'ai loupé un truc pendant que j'étais dans le cirage ?

— Ouais, approuva Nathaniel en hochant vigoureusement la tête, les yeux pétillants de malice. Ils ont officiellement mis le couvert. Liés jusqu'à la mort. Une bonne chose de faite.

Matthias piqua un fard et cacha son visage dans le torse d'Elijah – dénudé, comme à son habitude.

— Y a-t-il une seule personne, à des lieues à la ronde, qui ne nous ait pas entendus hier soir ? marmonna-t-il piteusement, ses lèvres frôlant la peau de son compagnon à chaque mot.

Elijah resserra son étreinte, tendrement protecteur.

— Nan, répondit le Bêta. Vous avez tenu tout le monde éveillé. On aurait bien été faire un tour, malheureusement on ne pouvait pas tous déserter le village en ces temps troublés… On a dû se sacrifier et faire une énorme concession, ajouta-t-il, soupirant exagérément.

— Nathaniel.

Ce simple mot suffit à ramener le silence.

Matthias se dandinait d'un pied sur l'autre, très mal à l'aise. Elijah glissa une main autour de sa nuque et lui fit relever la tête. Son regard était farouchement possessif. Son Zéhéniché ne devait pas avoir honte, jamais. Bien qu'il soit profondément agacé que toute la meute ait eu vent de leur nuit d'amour, il en était en même temps terriblement fier — nul ne pourrait jamais se dresser entre eux désormais, et tous le savaient. Mais qu'ils soient plus discrets à l'avenir, et soucieux de leur intimité, ou les coups allaient pleuvoir, parole d'Elijah !

Désireux de changer les idées de son tendre compagnon, il lui donna un baiser qui lui coupa littéralement le souffle. Lorsqu'il se redressa, les iris de Matthias brûlaient de passion.

Bien.

— Pour en revenir à cette ombre…, reprit Owen, visiblement désireux de poursuivre cette discussion.

Le soleil couchant donnait l'impression que le ciel s'embrasait dans un déferlement de rouge orangé, faisant miroiter sur la neige fraîchement tombée un millier d'étincelles dorées, démontrant ainsi la beauté même de la nature. Avant d'être piétinée sous une multitude de pas, pulvérisée sans remords par une quinzaine de Lycaës. L'escadron avançait en rangs serrés, envahissant impunément le territoire des SixLunes.

Les LoupsNoirs étaient arrivés à destination.

Sonya et Alexis, cachés dans les hauteurs des arbres, dans le sens du vent afin de ne pas être détectés, observaient les intrus, ne les lâchant pas d'une semelle. Ils venaient de pénétrer sur leurs terres sans autorisation, dans un but purement offensif, et ne s'en cachaient même pas. Une moue de dégoût déforma les lèvres des deux Lycaës.

Le Vieux Sage avait bien tenté de faire entrer un peu de bon sens dans la caboche de l'Alpha Fou, mais sans grand résultat.

Imbu de lui-même, il se croyait au-dessus des lois. Sa mort pourrait bien être lente et douloureuse.

Continuant leur progression, inconscients de ne plus être seuls, ils se dirigeaient droit vers le village des SixLunes. Après avoir repéré deux sentinelles, l'escadron s'éparpilla et les évita habilement. Mis en confiance, ils se déployèrent, rompant les rangs.

Un sourire sanguinaire étira les lèvres d'Alexis. Après avoir échangé un rapide regard avec Sonya, il bondit d'arbre en arbre, tel le félin qu'il n'était pas, et rejoignit Roan, qui se tenait en embuscade à l'orée de leur terrain de chasse. Sans se concerter, tel un tandem bien rodé, ils se mirent en mouvement, s'approchant de leur première cible – la plus éloignée du groupe. Quelle erreur de se disperser de la sorte ! Cela revenait à tendre la corde pour se faire pendre. Une invitation que les lieutenants ne pouvaient pas refuser.

Alors qu'Alexis se laissait silencieusement tomber derrière sa proie, Roan fit bruisser les fourrés, attirant volontairement l'attention de celle-ci. Dès qu'elle tourna la tête, le premier se mit en mouvement, brisant impitoyablement ses cervicales. Le LoupsNoirs mourut sur le coup, sans bruit.

Un de moins, au suivant.

Froids et efficaces, les deux lieutenants décimèrent ainsi une petite moitié de l'escadron. Au nez et à la barbe des LoupsNoirs.

Sonya, toujours à l'abri au sommet des arbres, adressa un signe à Nathaniel, qui n'attendait que ça pour agir. Imitant leurs compères, ils éliminèrent à leur tour un tiers du groupe.

Les quatre survivants, les seuls à être restés suffisamment proches les uns des autres pour ne pas être tués sans alerter le reste du bataillon, continuèrent leur progression, focalisés sur leur objectif : le village.

Ils n'y arrivèrent jamais.

Une violente décharge électrique, émanant directement du sol, les pétrifia instantanément. Ils furent tous à terre dans la seconde qui suivit. Une bordée de jurons retentit, avant de s'interrompre brusquement. Les LoupsNoirs s'agenouillèrent et dévoilèrent instinctivement leur gorge – y compris l'Alpha Fou – ayant reconnu plus fort qu'eux et étant contraints de se soumettre.

— Ma réputation n'est plus ce qu'elle était jadis, si vous vous croyez tous autorisés à envahir impunément mon territoire…, déclara froidement Elijah.

Il leur faisait face, pieds légèrement écartés et bras croisés, l'air sombre et menaçant.

— Elijah…

Il tourna la tête et plongea son regard glacé dans celui du Vieux Sage.

— Silence ! (Ses yeux s'étrécirent.) Même les membres du Conseil des Anciens ne peuvent pénétrer sur les terres d'une meute sans en avertir au préalable l'Alpha. (Menaçante mise au point qui démontrait qu'Elijah savait parfaitement qui était le Vieux Sage, et le lui faisait savoir.) Vous pensez-vous supérieurs à eux ?

Le Vieux Sage, pâle comme la mort d'avoir été démasqué aussi rapidement, répondit du bout des lèvres.

— Non. Bien sûr que non.

— Bien sûr que non, ironisa Elijah.

Bolton fulminait, il le voyait bien, mais n'était malheureusement pas de taille à lutter contre son incontestable dominance.

Les LoupsNoirs faisaient maintenant profil bas, bien conscients que leurs vies ne tenaient qu'à un fil. Le plus petit faux pas pouvait les envoyer au fond de l'abîme, vers une mort certaine. Elijah ne pardonnerait pas l'affront qui venait de lui être fait. Au lieu de prendre l'Alpha des SixLunes par surprise et d'avoir l'avantage, c'était eux qui avaient été repérés. Terrible retournement de situation.

Dash, qui venait de remarquer l'absence du reste de leur groupe – la dominance d'Elijah ayant suffisamment reflué pour qu'il puisse bouger –, comprit que leur plan partait à vau-l'eau et que rien ne se déroulerait comme prévu. Une morne acceptation se refléta dans ses prunelles sombres. Si c'était le prix à payer pour être enfin libre, il le paierait. Pour ses frères.

— Tu es mal placé pour parler de règles, Hunter, toi qui les enfreins en toute impunité ! cracha soudain Bolton, incapable de se dominer.

Le Vieux Sage et Dash échangèrent subrepticement un regard. Au moins cette partie-ci du plan se déroulait sans accroc. La folie de leur Alpha était une valeur sûre.

Les narines d'Elijah se dilatèrent.

— Tu m'accuses de traîtrise ?

— Oui.

Un silence surnaturel envahit les lieux. Même le vent avait cessé de souffler, comme suspendu aux lèvres d'Elijah, attendant avec une impatience saupoudrée de respect qu'il livre son verdict.

Un sourire glacial creusa les joues de celui-ci.

— Si tu étais venu ici dans le but de me faire comparaître devant le Conseil des Anciens, pour une faute que j'aurais commise, tu aurais fait les choses dans les règles, à savoir t'annoncer à la frontière en demandant l'autorisation d'y pénétrer. Autorisation que j'aurais été contraint de t'accorder, tu n'es pas sans le savoir. Pourtant, tu n'en as rien fait, bien au contraire. Tu t'es introduit sournoisement sur mon territoire en pensant pouvoir passer inaperçu. (Elijah secoua lentement la tête, l'air faussement navré.) Tsss, tsss, tsss. Vous n'avez pas eu le temps de faire un pas sur mes terres que vous étiez déjà sous bonne escorte, dit-il en inclinant la tête en direction d'Alexis et de Sonya, qui sortirent tranquillement des ombres de la forêt, dans le dos des LoupsNoirs. Tu es venu ici dans le but de déclencher une guerre et de concrétiser enfin ton but ultime : régner sur les Lycaës. Tu n'en as pas l'étoffe, tu ne l'as d'ailleurs jamais eue…

Bolton bondit en avant, se jetant sur Elijah avec l'intention de le tuer. Mais celui-ci disparut de sa vue en un éclair, réapparaissant dans son dos, moqueur.

— C'est moi que tu cherches ? Il va falloir faire beaucoup mieux…

Un jeu de chat et de souris débuta alors, et tous purent constater à quel point Elijah se jouait de l'Alpha des LoupsNoirs. Sa supériorité n'échappa à personne, ce qui en était précisément le but.

Puis les règles changèrent.

Puisqu'il ne pouvait visiblement pas l'atteindre, Bolton choisit de procéder différemment. D'un bon puissant, il s'élança à toute allure en direction du village. Ses intentions étaient limpides comme de l'eau de roche. Soit Elijah partait à sa poursuite, libérant ainsi les LoupsNoirs de son emprise – leur laissant l'opportunité de fuir ou de se battre –, soit il restait sur place et donnait une chance à son adversaire d'atteindre son Zéhéniché. Le plan était bon, Elijah devait en convenir, mais il oubliait deux éléments majeurs dans cette équation complexe. Premièrement, il avait perdu les deux tiers de son escadron. Deuxièmement, Elijah était un Ancien.

À peine fut-il parti, sa dominance se relâchant complètement – libérant les trois Lycaës soumis –, qu'il était déjà de retour. D'un seul mouvement, vif et précis, il brisa la nuque de son adversaire. Puis, à l'aide de ses griffes tranchantes, il lui arracha littéralement la tête … et la jeta au pied du Vieux Sage – qui en avait profité pour se relever.

Un sombre défi dansait dans les prunelles gris ardoise.

— Le Conseil des Anciens est-il maintenant satisfait ?

CHAPITRE 25

— Le Conseil des Anciens n'a rien à voir avec la présente situation, protesta le Vieux Sage.

L'odeur de sa peur piqua le nez d'Elijah. Le loup, visible derrière ses prunelles grises, montra les crocs tout en faisant les cent pas – loin d'être apaisé, sa colère flamboyait de mille feux. Il voulait du sang, et il en voulait maintenant. *À mort !*

— Ne me prenez pas pour un imbécile, *François*, le Conseil est au cœur même de ce qui vient de se produire.

— Non ! Jamais Lachlan n'aurait…

Elijah l'empoigna rudement par la gorge et le souleva de terre. Ses iris flashèrent, virant au bleu glacier. Le loup était aux commandes, prêt à réclamer son dû.

— La folie de Bolton était connue de tous, vous saviez très bien qu'il se trouvait à la croisée des chemins. Soit il entrait en Folie Meurtrière, créant une nouvelle armée de Transformés, soit il exterminait toute sa meute, pour quand même céder à la Folie Meurtrière. Dans les deux cas, cela présageait le pire pour notre peuple. Mais au lieu de prendre vos responsabilités, vous avez fait ce que vous faites à chaque fois : présenter votre problème aux SixLunes, pour qu'Elijah s'en charge. La dernière fois ne vous a visiblement pas servi de leçon. Pensez-vous vraiment pouvoir me berner ?

Le visage congestionné, cherchant de l'oxygène qu'il ne trouvait pas, François se démenait, tentant d'échapper à la poigne d'Elijah. Celui-ci le regarda faire, le visage taillé dans un masque de granit. Il ne le relâcha que lorsque l'Ancien devint violet. Les mains crispées autour de sa gorge, François reprit peu à peu son souffle, parfaitement conscient d'avoir effleuré la mort du bout du doigt.

— Ce n'est pas… ce que tu crois…

Le poil du loup se hérissa, insulté dans son intelligence. *À mort !*

— Voilà ce que je crois, répondit-il sobrement. Bolton a échappé à votre contrôle et vous avez réalisé, dépité, que même un « Vieux Sage » ne pouvait plus le maintenir sur le droit chemin. Vous avez donc cherché une solution pour remédier à ce problème. Seulement, n'étant pas un Alpha, comme tous les autres membres du Conseil, vous n'étiez pas de taille à lutter contre lui. Seul Lachlan aurait pu l'affronter et espérer l'emporter. Mais nous savons tous qu'il ne sortirait pas de sa retraite pour si peu. C'est tellement plus facile d'envoyer ledit problème à Elijah, qui lui, n'aura aucun souci à le régler, bien au contraire. Votre plan était ingénieux, mais il vous manquait le détonateur. Comment pousser Bolton à m'affronter alors qu'il n'avait aucune chance de gagner… Ce qui, même dans sa folie, ne pouvait lui échapper. Le hasard fait parfois bien les choses, n'est-ce pas ? Comme vous avez dû bénir ma récente union. Elle vous offrait sur un plateau d'argent ce que vous désiriez si ardemment. Il suffisait d'en informer Bolton. Je l'imagine parfaitement en train de jubiler à l'idée de me prendre au piège. De se servir des lois pour me forcer à tuer mon compagnon. Oui, c'était un plan très astucieux. Mais vous avez été négligent. Vous n'avez pas pensé que votre espion pourrait se faire prendre, et qu'il aurait alors la langue si bien pendue qu'il se ferait chasser de mes terres. Cela a dû vous contrarier, et explique pourquoi vous êtes arrivés si vite. Quoique trop tard pour le sauver. (Une lueur de surprise traversa le regard de François.) Oui, votre espion est mort. Oh, pas de ma main, heureusement pour lui, mais de celle de mon Zéhéniché. Contrairement aux apparences, il n'est pas complètement sans défense, n'est-ce pas ? (Elijah marqua une courte pause.) Quant au « protecteur » que vous lui avez envoyé, eh bien... (Il tendit la main derrière lui et fit signe à Lyon de le rejoindre.) Voilà ce qu'il en reste...

Lyon déposa un paquet doré, orné de petits cœurs rouge vif, dans les mains tremblantes de l'Ancien. Celui-ci battit frénétiquement des paupières, désarçonné.

— Qu'est-ce que...

Elijah arqua un sourcil, légèrement surpris.

— Vous n'en avez donc jamais reçu ? (François secoua vigoureusement la tête.) Comme c'est étrange... je pensais que tous les membres du Conseil en avaient au moins reçu un durant leur longue vie... (Il haussa les épaules, indifférent.) Il faut une première fois à tout... Allez-y, ouvrez-le !

Blême, François dédaigna son « cadeau » et le mit de côté sans y toucher.

— Je sais reconnaître l'odeur du sang et de la chair, inutile de l'ouvrir pour savoir ce qu'il contient. Ce que je ne comprends pas, par contre, c'est ton allusion à un « protecteur ». Nous n'avons envoyé personne...

Le sang d'Elijah ne fit qu'un tour face à ce nouveau mensonge. Le coup partit sans prévenir, aussi vif que l'éclair. Quatre griffures sanguinolentes zébrèrent la joue de l'Ancien. Les prunelles bleues, aussi froides que l'Arctique, le dévisagèrent sans ciller. Le loup était à bout de patience, la plus petite erreur pourrait lui être fatale.

— Sasha Cartwrithing se baladait sur mes terres, en territoire conquis. Nous savons tous à qui elle était directement rattachée, alors arrêtez de mentir ! gronda le loup, dévoilant des crocs d'une blancheur immaculée et plus aiguisés qu'un rasoir. Le Conseil est directement impliqué... comme toujours.

François le fixait d'un air horrifié.

— Non... non... c'est impossible ! Lachlan a ordonné à Sirena de ne pas s'en mêler. Il lui a dit de rester en dehors de tout ça. Il ne voulait surtout pas reproduire les erreurs passées !

— S'il ne voulait pas reproduire les erreurs passées, il n'aurait jamais dû mêler les SixLunes à vos histoires. Réglez vous-même vos problèmes !

— Nous n'avions pas le choix.

Elijah eut un rictus méprisant.

— C'est ce que vous dîtes toujours.

François leva une main suppliante. Le loup se raidit et claqua les mâchoires en direction de l'Ancien.

— Tu as toujours refusé de siéger au Conseil des Anciens alors que tu y as ta place, elle te revient de droit, même si tu ne la veux pas. Pourtant, tu n'as jamais refusé ton rôle d'exécuteur. C'est toujours vers toi que le Conseil se tourne lorsqu'un Alpha est au seuil de la Folie Meurtrière. Lachlan a tenté de te contacter, mais tu as refusé de prendre ses appels. *Nous n'avions pas le choix.*

L'ombre de la mort apparut dans les iris d'Elijah. Le loup se replia sur lui-même, prêt à agir.

— J'ai renoncé à ce rôle, il y a deux cents ans. Si vous ne savez pas pourquoi, Lachlan – et le reste du Conseil – le sait parfaitement. Vous avez fait votre choix, vous en payez maintenant le prix. Et je vais m'assurer, une bonne fois pour toutes, que plus jamais vous ne me mêlerez, de près ou de loin, à vos maudites intrigues !

Elijah bondit… avant de se pétrifier, à un cheveu de la gorge de l'Ancien.

— Je sais pourquoi Matthias n'est pas un Transformé comme les autres. Pourquoi il est différent…

C'était bien la seule chose qui pouvait l'arrêter.

Les lieutenants se tendirent, sur le qui-vive, à l'affût du plus petit signe de malignité. Ils se rapprochèrent imperceptiblement, formant un cercle autour du petit groupe.

— Que venez-vous de dire ? demanda lentement Elijah.

François se racla la gorge, gêné de sentir le souffle de l'Alpha sur la peau tendre de son cou.

— Laisse-moi la vie sauve et je te révèlerai tout.

Mauvaise réponse.

Le souffle d'Elijah fut remplacé par ses griffes, qui laissèrent une nouvelle traînée sanglante sur leur passage.

— Vous essayez de marchander avec *moi* ?

Grondement menaçant, et incrédule, du loup.

— Je ne suis peut-être pas aussi fort que toi, mais j'ai une très bonne résistance à la douleur, comme tous les Anciens. Tu peux me torturer, c'est certain, et ce ne sera pas une partie de plaisir, mais je te jure que je ne dirai rien. Absolument rien. Que ma mort soit lente ou rapide, ma bouche demeurera scellée, jura-t-il, la vérité se lisant dans ses yeux. Si tu veux savoir qui est ton Zéhéniché et pourquoi il est ce qu'il est, je veux ta parole que je pourrai partir d'ici vivant et sur mes deux jambes !

Jouer avec un Alpha, en brandissant la vie de son compagnon comme bouclier, n'était jamais une bonne idée.

Elijah recula lentement, pesant le pour et le contre. Il échangea un rapide coup d'œil avec Nathaniel, qui se tenait dans son dos, protégeant ses arrières. Ce dernier inclina légèrement la tête en signe d'acquiescement. Le loup gronda de mécontentement, privé de sa proie, mais comprenait la nécessité de ce repli. Ce n'était que partie remise. Il se replia dans sa cage mentale, laissant sa part humaine revenir en premier plan. Il fallait parfois perdre une bataille pour gagner la guerre.

— D'accord. Dites-moi ce que vous savez. (Il regarda ses griffes avec nonchalance, les admirant avec une béatitude exagérée.) Mais gare à vous si vous essayez de me biaiser et que votre information ne vaut rien. Je ne vous épargnerai qu'à cette condition.

François sourit, soulagé.

— Elle est de première importance et vous rassurera l'un comme l'autre, je pense.

Elijah haussa les sourcils.

— Remarque prétentieuse. Vous devez être du genre à aimer vous écouter parler... (Douce mise en garde.) Pourtant, votre affirmation me surprend, car je croyais que si vous étiez là, c'était justement parce que mon compagnon était un Transformé. Ne veniez-vous pas me « punir », car je ne respectais pas les lois ?

L'Ancien eut le bon goût de paraître gêné.

— Une mise en scène nécessaire, je le crains, reconnut-il du bout des lèvres.

— Vraiment ? Vous avez toute mon attention. Je vous écoute.

— Il y a quelques siècles, le Conseil a découvert une chose étrange, unique. Du moins le croyait-il. L'information est restée secrète, car ils ont estimé qu'il était plus sûr de ne pas la dévoiler. Ce fut peut-être une erreur... (Elijah lui lança un regard narquois qui le fit rougir.) Quoi qu'il en soit, sur le moment, le Conseil était persuadé de se trouver face à une anomalie génétique qui ne se produisait qu'une fois dans une vie. Dans une vie de Lycaë, crut-il bon de préciser. Un enfant, qui avait été mordu par un Transformé, a non seulement survécu au passage à l'âge adulte, mais il est également devenu un « vrai » Lycaë. Il pouvait se métamorphoser à volonté, sans être soumis à l'influence de la lune, et gardait le contrôle parfait de ses instincts animaux. De plus, il ne dégageait pas cette odeur nauséabonde que traînent tous les Transformés.

Un sifflement s'échappa des lèvres de Lyon.

— Ce n'est pas une anomalie génétique, ça, c'est un vrai miracle ! Pourquoi l'avoir gardé pour vous ? Vous ne vous êtes pas dit qu'il pourrait y en avoir d'autres ? Que votre « découverte » pourrait sauver des vies ?

Elijah posa une main apaisante sur l'épaule de son lieutenant.

— Laisse-le parler, Lyon. J'ai besoin de savoir.

Le lieutenant serra furieusement les poings, mais garda sa langue dans sa poche. Pour l'instant.

— Le Conseil n'a pas pris la chose à la légère, contrairement à ce que vous semblez croire. Ils ont fait des recherches, des quantités de prospections. Mais à l'époque, les moyens n'étaient pas les mêmes qu'aujourd'hui. Ils ne pouvaient pas prendre de risque, vous le savez ! Les Transformés ont fait plus de dégâts que la pire des épidémies humaines. Les conséquences auraient pu être tragiques et désastreuses. Pour tout le monde.

— Qu'avez-vous appris qui vous permet de l'affirmer ? demanda Elijah d'une voix grondante.

François détourna brièvement les yeux.

— En remontant l'arbre généalogique de l'enfant, le Conseil a trouvé un Lycaë parmi ses ancêtres. (Des exclamations stupéfaites jaillirent de part et d'autre.) Nous savons, depuis longtemps déjà, que si les hybrides ont une longévité plus grande que les humains, ils ne sont pas immortels pour autant et meurent autour des deux cent cinquante ans. Ce que nous ne savions pas, c'est que leurs gènes lycanthropes pouvaient être activés suite à une morsure. À condition, bien sûr, que les gènes en question ne soient pas trop dilués.

Elijah se pinça l'arête du nez.

— Une seconde. Je croyais que la condition *sine qua non* pour vivre en harmonie avec son loup était de naître avec. Qu'il était impossible de développer ce lien primordial par la suite. D'où la naissance des Transformés.

François hocha lentement la tête.

— Oui, c'est ce que nous pensions aussi. Mais il s'avère que dans certaines conditions, la chose, bien qu'incroyablement rare, s'avère possible. Le Conseil a fait des tests, vous vous en doutez bien, mais aucun ne s'est révélé positif. Ils n'ont jamais réussi à reproduire ce qui était miraculeusement arrivé à cet enfant. (*Jusqu'à maintenant.* Il ne le dit pas, mais tous l'entendirent parfaitement.) C'est pour ça qu'ils ont décidé de ne pas en parler. Ils ne voulaient pas que des apprentis sorciers créent de nouveaux monstres.

— Alors, comment être sûr que c'est ce qui est arrivé à Matthias ?

— Son arbre généalogique le démontre.

Elijah plissa les yeux.

— Comment y avez-vous eu accès ?

François parut gêné.

— Nous avons fait des recherches dès que votre frère l'a recueilli…

— Puis vous avez effacé vos traces…, gronda Lyon, menaçant.

— Oui, nous les avons supprimées.

Les poings serrés, Elijah fit un pas dans la direction de l'Ancien, l'air mauvais. Dans son esprit, le loup tournait en rond, cherchant à ressortir et à régler ses comptes. *À mort !*

— Savez-vous qu'à cause de ça, Matthias est passé à un cheveu de l'exécution ?

— Mais ce n'est pas arrivé, répliqua pragmatiquement François.

— Mon frère et mon Zéhéniché ont souffert mille morts à cause de vous ! siffla-t-il, fou de rage. Vous auriez pu éviter tout cela en venant nous en parler !

L'envie de démembrer cet arrogant personnage le démangeait au plus haut point. Seule la parole donnée, ainsi que les réponses aux questions pas encore obtenues le retinrent. Son loup n'avait malheureusement pas sa patience et se démenait comme un beau diable pour prendre le dessus et tuer ce misérable. Les dents serrées, Elijah luttait âprement pour garder le contrôle de sa bête.

— Le Conseil a fait ce qui était nécessaire et ce fait ne saurait être contesté.

Connard arrogant, attends un peu que je m'occupe de ton cas… tu feras moins le fier ensuite ! Ça, je peux te le garantir…

Elijah fit son possible pour garder son sang-froid et se focalisa sur l'essentiel. Il donna une claque mentale à son loup pour l'obliger à se calmer. Pour l'heure, le plus important était de rapporter des réponses à son Zéhéniché, le reste pourrait attendre.

— Donnez-moi l'information que je désire avant que je ne perde définitivement patience… ce qui n'est pas très loin d'arriver, je vous préviens !

— Soit. Tout ce que je suis autorisé à vous dire, c'est que la grand-mère de Matthias était une Lycaë. Elle a eu une relation avec un humain et a été chassée de sa meute lorsque cela a été découvert. Grâce à son frère, qui l'a subrepticement aidée, elle a pu mener sa grossesse à terme. Elle est morte en mettant au monde une petite fille. La suite, je pense que vous la connaissez ?

L'air soudain narquois de l'Ancien tapa férocement sur les nerfs d'Elijah. Depuis qu'il avait garanti sa survie, ce dernier dévoilait progressivement son vrai visage. Un parfait membre du Conseil des Anciens. Dieu qu'il les détestait, ceux-là ! Son loup marqua son approbation d'un claquement de crocs, loin d'être apaisé. *À mort !*

— Qu'est-il arrivé à la mère de Matthias ? voulut-il savoir, pressentant les attentes de son compagnon.

— Elle est morte il y a deux ans.

— Comment ?

— Elle s'est suicidée en apprenant le décès de son ex-mari et de son fils…

Maudite pourriture ! Avec quelle nonchalance il annonçait cela…

— Vous auriez pu l'éviter…

François se redressa de toute sa petite taille – face à Elijah, il avait l'air minuscule.

— Non. Bien qu'elle ait été hybride, nous ne nous mêlons pas de la vie des humains. Pas plus hier qu'aujourd'hui, et encore moins demain ! (Il épousseta son pantalon et fit mine de partir, dédaignant définitivement son présent, le laissant sciemment derrière lui. Une insulte à peine voilée.) Voilà, je vous ai dit tout ce que je savais et, comme vous avez pu le constater, votre compagnon n'est pas un Transformé, mais bel et bien un Lycaë. Inutile de me remercier ou de me raccompagner, je connais le chemin.

Une telle suffisance mit Elijah encore plus en rogne, si cela était possible. Il rejoignit l'Ancien avec sa légendaire célérité et enroula son bras autour de sa gorge.

— C'est vrai... vous avez tenu parole... À mon tour..., susurra-t-il dans le creux de son cou, avant de le projeter en direction de Lyon, qui n'attendait que ça.

La rage au ventre, le lieutenant se défoula sur l'Ancien. Pris par surprise, ce dernier perdit un temps précieux avant de se défendre. Ce qui lui fut malheureusement fatal, car Lyon lui avait déjà brisé les deux poignets et s'attaquait maintenant à ses jambes. Cependant, sans être un professionnel du combat — contrairement au lieutenant — François était agile, aussi réussit-il à esquiver l'attaque suivante. Un combat acharné s'ensuivit.

Impassible, Elijah l'observait de loin, se gardant bien d'intervenir. Lyon avait besoin d'extérioriser sa rage, et l'Ancien méritait une correction qu'il n'oublierait pas de sitôt. Il aurait pu s'en charger lui-même, évidemment, mais son loup était bien trop assoiffé de sang pour qu'il coure le risque de ne pas s'arrêter. Il avait donné sa parole, il la respecterait.

Il lança un rapide coup d'œil à Dash et à son comparse, toujours agenouillés. Il grogna.

— Comment as-tu pu passer à côté de ça, Dash ? En tant que Bêta, tu auras dû le démasquer à un moment ou à un autre... Il n'inspire pas la bonté propre à un Vieux Sage, mais le mépris et la suffisance d'un véritable Ancien, comme tous les membres du Conseil.

Dash répondit du bout des lèvres, sans relever la tête. Sa rage d'avoir été ainsi dupé était clairement audible dans sa voix.

— Il est bon comédien, car je n'y ai vu que du feu.

Un reniflement méprisant lui répondit.

— Que vas-tu faire de ces deux-là ? demanda Nathaniel, le rejoignant en suivant le combat du coin de l'œil.

Elijah leva les yeux au ciel et scruta intensément les étoiles qui montraient timidement le bout de leur nez, comme si la réponse se trouvait parmi elles. La logique ainsi que leurs lois lui soufflaient de les tuer, de mettre un point final à toute cette triste histoire. Mais... ce n'était pas ce qu'on lui avait suggéré de faire.

Un hurlement de douleur teinté de colère se fit entendre. L'Ancien avait été mis à terre. Il décida d'intervenir.

— Lyon, stop, ordonna-t-il.

Le lieutenant s'exécuta dans la seconde.

— Tu as... trahi ta... parole..., hoqueta péniblement François, les traits déformés par la souffrance.

Un sourire mauvais étira les lèvres d'Elijah.

— Je vous ai promis que vous pourriez quitter mes terres vivant et sur vos deux jambes... (Il adressa un signe de tête à Sonya et Alexis, qui vinrent soulever l'Ancien et l'aider à se mettre debout.) Vous êtes visiblement vivant... et sur vos deux jambes... non ? (Il haussa les épaules et leur tourna le dos.) Je n'ai jamais promis que vous le feriez sans aide... Oh ! (Il jeta un rapide coup d'œil par-dessus son épaule.) N'oubliez pas votre cadeau... vous me vexeriez... Or je suis persuadé que ce n'est pas ce que vous voulez, n'est-ce pas ? Alexis, si tu veux bien...

Il ne vit pas le regard noir de François, et c'était tout aussi bien. D'un geste de la main, comme s'il se débarrassait d'une mouche particulièrement agaçante, il leur ordonna de l'emmener et de le conduire hors de son territoire. Il reporta son attention sur les deux LoupsNoirs.

— Relevez-vous.

Un ordre. Ni plus, ni moins.

Dash se redressa lentement, gardant la tête bien droite, affrontant bravement la mort. Son camarade de meute l'imita.

— Puis-je vous poser une question, avant que vous ne nous tuiez ? (Elijah inclina sèchement la tête.) Allez-vous faire payer au reste de notre meute l'affront qui vous a été fait ce soir ?

Un mince sourire fleurit sur les lèvres d'Elijah.

— Alors c'est donc vrai… un LoupsNoirs peut vraiment se soucier d'autre chose que lui-même… Incroyable… Je n'aurais jamais cru la chose possible si une source sûre ne me l'avait pas affirmé, et si je n'en avais pas été témoin moi-même. As-tu donc si peur pour la vie de ton jeune frère ?

Dash se raidit et les muscles de son corps se tendirent instinctivement.

— Qui vous a parlé de Zash ?

— Oh, mon Dieu ! Rendez-vous service et rebaptisez-vous dès que vous serez rentrés ! Ces noms sont d'un ridicule ! La folie de Bolton n'avait décidément plus de limite… Obliger les membres de sa meute à avoir des noms en « ash »… Quelle honte ! (Lyon et Nathaniel échangèrent un regard affligé.) Je sais beaucoup de choses sur ton frère, Da… (Elijah réfléchit et sourit.) Daniel. J'aime bien « Daniel », c'est plus joli que « Dash », non ? (Nathaniel leva les yeux au ciel et fit une grimace compatissante en direction du Bêta des LoupsNoirs.) Bref, tu choisiras le prénom que tu veux plus tard, en attendant, moi, je t'appellerai Daniel. Je sais tout ce qu'il y a à savoir sur ton frère, *Daniel*, ainsi que sur le reste de ta meute. (Il posa une main sur son épaule et plongea son regard dans le sien.) Retourne chez toi et assure-toi que ce qui est arrivé ce soir ne se reproduise plus jamais. Sinon, effectivement, je viendrai réclamer vengeance auprès des tiens. La folie guidait les pas de votre Alpha, soyez plus avisés la prochaine fois, le prévint-il, avant de se pencher vers lui. Je ne vous accorderai pas de troisième chance… Jamais. Compris ?

Dash hocha la tête, incrédule.

— Compris.

Juste avant de le lâcher, Elijah ajouta une petite phrase.

— Si ton frère a besoin d'un refuge, mes frontières ne lui seront jamais fermées…

Le Bêta des LoupsNoirs déglutit péniblement.

— Cyrus est décidément à la hauteur de sa réputation...
Elijah lui lança un étrange regard.
— Non, il ne l'est pas. Sa réputation est bien en dessous de la réalité.

— Alors ma grand-mère était une Lycaë... J'ai de la peine à réaliser que tout ça est vrai...
Elijah le fixait avec une intensité troublante.
— Il ne m'a pas tout dit, tu t'en doutes... Le Conseil des Anciens aime garder ses secrets... bien à l'abri. Je suis sûr que ce n'est que la pointe émergée de l'iceberg et je n'ose imaginer ce qui se cache dessous.
Il se tourna vers la baie vitrée du salon, rafistolée avec du scotch et des panneaux de bois en attendant la nouvelle – résultat du combat qui avait eu lieu la veille –, la mine soucieuse.
— Elijah... qu'est-ce que tu ne me dis pas ?
Matthias se leva et le rejoignit, l'enlaçant tendrement par-derrière. Son compagnon tenait tant à le protéger, à lui éviter la moindre blessure – physique ou émotionnelle – qu'il en oubliait l'essentiel. Ils étaient deux maintenant, et pour que leur couple ait une chance de fonctionner, il ne fallait pas qu'il y ait de secret entre eux, surtout en ce qui concernait l'essence même de celui qu'il était. Il avait non seulement le droit de savoir, mais il en avait surtout *besoin*.
Elijah poussa un long soupir.
— Les loups sont curieux et joueurs de nature. Je ne pense pas que le Conseil ait pu en rester là, sans chercher à en savoir plus, sans combler leurs lacunes.
Matthias fronça les sourcils.
— Tu crois que cet Ancien, François, t'a menti ?
— Oh, oui. Je suis *sûr* qu'il m'a menti.
Matthias fut estomaqué. Comment pouvait-on oser mentir à Elijah ? Comment pouvait-on seulement y songer ? Ce Lycaë était

certainement aussi fou que l'Alpha des LoupsNoirs, c'était la seule explication logique.

— Donc, le Conseil continue à faire des… des tests en cachette ? Pour créer des gens… des Lycaës, comme moi ? demanda-t-il, horrifié à l'idée que des enfants puissent être soumis à de telles pratiques.

Elijah pivota et le prit dans ses bras, lui offrant une étreinte rassurante et chaleureuse. Exactement ce dont il avait besoin. Son loup tendit le cou de plaisir, avide d'en avoir plus.

— Non, pas tout le Conseil. Je ne vois pas Lachlan s'adonner à ce genre d'activités. Il a toujours vénéré les plus jeunes, arguant qu'ils étaient notre bien le plus précieux. Il ne leur ferait jamais le moindre mal. Nanoushka est réputée pour les sordides tortures qu'elle fait subir à tous ceux qui s'en prennent aux enfants, louveteaux ou humains. Elle ne cautionnerait jamais une telle entreprise. Par contre Sirena et Septus, eux, en sont non seulement capables, mais certainement dedans jusqu'au cou. Agar et François, je ne sais pas. Je ne les connais ni l'un, ni l'autre.

Matthias pinça les lèvres.

— Tu as dit que François ne t'inspirait pas confiance.

— Comme tous les membres du Conseil. Ça ne veut pas dire qu'ils sont forcément mauvais et que leurs intentions sont néfastes. Ils se croient supérieurs aux autres Lycaës, et c'est cela que je désapprouve. Le fait qu'ils soient des Anciens ne fait pas d'eux des Dieux, contrairement à ce que Septus prétend.

— Que crains-tu vraiment, Elijah ?

Les joues de l'Alpha se creusèrent face à sa perspicacité.

— Qu'ils cherchent à mettre la main sur toi pour avoir enfin les réponses à leurs questions.

Matthias sursauta, partagé entre incrédulité et fureur. Il opta finalement pour le scepticisme.

— Oseraient-ils te défier en s'en prenant directement à moi ? Alors que je suis tien ?

— Aujourd'hui ? Non. Leur défaite est trop fraîche, il leur faut la digérer. Mais demain ? Peut-être. (Les yeux d'Elijah se perdirent dans le vague.) Sirena n'en restera pas là. Tôt ou tard, elle reviendra.

— Et tu la renverras d'où elle vient. J'ai confiance en toi, affirma Matthias avec conviction.

Laissant ses doigts frôler la douce toison qui ornait le torse d'Elijah, il lui adressa un sourire mutin. Il avait besoin de se changer les idées et de penser à autre chose. Demain arriverait bien assez tôt. Son loup frémit de plaisir anticipé, ce plan lui convenant parfaitement – quelle surprise !

— Alors comme ça, tu n'es pas un Dieu ? (Soupir de déception.) Quel dommage ! Après ta performance d'hier soir, je n'en aurais pas été étonné…

Comprenant son besoin de changer de sujet, pour quelque chose de plus léger, Elijah s'y prêta de bonne grâce. Matthias avait eu son lot de révélations pour une vie entière et, pour une fois, le temps ne se liguait pas contre eux. Ils pouvaient jouer. Enfin.

— Mon trésor, si tu veux me vénérer comme un Dieu, ce n'est pas moi qui vais dire non… Et je sais exactement par quoi tu pourrais commencer…

Sourire charmeur, regard grivois et haussement de sourcils suggestif.

Matthias fit mine de réfléchir.

— Ton nez ? Je trouve qu'il ressemble de plus en plus à celui de *Pinocchio*…

Elijah claqua des dents dans sa direction, frôlant *son* nez au passage.

— Plus au sud, vilain…

Matthias arqua un sourcil et baissa les yeux vers… les pieds de son compagnon !

— Sérieux ? Tes orteils ? Aïe !!! cria-t-il soudain, lorsque les dents d'Elijah se refermèrent sur son oreille.

— Plus au nord.
— Tes genoux ?
Grondement furieux.
— Plus. Au. Nord !
— Oh !!!!!! J'ai compris… (Matthias sourit de toutes ses dents.) Les poils duveteux qui ornent ta superbe musculature ? proposa-t-il, caressant derechef sa douce toison.
Elijah se figea.
— Je vais te mordre *là*, trésor, si tu continues à te jouer de moi.
— Ce que tu peux être ronchon ! On dirait un vieux papy dépourvu de tout sens de l'humour…
— Tu m'accuses non seulement d'être vieux, mais en plus de ne pas avoir de sens de l'humour ?
— Parfaitement.
— Bien. Alors tu vas voir.
Et Matthias vit.

Allongés l'un contre l'autre, repus et heureux, Matthias et Elijah profitaient de l'instant présent. Comblés, ils se volaient un langoureux baiser de temps à autre.

L'Alpha laissa ses doigts glisser dans les courtes mèches noires aux reflets bleutés de son compagnon – provoquant de délicieux frissons sur son passage. Tantôt à la naissance de son crâne, tantôt le long de sa colonne vertébrale, et parfois même dans tout son corps. Matthias les savourait avec délectation, se demandant comment il avait fait pour s'en passer jusque-là.

Un mystère.

Soudain, un hurlement de rage retentit et troubla la quiétude de ce moment hors du temps. Le cri résonna aux quatre coins du village, attirant l'attention de tous.

Matthias se redressa vivement et tenta de quitter le lit. Elijah l'en empêcha en s'allongeant sur lui.

— Elijah, il faut aller voir ce qui se passe…

L'Alpha grogna sa désapprobation et picora la gorge de son compagnon.

— Très mauvaise idée…, chuchota-t-il.

— Pourquoi ? C'est peut-être important.

— Oh, je ne doute pas un instant que ça le soit, rétorqua malicieusement Elijah. Mais crois-moi, il vaut mieux ne pas y aller. (Il frissonna.) Je plains les pauvres qui seraient tentés, comme toi, de satisfaire leur curiosité.

Matthias plissa les yeux.

— Tu sais de qui et de quoi il s'agit, n'est-ce pas ?

— Oui.

Silence.

— Eh bien ?

Elijah se redressa, les yeux étincelants.

— Owen vient de découvrir qu'il a été marqué.

ÉPILOGUE

— Et là... Bam, ping, pflout, zlip, splang ! Suivi d'un pam, bim, glout, zlurp !!! Tu vois le genre, quoi ? Comment j'ai grave assuré ! s'extasia Jeff, échangeant un regard entendu avec Matthias.

Elijah, Edmund et Owen en restèrent comme deux ronds de flan. Les yeux écarquillés et grands ouverts, sur le point de jaillir de leurs orbites ; la bouche béante, digne d'un *Cartoon* – avec mâchoire au sol, dents cassées et langue pendante. Ils les fixèrent comme s'ils débarquaient tout droit de la planète Mars... Ce qui était peut-être le cas...

— Carrément ! répliqua Matthias, euphorique. Et tu n'as pas... (il fit un petit mouvement du poignet), tu sais... Vlam ?

Jeff se cogna le front avec le plat de la main.

— Oh bordel, non ! Le con ! Je n'y ai même pas pensé... J'hallucine, quoi ! Oh, mais le con, mais le con !!! Ça aurait été tellement... tellement... Ouahgdaboumboumsploutch !

Owen les dévisagea longuement, l'un après l'autre, puis se tourna lentement, très doucement, vers Elijah.

— Bonne chance ! Je pense que tu en auras grand besoin, parce que là (il indiqua Jeff et Matthias de son pouce), je n'ai pas compris un traître mot de ce qu'ils viennent de dire. Partant du principe que mon niveau intellectuel est supérieur à la moyenne, j'en déduis que le problème vient d'eux et non de moi, comme je l'avais initialement présumé... (Il haussa les épaules, fataliste.) Être en couple avec un petit jeune... qui fréquente assidûment des humains, chuchota-t-il du bout des lèvres, avant de frissonner d'effroi. Non, je préfère ne pas y songer ! Trop cauchemardesque, tu comprends...

Les joues d'Elijah se creusèrent alors qu'un sourire ironique se dessinait sur ses lèvres.

— Ouais, je comprends... tu préfères être maqué avec une ombre... c'est *tellement* mieux !

Les yeux d'Owen lancèrent des éclairs, mais il parvint à se contenir. Il n'était pas envisageable qu'il perde le contrôle ici, à une fête remplie d'humains. Par contre, rien ne l'empêchait de titiller davantage son Alpha.

Délicieuse perspective.

— Tu devrais prendre des cours auprès de *Geek*, tu sais... Pour rester dans la vague... Et pour éviter que ton compagnon ne te trouve... trop vieux...

Les narines frémissantes, Elijah pinça les lèvres et lui lança un regard mauvais.

— Dégage, Owen, avant que je te montre MA façon de m'amuser...

Le lieutenant arqua un sourcil, moqueur.

— Je dis ça, je dis rien... (Il leva les mains et recula lentement, avant de faire brusquement volte-face et de prendre ses jambes à son cou, évitant habilement tous ceux qui se trouvaient sur son passage.) Mais je le dis quand même !

La dernière provocation d'Owen n'eut pas le temps de s'estomper dans l'air qu'Elijah bondissait, s'élançant à sa poursuite. Cette fois-ci c'était sûr, il allait prendre cher. Très, très cher.

Une journée tout ce qu'il y avait de plus normale dans la meute des SixLunes.

Fin

Illustrations

Bonus

Matthias et Elijah

Les lieutenants de la meute des SixLunes

Elijah et Matthias

La Meute des SixLunes, tome 2 : Gaidon

Gaidon Montgomery est né à l'époque féodale, où les suzerains faisaient la pluie et le beau temps sur leurs vassaux. Il est donc habitué à donner des ordres et à être obéi au doigt et à l'œil, ce qui fait de lui un Seigneur de guerre redoutable.

Fidèle lieutenant de la meute des SixLunes, il n'est guère surprenant que ce soit lui qu'on envoie lorsque des remous inquiétants secouent leurs ancestraux ennemis, les LoupsNoirs.

Dahriel, le Bêta des LoupsNoirs, ne voit pas l'arrivée de ce dernier d'un bon œil, bien au contraire. Mais au vu de la situation, il ne peut se permettre de repousser cette aide impromptue et de se mettre à dos les terribles SixLunes.

Leurs regards se croisent... et c'est un tout autre problème qui surgit alors.

Dahriel, qui a été soumis à la tyrannie de son défunt Alpha toute sa vie durant, saura-t-il se plier à ce que le Destin lui réserve... ou rompra-t-il sous son poids ?